Christian Schnalke

Louma

Roman

Oktopus

Für den Blick hinter die Verlagskulissen:
www.kampaverlag.ch/newsletter

Ein Oktopus Buch bei Kampa

Alle Rechte vorbehalten
Copyright © 2021 by Kampa Verlag AG, Zürich
www.kampaverlag.ch
www.oktopusverlag.ch
Covergestaltung: Lara Flues, Kampa Verlag
Covermotiv: © Anna Morrison
Satz: Tristan Walkhoefer, Leipzig
Gesetzt aus der Stempel Garamond LT / 210160
Druck und Bindung: Friedrich Pustet, Regensburg
Auch als E-Book erhältlich
ISBN 978 3 311 30011 3

Prolog:

»Kaffee?«
»Tee.«
»Das war so klar …«
»Warum fragst du dann?«

I

Es dämmerte bereits, als Mo mit den vier Kindern über die Friedhofsmauer kletterte. Mo reichte Fabi erst die beiden Kleinen hinauf und dann das Zelt, die Tasche, den Rucksack und die Schlafsäcke. Er machte für Toni eine Räuberleiter und kletterte schließlich als Letzter über die Mülltonne, die sie vom Hinterausgang des geschlossenen Blumenladens hergerollt hatten, auf die Mauer. Er hätte sich fragen können, wie sie später von der anderen Seite wieder zurückklettern sollten, wenn ihnen keine Mülltonne zur Verfügung stand, aber vorauszudenken war nicht Mos Stärke. Schon in der Klinik damals hatte man vergeblich versucht, ihm das nahezubringen.

Die beiden Großen, Toni und Fabi, trugen die Tasche und drei der Schlafsäcke, Mo trug die anderen beiden Schlafsäcke, das Zelt und den Rucksack mit dem Proviant. Fritte trug die Picknickdecke und Nano die Taschenlampe, die sie für später mitgebracht hatten. Er hatte darauf bestanden, sie nicht in die Tasche zu packen, sondern in der Hand zu behalten, falls es plötzlich dunkel würde.

»Wieso soll es *plötzlich* dunkel werden?«, hatte Fritte gefragt. Aber Mo hatte ihr gesagt, wenn Nano die Lampe nehmen wolle, dann sei das in Ordnung.

»Ob die Toiletten nachts wohl abgeschlossen sind?«, fragte Toni.

»Ich geh da sowieso nicht rein«, meinte Fabi. »Ich mach lieber ins Gebüsch.«

»Auf einem *Friedhof*?«

Nano lief mit seiner Taschenlampe voraus. Er fand problemlos den Weg an den Reihen von Gräbern entlang, an der Friedhofskapelle und der großen Wiese vorbei und bis zu dem Wäldchen am hinteren Ende des Friedhofs, wo am Mittag die Beisetzung von Lou‍ma stattgefunden hatte. Mo war überrascht gewesen, wie viele Menschen gekommen waren. So viele, die er nie zuvor gesehen hatte. Er hatte alte Freundinnen von Lou kennengelernt, die bedauerten, dass der Kontakt zu ihr in den letzten Jahren abgebrochen war, von Coffee Queen waren einige gekommen, deren Namen Mo gleich wieder vergessen hatte, natürlich Lous Schwester Kitty mit ihrem Mann und den Kindern, die keine Kinder mehr waren, sondern Studenten. Er hatte die Eltern von Tristan kennengelernt und eine Handvoll Tanten oder Großtanten und zwei Cousins, die Mo nie zuvor gesehen hatte. Dafür kannten die Tanten Tristan noch von irgendeiner Familienfeier, die zehn Jahre zurücklag.

Jetzt war der Friedhof vollkommen menschenleer. Dafür wurde er von anderen Wesen bevölkert.

»Kaninchen!«, rief Nano und wies mit der Taschenlampe auf die Wiese. Unzählige braune Wildkaninchen hoppelten herum, mümmelten in der Dämmerung Gras und blickten aufmerksam herüber.

»Ob man die streicheln kann?«, fragte Fritte. Ihr richtiger Name war Friederike. Sie war schon immer zu dünn gewesen und hatte diese hellgoldene Haarfarbe, und niemand weiß, wer damit angefangen hatte, sie Fritte zu nennen, aber es war dabei geblieben.

»Klar«, feixte Fabi. »Die werden hier nachts immer gestreichelt. Von den Zombies!« Toni, die Älteste, stieß ihrem vierzehnjährigen Bruder vorwurfsvoll gegen die Schulter.

Als sie den Trauerwald erreichten, konnten sie den Baum, unter dem Loumas Urne begraben war, schon von Weitem erkennen, weil ein Berg bunter Blumengestecke darunterlag. Sie suchten eine Stelle, die halbwegs frei von Wurzeln war, und breiteten die Decke darauf aus.

»Ich baue das Zelt direkt auf. Bevor es dunkel wird«, erklärte Fabi. Das Zelt würde nicht zwischen die Bäume passen, deshalb packte er es ein paar Meter weiter auf einer kleinen Lichtung aus. Sie wollten es ohnehin nur im Notfall benutzen. Falls es wider Erwarten zu regnen anfinge oder falls es in den Morgenstunden zu sehr abkühlte.

»Ich glaube nicht, dass es zu kalt wird«, sagte Toni. Tatsächlich war es immer noch erstaunlich warm. Genau der richtige Abend, um auf dem Friedhof zu campen, dachte Mo. Doch Fabi schien glücklich zu sein, eine Aufgabe zu haben. Während die anderen etwas befangen am Grab ihrer Mutter standen, begann er, kleine Kiefernzapfen beiseitezuwerfen, den Zeltstoff auseinanderzufalten und sorgfältig auszubreiten.

»Hallo, Lou«, sagte Mo. »Wir sind wieder da.«

»Wir wollten nicht, dass du in der ersten Nacht ganz allein bist«, erklärte Nano. »Papa hat erlaubt, dass wir hier übernachten.«

»Nano wollte unbedingt«, sagte Fritte. »Er hat geweint.«

»Sag ihr das doch nicht!«, zischte Nano ärgerlich.

»Ist doch so«, meinte Fritte.

Während sie mit ihren langen Beinen wie ein Storch durch die Kränze und Blumengestecke stakste, um Schleifen gerade zu rücken und zerdrückte Blüten aufzurichten, stellte sich Toni hinter Nano und legte ihre Arme um ihn.

»Ich krieg keine Luft«, sagte Nano.

»Möchtest du Louma auch etwas sagen?«, fragte Mo, doch Toni antwortete nicht.

Mo zuckte mit den Schultern. »Dann machen wir es uns erst einmal gemütlich. Wir sind ja die ganze Nacht hier.«

»Wo sind denn die Zeltstangen?«, fragte Fabi.

»Na, in dem Sack«, antwortete Mo.

»Nein.«

»Hm.« Mo strich sich nachdenklich durch seinen Vollbart. »Die muss ich vergessen haben einzupacken, als wir neulich das Zelt im Garten aufgebaut haben ...«

Während Mo Fabi half, das Zelt wieder zusammenzufalten, setzten sich die anderen auf die Decke und packten aus, was sie mitgebracht hatten. Vor allem Reste, die ihnen Ralf, der Storemanager des Coffee Queen, nach der Trauerfeier eingepackt hatte. Kaum saßen Mo und Fabi bei den anderen, stand Fritte schon wieder auf und verkündete: »Ich gehe und streichle die Kaninchen.«

Während sie zwischen den Bäumen verschwand, sagte Toni: »Ich wette, das schafft sie.«

»*Never ever!*«, widersprach Fabi.

Sie standen auf, um Fritte zu folgen, aber Mo hielt sie zurück: »Lasst sie.«

»Wir stören sie nicht! Wir schauen nur«, erwiderte Fabi.

»Schauen ist stören. Bleibt hier.«

Als Fritte nach einer Viertelstunde immer noch nicht zurückgekommen war, wurde Mo allerdings selbst neugierig. »Kein Geräusch!«, mahnte er. Sie schlichen, so leise sie konnten. Als sie die Wiese erreichten, traute Mo seinen Augen nicht. Das Bild, das sich ihnen bot, sah aus wie auf einem Werbeheft einer buddhistischen Sekte: Fritte kniete mitten auf der dämmrigen Wiese, die von Bäumen und Gräbern eingerahmt war, vollkommen reglos, die Hände auf ihren dünnen Oberschenkeln, als ob sie meditierte. Die Kaninchen grasten friedlich und ohne jede Scheu um sie herum. Eines kam ganz nah, streckte mit angelegten Ohren den kleinen Kopf vor und schnupperte an Frittes Knie.

»*Die Seelen der Toten* ...«, raunte Fabi. Doch diesmal verzichtete Toni darauf, ihn zu stoßen.

Und Mo vergaß zu atmen, während er in das ruhige Auge des Kaninchens schaute.

*

Was die wenigsten wissen: Lou Albarella war die Coffee Queen. Lou hieß eigentlich Louise, aber so nannten sie nur ihre Mutter und ihre Schwester Kitty. Tristan hatte oft Louie gesagt, Mo manchmal Loulou und gelegentlich Loubär, die Kinder Louma oder Loumi, Hummel bellte einfach Wou, und wenn Simone mit ihren Freundinnen gehässige WhatsApps austauschte, schrieb sie *die Louserin*. Aber für gewöhnlich sagte alle Welt Lou. Und so stand es auch auf dem kleinen Stein an ihrem Baum im Trauerwald.

Bevor Tristan und Lou gemeinsam das erste Café eröffneten, hatte Tristan lange überlegt, wie es heißen könnte. Er hatte den Traum, eine kleine Kette von Coffeeshops zu betreiben. Dabei ging es ihm weniger darum, von früh bis spät den Gästen Kaffee und Kuchen zu servieren, obwohl er durchaus Freude daran hatte, wenn die Leute sich bei ihm wohlfühlten und einen guten Kaffee genossen. Aber das war nicht die Rolle, in der er sich selbst sah. Vielmehr wollte er immer schon »etwas aufziehen«, und zwar etwas Großes. Es musste also ein filialtauglicher Name her. Und vor allem wollte Tristan, dass Lou in dem Namen steckte. Der Traum seines Lebens und die Liebe seines Lebens vereint. Sie tranken gemeinsam Wein, sie probierten Worte und Schriften aus, und Lou kritzelte kleine Bildchen: dampfende Tassen, Kaffeebohnen, Gesichter – und plötzlich war es dann da: das in schwungvollen Linien gezeichnete Gesicht mit den genussvoll geschlossenen Augen. Die Coffee Queen.

»Coffee Queen!«, rief Tristan. »Das ist es! Das bist du!« Sie hätten nachher nicht sagen können, wer von beiden die Idee gehabt hatte. Sie war im Durcheinander und Miteinander entstanden. Und als er sie vor sich sah, gab es für Tristan keinen Moment des Zweifels mehr. Lou schlug vor, noch ein paar Alternativen zu überlegen, um sicher zu sein. Aber Tristan sagte nur: »Ich bin sicher.« Und nachdem Lou zwei Tage an dem Logo herumgezeichnet und doch noch alles Mögliche ausprobiert hatte, stand es: das Logo von Coffee Queen, wie man es heute kennt.

Am Anfang arbeiteten sie eng zusammen. Sie suchten Möbel aus, sprachen mit Inneneinrichtern, saßen in Banken und bei Gastronomiegroßhändlern und führten Bewerbungsgespräche. Es war ihr gemeinsames Ding. Als Tristan das zweite und dritte Coffee Queen eröffnete, beobachtete Lou, wie er zur Höchstform auflief. Er war in den Läden, brachte die Mitarbeiter auf Spur, löste Probleme, fand Verbesserungen, scherzte mit Gästen und war überall zugleich. Inmitten von Menschen war er in seinem Element. Er brachte studentischen Aushilfen geduldig bei, wie man Kaffee aufbrüht, er griff zum Lappen und wischte über einen Milchfleck, er half bei der Abrechnung, experimentierte mit einem Koch an den angebotenen Snacks und Salaten, optimierte gemeinsam mit den Filialleitern das Bestellsystem und gab jedem das Gefühl, wichtig zu sein und gebraucht zu werden. Lou versuchte anfangs mitzuhalten, aber sie merkte immer deutlicher, dass die Coffeeshops nicht ihre Welt waren. Ständig unter Leuten, ständig improvisieren, von früh bis spät reden, konferieren, telefonieren und texten und dann noch bis in die Nacht an Restauranttischen taktieren, konspirieren, integrieren und überzeugen. Sie konnte das nicht. Es war nicht ihr Tempo, und es entsprach nicht ihrem Wesen. Tristan schlug vor, dass sie sich mehr um die Büroarbeit kümmerte: Abrechnungen, Mieten, Bestellungen, Gehälter. Sie versuchte das mehrere Wochen lang, aber sie vergaß Überweisungen, sie verlegte Rechnungen, sie ließ Briefe ungeöffnet liegen – es ging so scheußlich schief, dass Lou sich nur noch unbrauchbar und ungeschickt fühlte.

Ihr wurde klar, dass diese Arbeit die grauenhafteste war, an der sie sich jemals versucht hatte, und dass ihr Versagen vor allem daraus resultierte, dass sie sie hasste. Aber ein Gefühl des Scheiterns blieb eben doch, und es schlich sich die Erkenntnis ein, dass Lou von Tristan abgehängt wurde. Tristan machte ihr Mut, stellte ihr frei zu tun, was sie wollte, und sich alle Freiheiten zu nehmen, aber je mehr er leistete, desto mehr sah Lou, was sie nicht schaffte. Und sie konnte noch nicht einmal mit ihm darüber sprechen! Sie konnte doch nicht sagen: He, Tristan, du bist so gut, du bist so sehr Fisch im Wasser, du blühst so sehr auf, wenn du unter Menschen bist, wenn du auf die kleinen und großen Katastrophen reagieren musst – du drückst mich dadurch an die Wand! Während er alles tat und damit erfolgreich war, während er seinen Traum verwirklicht hatte und tagtäglich erlebte, dass er es stemmte, dass eine vierte, eine fünfte Filiale feierlich eröffnet wurde, konnte sie doch nicht hingehen und sagen: Kümmere dich weniger darum, kümmere dich um mich! Stattdessen zog sie sich still zurück.

Natürlich bemerkte er, dass sie das tat, aber er dachte sich nichts weiter dabei. Es war immer noch ihr gemeinsames Projekt. Sie war die Coffee Queen, sie hatte das Logo gezeichnet, das auf jeder Schaufensterscheibe, auf jeder Angebotstafel, auf jeder Tasse, Serviette und Sandwichpackung, auf jedem Briefpapier, auf den Lieferwagen, auf Schürzen und tausendfach im Internet zu sehen war. Und war es nicht auch richtig, dass sie zu Hause blieb und sich um andere Dinge kümmerte, nachdem sie das Haus mit der Brücke gekauft hatten? Nachdem sie Toni zur Welt gebracht hatte? Und dann Fabi?

Als Tristan irgendwann realisierte, dass sie einander verloren hatten, sprach er Lou darauf an. Aber natürlich konnte sie ihm immer noch keine Vorwürfe machen – es gab ja nichts vorzuwerfen. Er machte alles so unglaublich richtig! Und weil sie nichts sagte, er aber doch merkte, dass etwas nicht stimmte, wurde er ungehalten und entfernte sich noch mehr von ihr. Dass sie auf seine Coffeeshops – auf seinen Lebenstraum! – eifersüchtig war, verletzte ihn, und er nahm es als Berechtigung, Trost bei einer anderen zu suchen.

Diese andere war Simone. Schon länger hatte er einen guten Draht zu ihr. Sie war die Filialleiterin eines Coffee Queen, sie zog mit ihm an einem Strang, sie begriff als Erste, was er meinte, wenn er in Meetings eine Idee erklärte, sie war loyal und unterstützte ihn, sie war aufmerksam und sah Dinge, bevor sie ihm auffielen. Und als er sie von der Storemanagerin zur Salesmanagerin der gesamten Kette beförderte, feierten sie das gemeinsam – und schliefen miteinander. Simone verstand auch das ohne viele Worte, sie wusste, dass Tristan mit der Coffee Queen verheiratet war und zwei Kinder mit ihr hatte. Sie hatten eine perfekte geschäftliche Symbiose, sie hatten hervorragenden Sex, und dabei beließen sie es. In Teamsitzungen sahen sie sich an und genossen beide das Gefühl, dass sie mehr wussten als alle anderen. Doch natürlich bemerkten es andere. Es umgab die beiden eine erregte Aura, die körperlich spürbar wurde. Und bei der Eröffnungsfeier eines neuen Cafés sah Lou die Blicke und spürte die Energie und begriff, wie es um Tristan und Simone stand.

Auch Lou hatte Geheimnisse. Nur hatte sie niemanden, mit dem sie sie teilen konnte. Wie verheimlicht man vor kleinen Kindern, dass man nicht die Kraft hat, morgens aufzustehen? Wie schafft man es, den Kindern einen guten Morgen zu wünschen und sie mit Frühstücksdose und gutem Mut im Kindergarten abzuliefern, um danach wieder ins Bett zu fallen? Wie hält man den Anschein eines Zuhauses aufrecht, wenn man das Haus anzünden möchte? Wie schafft man es, nicht den ganzen Vormittag lang zu heulen, weil die Trinkflaschen der Kinder auf dem Frühstückstisch stehen geblieben sind und man wieder einmal daran gescheitert ist, eine gute Mutter zu sein?

Als Lou zusammenbrach, konnte Tristan nicht verständigt werden. Er hatte sein Smartphone ausgeschaltet, weil er mit Simone zusammen war. Er musste einige Cafés im Süden besuchen. Er hatte Lou nicht erzählt, dass Simone ihn begleiten würde. Und in demselben Hotel übernachten würde. Mit ihm in einem Doppelzimmer. Und so erfuhr er erst am nächsten Morgen, dass Lou in einer psychiatrischen Klinik war und Toni und Fabi bei einer Kindergartenfreundin übernachtet hatten.

2

Die Trauerfeier nach der Beisetzung fand im Coffee Queen am Stadtgarten statt. Tristan hatte überlegt, ob sie in die Filiale am Neumarkt gehen sollten, weil sie größer war und sowohl mit der Bahn als auch mit dem Auto besser zu erreichen, aber er hatte sich dann doch für den Stadtgarten entschieden, weil es das ursprüngliche Coffee Queen war. Das allererste, das er damals gemeinsam mit Lou eröffnet hatte. In dem sie wochenlang Tag und Nacht verbracht hatten. Tristan erinnerte sich an die langen Nächte, in denen sie gerechnet und gefiebert und gehofft und gebangt hatten. In denen Lou daran verzweifelt war, die riesigen Aufkleber blasenfrei auf den Fensterscheiben aufzubringen, in denen sie Kaffeetassen mit der Hand gespült hatten, weil sich herausstellte, dass bei der ersten Lieferung der Aufdruck in der Spülmaschine verblasste, und in denen er an der Kaffeemaschine einen Schlag bekam, weil der Installateur sie falsch angeschlossen hatte und Wasser in die Elektrik geflossen war.

Der Laden war brechend voll. Mo stand abseits und registrierte, dass er die meisten Leute nicht kannte, obwohl er seit zehn Jahren Lous Ehemann war. Er tat sich schwer mit Unterhaltungen. Er kümmerte sich um Fritte und Nano, die aber immer mutiger davonliefen und schließlich durch die Trauergäste wuselten. Sie fühlten sich bald hinter der Theke und in der Küche ebenso zu Hause wie

Toni und Fabi, die quasi in den Coffee Queens aufgewachsen waren.

Mo beobachtete, wie Tristan geschäftig herumging, Gäste begrüßte und nebenbei für Servietten sorgte und das Buffet überwachte. Er sah Lous Schwester Kitty, die beständig Tristans Nähe suchte und ihn aufhielt. Mo sah Lous Mutter Ilona, die sich am Buffet ein weiteres Glas Wein einschenkte. In den Coffee Queens gab es eigentlich keinen Alkohol, aber bei einer Trauerfeier gehörte er wohl dazu. Lous Stiefvater Karim, ein ruhiger kleiner Mann mit leuchtend brauner Haut, der immer stilvoll gekleidet war und stets ein Büchlein über Vogelkunde in der Tasche seines Jacketts hatte, kam zu Ilona und tauschte ihr Weinglas mit einem Lächeln und ein paar ruhigen Worten gegen ein Wasserglas. Ilona blickte ihn nervös an und ließ es geschehen. Lous alte Freundinnen von der Akademie, Nora, Jenny und Pat, standen beieinander. Nora, mit ihren eigenwilligen grauen Locken die Älteste von ihnen und sicher auch Lous Vertrauteste, hatte verweinte Augen. Sie unterhielt sich mit Toni und nahm sie in den Arm. Mo sah zum ersten Mal Tristans Eltern: Christo mit der kühn gewellten Dichtersträhne und Marianne mit dem glatten weißblonden Haar, hochgewachsen, schlank und mit ihren markanten Wangenknochen immer noch eine Schönheit. Er dachte unwillkürlich an das legendäre Nacktfoto, von dem ihm Toni und Fabi einst aufgeregt erzählt hatten.

Während Mo von einer jungen Frau in dunkler Bluse und Coffee Queen-Schürze einen Tee bekam, gesellte sich Karim zu ihm.

»Ich sehe, du bleibst dir treu«, sagte Karim und lächelte.

Er wies auf Mos kurze Anzughose. Mo trug immer kurze Hosen. Zu jeder Jahreszeit und zu jeder Gelegenheit. Seit er denken konnte. Für die Trauerfeier hatte er sich einen Anzug gekauft. Es war der zweite seines Lebens. Sein erster, den er für die Hochzeit gekauft hatte, war zu eng geworden, und er war blau. Also war er mit Toni in eine Herrenabteilung gegangen und hatte schwarze Jacketts anprobiert, bis eines passte.

»Die Hose können wir natürlich kürzen«, hatte der Verkäufer mit einem Blick auf Mos Beine gesagt.

»Ja, bitte.« Mo hatte die Handkante an seinen Oberschenkel gelegt. »Hier über dem Knie.«

Der Verkäufer hatte mehrmals nachgefragt, ob das sein Ernst sei, und erst als Toni den Wunsch bestätigte, füllte er einen Änderungszettel aus, den er sich zur Sicherheit von Mo unterschreiben ließ. Nun stand Mo also in seinem kurzen schwarzen Anzug, der die Tätowierungen auf seinen Beinen sehen ließ, Karim gegenüber. Karims kahler Kopf mit dem perfekt gestutzten Haarkranz glänzte, und sein Goldzahn blitzte auf, als er Mo anlächelte.

»Um ehrlich zu sein, bin ich froh, wenn das hier vorbei ist«, sagte Mo und strich sich über den Bart.

»Ich weiß.« Karim nickte ruhig und trank einen Schluck aus seiner Tasse. »Er macht einen guten Kaffee.«

Mo zuckte mit den Schultern.

Vor der Trauerfeier hatten Mo und Tristan darüber gesprochen, wer von ihnen ein paar Worte sagen sollte. Mo hatte es Tristan überlassen wollen. »Du kannst so was besser«, hatte er gesagt. Doch Tristan hatte vorgeschlagen, dass sie es gemeinsam tun sollten. »Wir stellen uns zusammen da hin. Jeder von uns sagt etwas. Das kriegen wir hin.« Mo war nicht sicher gewesen, ob es eine gute Idee war, aber er hatte zugestimmt. Und schließlich war es dann so gekommen, wie es kommen musste: Sie hatten zwar zusammen dagestanden, aber es war Tristan gewesen, der geredet hatte. Mo hatte sich ein paar Dinge notiert, die er sagen wollte, aber in der Aufregung hatte er dann seinen Zettel nicht gefunden und nur zwei Sätze herausgebracht. Tristan sprang ein, als Mo ins Stocken geriet, und da Tristan im Mittelpunkt des Geschehens, alle Aufmerksamkeit auf sich gerichtet, ganz in seinem Element war, ließ Mo ihn reden.

Irgendwann wurde Nano müde. Er kam zu Mo und sagte: »Ich vermisse Louma.« Mo nahm ihn auf den Arm und sagte: »Ich auch.« Während Nano den Kopf an seine Schulter lehnte, betrachtete Mo das Logo mit der schwungvoll gezeichneten Coffee Queen und erinnerte sich, wie er damals, nachdem er aus der Klinik entlassen worden war, an dem Tisch dort drüben am Fenster gesessen und an Lou gedacht hatte.

Als sich später das Café leerte, schaute Tristan immer öfter auf die Uhr und kam schließlich zu Mo und den Kindern. »Ich muss los«, sagte er. »Mein Taxi kommt jetzt … Ist das wirklich in Ordnung, wenn ich fliege?« Toni und Fabi versicherten ihm, dass es in Ordnung sei, dass sie große Kinder seien, und Mo sei ja immerhin auch noch da.

Tristan umarmte Toni und Fabi und verabschiedete sich von Mo und den beiden Kleinen. Schließlich vergewisserte er sich, dass Ralf, der Storemanager, alles im Griff hatte, bedankte sich bei ihm für seine Bereitschaft, die Trauerfeier zu organisieren, und ging.

Aus dem Taxi rief er Simone an. Natürlich war, wie zu erwarten, in Prag einiges schiefgegangen. Das übliche Durcheinander an den letzten Tagen vor der Eröffnung einer neuen Filiale. Aber Simone hatte es im Griff. Eigentlich hatte sie zur Beerdigung kommen wollen. »Natürlich komme ich. Sie war deine Ex-Frau.« Aber die Filialeröffnung in Prag war wichtig. Und einer von ihnen musste vor Ort sein. Der Einbau der großen Fenster war nicht rechtzeitig fertig geworden, und wenn der Baufirma niemand Druck machte, konnten sie gar nicht eröffnen. Dazu fehlte immer noch eine Genehmigung des Gesundheitsamtes.

Nun saß er zwischen den anderen Fluggästen in der Halle des Terminals, wartete aufs Boarding und trank ein Mineralwasser aus der Flasche (weil der Kaffee der Konkurrenz im Flughafen grauenhaft schmeckte). Zum ersten Mal an diesem Tag hatte er sich um nichts zu kümmern, redete mit niemandem, hörte niemandem zu und kam zur Ruhe.

Das war also die Beerdigung gewesen. Beisetzung der Urne, Trauerfeier, vorbei. Er saß am Flughafen. Ein krasser Schnitt, dachte er: Eben noch zwischen den Kiefern des Trauerwaldes am Rand des Friedhofs, sein vierzehnjähriger Sohn mit der Urne in der Hand, die Beileidsbekundungen von Lous Tanten und Cousins, die er seit zehn Jahren nicht mehr gesehen hatte – und nun ließ er sein Handgepäck von der Security durchleuchten, zog sich ein Mineralwasser aus dem Automaten und bestieg ein Flugzeug nach Prag.

Der Tag von Lous Beerdigung.

Der Beerdigung der Coffee Queen.

Der Mutter seiner Kinder.
Tonis und Fabis Mutter.
Was tue ich hier eigentlich? Tristan sah sich um, und der Anblick, der sich ihm bot, erschien ihm auf einmal – absurd. Stahl, Beton, Glas, draußen ein startendes Flugzeug, die wartenden Maschinen, ein Passagier wurde ausgerufen, von dem er noch nie gehört hatte und nie wieder hören würde. Sein Boarding wurde angekündigt, und Tristan stand auf.

Zehn Minuten später saß er in einem anderen Taxi und rief Toni an, doch er hörte nur ihre Stimme auf der Mailbox. Er rief Fabi an, doch auch der ging nicht ans Telefon. Als er auf dem Hof des Hauses aus dem Taxi stieg, sah er, dass trotz der Hitze alle Fenster geschlossen waren. »Warten Sie«, sagte er dem Taxifahrer und klingelte an der Haustür, doch niemand öffnete. Er ging ums Haus und schaute durch die Fenster: Niemand war zu sehen. Wo konnten sie nur stecken? Es war schon nach zehn Uhr. Die Trauerfeier war längst zu Ende, und dass Mo mit den Kleinen nach dem zermürbenden Tag noch essen gegangen war, konnte sich Tristan kaum vorstellen. Er rief noch einmal bei Toni und Fabi an, doch auch diesmal ging keiner der beiden ans Handy. Tristan zögerte, Mo anzurufen. Stattdessen schickt er eine WhatsApp: *Wo seid ihr?*

Er ging zur Brücke über den Bach, während er auf eine Antwort wartete, und es dauerte keine Minute, bis sie kam: *Friedhof*. Tristan starrte auf sein Handy. Was hatte das zu bedeuten? Der Friedhof hatte längst geschlossen. Er textete: *Um diese Zeit?* Diesmal kam die Antwort noch schneller: *Sind über die Mauer geklettert*. Tristan konnte es nicht fassen. Dieser Mistkerl war vollkommen verrückt! Er hatte seine Kinder jahrelang in der Obhut eines Irren gelassen!

Mit den Kindern?!

Nano will Louma nicht allein lassen.

Der Taxifahrer fragte noch einmal nach, ob Tristan wirklich zum Friedhof gefahren werden wollte. »Der hat um diese Zeit geschlossen.«

»Ich weiß, dass der Friedhof geschlossen hat! Fahren Sie einfach los!«

Nachdem der Fahrer ihn abgesetzt hatte und verschwunden war, ging Tristan zum Tor. Durch die schwarz lackierten Gitterstäbe konnte er nichts sehen. Nichts als Bäume, Büsche und Gräber. Tristan schaute die alte Mauer entlang und überlegte, wo sie wohl hinübergeklettert waren. Als er im Beet an der Mauer neben einem Baum eine Mülltonne stehen sah und um die Mülltonne herum Fußspuren in verschiedenen Größen, wusste er die Antwort. Er sah sich um. Kein Mensch. Das Gebäude, in dem der Blumenladen war, hatte im ersten Stock Fenster zu dieser Seite hinaus. Durch die Vorhänge war nichts zu sehen, das Haus machte einen verlassenen Eindruck. In seiner Phantasie sah er eine alte Frau hinter den Gardinen stehen und ihn beobachten. Aber wenn es diese alte Frau je gegeben hatte, dachte er, dann lag sie längst auf der anderen Seite der Friedhofsmauer. Schließlich hielt Tristan sich an dem Baumstamm fest und stieg kurz entschlossen auf die Mülltonne. »Ich glaube das nicht«, sagte er zu sich selbst, als er oben über die Mauer kletterte und auf der anderen Seite hinuntersprang.

Es war noch hell, obwohl die Sonne längst untergegangen war. Um den Trauerwald zu erreichen, musste er erst den klassischen Friedhof mit den rechtwinkligen Grabreihen durchqueren. Vorbei an der scheußlich modern gestalteten Friedhofskapelle, vorbei an den Toiletten, vorbei an der langen Grabreihe für Pfarrer. Plötzlich stutzte er und blieb stehen. Er traute seinen Augen kaum: Auf einer großen Wiese hoppelten in aller Seelenruhe Dutzende von braunen Wildkaninchen umher und grasten in der Abenddämmerung. Mitten auf der Wiese – umringt von den mümmelnden Tieren – kniete ein kleines Mädchen in einem schwarzen Kleid und mit schwarzen Schleifen in ihrem blonden Haar und streichelte eines der Kaninchen mit den Fingerspitzen.

Und als ob das nicht schräg genug wäre, lag in dem kleinen Trauerwald, bei dem Baum, der umringt war von all den Kränzen und Gestecken, die für Lous Beerdigung gespendet worden waren, eine Picknickdecke auf dem Boden. Auf der Decke saßen Mo, Fabi, Toni und auf ihrem Schoß der kleine Nano – und picknickten!

»Toni! Fabi!«, rief Tristan.

Toni kreischte auf. »Papa! Wie kannst du mich so erschrecken!«

»Entschuldige bitte, ich habe versucht anzurufen.«

»Keine Chance. Hier ist kein Netz«, erklärte Fabi.

»Was macht ihr da?«, fragte Tristan. Ihm war klar, dass das eine unsinnige Frage war, weil die Antwort auf der Hand lag. Es sollte weniger eine Frage sein als vielmehr ein Vorwurf.

Trotzdem antwortete Fabi: »Wir picknicken.«

»Ich dachte, du sitzt im Flugzeug«, sagte Toni, während Nano nur aus müden Augen zu Tristan aufschaute.

»Ihr könnt doch nicht einfach … Es ist mitten in der Nacht! Das hier ist ein Friedhof!«

»Möchtest du dich setzen, Tristan?«, fragte Mo. »Du hast sicher Hunger.«

»Ja, Papa, setz dich! Es ist so schön, dass du auch noch gekommen bist!«

»Nein, danke, ich möchte mich nicht setzen. Toni, Fabi, ihr kommt jetzt bitte mit, wir gehen.«

»Aber warum?«, rief Fabi. »Wir wollen hier übernachten. Wir haben ein Zelt mitgebracht.«

»Ohne Stangen«, sagte Nano.

»Das ist mir egal. Kommt jetzt bitte.«

Doch Toni und Fabi wollten nicht. Sosehr sie sich gefreut hatten, ihren Vater zu sehen, so sehr waren sie enttäuscht, dass er sie mitnehmen wollte. Tristan seinerseits war zwar davon ausgegangen, dass sie groß genug waren, am Abend nach der Beerdigung ihrer Mutter allein zu bleiben, aber er hatte nicht erwartet, dass sie groß genug waren, sich schlichtweg zu weigern, mit ihm mitzukommen.

»Wir lassen Fritte und Nano nicht allein«, sagte Toni und schloss ihre Arme enger um Nano.

»Sie sind nicht allein«, erwiderte Tristan. »Mo ist bei ihnen. Er hat das Ganze angezettelt. Er wird sich schon kümmern.«

»Tristan …«, versuchte es auch Mo. Er stand auf. »Jetzt beruhig dich. Es ist ein schöner Abend, es geht allen gut, es wird nichts passieren – niemand wird uns auch nur bemerken.«

»Du bringst die Kinder dazu, auf ein Privatgrundstück einzubrechen! Du bist vollkommen irre!«

»Privatgrundstück?«, sagte Mo. »Was für ein Quatsch!«
»Und misch dich nicht ein, wenn ich mit meinen Kindern rede!«

Mo hob beschwichtigend die Hände, setzte sich wieder und goss sich demonstrativ aus seiner Thermoskanne Tee ein.

Es blieb dabei. Toni und Fabi weigerten sich mitzukommen, Tristan lehnte es ab, sich zu setzen. »Und dafür habe ich meinen Flug sausen lassen«, sagte er schließlich, drehte sich um und ging davon. Die anderen sahen ihm nach.

»Sollen wir nicht doch mitgehen?«, fragte Fabi.

»Nein«, erwiderte Toni. »Er hätte ja bleiben können.«

Mo blickte ihm nachdenklich hinterher und sagte nichts.

Als Tristan den breiten Weg entlangkam, der zum Tor führte, erschrak er: Ein Flügel des eisernen Tores stand offen. Am Tor redete ein Mann mit einem Schlüsselbund in der Hand und einer Schiebermütze auf dem Kopf auf zwei Polizisten ein, und draußen vor dem Tor stand ein Streifenwagen. Tristan atmete tief durch und ging auf die Gruppe zu. Als er bei ihnen ankam, entpuppten sich die beiden Polizisten als Polizistinnen. Eine große Dunkelhaarige, die Kaugummi kaute, und eine kleine Blonde.

»Guten Abend«, sagte er so selbstverständlich wie möglich.

»Sie wissen, dass es verboten ist, sich Zutritt zu einem geschlossenen Friedhof zu verschaffen?«, fragte ihn die Blonde.

»Es tut mir leid«, antwortet Tristan.

»Was treiben Sie hier?«, fragte der Mann mit dem Schlüsselbund. So gelassen die beiden Polizistinnen waren, so wütend war er. Mit seinem Schlüsselbund erinnerte er Tristan an einen Kerkerwächter aus einem alten Film. Der Alte wandte sich an die Polizistinnen: »Zwei Mal in diesem Jahr! Zwei Mal schon hatten wir Grabschändungen! Einmal ist sogar ein Grabstein umgetreten worden!«

»Ich trete keine Grabsteine um«, sagte Tristan. Er knöpfte sein Jackett zu, um unterschwellig auf sein gepflegtes Äußeres hinzuweisen. Er trug immer noch den dunklen Sommeranzug, den er für die Trauerfeier gekauft hatte, und neue Slippers.

»Können Sie sich ausweisen?«, fragte die Große.

Während Tristan seinen Ausweis aus der Brieftasche nahm und ihr gab, erklärte er: »Meine Frau ist heute hier beerdigt worden. Ich wollte nur ... Ich wollte nur noch einmal in Ruhe Abschied nehmen.«

»Und das können Sie nicht morgen machen?«, fragte der Kerkerwächter.

»Es tut mir leid«, sagte Tristan.

»Sind Sie allein?«, fragte die Blonde und schaute an Tristan vorbei übers Gelände.

»Ja«, antwortete Tristan. »Ja, ich bin allein.«

»Überprüfen Sie das!«, rief der Kerkerwächter und schüttelte energisch seinen Schlüsselbund.

»Ein Rundgang kann nicht schaden ...«, sagte die große Dunkelhaarige.

»Hören Sie«, sagte Tristan und legte all seinen Charme in seine Worte. Er wusste, dass die Polizistinnen Besseres zu tun hatten, als den Friedhof nach Komplizen abzusuchen. »Falls Sie mir ein Bußgeld aufschreiben müssen, bin ich bereit, das zu zahlen. Ich bin nicht betrunken, ich habe nichts zerstört, ich hatte einfach nur Sehnsucht … Ich vermisse meine Frau …« Er legte in den Blick, mit dem er die beiden Frauen ansah, alle Kultiviertheit und alle Vertrauenswürdigkeit, deren er fähig war. Er wusste, dass dieser Blick noch immer seine Wirkung getan hatte.

Die Polizistin gab ihm seinen Ausweis zurück. »Wir verzichten auf ein Bußgeld. Mein Beileid.«

Der Kerkerwächter schimpfte: »Wenn das jeder machen würde!« Aber es war zu spät. Er konnte sich mit seinem Ärger nicht durchsetzen. Tristan warf noch einen letzten Blick durch die Gitterstäbe zurück auf den Friedhof, als der Mann das Tor abschloss.

Als Tristan später allein zu Hause war, fühlte er sich elend. So elend, dass er sich nicht einmal ärgerte, nicht nach Prag geflogen zu sein. Seine innere Unruhe hatte sich zu einer verkrampften Anspannung gesteigert, und die verbohrte Ungeschicklichkeit, mit der er sich selbst am Friedhof ausgegrenzt hatte, machte ihm Angst.

3

Toni saß in ihrem Zimmer und starrte den grünen Rucksack an. Sie hatte sich vorgenommen, ihn heute auszupacken. Endlich.

Der Rucksack duckte sich störrisch.

»Ich packe dich jetzt aus«, sagte sie.

»Untersteh dich«, erwiderte der Rucksack. Er war prall gefüllt, jede seiner Seitentaschen aufgebläht wie die Backen eines erregten Frosches. »Fass mich nicht an. Du wirst es bereuen.«

Toni hatte ihn am Abend vor dem Unfall gepackt. Sie hatte die Tickets und ihren Reisepass noch einmal aufgeschlagen und sich zum wiederholten Male versichert, dass sie nicht aus Versehen Frittes Pass oder eine leere Hülle des Reisebüros mitnahm. Dann hatte sie die Papiere auf den Rucksack gelegt und war schlafen gegangen.

Direkt nach dem Aufwachen war es dann zu dem Streit gekommen. Wegen des verfluchten T-Shirts! Wegen eines Schokoladenflecks! Ihr wurde übel, wenn sie daran dachte. Ihr Magen verkrampfte sich und begann sich umzudrehen. Nur weil sie sich so kindisch aufgeführt hatte, stand der Rucksack noch da. Mit den Tickets, dem Pass und dem Visum. Sie war nicht abgereist. Sie konnte nicht abreisen, aber genauso wenig konnte sie den Rucksack auspacken. Sich eingestehen, dass sie für lange Zeit nirgendwohin reisen würde. Es schien ihr unvorstellbar, dass sie jemals wieder irgendwohin reisen würde. Sie war gefangen in einer Zwischenwelt und wagte nicht, einen Fuß in irgendeine Richtung zu setzen. Und der Rucksack wusste das. Er blähte sich selbstgefällig auf. »Pack mich doch aus«, quakte er. »Wenn du dich traust …«

Als Toni sich auf den Boden kniete und die Hand nach ihm ausstreckte, wurde sie von Hitzewellen überrollt. Sie zog ihren Pullover aus und hockte im T-Shirt auf dem Boden, während ihr der Schweiß den Rücken hinunterlief. Als sie noch einmal versuchte, ihren Arm nach dem Rucksack auszustrecken, kamen die Tränen. Toni saß in ihrem Zimmer vor einem Rucksack, der neu war und niemals benutzt werden würde, und konnte nicht aufhören zu weinen.

Wieso hatte sie sich mit ihrer Mutter gestritten? Wenn sie nicht wegen ihres idiotischen T-Shirts ausgeflippt wäre, dann wäre das alles nicht passiert!

*

Mo hatte lange wach gelegen. Als er aufstand, aktivierte er sein Smartphone. Es war fünf Uhr früh. Er ging durchs Haus und schaute leise in die Kinderzimmer. Alle vier schliefen. Nano lag quer im Bett, Arme und Beine von sich gestreckt. Er schlief ruhig und entspannt. Mo deckte ihn vorsichtig zu, um ihn nicht zu wecken.

Als er die Treppe hinunterging, sah er vor seinem inneren Auge Lou in ihrem Schlaf-T-Shirt in der offenen Küche stehen und kochendes Wasser über Teeblätter gießen. Noch bevor er unten ankam, war das Bild zerfallen. Niemand war in der Küche.

Dort am Tisch hatte Toni gesessen, mit ihrem Handy, ein Bein untergeschlagen, als Mo das Telefon abgenommen hatte und Tristans Stimme gehört hatte: »Die Polizei hat mich gerade angerufen. Lou hatte einen Unfall ... Sie ist tot.«

Nein, hatte Mo gedacht. Das kann nicht sein. Sie ist nur kurz losgefahren, um die Kleinen wegzubringen. Sie kommt jeden Moment zurück. Wir warten hier auf sie, damit wir Toni zum Flughafen bringen können. Sie schreibt gerade eine WhatsApp an Fiona, wo sie sich treffen wollen. Es hat ja Streit gegeben. Das müssen wir noch klären. Toni will sich entschuldigen. Lou hat noch nichts gegessen. Da steht ihr Teller.

Sie kommt jeden Moment zurück. Das war die Gewissheit, in der er fortwährend lebte. Sie kommt nie wieder zurück. Das war die andere Gewissheit. Zwischen diesen beiden wurde er zerrissen.

Mo füllte Wasser in den Kocher und Teeblätter in das Sieb. Als der Tee fertig war, nahm er seine Tasse und schloss die Kräutergartentür auf. Sie nannten sie so, weil sie von der Küche zum alten Kräutergarten hinausführte, obwohl der eigentlich Unkrautgarten heißen müsste. Mo schlüpfte in die alten Crocks, die immer dort standen, ging ums Haus zur Garage und öffnete die Flügeltüren eines der beiden Tore. Im Inneren stand sein alter vw-Bus. Sein Bulli. Die Motorhaube im Heck zwischen den ovalen Rücklichtern stand weit offen. Der Motorraum war leer. Ein Loch mit ein paar nutzlos herumhängenden Kabeln. Der Motorblock stand auf zwei Holzböcken, die meisten seiner Einzelteile lagen verstreut auf der Werkbank. Die Sitze standen auf dem Boden, abgedeckt mit alten Laken. Nachdem er eine Weile ratlos zwischen den Teilen herumgestanden hatte, setzte sich Mo in die offene Seitentür des Bullis.

Er wusste nicht, wie lange er dort gesessen hatte, sein Tee war jedenfalls kalt, als ein Schatten im Tor erschien. Es war Fabi. Er hielt eine angebissene Scheibe Toast mit Nutella in der Hand.

»Hallo, Mo.«

»Hallo, Fabi.« Als Mo ihn im Gegenlicht stehen sah, dachte er, Fabi ist in letzter Zeit etwas in die Breite gegangen. Wahrscheinlich nahm er Anlauf für einen neuen Wachstumsschub. Dabei war Fabi ohnehin schon größer als er.

Eine Weile sagte keiner von ihnen etwas. Fabi biss von seinem Toast ab und kaute. »Eine meiner ersten Erinnerungen ist, wie wir ihn gemeinsam raus auf den Hof schieben. Ich erinnere mich noch genau an das Geräusch des Motors. Einmal hast du ihn zum Laufen gekriegt.«

Mo nickte. »Eine Runde über den Hof hat er geschafft. Ihr habt gejubelt.«

»Toni und ich haben immer mit den ausgebauten Sitzen Autofahren gespielt.« Er aß den Rest seines Toastes. »Glaubst du, er wird jemals fahren?«

Mo zuckte mit den Schultern. »Mein Traum war immer, dass wir alle zusammen damit verreisen. Wenn ich hier gearbeitet habe, dann habe ich immer ein Bild vor Augen gehabt. Wir alle auf einer Landstraße. Hoch über dem Meer – vielleicht Capri oder so. Die Sonne scheint durch das offene Dach auf uns runter, Louma und ich sitzen vorne, ihr vier Kinder hinten ... Louma hat einen Korb neben sich, aus dem sie euch etwas zu essen gibt.« Er sah die Bilder wieder vor sich. Er hatte sie so oft gesehen, dass er sie problemlos abrufen konnte. Er lächelte tapfer. »Aber ich war zu langsam. Ich hab's nicht geschafft ...«

Es war still in der Garage. Mo saß vor dem leblosen Motorblock und kämpfte gegen die Tränen.

»Tut mir leid«, sagte Fabi. »Ich wollte nicht ...«

»Schon gut. Es ist nur ein altes Auto ...«

*

Tristan war auf seiner Dachterrasse, als der Anruf kam. Er hatte sich einen Tag freigenommen, weil man ihm am Vortag eine neue Sitzgruppe aus wetterfestem Rattan geliefert hatte. Sie sah auf Tropenholz und zwischen den großen Bottichen mit knorrigen Oliven- und schlanken Zitronenbäumchen wirklich einladend aus. Nachdem die Transporteure die edlen tiefroten Sitzpolster aus ihren Plastikhüllen ausgepackt hatten, beschloss Tristan, sich einen freien Tag zu gönnen, um auf dem neuen Sofa Kaffee zu trinken und den Sommertag zu genießen. Am Nachmittag sollte er Toni zum Flughafen bringen – der große Tag war da –, warum also nicht gleich den ganzen Tag schwänzen?

Doch als er dann dort saß, unter dem farblich passenden Sonnenschirm vor der Vormittagssonne geschützt, war er keineswegs entspannt. Vielmehr wurde er von einer inneren Unruhe getrieben, die er nicht in den Griff bekam. Dieses Gefühl begleitete ihn seit Längerem hartnäckig, und er wurde es nicht los, was auch immer er versuchte. Er las eine Weile auf dem Tablet die Tageszeitung, er brühte sich einen weiteren Espresso macchiato auf, er stellte sich ans Geländer und schaute über die Dächer der Stadt zu den Domspitzen in der Ferne, er setzte sich und versuchte es mit der Betrachtung seines Lieblingsolivenbaumes, er probierte es sogar mit einem Buch, das seit Wochen mit einem Zuckertütchen von Coffee Queen als Lesezeichen neben seinem Bett lag. Während er las, musste er schon auf den ersten Seiten mehrmals dem Reflex widerstehen, seine Mails zu öffnen. Als er es schließlich tat, überkam ihn beim Anblick des ellenlangen Posteingangs ein so beklemmendes Gefühl in der Magengegend, dass er nicht in der Lage war, sie zu lesen. Dabei liefen die Coffee Queens inzwischen wieder gut. Es war knapp gewesen, aber Tristan hatte die Corona-Krise überstanden. Er hatte all seine Rücklagen, sein privates Vermögen, investieren müssen, um die Kette zu retten. Um das Personal so gut wie möglich zu halten, um die Mieten und die anderen laufenden Kosten zu zahlen. Die Schwierigkeiten hatten ihn zu persönlichen Höchstleistungen angetrieben, und er hatte nicht nur all seine Filialen retten können, sondern am Ende sogar noch Standorte in Tschechien und Österreich übernommen. Damit hatte er sich selbst an den Rand des Abgrunds gebracht, aber er hatte es geschafft. Er war erfolgreich, seine Arbeit machte ihm Freude, und er bekam viel Bestätigung. Alles war bestens. Bis auf den inneren Druck.

Simone war der Meinung, es sei Burn-out. Aber das war es natürlich nicht. Sie waren jetzt seit einem Jahr wieder zusammen, zum zweiten Mal, nachdem sie eine Weile getrennte Wege gegangen waren. Er hatte ein paar ebenso beliebige wie kurzlebige Beziehungen gehabt, Simone war mit einem Mann zusammen gewesen, den er nie kennengelernt hatte, und dann hatten sie auf einer gemeinsamen Reise zu Kaffee-Kooperativen in Kolumbien wieder zusammengefunden. Er begriff inzwischen immerhin, dass das nicht richtig gewesen war. Sich selbst und Simone gegenüber nicht ehrlich. Simone kannte ihn gut genug, um zu spüren, dass etwas mit ihm nicht stimmte. Er widersprach nicht, wenn sie von Burn-out sprach, und auch ihre ernst gemeinten Scherze über seine Midlife-Crisis ließ er im Raum stehen. Er wusste, dass es nicht fair war. Es war nicht fair, ihr die Wahrheit zu verschweigen. Aber er konnte ihre Beziehung nicht beenden. Er hatte Angst, dann endgültig ins Bodenlose zu stürzen.

Kurz vor Ostern (war das wirklich schon so lange her?) hatte er sich drei Mal mit Lou getroffen. Er hatte einige Hoffnung in diese Treffen gelegt. Auch das hatte er Simone verschwiegen.

Wenn er arbeitete – im Büro, in den Cafés, auf Reisen, bei Konferenzen und Arbeitsessen –, ging es ihm etwas besser, doch auch das funktionierte immer schlechter. Sobald er ein wenig Druck wegnahm, kroch die Unruhe herauf. Und am deutlichsten ergriff sie ihn, wenn er an Tonis Abreise dachte. Dann wühlte sie in seinen Eingeweiden. Seine Kleine ging für ein halbes Jahr ins Ausland. Gerade erst hatte er sich von Lou scheiden lassen – und plötzlich war Toni erwachsen. Sie war einfach so groß geworden, und er saß hier mit Olivenbäumchen und Designermöbeln. War es wirklich zehn Jahre her, dass Lou und er sich getrennt hatten? Die Vorstellung, gleich am Flughafen zu stehen, quälte ihn. Mit Lou, mit den Kindern – aber zum Glück nicht mit diesem Blindgänger, von dem er bis heute nicht begriff, was Lou an ihm fand.

In diese innere Unruhe hinein klingelte das Telefon. Die Polizei rief nicht bei Mo an, der Lous Ehemann war, sondern bei Tristan, dem Ex-Mann. Das lag daran, dass der Wagen auf seinen Namen angemeldet war. Formal war es ein Geschäftswagen, und er setzte ihn von der Steuer ab. Dies gehörte zu den zahlreichen Verflechtungen, die immer noch zwischen ihm und Lou bestanden.

*

Gegen Mittag kamen Ilona und Karim. Karim spielte mit den Kleinen ein Spiel, aber sie brachen ab, weil keiner bei der Sache war. Karim zog sein Büchlein über Vogelkunde aus der Tasche seines Jacketts und schlug vor, mit ihnen hinauszugehen und Vogelrufe zu bestimmen. Das funktionierte besser. Auch wenn es in ihrem Zustand unmöglich erschien, Interesse für Vogelstimmen aufzubringen, fanden sie es doch beruhigend, mit dem geduldigen Opa Karim draußen zu sein. Nachdem die beiden Großen noch eine Weile bei Ilona und Mo am Tisch ausgehalten hatten, erlaubte er ihnen, in ihre Zimmer zu gehen. Deshalb blieb er schließlich allein mit Ilona zurück. Es war von Ilona sicherlich gut gemeint gewesen zu kommen, aber Mo wäre lieber mit den Kindern allein gewesen. Er nahm es hin, weil er merkte, dass Karim den Kleinen guttat. Seine ruhige Freundlichkeit war gut, und auf Vogelrufe zu horchen war gut. Also trank er mit Lous Mutter schweigend Tee.

»Was werdet ihr mit Louises Kleidern machen?«

»Ich weiß es nicht, Ilona. Darum mache ich mir später Gedanken.«

Wieder Schweigen. Und irgendwann sagte Ilona in die Stille hinein: »Dann werden die Kinder jetzt wohl auseinander müssen.«

Mo schenkte sich noch einen Tee ein. Seine Hand zitterte.

»Ich meine, jetzt, wo Louise nicht mehr ... Toni und Fabi werden doch wohl zu ihrem Vater gehen.«

»Sie *sind* bei ihrem Vater.«

»Aber es sind doch Tristans Kinder!«

Es sind nicht Tristans Kinder. Wir leben seit zehn Jahren zusammen! Es sind meine Kinder! Wieso sollten es seine Kinder sein? Er interessiert sich nicht für sie!

»Ihr müsst jetzt gehen«, sagte Mo und stand auf.

Ilona sah ihn erstaunt an. »Was ist los mit dir?«

Wo sind die Kinder? Warum sind die Kinder nicht bei mir? Warum muss ich hier mit Lous Mutter sitzen, und die Kinder ziehen sich zurück. Werden von Karim beschäftigt.

»Ich danke euch für euren Besuch.« Er ging zur Kräutergartentür, um Karim zu rufen.

Als sie zum Auto gingen, beteuerte Ilona: »Wir haben es nur gut gemeint. Man will doch da sein.«

Karim sagte: »Es ist in Ordnung, wenn sie allein sein wollen.« Und zu Mo: »Ruf mich jederzeit an.«

Später saßen sie zu fünft beim Abendessen: Mo, Toni, Fabi, Fritte und Nano. Es war ein harter Tag gewesen, und alle waren erschöpft. Keiner sagte etwas. Nicht einmal Fritte. Sie trug seit Tagen ihr schwarzes Kleid von der Beerdigung. Das Kleid ließ ihre schmalen Schultern frei. Im Kontrast zu ihren blonden Haaren und ihrer durchschimmernden Haut wirkte das Schwarz des Kleides noch schwärzer. Mo hatte ihr am Morgen gesagt, sie solle ein anderes anziehen, irgendeines, das sie gern mochte, aber sie wollte nicht. Sie wollte das schwarze.

Alle stocherten in ihrem Essen herum, keiner aß. Lous Stuhl war leer. An ihrem Platz stand kein Teller. Es lag kein Besteck da, weil niemand da war, der es benutzen würde, und deshalb stand dort auch kein Glas. Niemand schaute hin. Niemand schaute irgendwohin.

Dann werden die Kinder jetzt wohl auseinander müssen. Er schaute die vier an, die schweigend vor ihren Tellern saßen. Wie konnte man den Rest dieser Familie auch noch auseinanderreißen? Wieso sollten diese Kinder nach ihrer Mutter nun auch noch zwei ihrer Geschwister verlieren?

*

Nach der Trennung von Lou und Tristan waren Toni und Fabi regelmäßig bei Tristan gewesen: jedes zweite oder dritte Wochenende sowieso, dazu mehrere Wochen in den Ferien und gelegentlich, wenn es die Umstände erforderten. Zum Beispiel als Fritte und dann später Nano geboren wurden. Vor allem in der schweren Zeit nach Frittes Geburt, als der Herzfehler diagnostiziert worden war und Lou und Mo mit den Aufnahmen von Frittes Herz von einem Spezialisten zum nächsten gefahren waren, um die Möglichkeiten und Risiken einer Operation zu diskutieren. Es war eine schwere Zeit für alle gewesen, die Nächte am Kinderbett, die sorgenvollen Tage, die Telefonate, die Briefe, die Recherchen im Internet. All die Ängste ließen die Scheidung von Lou und Tristan weit in den Hintergrund treten. Wer will in einer solchen Lage streiten? Selbst Simone hatte sich damals in das Unvermeidliche gefügt, hatte Toni klaglos zur Schule gefahren und hatte sich um die beiden gekümmert, wenn Tristan für Coffee Queen unterwegs war.

Toni hatte anfangs mehr Schwierigkeiten mit dem neu hinzugekommenen Vater Mo gehabt. Fabi war noch so klein gewesen, und Mo hatte sich gleich zu Beginn so unaufgeregt und ruhig in die Familie eingefügt, dass er in ihm eher eine Art Vertrauensperson in dem Scheidungsdurcheinander seiner Eltern sah. Mo hatte die Verlässlichkeit eines alten Baumes ausgestrahlt. Sie wussten zu der Zeit noch nicht, dass Lou ihn in der Klinik kennengelernt hatte und er über den Rand des Abgrunds hinausgesehen hatte. Aber im Nachhinein lässt sich wohl sagen, dass er genau deshalb diese Coolness besaß: Ihn brachte nichts mehr aus der Fassung. Als dann der Sturm um das Baby mit dem Herzfehler losbrach, erlebten sie Mo als so ernsthaft und so sorgenvoll – sie sahen ihn mehrfach auch weinen –, dass es ihnen überhaupt nicht in den Sinn kam, eifersüchtig zu sein oder Mo als Eindringling zu empfinden. Und im Übrigen fanden sie einen Typen mit Tattoos auf den Armen und Beinen erst einmal faszinierend.

»Hast du die gemalt?«, hatte Toni Lou gefragt, weil sie schon oft das Talent ihrer Mutter fürs Zeichnen bewundert hatte.

Lou besaß eine Menge Bücher mit Zeichnungen und konnte stundenlang am iPad im Internet surfen und sich in alles Gezeichnete vertiefen: alte Meister, Cartoons, historische Reiseskizzen, Architekturansichten, Fantasyillustrationen – einfach alles. Manchmal hatte Toni im

Arm ihrer Mutter gesessen, und Lou hatte sie auf das eine oder andere aufmerksam gemacht. Auf einen besonders schönen Strich, eine ungewöhnliche Bildaufteilung, den Umgang eines Zeichners mit Licht und Schatten oder die verblüffende Einfachheit, mit der Rembrandt Figuren andeutete. Auch wenn Toni vieles davon erst einmal nicht verstand, spürte sie die Faszination ihrer Mutter. Als Toni dann die Tätowierungen auf Mos Armen und später auf seinem Rücken sah, hatte sie die natürliche Vorstellung, dass ihre Mutter ihn der Zeichnungen wegen mochte. Dass Lou bei der Betrachtung der Formen und Farben auf seinem Körper die Zeit vergaß und ihn allein deswegen gern um sich hatte.

4

Zwei Tage vor der Beerdigung hatte Tristan in Lous und Mos Küche gestanden. In der Küche, die er selbst eingerichtet hatte, als Lou mit Toni schwanger gewesen war. In Lous und seiner Küche. Er war überrascht, wie sehr ihn die Nachricht von Lous Tod mitnahm. Sie waren seit zehn Jahren getrennt. Er hatte vor Lou unzählige Beziehungen gehabt, und auch nach Lou hatte es mehrere Frauen gegeben. Aber in dem Moment, als er begriff, dass Lou tot war, wurde ihm bewusst, dass sein Leben aus drei Abschnitten bestand: vor Lou, mit Lou und nach Lou. In all dem Kommen und Gehen, in all dem Fluss stand Lou fest und unumstößlich wie ein Fels. Er verstand das nicht. Ausgerechnet Lou! Die jahrelang selbst so haltlos gewesen war. Und jetzt war er es, der in die Strömung geraten war. Seit ihren Gesprächen zu Ostern hörte er das Tosen des Wasserfalls, auf den er zutrieb.

Es ließ sich nicht umgehen, dass er mit Mo redete. Es gab Dinge zu regeln, die sie beide betrafen. Durch Lous Tod steckte er in einem Dilemma, aus dem er keinen Ausweg sah. Und auch wenn Mo nach wie vor der letzte Mensch auf diesem Planeten war, mit dem er reden wollte, waren sie schließlich erwachsene Menschen, die kultiviert miteinander umgehen konnten.

»Ich bin gerade dabei, meine ersten Filialen in Tschechien zu eröffnen. Ich muss ständig reisen«, sagte er und wischte mit dem Daumen über den Bildschirm seines Smartphones. »Den Termin für die Beerdigung habe ich mir freigeschaufelt. Aber ich muss gleich danach weg. Eigentlich am Abend noch. Wäre es okay für dich, wenn ich die Kinder erst Donnerstag oder Freitag abhole?«

»Freigeschaufelt?«, fragte Mo.

»Wie bitte?«

»Du hast dir den Termin für die Beerdigung *freigeschaufelt*.«

»Sehr witzig! Hauptsache, du amüsierst dich.«

»*Alles*, was du sagst, ist witzig, merkst du das gar nicht?«

»Weil ich dich bitte, die Kinder drei Tage zu nehmen? Was ist daran witzig?«

»Weil du deine Kinder sogar an dem Tag, an dem ihre Mutter beerdigt wird, allein lässt. Und weil du redest, als ob ich deine Ex-Frau wäre!«

»Ich weiß gar nicht, warum ich überhaupt mit dir rede.«

»Was wird Simone dazu sagen, wenn deine Kinder ab sofort immer bei dir sind? Wird ihr das gefallen? Dann könnt ihr ja gar nicht mehr in ihrem Cabrio *cruisen*.«

»Ich habe nicht vor, mit dir über Simone zu sprechen.«

»Warum nicht? Wir reden ja auch über meine Frau.«

»*Unsere* Frau.«

»Im Ernst. Wie soll das weitergehen? Du lässt die beiden schon bei der Beerdigung allein, weil du *wichtige* Termine hast.« Bei dem Wort *wichtig* malte er ironische Anführungszeichen in die Luft.

Da war es. Tristans Dilemma. Er führte eine Beziehung mit einer Frau, die sich entschieden hatte, keine Kinder zu bekommen. Sie hatten beide eine beglückende und befriedigende Arbeit und genossen ihre Freiheit. Wenn

Toni und Fabi am Wochenende kamen, unternahmen sie etwas gemeinsam – zumal die beiden inzwischen in einem brauchbaren Alter waren –, und wenn Tristan und Simone zufälligerweise einmal genau für den Abend Theaterkarten hatten, dann konnten sie Toni und Fabi allein lassen. Die gemeinsamen Mahlzeiten waren etwas abenteuerlicher, weil sie anstrengende Diskussionen über vegetarische und vegane Ernährung, über Verpackungen, Autofahren und Flugreisen führen mussten, aber es waren nur zwei Mahlzeiten alle zwei Wochen. (Und Tristan musste sich eingestehen, dass er ohne die beiden nie so früh und nie so konsequent Coffee Queen auf Nachhaltigkeit getrimmt hätte.) Wenn die beiden nun aber dauerhaft bei ihm lebten, würde das Konstrukt zusammenbrechen. Sowohl was seine Beziehung mit Simone anbelangte als auch was seine Arbeit betraf. Er war hohe Risiken eingegangen, um Coffee Queen auszuweiten, hatte alles einsetzen müssen, um die Krise zu überstehen. Alles, was er über die Jahre aus den Cafés gewonnen hatte, war wieder zurückgeflossen, um die immensen laufenden Unkosten zu decken und Coffee Queen zu erhalten. Er würde die nächsten Jahre hart arbeiten müssen. Wenn er abends überhaupt nach Hause kam, würde es spät werden.

Er hatte natürlich mit Simone darüber gesprochen. Ihnen beiden war klar, dass er die Kinder zu sich nehmen musste. Und ihnen beiden war klar, dass es unmöglich war. Simone hatte gesagt: »Wir wollten eigentlich keine Kinder …« Sie hatten im Bett gelegen, alle Fenster weit offen, weil es in der Dachwohnung unerträglich heiß war.

»Das weiß ich, Simone. Aber ich habe nun einmal Kinder.«

»Die Idee war, dass Toni und Fabi bei ihrer Mutter sind.«

»Ihre Mutter ist leider tot.«

Eine Weile lagen sie schweigend im Bett. Dann sagte Simone: »Die beiden Großen von Borgsmüller sind im Internat. Sie sind da glücklich. Segeln, spielen Hockey ...«

»Haben keine Familie ...«

»Worüber die meisten Jugendlichen sehr glücklich sind! Sie haben ihre Freunde dort. Außerdem kommen sie in den Ferien nach Hause. Manchmal am Wochenende. Du kennst die beiden. Prima Kinder.«

»Ja«, bestätigte Tristan. Vielleicht war das der Ausweg aus seinem Dilemma. »Anna spielt ziemlich gut Geige.«

»Anika. Sie spielt Cello.«

»Richtig, Anika. Cello. So ein Internat ist eine feine Sache. Für ihre Entwicklung. Ihre Karriere.«

»Soziale Kompetenz.«

»Borgsmüller ist jetzt zum zweiten Mal geschieden ...«

Natürlich könnte ein Internat gut für ihre Zukunft sein. Aber was für einen Sinn hätte es, die Kinder zu sich zu holen, um sie irgendwohin zu geben? War es wirklich eine gute Idee, nachdem ihre Mutter gestorben war, ihr komplettes restliches Leben ebenfalls auszuradieren? Log er sich nicht vor, dass es für ihr Leben gut wäre, obwohl es in Wahrheit gut war für seines?

Der Gedanke, über all das mit Mo zu reden, war absurd. Er hatte geglaubt, mit ihm zumindest die nächsten Tage, vielleicht die nächsten Wochen abstimmen zu können, wenn sie nun schon aufeinander angewiesen waren. Aber es berührte zu viel. Wie sollten sie über die nächsten

Tage sprechen, wenn ein ganzes Leben daran hing? Sechs Leben! Sieben, wenn man Simone mitzählte.

Mo gegenüber sagte er von alldem nichts, sondern zuckte nur beiläufig mit den Schultern. »Es wird schon gehen. Du sagst ja selbst, sie sind schon groß …«

»Und wenn du sie hierlässt? Holst sie wie bisher alle zwei Wochen übers Wochenende, kannst natürlich jederzeit herkommen …«

»Wovon redest du?«

»So war es doch bisher auch. Warum etwas ändern?«

»Weil sie bei Lou waren! Sie waren bei ihrer Mutter! Lou war ihre Mutter!«

»Und ich bin ihr Vater.«

»Du bist der Vater von Fritte und Nano. Ich bin der Vater von Toni und Fabi.«

»Ja, an zwei Wochenenden im Monat. Ich habe hier Tag für Tag gesessen und mit ihnen Vokabeln gelernt. Habe sie zum Sport gefahren. Habe an ihrem Bett gesessen, wenn sie krank waren. Ich habe für sie gekocht, ihre Betten bezogen, ihre Wäsche gewaschen. Ich habe Tonis Zimmer renoviert und ihre Kindersachen mit ihr zusammen in Kisten gepackt. Ich war Tag für Tag für sie da! Erzähl mir nicht, ich sei nicht ihr Vater!«

»Du willst mir jetzt nicht vorwerfen, dass ich nicht bei ihnen sein konnte, oder? Das ist ja wohl das Letzte! Lou und ich haben uns getrennt, schon vergessen? Du Arschloch hast Lou gevögelt, als ich noch mit ihr zusammen war! Ihr habt mich betrogen!«

»Darf ich dich daran erinnern, dass du längst eine Beziehung mit deiner Coffee-Bitch hattest? Dass du deine Ehe mit Lou längst ruiniert hattest?«

»Spiel dich hier nicht als Moralapostel auf! Es geht dich einen Scheiß an, woran unsere Ehe gescheitert ist, klar?«

»Jedenfalls bist du dabei bestimmt nicht das Opfer. Niemand hat dir deine Kinder weggenommen. Du bist gegangen. Du bist gegangen, weil du es so wolltest! Du warst überfordert mit Lous Problemen! Du hast dich für die Cabriolet-Wellness-Beziehung mit der Coffee-Bitch entschieden!«

»Hör verflucht noch mal auf, sie Coffee-Bitch zu nennen! Du *Kiffer-Lusche*!«, schrie Tristan. Er stieß Mo vor die Brust, und der wurde so wütend, dass er zurückstieß, woraufhin Tristan ihn packte und in den Schwitzkasten nahm. »Das alles macht dich nicht zum Vater meiner Kinder! Nach der Beerdigung hole ich sie hier raus, und dann will ich dich nie wieder sehen!«

Mo packte Tristan von hinten an den Haaren, zog ihm den Kopf zurück und schaffte es, sich aus dem Schwitzkasten zu befreien. »Du wirst ganz sicher nicht meine Kinder auseinanderreißen, nur weil du die Coffee-Bitch vögeln musstest!«

»Ich werde ganz sicher nicht meine Kinder von einer *Kiffer-Lusche* erziehen lassen!«

Es lässt sich nicht genau sagen, wer von ihnen den anderen zuerst niederrang, jedenfalls umklammerten sie sich auf dem Boden, stöhnten und brüllten sich an. Sie knufften und boxten sich – bis sie realisierten, dass an der Tür vier Kinder standen, die ihnen zuschauten.

Nano, Fritte, Fabi und Toni sagten kein Wort.

Tristan und Mo hielten inne. Mo setzte sich hin, Tristan stand auf und strich sein Jackett glatt, wobei er merkte, dass es am Revers zerrissen war. Die beiden Männer versuchten, die Kinder anzuschauen, aber sie waren dazu nicht wirklich in der Lage. Sie blickten betreten zu Boden.

»Habt ihr … Habt ihr alles mit angehört?«, fragte Tristan.

Die vier schauten ihn wortlos an, was wohl ein Ja bedeutete.

»Tut mir leid«, sagte Mo. Seine Nase blutete. Er versuchte eine erklärende Geste und sagte: »Die Nerven … Nur die Nerven … Entschuldigt …«

Toni ging zur Arbeitsplatte, riss ein Blatt von der Küchenrolle ab und reichte es ihm.

»Ich gehe dann jetzt wohl besser«, sagte Tristan.

*

Als Mo am Abend nach dem Zähneputzen Nano huckepack die Treppe hinauftrug, fragte Nano: »Was ist eine *Kiffer-Lusche*?«

»Vergiss das Wort.«

»Wie kann man ein Wort vergessen?«

»Warte ab, bis du ein alter Mann bist.«

»Bist du ein alter Mann?«

»Nein, ich bin kein alter Mann.«

»Ist Tristan ein alter Mann?«

»Nein, Tristan ist auch kein alter Mann.«

»Woher weißt du, dass alte Männer Worte vergessen?«

»Ich weiß es eben.«

»So lange will ich nicht warten. Was ist eine *Kiffer-Lusche*?«

Mo seufzte.

»Und eine *Coffee-Bitch*?«

»Erkläre ich dir bei Gelegenheit.«
»Bei welcher Gelegenheit?«
Mo warf Nano ins Bett.
»Noch mal!«, rief Nano begeistert. »Das war cool!«
»Nein, jetzt wird geschlafen.«
»Werden wir Louma auch vergessen?«
»Glaubst du das?«
»Nein.«
»Ich bin mir ganz sicher, dass wir sie nicht vergessen werden.«
»Auch nicht, wenn wir alte Männer sind?«
»Auch dann nicht.«
Mo blieb bei Nano sitzen und hielt seine Hand, bis er eingeschlafen war. Und zur Sicherheit noch ein bisschen länger, damit er ihn nicht beim Hinausgehen weckte. Nanos Hand zu halten, war ein alter Trick, den Mo schon oft angewendet hatte. Wenn die Hand leicht zu zucken begann, war er eingeschlafen. Dann noch eine kleine Weile, und er konnte gehen.

Frittes Zimmer zu betreten, war jedes Mal ein kleiner Schock. Alles war pink oder rot. Bettwäsche, Bilder, ihr kleiner Sessel, der Teppich, sogar die Bücher in ihrem Regal: Wenn sie ein neues Buch bekam, dann schnitt sie aus rotem Papier einen passenden Einband aus, packte es darin ein und schrieb mit einem weißen Lackstift Titel und Autor auf den Buchrücken.

Und das Zimmer war voller Herzen: Kissen, Notizzettel, Stiftebox, der Teppich, ein Mobile – alles Herzen. Zum Glück gab es jeden erdenklichen Gegenstand in Herzform.

Fritte lag im Bett und las ein Buch. (Auch ihre Nachttischlampe war herzförmig.) Mo setzte sich zu ihr.

»Ich hoffe, ihr nehmt das nicht zu ernst, was heute passiert ist. Wir sind ziemlich angespannt. Alle beide.«

»Schon gut.« Fritte las einen Absatz zu Ende, während sie redeten.

»Wirklich?«, fragte er.

»Man weiß doch, wie Männer sind.«

Mo musste lächeln.

»Tut die Nase noch weh?«

»Geht so. Geschieht mir recht.«

Jetzt erst legte Fritte ihr Lesezeichen ein und klappte das Buch zu. »Es gibt noch eine andere Möglichkeit«, sagte sie.

Mo sah sie fragend an.

»Damit wir Kinder nicht auseinander müssen ...« Sie schien nicht sicher zu sein, ob sie weiterreden sollte.

»Was für eine Möglichkeit?«, fragte Mo.

»Ihr zieht zusammen.«

»Tristan und ich?«

»Tristan und du.«

*

Zuerst war damals der Bulli eingezogen. Mo hatte ihn nicht lange nach der Therapie von einem Autoschrauber gekauft, der auf einem ehemaligen Bauernhof eine große Scheune voller Ersatzteile unterhielt. Aufgrund einer Krankheit (er sagte immer nur »wegen der Krankheit«, aber ging auf Fragen nicht ein) musste er seine Werkstatt auflösen und alles loswerden. Als Mo den vw-Bus abholte, gab ihm der Mann noch zusätzlich alle möglichen Ersatzteile und Werkzeuge mit, und als sie den Bus auf den geliehenen Anhänger kurbelten, weinte er.

Die Idee hinter dem Kauf des vw-Busses war, nach der Entlassung aus der Klinik ein *Projekt* zu haben, auf das Mo sich fokussieren konnte und das im Idealfall Fortschritte machte. Mo mietete für sein Projekt eine Garage, die billig war, aber dafür so klein, dass zwar der Bus hineinpasste, aber nicht einmal mehr ein Arbeitstisch oder auch nur ein Regal für Werkzeuge. Als er Lou von der Sache erzählte, sagte sie spontan: »Wir haben Platz!« Das stimmte zwar im Prinzip, zum Haus mit der Brücke gehörte eine geräumige Garage mit zwei großen hölzernen Flügeltoren, in der neben zwei Autos eine alte Drehbank sowie ein Aufsitzrasenmäher Platz fanden. In der einen Hälfte stand Tristans Cabriolet, und die andere war zu einem Durcheinander aus Fahrrädern, Anhängern und Kisten nutzlosen Inhalts verkommen. Außerdem stand ein Motorrad darin, das einem alten Freund von Tristan gehörte, der sich vor Jahren Geld von ihm geliehen und nie zurückgezahlt hatte. Der Freund war spurlos verschwunden und hatte das Motorrad ohne Papiere und ohne Schlüssel zurückgelassen. Seither stand es dort.

Es gab also nicht wirklich Platz. Tatsächlich aber meinte Lou es so ernst, dass sie das Motorrad abholen ließ, die Fahrräder aufräumte und die Kisten in den Keller schleppte. Sie erklärte Tristan, dass sie die zweite Garagenhälfte vorübergehend einem Bekannten überlassen habe, der einen Platz für seinen vw-Bus suchte. Sie erzählte ihm zunächst nicht, dass dieser Bekannte vorhatte, an dem Bus zu arbeiten, und oft in der Garage sein würde. Tristan fragte nicht nach, denn er wollte das fragile Gleichgewicht – eher das fragile Ungleichgewicht – ihrer Beziehung nach Lous Zusammenbruch und der Therapie nicht durch eine Diskussion um etwas gefährden, das ihm ohnehin gleichgültig war. Er war kaum zu Hause und würde mit der Sache nichts zu tun haben.

Tristan fragte also nicht weiter nach dem Bekannten, dem der Bulli gehörte. Seine Aufmerksamkeit galt längst Simones offenen Armen sowie dem Gefühl, in ihr endlich einen verwandten Geist gefunden zu haben. Was natürlich völlig außer Acht ließ, dass er dasselbe Gefühl Lou gegenüber auch einmal gehabt hatte. Es stimmte zwar, dass Simone, was Coffee Queen anbelangte, ähnlich tatkräftig und wendig war wie er, aber es war eben vor allem die Unverbindlichkeit ihrer Beziehung, die sich für ihn wohltuend gegen die mit Lou abhob, an der sowohl Lous innere Schwere als auch zwei Kinder hingen.

Lou hingegen fand in Mo eine Zugewandtheit, die ihr wohltat. Und im Gegensatz zu Tristan kannte er die Welt, in der sie sich momentan bewegte. Die Welt von Therapeuten, Medikamenten und von abgrundtiefer schwarzer Ausweglosigkeit.

So kam es, dass Tristan und Mo das Auto des jeweils anderen kannten, lange bevor sie sich das erste Mal persönlich begegneten: Für Tristan war der alte VW-Bus ein gewohnter Anblick geworden und für Mo das Cabriolet, das ihn immer wieder dazu anregte, sich Tristan vorzustellen – den Mann, der sich von Lou abgewandt hatte.

Tristan interessierte sich schon allein deswegen nicht für den Fremden mit dem alten Bus, weil der etwas in ihm berührte, das Tristan lieber ignorierte: einen gewissen Komplex, den er immer wieder Männern gegenüber spürte, die in der Lage waren, an Autos zu schrauben, ein Dach auszubauen oder eine defekte Heizungsanlage in

Gang zu bringen. Tristan selbst scheute sogar davor zurück, ein Kinderfahrrad zu flicken. In seiner Jugend war er nicht mit solchen Dingen in Berührung gekommen, und später hatte er so schnell gutes Geld verdient, dass er es sich immer leisten konnte, einen Monteur oder eine Werkstatt zu bezahlen, anstatt seine Zeit mit Hausmeisterarbeiten zu verschwenden. Gelegentlich hatte er sich an einer seiner Espressomaschinen versucht, die es ihm immer schon angetan hatten. Sie waren so eng mit Kultur verbunden – mit Kaffeekultur –, dass der Umgang mit ihrer Technik etwas Tieferes, gleichsam Poetisches für ihn hatte. Allerdings fehlten ihm die Geduld und die Hartnäckigkeit, sich in die Sache zu verbeißen, wenn sich der Fehler nicht spontan beheben ließ.

Mo dagegen war schon früh in diese Dinge hineingewachsen. Sobald er alt genug gewesen war, hatte er sich eine alte Zündapp gekauft. Ein Mofa mit einem hohen Lenker, das eher aussah wie ein Kinderfahrrad mit Auspuff und damals schon ein Oldtimer war. Wenn er als Jugendlicher irgendwohin wollte, war er gezwungen, sie zum Laufen zu bringen – und wenn es drei Tage dauerte. Die Winternachmittage in der geschlossenen Jugendherberge waren so lang, dass er sich auf gleiche Weise in den Aufsitzrasenmäher vertiefte. Außerdem musste er immer seinem Vater helfen, der aus Kostengründen alles Mögliche an den Gebäuden selbst erledigte. Weil sein Vater aber aufgrund des Alkohols zu Ungeduld und Aggressivität neigte, blieb es oft genug an Mo hängen, die Arbeiten abzuschließen. Es gehörte zu den wenigen Erfolgserlebnissen seiner Jugend, wenn ihm etwas gelang, woran sein Vater gescheitert war. Allein das brachte ihn dazu, nicht aufzugeben und sich die notwendigen Kenntnisse und Fähigkeiten zu erarbeiten.

*

Oft, wenn Nano nach Hause gekommen war, hatte Lou auf den Stufen vor der Küche gesessen und auf ihn gewartet. Sie hielt dann einen Tee in ihren Händen, als ob sie sich daran festhielte, schaute hinunter in den alten Kräutergarten, den sie einmal begonnen hatte anzulegen und zu pflegen, der aber schon wieder verwildert war, und sah Nano entgegen, wenn er mit seinem Schulranzen über die kleine Brücke geradelt kam. Er kam immer hintenherum, durch die kleine Pforte in der alten Mauer, durch den verwunschenen Park und über die Brücke, nicht vorne durchs neue Tor. Durch das Tor fuhren sie eigentlich nur mit dem Auto. Zum Einkaufen, ins Kino oder in die Stadt, und wenn sie in den Urlaub fuhren. Mit den Fahrrädern fuhren die Kinder durch die Pforte und über die kleine Brücke.

Schon an der Pforte kam ihm immer Hummel entgegengerannt und sprang auf dem schmalen Weg kläffend um ihn herum. Auf dem Holz der Brücke machten seine Krallen kratzende Geräusche, und meist vergaß er Nano bereits hinter der Brücke, weil irgendetwas sein Interesse weckte. Ein Vogel oder ein Schmetterling oder irgendein Geruch, dem er schwanzwedelnd folgte.

Lou saß auf den Steinstufen, die von der Küche in den Kräutergarten hinabführten, eines der Kissen von den Küchenstühlen unter dem Po, und schaute Nano über ihre Teetasse hinweg entgegen.

»Hallo, Nano«, sagte sie, während er seinen Fahrradständer ausklappte.
»Hallo, Louma.«
»Wie war's in der Schule?«
»Gut.«
»Irgendwas Besonderes?«
»Nein.«
»Elternbrief?«
»Nein.«
»Hunger?«
»Ja.«
Ziemlich genau so verlief ihre Unterhaltung, und dann umarmten sie sich. Nano liebte den Duft des Heimkommens, den Duft der warmen Haut seiner Mutter, der aus ihrem Pullover strömte, wenn er sich an sie drückte, den Duft der Kräuter, den Duft nach Zuhause aus der offenen Kräutergartentür und den aromatischen Geruch ihres Atems. Nach ihrer Umarmung drehte er sich für gewöhnlich um, und sie nahm ihm den Ranzen ab. Natürlich hätte er das selbst tun können, so wie er es in der Schule immer machte – die Träger von seinen Schultern rutschen lassen, bis der Ranzen seine Kniekehlen berührte, und ihn dann fallen lassen, wobei er meist umkippte. Aber wenn Nano nach Hause kam, hatten sie dieses kleine Ritual, dass sie ihm den Ranzen abnahm. Als ob sie ihn von der Außenwelt befreite. Als ob sie den Schulweg, den Pausenhof, den Unterricht, Kindergeschrei und Lehrerinnenfragen mit ihren Mutterhänden von ihm abstreifte.

Meist kam dann Hummel von seiner kurzen Exkursion zurück, weil er sich daran erinnerte, dass Nano ja nach

Hause gekommen war, warf sich auf den Rücken und ließ sich die Rippen und den Bauch kraulen.

Wenn Nano jetzt nach Hause kam, saß niemand auf den Stufen. Hummel kam ihm nicht entgegen, und Mo war irgendwo im Haus oder in der Garage beschäftigt. Mo freute sich genauso, wenn Nano nach Hause kam, genauso gab es eine kurze Unterhaltung, und genauso bekam er etwas zu essen. Genauso, aber eben doch nicht genauso.

Wenn Nano abends im Bett lag, fragte er sich manchmal, was eigentlich aus dem Paradies in der Bibel geworden war, nachdem Adam und Eva hatten gehen müssen. Sind die Tiere alle dortgeblieben? Ob es verwildert ist wie Loumas Kräutergarten? Wahrscheinlich nicht, denn Adam und Eva haben ja im Paradies, als sie noch darin waren, ohnehin keinen Rasen gemäht oder Unkraut gezupft. Das Paradies blieb also wohl dasselbe, nur eben ohne Adam und ohne Eva. Wenn jemand des Weges gewandert kam und rief »Hallo, Adam!« oder »Hallo, Eva!«, dann hat einfach niemand mehr geantwortet. Und wenn einer von der Schule nach Hause kam, nahm ihm niemand den Ranzen ab.

Wenn er durch die Pforte in den verwunschenen Park ging, kam ihm Hummel nicht entgegen. Und wenn er über die Brücke ging und sich dem verwilderten Kräutergarten näherte, dann saß niemand auf der Treppe. Also war Nano hinauf in sein Zimmer gegangen und hatte den Korb mit den Figuren aus dem Regal gezogen. In diesen Korb hatte Louma einmal alle Spielfiguren, die sich überall in Nanos Kinderzimmer fanden, zusammengesammelt: Gummitiere, Playmobilmännchen, Souvenirs (ein

Papst mit Wackelkopf), eine Vielzahl von Drachen, Rittern, Cowboys, Disneyhelden und Ninjakriegern. Nano hatte sie auf dem Boden ausgeschüttet, jede einzelne Figur in die Hand genommen und geprüft. Und als er das nächste Mal nach Hause kam und den verwunschenen Park betrat, stand am Wegrand ein kleines geflügeltes Einhorn, um ihn zu begrüßen. Und auf den Stufen vor der Küche wartete Totoro, der gleichmütig ein grünes Blatt als Regenschirm über sich hielt. Er hatte Totoro immer so gern gemocht, dass er ihn für würdig befunden hatte, seine Mutter zu vertreten. Leider konnte Totoro ihm nicht den Ranzen abnehmen, aber Nano war alt genug, zu begreifen, dass man manchmal zufrieden sein muss mit dem, was man bekommt.

»Hallo, Nano«, sagte Totoro.
»Hallo, Louma«, antwortete Nano.
»Wie war's in der Schule?«
»Gut.«
»Irgendwas Besonderes?«
»Nein.«
»Elternbrief?«
»Nein.«
»Hunger?«
»Ja. Ich frage mal Mo, ob er mir was macht ...«

*

Sie hatten tatsächlich gehorsam ein paar Kartons und Taschen gepackt, weil Tristan es so mit ihnen besprochen hatte. Mo hatte in der vergangenen Nacht nicht geschlafen. Er hatte den Kindern in Ruhe erklärt, warum es sein musste. Als er Fritte ins Bett gebracht hatte, hatte er sie gefragt: »Du verstehst doch, dass es sein muss?«

Sie hatte nichts geantwortet, sondern ihn nur angesehen. Dann hatte sie ihre Nachttischlampe ausgeschaltet und sich weggedreht.

Wie soll man da schlafen können? Es hatte ihm das Herz gebrochen, wie tapfer Toni und Fabi ihre Sachen packten. Wie Fabi die Kabel aus seinem Computer zog und aufwickelte.

Als Tristan anfing, die Sachen hinauszutragen, ging es los. Fritte war die Erste, die weinte. Toni nahm sie tröstend in den Arm und sagte: »Es ist nur für ein paar Tage. Sobald er irgendwohin fliegt, kommen wir zurück.«

Es gab Tristan einen schmerzhaften Stich, als er das hörte. Fritte riss sich los, rannte die Treppe hoch in ihr Zimmer und schlug die Tür hinter sich zu. Mit einem bitterbösen Blick auf Tristan lief Toni ihr hinterher.

Fabi sagte: »Wenn sie vor Aufregung stirbt, ist es deine Schuld!«

Als auch er die Treppe hochlief, realisierte Nano, dass er als einziges Kind übrig geblieben war, und flitzte Fabi hinterher. »Stirbt sie wirklich?«, rief er Fabi auf dem Treppenabsatz zu.

»Nein«, antwortete Fabi. »Natürlich stirbt sie nicht!«

Tristan nahm unbeirrt den nächsten Karton und trug ihn zum Auto.

»Lass das, lass das, lass das!«, rief Mo erregt. »Merkst du nicht, was du anrichtest? Gib ihnen noch ein bisschen Zeit!«

»Was ich anrichte? Ich richte überhaupt nichts an. Ich weiß nicht, ob du es mitbekommen hast, aber ihre Mutter ist gestorben. Ich hole meine Kinder ab, um für sie da zu sein.«

»Das geht zu schnell! Du kannst sie nicht auseinanderreißen.«

»Soll ich sie etwa allein lassen?«

»Sie sind nicht allein! Ihre Geschwister sind hier. Ich bin hier.«

Tristan sah ihn mit einem verächtlichen Blick an. Sie standen vor der offenen Kofferraumklappe mit den Kartons und Koffern darin und bemühten sich beide, die Sachen runterzuschlucken, die sie sich am liebsten an den Kopf geworfen hätten.

»Wieso bin ich hier eigentlich der Buhmann? Ihr wisst doch alle, dass es sein muss!«

»Hör zu«, sagte Mo zögerlich. »Ich wollte es dir schon die ganze Zeit sagen ... Fritte hat einen Vorschlag gemacht ...«

»Was für einen Vorschlag?«

Mo bemerkte, dass die vier oben in Frittes Zimmer am offenen Fenster standen und herunterschauten. Frittes Blick lag ernst und still auf ihm.

»Ich ...«

Tristan und Mo standen einander gegenüber. Die Unterschiede zwischen den beiden hätten kaum größer sein können: Tristan schlank und hochgewachsen, Mo untersetzt. Tristan in langer Chinohose, Hemd, Sommerjackett und neuen Slippers, während Mo in kurzer Cargohose herumlief – zu Hause immer barfuß – und dazu ein verwaschenes T-Shirt trug, sodass man die Tattoos auf seinen Armen und seinen Waden sehen konnte.

»Ja?«

»Gib ihnen ein paar Tage«, sagte Mo schließlich. »Lass uns allen Zeit.«

»Das klingt wie eine Gnadenfrist. Als ob ich ihnen etwas Furchtbares antun werde.«

Darauf erwiderte Mo nichts.

Tristan sah zum Fenster hinauf. Toni hatte Nano auf dem Arm, und Fabi hatte von hinten seine Hände auf Frittes schmale Schultern gelegt.

5

Im Passamt des Bezirksrathauses. Tristan und Mo sitzen vor dem Schreibtisch eines Sachbearbeiters.

Beamter: »Ich brauche die Unterschrift eines Erziehungsberechtigten. Wer von Ihnen ist der Vater der Kinder?«
Tristan: »Wir beide.«
Mo: »Wir sind beide die Väter.«
Tristan: »Also, nicht leiblich. Jedenfalls nicht von allen.«
Mo: »Schon von allen. Aber nicht wir beide zusammen von allen.«
Tristan: »Sage ich ja. Nicht von allen leiblich. Sonst schon. Wir beide von allen.«
Der Beamte schaut argwöhnisch von einem zum anderen.
Beamter: »Fangen wir von vorne an: Wie heißen Sie?«
Tristan: »Tristan Albarella.«
Mo: »Mo Albarella.«
Beamter: »Sind Sie Brüder?«
Mo und Tristan: »Nein.«
Beamter: »Sonst irgendwie verwandt?«
Mo und Tristan: »Nein.«
Der Beamte schaut wieder von einem zum anderen.
Beamter: »Miteinander verheiratet ...«
Mo und Tristan: »NEIN!«
Mo (grinst): »So gut wie.«

Tristan (laut): »Nein! Wir sind *nicht* schwul!«
Mo: »Du tust so, als wäre das etwas Schlimmes.«
Tristan: »Wenn ich schwul wäre, wärst du jedenfalls nicht mein Typ! Darauf kannst du Gift nehmen.«
Beamter: »Ja, aber warum haben Sie dann denselben Namen?«
Tristan: »Wir waren beide mit Lou verheiratet.«
Mo: »Nacheinander.«
Beamter: »Und Sie haben beide ihren Namen angenommen.«
Tristan: »Nein. Ich heiße immer schon so. Sie hat meinen Namen angenommen.«
Mo: »Und ich ihren. Also, nachher. Als sie dann Albarella hieß. Jetzt heißen wir beide so.«
Tristan: »Und unsere Kinder auch. Alle.«
Beamter: »Ich brauche wohl nicht zu fragen, welches der Kinder von wem ist?«
Mo und Tristan: »Nein, brauchen Sie nicht.«
Beamter (seufzt): »Egal. Unterschreiben Sie einfach beide.«

*

Es war absurd. Mo saß abends am Küchentisch, ein Glas Wein vor sich, und versuchte sich die Sache vorzustellen. Je bildhafter er es sich ausmalte, desto absurder wurde es.

»Was würdest du machen?«, fragte er Totoro, den Nano manchmal vor dem Essen an Lous leeren Platz stellte. Eine absurde Frage, denn er kannte ja die Antwort: Lou hatte sich von Tristan getrennt. Sie war zu der Erkenntnis gelangt, dass es ihr nicht möglich war, mit ihm zusammenzuleben. Aber damals hatte es auch nicht bedeutet, die Kinder auseinanderzureißen.

Früher hatten sie oft noch gemeinsam in der Küche gesessen, wenn das Haus still geworden war. Sie hatten den Frühstückstisch für die Kinder gedeckt, und dann hatten sie ein Glas Wein getrunken. Sie hatten auf dem Sofa die Füße hochgelegt, die Köpfe zusammengesteckt und eine Folge irgendeiner Netflix-Serie geschaut. Oder er hatte in einem Buch gelesen und irgendwann bemerkt, dass Lou ihn zeichnete. Seit dem Sturz des Baumes hatte sie das Zeichnen wiederentdeckt. Nicht nur die Bruchbilder. Gelegentlich versuchte sie etwas anderes und war überrascht, dass es noch recht gut ging. Vor nicht einmal zwei Wochen noch hatten sie dort auf dem Sofa gesessen und sich über Toni unterhalten, die einen Jungen mitgebracht hatte. Sein Name war mehrmals gefallen – er hieß Nick –, aber nur Lou hatte ihn bisher kennengelernt. Lou hatte erzählt, dass Toni förmlich geglüht hatte und dass sie an der Ungerechtigkeit der Welt verzweifelt war, weil sie ihn ausgerechnet kennenlernte, bevor sie monatelang fortging. Toni hatte noch nie einen festen Freund gehabt, Lou und Mo hatten also keinerlei Erfahrungen, was das anbelangte. Mo hatte Lou gefragt, ob sie für alle Fälle mit Toni über Verhütung reden wollte, aber Lou hatte nur gelacht, weil sie das schon vor langer Zeit getan hatte. Sie sagte: »Vielleicht hätte ich mit *dir* über Verhütung reden sollen, bevor wir es das erste Mal getan haben!« Sie hatten gekichert und fanden die Vorstellung gruselig, dass ihre kleine Toni mit irgendeinem Nick Sex haben könnte.

Um ehrlich zu sein, hatten sie abends allerdings oft noch über Rechnungen gesessen, hatten überlegt, ob sie auf Briefe von Versicherungen reagieren mussten, hatten Einkaufslisten erstellt, To-do-Listen geschrieben, die immer länger und länger wurden, sie hatten Küchenschubladen ausgeräumt, weil wieder einmal Lebensmittelmotten aufgetaucht waren, oder sie hatten sich mit Technik herumgeärgert, weil Lou Fotos sichern wollte, aber der Computer aus irgendwelchen Gründen ihr Smartphone nicht erkannte. Mo hatte sich immer bemüht, diese Dinge nicht bis zum Einschlafen zu treiben, um die Geschäftigkeit nicht mit ins Bett zu nehmen, aber viel zu oft waren sie sogar getrennt schlafen gegangen, weil einer von ihnen noch etwas zu erledigen hatte.

All das ging Mo durch den Kopf, als er jetzt allein in der Küche saß. Niemand saß mit ihm am Tisch. Die Briefe, die er aufreißen musste, stammten vom Beerdigungsinstitut, von der Polizei, von der Stadt, von der Versicherung und vom Straßenverkehrsamt. Sie bereiteten ihm nicht nur Magenschmerzen (wie das maschinengeschriebene Briefe immer schon taten), sie lähmten ihn bis auf den Grund seiner Seele. Er riss sie nicht auf. Er wusste, dass er es tun müsste, aber er konnte nicht.

Er ging durchs Haus und versuchte, Lous Gegenwart zu bewahren. Sich bei jedem Gegenstand zu erinnern, wann sie ihn zuletzt berührt hatte, bei jedem Stück Fußboden, wann sie zuletzt darüber hinweggegangen war. Er hatte Angst davor, ins Bett zu gehen, denn Lou würde auf der Matratze nicht an ihn heranrücken, und er würde auch nicht ihr Nachttischlicht ausknipsen, weil sie über einem Buch eingeschlafen war.

Er öffnete auf seinem Smartphone die erste Nachricht, die er je von Lou bekommen hatte. Sie hatte sich am Tag ihrer Entlassung aus der Klinik von ihm verabschiedet, und sie hatten Telefonnummern ausgetauscht. Gleich am Abend hatte sie ihm geschrieben. *Endlich wieder bei den Kindern! Ihre Umarmungen sind der Himmel. Du wirst auch Kinder haben. Du wirst ein toller Vater sein! Bis bald, Königin Lou.*

Königin Lou ... Sie hatte gelacht, als er ihr erzählt hatte, dass er sich vorgestellt habe, sie sei die Königin der Klinik. Sie hatten gescherzt: Königin der gebrochenen Herzen. Königin der dunklen Seelen. Königin der schweren Gemüter. Sie hatte ihm dann erzählt, dass er mit seiner Vorstellung tatsächlich ins Schwarze getroffen habe: »Ich bin wirklich eine Königin. Ich bin die Coffee Queen.« »Von den Cafés?«, hatte er gefragt. »Mein Mann hat die erfunden. Wir zusammen. Er hat sie nach mir benannt. Ich bin die Coffee Queen. Ich habe das Logo gezeichnet.«

Die Vorstellung hatte ihm tagelang zu schaffen gemacht: Da war dieser Mann, der ihr eine Coffeeshop-Kette zu Füßen legte! Der Cafés nach ihr benannte, die jeder kannte! Und ich?, dachte er. Was hatte er? Was konnte er? Was tat er? Er lieferte sich selbst am Tag nach seinem dreißigsten Geburtstag in die Psychiatrie ein, weil er am Ende war, und er besaß kaum mehr als das, was er mitgebracht hatte.

Später, als er wieder zu Hause war, in seiner Wohnung, die das Sozialamt bezahlte, hatte sie ihm ein Päckchen geschickt. Sie hatten da so ein Standard-Werbepaket mit Kaffee und ein paar Sachen mit dem Logo von Coffee Queen darauf: eine Tasse, eine kleine Stempelkanne, ein Bleistift, ein Notizbuch und ein Büchlein mit geistreichen und witzigen Sprüchen über Kaffee (*No coffee no workee*). Die Tasse hatte er sofort benutzt. Er hatte in der Stempelkanne einen Kaffee aufgebrüht, ihn in die Tasse gefüllt und nach jedem Schluck das Logo angeschaut, das Lou gezeichnet hatte und das im Grunde ein Selbstporträt war. Das Notizbuch hatte er benutzen wollen, um besondere Sachen hineinzuschreiben, aber es war bis heute leer, weil es ihm für alles, was er hätte schreiben können, zu schade gewesen war. In der ersten Zeit nach der Therapie hatte er sich oft in ein Coffee Queen gesetzt und an Lou gedacht. Meist in das am Stadtgarten. Es war ihm unvorstellbar vorgekommen, dass Lou Teil einer so großen Welt war, wo sie doch in der Klinik beide nichts als zwei Menschen ohne jegliche Verbindungen gewesen waren: ohne Job, ohne Familie, ohne Freundeskreis, ohne Vergangenheit, ohne Zukunft. Zwei Vögel, die aus dem Nest gefallen waren. Sie hatten auf einer Bank in einem fremden Park gesessen, und es war immer seltsam unwirklich gewesen, wenn Lou von ihrer anderen Welt erzählt hatte. Von ihren Kindern. Von ihrem Haus, hinter dem es eine kleine Brücke über einen Bach gab. Von ihrer Verzweiflung, wenn sie sich von alldem unendlich weit entfernt fühlte und es ihr nicht gelang, eine Verbindung herzustellen. Sie hatte ihm nie Fotos gezeigt. Wahrscheinlich sehr bewusst, weil das ihre gemeinsame Anderswelt zerrissen hätte. Ebenso hatte er nie darum gebeten. Es war eine stille Übereinkunft gewesen.

Er hatte sich alles versucht vorzustellen, aber als er sie später zum ersten Mal zu Hause besuchte, war es völlig anders gewesen. Und wenn ihm jemand gesagt hätte, dass er selbst einmal in diesem Haus wohnen würde, dass die Kinder, von denen sie erzählt hatte, einmal seine eigenen sein würden und dass er noch zwei Kinder mit ihr haben würde – es hätte sein Fassungsvermögen weit überstiegen. Er, Mo Kleinert, die Schule abgebrochen, das Abitur nachgeholt, Pädagogik studiert, das Studium abgebrochen, zwei Semester Fotografie, ebenfalls abgebrochen, Weltreise angetreten, abgebrochen, Jobs als Kameraassistent beim Film – abgebrochen und nie wieder engagiert. Ausgerechnet er sollte in einem Haus mit einer Brücke über einem Bach leben? Er sollte vier Kinder haben? Er sollte der Ehemann einer Königin sein? Er sollte sogar ihren Namen tragen dürfen? Lou Albarella sollte ihn adeln, indem sie Mo Kleinert zu Mo Albarella erhob?

*

Als Fritte noch einmal aufstand und zur Toilette ging, sah sie durch die halb offene Schlafzimmertür jemanden auf dem Boden liegen. Auf den ersten Blick sah es aus wie Louma. Sie erkannte im Lichtstrahl eines von Loumas Lieblingskleidern, das mit den kleinen Kolibris darauf, und ihre roten Schuhe.

Erst auf den zweiten Blick sah sie Nano: Er hatte Sachen von Louma aus dem Schrank geholt und fein säuberlich auf dem Boden ausgelegt: ihre Jeans, die sie in letzter Zeit häufig getragen hatte, das Kleid, Socken, Schuhe, Handschuhe, die Kappe, die sie im Garten oft getragen hatte. Die Kleider lagen auf dem Boden ausgebreitet, als ob Louma dort läge und jemand die Luft aus ihr herausgelassen hätte. Auf dem Bauch dieser leeren Loumahülle lag zusammengerollt Nano, die Knie bis zum Kinn hochgezogen. Er schlief. Er hatte sogar irgendetwas Weiches in das Kleid geschoben, um Loumas Brüste zu imitieren. Darauf lag sein Kopf.

Fritte ging zur Toilette, und als sie zurückkam, legte sie sich neben Nano und umfasste ihn mit ihrem Arm. Als eine Weile später Toni vorbeikam und die beiden auf der Kleider-Louma liegen sah, erstarrte sie. Sie ging zu ihnen und kniete sich auf den Boden, um sie hochzunehmen und nacheinander in ihre Betten zu tragen. Doch sie konnte nicht. Stattdessen legte sie sich dazu. Wie viel Wärme Frittes dünner Körper verströmte, dachte sie und legte ihren Arm um die beiden Kleinen.

Fabi hatte seinen Computer wieder verkabelt und spielte online mit seinem Freund Liam. Doch er war nicht bei der Sache.

»Lass gut sein, Fabi«, sagte Liam. »Geh schlafen.« Fabi widersprach nicht. Vielleicht würde er diese Nacht endlich schlafen können.

»Gute Nacht, Liam.«

»Gute Nacht, Fabi.«

Der Bildschirm erlosch.

Als Fabi vom Bad zurückkam, sah er das seltsame Bündel auf dem Schlafzimmerboden liegen: Toni, Fritte und Nano aneinandergekuschelt auf der eigenwilligen Parodie ihrer Mutter. Einen Moment lang zögerte er. Er dachte an sein weiches Bett und daran, dass er dort ohnehin nicht würde schlafen können. Also legte er sich dazu.

Als Mo schließlich doch seine Angst überwand und ins Bett ging, als er in Erwartung von Einsamkeit und Leere sein Schlafzimmer betrat, sah er die Kinder auf dem Fußboden liegen. Er erkannte Lous Kleider, und darauf lagen dicht an dicht Nano, Fritte, Toni und Fabi und schliefen.

*

Die Gegend war erstklassig. Restaurants, Kneipen, Cafés, Parks, Altbauten mit hohen Decken. In den Fenstern Fähnchen mit Regenbögen, vor den Häusern Fahrräder und Kinderanhänger. Jetzt im Sommer überall auf den Bürgersteigen und Plätzen Tische und Stühle, auf den Stühlen entspannte Leute, auf den Tischen Teller mit Salat, Gläser mit Latte macchiato, Laptops und Bücher. Wer hier wohnte, ging mittags kurz *zum Italiener* oder *zum Veggie*, aß etwas, trank etwas, traf ein paar Leute und ging wieder nach Hause. Wer hier wohnte, zahlte viel Geld dafür, ein entspanntes Leben zu führen.

Tristan wohnte hier.

Mo war ab und zu bei ihm gewesen, um Toni und Fabi zu bringen oder abzuholen, aber er hatte Tristans Haus niemals betreten.

»Ja?«, erklang Tristans Stimme aus der Gegensprechanlage.

»Hier ist Mo. Ich muss mit dir sprechen. Ich will dir einen Vorschlag machen.«

»Ach, der Vorschlag ...«

Der Türöffner summte, Mo drückte die schwere hölzerne Haustür auf und ging die Treppe hinauf. Vier Stockwerke.

Oben stand Tristan an der Wohnungstür. Er trug eine lange Leinenhose und ein Hemd mit hochgekrempelten Ärmeln.

Mo war außer Atem, als er oben ankam. »Was ist das für eine lausige Wohnung?«, fragte er. »Nicht einmal ein Aufzug.«

»Musst du reinkommen?«

»Ja.«

Tristan trat beiseite. Es war so ziemlich die schönste Wohnung, in der Mo je gewesen war. Helle Altbauzimmer, eine schmale Wendeltreppe hinauf unters Dach und große Fenster. Auf der Dachterrasse Holzboden, rot gepolsterte Sessel, Pflanzenkübel mit Zitronen- und Olivenbäumchen. Mo fiel auf, wie aufgeräumt es war. Kein Spielzeug lag herum, kein Berg aus Kinderschuhen, an der Garderobe keine Traube aus Fahrradhelmen. Hinter den Spiegel im Flur waren genau drei Postkaten geklemmt. Nicht der Wust aus ständig verrutschenden Karten, Fotos, Flyern, Zeichnungen und Mathematik-Urkunden, den er kannte.

»Schön hast du's hier«, sagte Mo.

»Danke.«

Leider musst du ausziehen.

»Kaffee?«

»Tee.«

»Das war so klar.«

»Warum fragst du dann?«

»Pass auf, sag mir einfach, was du willst, und geh wieder. Wir hatten bisher nichts miteinander zu tun, und ich sehe keinen Grund, warum sich das ändern sollte.«

»Erst der Tee.«

Tristan seufzte. Er ging in die Küche, füllte Wasser in einen Kessel, stellte ihn auf den Gasherd und entzündete das blaue Flämmchen. Er hängte einen Teebeutel in eine Tasse und machte sich an seiner chromglänzenden Kaffeemaschine zu schaffen.

»Wow. Krasse Kaffeemaschine …«

Sie schwiegen eine Weile, während Tristan hantierte.

»Um ehrlich zu sein«, sagte Mo, »komme ich mir hier vor wie ein Fremdkörper.«

»Um ehrlich zu sein, *bist* du hier ein Fremdkörper.«

Als Tristan den Tee für Mo und den Kaffee für sich fertig hatte, gingen sie hinaus auf die Dachterrasse. Eine Krähe, die auf dem Geländer gesessen hatte, flog lautlos davon.

Mo trat ans Geländer und schaute sich um. »Man kann ja sogar den Dom sehen.«

»Also, mach deinen Vorschlag«, sagte Tristan und setzte sich in einen der roten Sessel.

Mo blieb stehen, das Geländer im Rücken. »Wir können die Kinder nicht auseinanderreißen. Das können wir nicht tun.«

»Ich lasse meine Kinder nicht bei dir, vergiss es.«

»Es gibt noch eine andere Möglichkeit.«

»Ach ja?«

»Ja.«

»Und welche?«

Mo atmete tief durch. Dann sagte er: »Wir ziehen alle zusammen.«

Tristan sah ihn an, als ob er vollkommen den Verstand verloren hätte.

»Wie bitte?«

»Du ziehst zu uns.«

»Ich soll das hier aufgeben? Um in das Haus zu ziehen, das ich gekauft habe? Das ich renoviert habe und das du verkommen lässt? In dem du zehn Jahre lang mit meiner Frau gelebt hast?«

»Du hast sie damals verlassen, obwohl sie Hilfe gebraucht hätte.«

»Raus. Verschwinde! Das muss ich mir nicht anhören.«

»Entschuldige. Es tut mir leid. Ist deine Sache. Jedenfalls habe ich nicht mit deiner Frau in dem Haus gewohnt. Es war nicht mehr deine Frau.«

»Also, warum sollte ich dann wieder da einziehen?«

»Es sind deine Kinder.«

Tristan schüttelte verächtlich den Kopf. »Was glaubst du, wie lange geht das gut? Du und ich? Zusammen? Wir haben noch nicht einmal miteinander reden können, ohne dass du eine Prügelei angefangen hast!«

»Du hast angefangen.«

»*Du* hast angefangen! Ich habe mich in meinem Leben noch nie geprügelt. Mit niemandem!«

»Ich auch nicht.«

»Das ist verrückt!«

Mo setzte sich Tristan gegenüber. »Du siehst doch, wir reden miteinander, ohne uns zu prügeln. Wir werden besser.«

»Wir werden uns gegenseitig *umbringen*.«

Mo wusste, dass er nicht aufgeben durfte. Es war zu wichtig. Alles hing davon ab. »Im Ernst, Tristan. Denk drüber nach. Die Kinder haben gerade ihre Mutter verloren. Wir können es ihnen nicht antun, dass sie sich jetzt auch noch gegenseitig verlieren!«

In diesem Moment wurde die Tür aufgeschlossen, und Simone kam in die Wohnung. Sie trug ein gerade geschnittenes farbloses Sommerkleid und elegante Schuhe mit flachem Absatz. Die Coffee-Bitch. Mos Begegnungen mit ihr in all den Jahren ließen sich an einer Hand abzählen. Simone stellte ein paar Einkaufstüten ab und kam zu ihnen. »Hallo, Mo …«

»Hallo, Simone …«

»Es tut mir so leid. Schrecklich. Wenn wir irgendwas für dich tun können …«

»Danke«, sagte Mo und sah Tristan an.

Die Krähe kam zurück, landete wieder auf dem Geländer und sah sie mit ihren glänzenden schwarzen Augen an. Mo bemühte sich, das nicht als Zeichen zu sehen.

6

Die Jugendherberge, in der Mo aufgewachsen war, lag idyllisch an einem See. Da aber sowohl sein Vater als auch seine Mutter Alkoholiker waren, kamen das weitläufige Gebäude und das Gelände immer mehr herunter. Die Jugendherberge war nie wirklich ausgelastet gewesen, aber mit der Zeit kamen immer weniger Schulklassen. Mo war oft völlig allein auf dem Gelände. Er holte dann den Aufsitzmäher aus dem Schuppen, knatterte mit seiner Zündapp zur Tankstelle, um einen Kanister Benzin zu kaufen, und fuhr einen ganzen Vormittag lang über die verlassenen Wiesen. Im Frühling nahm er das Ruderboot und legte die Leine mit den kleinen roten Bojen im Wasser aus, die den Schülern den Nichtschwimmerbereich anzeigte, und im Herbst holte er sie wieder ein und brachte sie in den Schuppen. Er hatte keine Freunde, denn in der Umgebung der Herberge gab es niemanden. In der Schule galt er als Sonderling. Er verschwand gleich nach dem Unterricht, weil er zu Hause helfen musste. Weil er sich für seine Eltern schämte, lud er nie jemanden zu sich ein. Er freundete sich oft mit Schülern aus den Klassen an, die in die Jugendherberge kamen. Vor allem mit den Außenseitern, die allein irgendwo herumsaßen, während die anderen im Tischtennisraum ihren Spaß hatten oder unter den Bäumen am Ufer heimlich Bier tranken, das sie von der Tankstelle geholt hatten. Es gab immer den einen oder anderen Außenseiter, der nicht mitmachen durfte und froh darüber war, von dem Jungen, der in der Jugendherberge wohnte, angesprochen zu werden. Mo hatte im Laufe der Jahre einen Blick für Außenseiter bekommen. Manchmal waren es Langweiler, mit denen aus gutem Grund niemand etwas zu tun haben wollte, aber oft waren es überraschend interessante Leute. Sie befassten sich mit ungewöhnlichen Dingen, die oft ziemlich daneben waren, aber für die paar Tage, in denen die Klassen blieben, genau das Richtige. Einer zeichnete mit spitzem Bleistift Raumschiffe. Unendlich feine Querschnitte und Aufrisse der einzelnen Decks, der Antriebe und Vorräte, die er Mo genau erklärte. Ein anderer Junge kannte sich mit Singvögeln aus. Er brachte Mo einiges bei, was er als Erwachsener noch wusste, aber die Singvögel halfen diesem Jungen nicht gerade, in seiner Klasse zum angesagten Kameraden zu werden.

Als Mo vierzehn Jahre alt war, geriet er zum ersten Mal an einen Kiffer, einen bleichen Jungen mit langen Haaren, der mit jeder Pore seiner Aknehaut verströmte, dass er in Ruhe gelassen werden wollte. Er gab sich cool und arrogant und wusste alles über Frank Zappa. Auf Mos Annäherung ging er allerdings bereitwillig ein, und Mo begriff, dass sein abweisendes Gehabe – ebenso wie seine Leidenschaft für Frank Zappa – nur dem Selbstschutz diente und der Ablehnung der anderen zuvorkommen sollte. Bald entwickelte Mo ein Auge dafür, wer in den jeweiligen Schulklassen kiffte. Was seine eigene Zurückgezogenheit noch verstärkte. Ein anderer interessanter Aspekt an den Außenseitern war Sex. Diese Welt erschloss sich Mo noch vor seinem sechzehnten Geburtstag (»Klar bin ich schon sechzehn«). In jeder Schulklasse gab es eines dieser Mädchen, die sich die Augen mit viel zu viel Kajal umrahmten, die Haare schwarz oder violett färbten und schwarze Kleider trugen. Manchmal waren sie zu zweit, meist aber allein. Diese Mädchen pflegten ein striktes Außenseitertum. Mo war auf sie aufmerksam geworden, weil auch sie oft mit Joints und kleinen Pfeifchen hantierten, aber nachdem er zum ersten Mal verführt worden war, wusste er, dass sie auch noch etwas anderes zu bieten hatten – solange ihr Außenseitertum nicht angetastet wurde. Und da bestand bei dem Herbergsjungen, den man nie wiedersehen würde, keine Gefahr. Die Erste war ein siebzehnjähriges Mädchen namens India (was angeblich ihr richtiger Name war). Sie hatte Spaß daran, dem kleineren Jungen zu zeigen, was sie unter ihren schwarzen Gewändern verbarg, und bereitete Mo nach ihrer Abreise viele schlaflose Nächte. Er schrieb ihr drei Briefe, doch sie antwortete nie. Danach geschah in dieser Hinsicht lange Zeit nichts, doch vor allem später profitierte Mo davon, dass pubertierende Mädchen magnetisch von älteren Jungen angezogen werden. Er stach ihre gleichaltrigen Klassenkameraden, die für diese Mädchen grenzenlos langweilig waren, mit Leichtigkeit aus. Zumal er inzwischen selbst wusste, wie er an Gras kam, und sie damit bestechen konnte. Wenn er dann im Herbst die Leine mit den Bojen aus dem See holte und in den Schuppen brachte, saß er lange auf der Matratze, die er aus dem Wirtschaftsraum der Jugendherberge hergetragen hatte, und erinnerte sich an die Erlebnisse des Sommers. Sie waren nicht unbedingt schön oder sogar romantisch, eigentlich sogar verkrampft und missglückt, aber immer aufregend und eine Erinnerung wert.

Mos Jugend bestand also aus Freundschaften und Beziehungen, die nie länger als drei, vier oder höchstens fünf Tage dauerten. Mit der Abfahrt des Busses, oder wenn die Schulklasse durchgezählt wurde und mit dem Rattern von zwei Dutzend Rollkoffern in Richtung Bahnhof verschwand, war Mo wieder für sich. Bis er nach der Ankunft der nächsten Klasse einen anderen Außenseiter (oder eine Außenseiterin) ausmachte.

Mit der Zeit kamen immer weniger Schulklassen, vor allem nachdem der Bahnhof stillgelegt worden war. Die Jugendherberge wurde nur noch von Schulen genutzt, die für ihre Klassenfahrten einen Reisebus mieteten. Allerdings waren diese Schulen auch bei der Auswahl der Jugendherbergen etwas anspruchsvoller, und niemand konnte behaupten, dass sich die Jugendherberge von Mos Eltern durch irgendetwas auszeichnete. Sie bot außer dem See nichts Besonderes – wie etwa einen Kletterwald für gruppendynamische Aktionen –, und es war nicht zu leugnen, dass sie schäbig war. Längst hätten die Türen zu den Zimmern und die alten Fußbodenbeläge erneuert werden müssen, längst hätten Speisesaal, Aufenthaltsraum und der Tischtenniskeller modernisiert werden müssen, von den Bädern ganz zu schweigen. Die Küche sah aus, als wäre sie nach dem Zweiten Weltkrieg ausgestattet worden. Und das war sie wohl auch. Aber damals hatte man dermaßen solide Geräte und stählerne Arbeitsflächen benutzt, dass sie immer noch ihren Dienst taten und es ein Jammer gewesen wäre, sie zu entsorgen. Mos Eltern fehlte sowohl das Geld als auch die Motivation, irgendetwas zu renovieren, und so hing der Geruch der alten Fußböden und Vorhänge in den Fluren und

Zimmern. Mo zog diesen Muff allerdings den Ausdünstungen des Alkohols vor, der ihre Wohnung am Ende des Seitenflügels beherrschte, und so verbrachte er im Herbst und im Winter, wenn die Jugendherberge leer stand, oft seine Zeit im Aufenthaltsraum und schlief häufig in einem der Etagenbetten in den leeren Zimmern. Zu der Zeit hatte er seinen Drogenkonsum längst auf Koks und Amphetamine ausgeweitet und war zum ersten Mal mit LSD in Berührung gekommen.

*

Vorne an der Haustür, wo der Berg Schuhe lag und die Jacken hingen, über der alten Bauerntruhe, auf die man sich setzen konnte, wenn man seine Schuhe anzog, hing ein altes Foto des Hauses. Nano stellte sich manchmal auf die Truhe und schaute das Foto an. Es war ohne Farben, nur grau und vergilbt. Das Haus sah ganz ähnlich aus wie jetzt, nur stand es in einer anderen Zeit. Der Weg und die Beete sahen anders aus, die Eingangstreppe war nicht dieselbe, und die Garagen fehlten. Dafür stand neben der Treppe eine kleine Hundehütte, in deren dunklem Inneren ein Kissen zu liegen schien. Wo inzwischen Bäume standen, war auf dem Foto eine Wiese mit hohem Gras, und neben dem Haus lange Reihen von Obstbäumen. Viel mehr als jetzt. Es gab einen Holzzaun, der schon damals uralt aussah. Am Tor dieses Zaunes standen drei Frauen in langen Röcken mit umgebundenen Schürzen und zugeknöpften Blusen. Eine von ihnen hielt einen Holzrechen für Heu und die anderen beiden stabile Besenstiele, an deren Enden eine Art Knüppel gebunden war. Louma hatte Nano einmal erklärt, dass das Dreschflegel waren und wozu man sie früher benutzt hatte. Die drei Frauen sahen ernst aus. Vielleicht auch müde. Denn während die eine mit zurückgenommenen Schultern aufrecht stand, wirkten die anderen beiden in sich zusammengesunken, als ob sie von der Arbeit erschöpft seien. Sie mussten für das Foto ganz still gestanden haben, denn einige Blätter des Baumes über ihnen waren seltsam verschwommen, und im Hintergrund fegte ein weißer Wisch durchs Bild, der ein bisschen so aussah wie in einem Zeichentrickfilm, wenn einer ganz schnell rennt. Nur dass derjenige, der ganz schnell rennt, auf dem alten Foto nicht zu sehen war. Als ob er längst verschwunden und nur seine Bewegung geblieben wäre. Es musste ein kleiner weißer Hund gewesen sein. Wie Hummel. Irgendwann, als er ganz genau hinsah, entdeckte Nano, dass eine Pfote deutlich zu sehen war. Sie stand auf dem Boden und verwischte erst weiter oben. Das sah gespenstisch aus: ein durchsichtiger Geisterhund mit einer richtigen Pfote. Nano überlegte manchmal, wer die Frauen wohl gewesen waren. Hatten sie hier gewohnt? Oder nur gearbeitet? Wie hatten sie geheißen? Sie sahen so altmodisch aus, dass sie schon längst gestorben sein mussten. Schon lange bevor Mo und Tristan geboren worden waren, und Mo hatte gesagt, sogar bevor Oma Ilona oder Karim auf die Welt gekommen waren.

Nano hatte die drei Frauen so oft angeschaut, dass er sie vor sich sehen konnte, wenn er die Augen schloss. Einmal hatte er das Foto von der Wand genommen und war rausgegangen, um die Stelle zu finden, von der aus es aufgenommen worden war. Manchmal stellte er sich dorthin – vor allem in der Dämmerung funktionierte es –, schaute das Haus an und schloss die Augen. Dann sah er die Frauen dort stehen, und im Hintergrund hing das reglose weiße Huschen in der Luft, und für einen winzigen Momente fühlte es sich so an, als ob er selbst als grauer verwackelter Schatten (denn er hätte bestimmt nicht still gestanden) im Damals wäre. Er wäre jetzt auch längst verstorben und vergessen, und es gäbe niemanden mehr, der sich erinnerte, wer er gewesen war und wie er geheißen hatte. Es machte ihn wehmütig, dass der Großvater-Nano nach einem langen Leben, das mindestens zehnmal so lange gedauert hätte wie sein jetziges bisher, gestorben und vergessen war und niemand wüsste, wo sein Grab war. Armer Großvater-Nano.

Einmal, als Nano am Bach spielte, sah er aus den Augenwinkeln, dass jemand auf der Brücke stand. Vor den leuchtend grünen Blättern der Bäume, die in der Nachmittagssonne flimmerten, vor dem Grün und Gelb und Braun des Sommers stand eine Frau in einem langen Rock und mit einem Dreschflegel in der Hand. Kein bisschen Farbe war an ihr, nur ein vergilbtes Grau. Doch als Nano aufschaute, war niemand da. Während das kalte Wasser um seine nackten Füße rann, stand er reglos im Glitzern der Sonne, die sich tausendfach im Bach spiegelte. Er wusste, dass es Louma gewesen war, und er wusste, dass sie nicht wirklich da gewesen war. Genauso wenig wie die drei Frauen, die er mit geschlossenen Augen sehen konnte.

Seine Mutter sah Nano nur dieses einzige Mal aus den Augenwinkeln oben auf der Brücke, während er im Bach stand. Was er dagegen öfter sah, war der weiße verschwommene Wisch des kleinen Hundes. Hinten im

Garten, auf der Treppe vor dem Haus oder wenn er in der Einfahrt Fahrrad fuhr.

»Eine optische Täuschung«, erklärte Mo.

»Was ist eine optische Täuschung?«

Mo setzte sich mit Nano aufs Sofa und zeigte ihm auf dem Tablet optische Täuschungen: Zickzacklinien, in denen aus dem Nichts ein Panda erschien, dreidimensionale Würfel, die plötzlich von außen nach innen umklappten, Bilder, die nach einer Weile begannen, sich zu bewegen.

»Siehst du?«, sagte Mo. »Das sind optische Täuschungen.«

»Ja.« Nano nickte. »So ist das mit dem weißen Wisch. Wenn ich hinschaue, ist nichts mehr zu sehen.«

»Siehst du ...« Mo lächelte ihn an und schaltete das Tablet aus.

»Ich vermisse Hummel«, sagte Nano.

Mo holte tief Luft. »Ich auch.«

Dass er einmal nicht nur den weißen Wisch gesehen hatte, sondern Louma in dem grauen Rock und mit dem Dreschflegel, erzählte Nano nicht. Er wollte nichts über optische Täuschungen hören. Eine Mutter ist kein Panda.

*

»Ich hätte nicht erwartet, dass ihr Tod dich so aus der Bahn wirft ...« Sie saßen im Taxi nach Hause. Tristan hatte sein Fenster ein Stück weit heruntergelassen und hielt das Gesicht in den warmen Luftzug. Der Taxifahrer war ein älterer Mann mit kurzen weißen Haaren und hieß Ömer. Tristan hatte sich einmal seine Karte geben lassen und rief ihn gern an, wenn er ein Taxi brauchte. Er mochte

Ömers ruhigen und bedächtigen Fahrstil. Tristan hasste nichts mehr als Taxifahrer, die drängelten und rasten und sich beständig über den Fahrstil anderer aufregten.

»Tristan, möchtest du mit mir reden?« Simone saß neben ihm. Sie trug einen dunklen Rock und eine cremefarbene Bluse, und ihre Haare bewegten sich im Luftzug von Tristans Fenster. Mit einer nervösen Bewegung strich sie die Haare hinter ihr Ohr. Wenn sie das tat, sah sie immer so verletzlich aus. Ihre Ohren standen etwas zu weit ab, und Tristan sah Simone dann für einen kurzen Moment als kleines Mädchen. Das Mädchen, das sie einmal gewesen war und das immer noch tief in ihr steckte. Sie legte die Hand wieder auf ihre Handtasche. Simone schleppte immer eine große Handtasche mit sich herum, aus der Papiere und Klarsichthüllen quollen. Neben ihrer Tasche lag die Plastiktüte mit den in Alufolie eingepackten Essensresten aus dem Restaurant. Sie ließ sich immer die Reste einpacken. Er hatte sie schon vor über zehn Jahren bei ihrem ersten gemeinsamen Restaurantbesuch deswegen aufgezogen.

Tristan hatte Simone einen ganzen Tag lang nichts von Lous Tod erzählt. Er hatte es nicht gekonnt. Als er am Tag des Unfalls spätabends nach Hause gekommen war, nachdem er den Nachmittag und den Abend bei Toni, Fabi, Mo und den Kleinen gewesen war, fragte sie ihn, ob er darüber reden wollte. Sie meinte natürlich seinen Abschied von Toni. Er hatte sie ja eigentlich zum Flughafen bringen wollen. Von Lous Tod wusste sie noch nichts, aber sein Mund war wie zugeklebt. Simone ging ins Bett, während er sich mit einem Glas Rotwein draußen im Dunkeln auf die neuen Rattanmöbel setzte. Simone kam noch einmal zu ihm heraus und gab ihm einen mitfühlenden Gutenachtkuss (mitfühlend wegen Tonis Abreise), und auch in diesem Moment sagte er nichts.

Nachdem er den ersten Schluck getrunken hatte, wurde ihm klar, dass er keinen Alkohol trinken wollte, schüttete den Wein in einen der Pflanzenkübel und brühte sich in der Küche einen Kaffee auf. Anstatt der weißen italienischen Tasse, die er sonst immer benutzte, wenn er zu Hause Kaffee trank, nahm er eine der Tassen von Coffee Queen aus dem Schrank. Und dann saß er die ganze Nacht unter dem Sternenhimmel auf seiner Dachterrasse und schaute auf die Coffee Queen.

Er dachte über Lou nach, er dachte über sich selbst nach, und er dachte darüber nach, warum er Simone nichts hatte sagen können. Irgendwann schlief er ein, den weiten Himmel über sich. Er wachte im Morgengrauen auf, weil er fror, und brühte noch einen Kaffee auf. Er hatte ihn noch nicht ausgetrunken, als Simone herauskam.

»Warst du die ganze Nacht hier draußen?«, fragte sie. Und als er nicht antwortete, fragte sie noch einmal: »Was ist los?«

Lou ist gestorben.

Er brachte den Satz nicht heraus. Ein ganz einfacher Satz. Und zugleich so kompliziert und endlos verworren. So vieles hing damit zusammen, was sie anders verstehen würde, was sie falsch verstehen würde, was sie *nicht* verstehen würde. Natürlich war es ein Fehler, zu schweigen. Er wusste, dass es immer hilfreich war, mit Simone zu reden. Sie war klug und einfühlsam und half ihm verlässlich, seine Gedanken und Gefühle zu ordnen. Es würde ihm guttun, mit Simone über Lous Tod zu reden. Aber er konnte nicht. Es gab so vieles, was er nicht verstand. Es gab so vieles, wovor er Angst hatte, es zu verstehen. Er wollte nicht, dass Simone mit ihrer klugen und einfühlsamen Art die Dinge sortierte – schneller, als er es ertrug.

»Fahren wir gemeinsam?«, fragte Simone, während sie ins Bad ging.

»Ich komme später nach. Ich nehme das Rad«, antwortete er. Er fuhr oft mit dem Fahrrad ins Büro. Die Strecke war nicht allzu lang – keine Viertelstunde –, und seit sie überall in der Stadt Fahrradspuren eingerichtet hatten, kam man ziemlich flüssig voran.

Nachdem Simone gegangen war – sie musste pünktlich zu einem Besprechungstermin –, ging er duschen und stand lange unter dem heißen Wasser. Später spannte er den Sonnenschirm auf und setzte sich in Boxershorts und T-Shirt wieder auf seinen Platz auf dem Rattansofa. Er rief im Büro an und sagte Bescheid, dass er auch an diesem Tag nicht kommen würde. Seine Assistentin Elsa berichtete ihm, dass schon am Morgen ein paar Leute versucht hatten, ihn zu erreichen, weil es in Prag ein Durcheinander gab, wo die Arbeiten vor der Eröffnung der neuen Filiale auf Hochtouren liefen. Er bat sie, ihm alles per Mail zu schicken, damit er später zurückrufen könne. Doch er öffnete keine Mail, und das Fahrrad blieb im Keller. Er nahm sich fest vor, am Abend mit Simone zu sprechen. Es war zu albern. Er musste doch den einfachen Satz sagen können: *Meine Ex-Frau ist gestorben.*

Er brauchte ihn nicht zu sagen. Simone kehrte schon am Mittag nach Hause zurück. Irgendwie war es ins Internet geraten, dass die Coffee Queen ums Leben gekommen war. Er entschuldigte sich bei Simone. Natürlich sprachen sie dann miteinander. Über Toni und Fabi, über Lou und Mo, über die Vergangenheit und über die Zukunft. Aber er brach das Gespräch ab, weil er wieder zu Toni und Fabi fahren wollte, um für sie da zu sein. Simone stimmte vollkommen zu, dass es jetzt besser sei, bei ihnen zu sein.

Den Tag über riefen ihn einige alte Freunde an, um ihm ihr Mitgefühl auszudrücken. Sascha und Heidi fragten, ob er vorbeikommen wolle, aber er lehnte dankend ab. Alex und Tita meldeten sich aus Paris und boten ihm an, dass sie zusammen essen gehen würden, sobald sie zurückkämen. Und Borgsmüller besuchte gerade seine Kinder im Internat im Schwarzwald, wo der jährliche Elternsprechtag stattfand. »Sie ist nur deine Ex, aber ich weiß aus eigener Erfahrung, dass man trotz allem eine Bindung behält. Immerhin hat man ihre Hand gehalten, während sie die Kinder rausgepresst hat.« Danach ließ Tristan alle weiteren auf die Mailbox sprechen, wenn sie nicht ohnehin nur eine Nachricht schickten.

Als Ömer an einer Kreuzung anfuhr, spürte Tristan wieder den Wind im Gesicht.

»Mo hat mich gefragt, ob ich mit ihm und den Kindern zusammenziehe«, sagte er unvermittelt.

Simone, die immer alles sofort verstand, war verwirrt. Zwischen ihren gezupften Augenbrauen bildeten sich Fältchen. »Wie bitte?«, fragte sie.

»Es wäre die einzige Möglichkeit, die Kinder nicht auseinanderzureißen.«

»Es gibt andere Möglichkeiten, die Kinder nicht auseinanderzureißen.«

»Welche?«

»Du lässt sie einfach bei ihm.«

»Es sind nicht seine Kinder.«

»Das hat dich die letzten zehn Jahre auch nicht gestört. Du bezahlst sowieso für sie. Er hat das Haus. Er und die Kinder erben Louises Anteile an Coffee Queen. Damit kommen sie gut über die Runden. Alles bleibt, wie es ist.«

»Nichts bleibt, wie es ist. Lou ist tot. Der Kerl ist total irre! Der kriegt nichts auf die Reihe! Ohne Lou ist der aufgeschmissen. Ich werde die Kinder ganz sicher nicht bei ihm lassen! Aber sie brauchen Zeit. Ich kann die beiden auf keinen Fall jetzt da rausholen. Du hättest dabei sein müssen. Es war eine Katastrophe. Ich kann sie aber auch auf keinen Fall allein bei diesem Irren lassen. Der bringt es fertig und fackelt das Haus ab! Also muss ich wohl zu ihnen ziehen.«

»Du willst doch nicht ernsthaft auf diesen Vorschlag eingehen!«

»Natürlich nicht wirklich. Nur für drei Monate. Und keinen Tag länger.«

»Warum ausgerechnet drei Monate?«

»Ich muss den Kindern Zeit geben, aus dem Schlimmsten herauszukommen. Aber länger als drei Monate ertrage ich es nicht. In den Ferien fahre ich mit ihnen weg. Am besten allein mit den Großen. Das wird ihnen helfen.«

»Wie lange brauchen Kinder, um aus dem Schlimmsten herauszukommen?«

»Keine Ahnung.«

»Wir haben schon eine Menge Businesspläne erstellt und Deals auf den Punkt geplant. Aber das hier sind Kinder. Kinder funktionieren nicht so.«

»Das weiß ich, Simone. Aber es geht ja nur darum …

Jetzt kann ich sie unmöglich da wegholen. Es ist einfach zu viel auf einmal. In drei Monaten hatten sie Zeit, durchzuatmen.«

Simone sah ihn nachdenklich an und sagte nichts weiter dazu.

»Was denkst du?«, fragte er sie.

»Was wird mit uns? Aus deinem Burn-out? Deiner Midlife-Crisis?«

An der Art, wie sie die Worte betonte, mit einem Hauch von Ironie, aber ohne sarkastisch zu sein, erkannte er, dass sie alles über ihn wusste. Sie war nicht nur klug, sie war nicht nur sensibel, sie kannte ihn auch gut genug, um ihn zu durchschauen.

»Wir sind da.« Das Taxi hielt vor dem Haus, Ömer stellte den Taxameter aus.

Tristan gab ihm einen Geldschein und sagte: »Danke, stimmt so.«

Als das Taxi weiterfuhr, standen sie allein auf dem Bürgersteig.

»Tristan, Lou ist tot. Du wirst nicht mehr mit ihr zusammenkommen.«

Sie sahen sich lange an.

»Seien wir ehrlich«, sagte Simone. »Uns ist beiden klar, dass du weder eine Midlife-Crisis noch einen Burn-out hast.«

»Es tut mir leid, Simone. Lass uns eine Auszeit nehmen. Über alles nachdenken. Uns darüber klar werden, wie es mit uns weitergeht.«

»Eine Auszeit …«

»Drei Monate.«

7

Toni hatte Nick zwei Wochen vor ihrer geplanten Abreise kennengelernt. Er war Schulsprecher einer anderen Schule. Sie hatte ihn zuvor schon gelegentlich gesehen, zweimal bei Fridays for Future und einmal bei den großen Protesten gegen den Kohleabbau.

Fiona hatte sie auf ihn aufmerksam gemacht. »Ist der nicht süß? Er heißt Nick.«

Toni hatte gedacht, er ist wirklich süß, aber im Durcheinander der Menschenmassen hatte sie ihn nicht wirklich wahrgenommen und gleich wieder vergessen. An einem Freitag zwei Wochen später stand sie plötzlich vor ihm – und sah ihn diesmal wirklich. Sie konnte nicht an ihm vorbeischauen. Er magnetisierte ihre Augen, und er veränderte ihr Gefühl davon, was in der Welt bedeutsam ist. Es war ein warmer Nachmittag, die Demonstration hatte sich aufgelöst, und überall im Stadtgarten standen kleine und große Gruppen beisammen und plauderten. Erdkugeln, Plakate, Stirnbänder, beschriebene T-Shirts und geschminkte Gesichter – es herrschte ein buntes Treiben. Die Stimmung war geprägt von Hoffnung, Aufbruch und Gemeinsamkeit. Eben noch hatte Toni all das gesehen, und im nächsten Moment sah sie nur noch ihn. Sie setzten sich auf den Rasen und sprachen miteinander. Wenn er erzählte und wenn er ihr zuhörte, sah er sie aufmerksam an. Sie hatte noch nie erlebt, dass jemand sich so ungeteilt auf sie konzentrierte. Er legte ihr seine Vision einer besseren Zukunft dar und was er alles tun wollte, um sie zu verwirklichen. Er strahlte einen Tatendrang und einen Optimismus aus, der sie vollkommen einnahm. Sie erzählte ihm von ihrer bevorstehenden Reise nach Brasilien, und er gab ihr die Nummern von Freunden, die er durch seine Klimaarbeit kennengelernt hatte. Er wusste viel über Brasilien und fragte noch mehr. Er fragte sie nach ihren Plänen, nach ihrem Leben, nach allem. Als sie das nächste Mal aufblickte und sich umsah, stellte sie erstaunt fest, dass es dämmerte und kaum noch Leute im Park waren. Er begleitete sie zur Straßenbahn, wobei er ein altes Rennrad neben sich herschob, wartete mit ihr und fuhr sogar noch ein kleines Stück mit dem Rad neben der Bahn her.

Sie schrieben sich in den nächsten Tagen Nachrichten, und obwohl Toni so viel zu tun hatte, um ihre Reise vorzubereiten, sahen sie sich noch zwei Mal. Das erste Mal aßen sie zusammen ein Eis, und er begleitete sie bei Einkäufen, die sie noch zu erledigen hatte. Das zweite Mal stand er am Tor ihrer Schule und radelte mit ihr nach Hause. Obwohl sie eigentlich beide keine Zeit hatten, blieb er doch zwei Stunden. Louma setzte sich eine Weile zu ihnen, und sie unterhielten sich zu dritt.

»Und? Wie findest du ihn?«, fragte Toni Louma, nachdem er gegangen war.

»Nett«, antwortete Louma.

»*Nett*? Ist das alles?«

Louma zuckte mit den Schultern und lächelte. »Die Frage ist: Wie findest *du* ihn?«

Toni öffnete den Mund, um zu antworten, aber kein

Wort schien ihr angemessen, wenn sie an seinen Blick dachte. Schließlich sagte sie: »Nett.«

Sie umarmten sich, und Toni fragte: »Muss ich ausgerechnet jetzt weg? Ich wünschte, irgendetwas käme dazwischen!«

»Toni! Du kennst ihn seit einer Woche! Und Brasilien ist voll von netten Jungen!« (Lou versuchte, so positiv wie möglich zu klingen, auch wenn ihr bei diesem Gedanken der Schweiß ausbrach.)

»Ich weiß ja. Ich freue mich auf Brasilien. Ich würde um keinen Preis hierbleiben! Egal, was dazwischenkommt!«

»Ihr schreibt euch. Und sprecht übers Internet. Außerdem hast du etwas, worauf du dich freuen kannst, wenn du zurückkommst.«

»Louma! Bis dahin ist er verheiratet und hat mindestens drei Kinder! Er wird niemals so lange auf mich warten!«

»Warum nicht?«

»Warum sollte er!«

Am Abend erzählte Lou Mo von Nick.

»Wie ist er?«, fragte Mo.

»Nett«, antwortete Lou. »Sie denkt, er ist zu toll für sie.«

»Zu toll?«

»Er ist Schulsprecher, Schulkonferenzteilnehmer, hat in allen Fächern Bestnoten – und sieht gut aus.«

Mo begann der Wunderknabe unsympathisch zu werden. »Niemand ist zu toll für Toni! Sie ist die Großartigste! Was bildet sich dieser Typ ein!«, schimpfte Mo.

»Und er ist bescheiden«, ergänzte Lou lächelnd.

»Na, dann wird er ja wohl auf sie warten ...«

*

Tristan hatte immer schon diese Aura gehabt. Die Aura des Erfolgreichen. Er war mit einer lässigen Selbstverständlichkeit gut in der Schule gewesen – allerdings nur, soweit es ihm keine Mühe bereitete. Er hatte die Schülerzeitung geleitet und war erst zum Klassensprecher, dann zum Stufensprecher und schließlich zum Schulsprecher gewählt worden – auf den ersten Blick ähnlich wie Nick, aber gänzlich ohne dessen Ziele und ernsthafte Sorgen. Tristan hatte es sich in Konferenzen angewöhnt, mit Lehrern auf Augenhöhe zu sprechen. So hatte er schon früh begriffen, wie Projektideen durchkommen oder warum sie scheitern.

Eine seiner Stärken war, dass er jedem Menschen, mit dem er sprach, das Gefühl gab, wichtig zu sein. Das schmeichelte sogar Lehrerinnen und Lehrern, die deshalb dazu neigten, seine Leistungen besser zu bewerten, als sie eigentlich waren. Es schmeichelte Mitschülern, die deshalb viel für ihn taten – was ihn unter anderem von allen möglichen lästigen Alltagspflichten befreite, die die Schülerzeitung oder die Schülervertretung mit sich brachten. Jedermann wurde von der Gewissheit angesteckt, dass Tristan zu Höherem berufen war als zu Sitzungsprotokollen oder Textkorrekturen – weil er es mit der allergrößten Selbstverständlichkeit selbst glaubte. Und nicht zuletzt schmeichelte es den Mädchen. Man sah immer die schönsten und beliebtesten Mädchen an seiner Seite, was seine Position nicht unerheblich stärkte. Interessanterweise waren diese Mädchen nicht einmal auf Exklusivität aus. Zwar gab es immer eine Favoritin, eine mehr oder weniger feste Freundin, aber das hinderte andere nicht daran, seine Nähe zu suchen. Und die jeweilige Freundin ließ es zu, als ob das, was er zu geben hatte, über alle Eifersucht erhaben sei. Einem begabten Musiker nimmt es schließlich auch niemand übel, wenn er vor vielen Menschen zugleich auftritt.

Keine seiner festen Beziehungen hielt lange. Das jeweilige Mädchen merkte irgendwann, dass er sich im Umgang, wie bei allem anderen, nie wirklich Mühe gab und dass er sie nie wirklich nah an sich heranließ. Spätestens wenn er mit Komplikationen konfrontiert wurde – wenn die Mädchen an Selbstzweifeln litten, an Krankheiten oder doch endlich unter Eifersucht –, wandte er sich ab. Bevor er sich mit einer welken Blume plagte, breitete er lieber seine Flügel aus, flatterte weiter und trank den Nektar einer frischen. Und es kam ihm nicht einmal in den Sinn, dass daran etwas falsch sein könnte, denn in seinen Augen (und in den Augen aller anderen) waren es die Mädchen, die Schwierigkeiten bereiteten.

Tristans Familie war nicht wohlhabend. Sein Vater, Christo Albarella, war venezianischer Abstammung. Er war in den fünfziger Jahren als Dozent für italienische Literatur nach Deutschland gekommen und Schriftsteller geworden. Er schlug sich recht ordentlich durch. Kein einziges seiner Bücher stand je auf einer Bestsellerliste, aber er hatte eine treue Fangemeinde, die seine Erzählungen liebte, und vor allem bereitete ihm das Schreiben so viel Freude, dass es ihm gleichgültig war, wie hoch seine Auflagen waren. Man konnte Opa Christo, wie ihn die Kinder nannten, je nach Standpunkt entweder als lebensunfähig oder als Lebenskünstler bezeichnen. Für das regelmäßige Einkommen sorgte Marianne, die nicht nur Tristan aufzog, sondern auch fest angestellt bei einem öffentlich-rechtlichen Fernsehsender arbeitete. Sie hatte als Literaturstudentin in einer WG gewohnt und war einmal barbusig im *Stern* in einem Beitrag über studentisches Leben in Kommunen, wie man damals sagte, erschienen. Marianne hatte eine Ausgabe aufbewahrt, die längst vergilbt war, und wenn die Kinder lange genug bettelten, dann holte sie sie heraus und zeigte sie ihnen. Als Toni und Fabi klein gewesen waren, hatten sie es aufregend gefunden, doch als Toni vor nicht allzu langer Zeit Marianne bat, sie Fritte und Nano zu zeigen, schaute Fabi verlegen auf die gegenüberliegende Seite, wo ein Hörsaal mit Studenten abgebildet war (von denen seltsamerweise kein einziger einen Laptop vor sich aufgeklappt hatte).

Marianne gab für Tristans Geburtsjahr an, dass Ulrike Meinhof »in der Isolationshaft umgekommen« sei. Dies habe sie so schockiert, dass sie beschlossen habe, bürgerlich und also schwanger zu werden. Christo belächelte das milde und sagte, sie sei zu dem Zeitpunkt schon längst bürgerlich gewesen. Außerdem, fügte Marianne hinzu, sei in dem Jahr der Apple 1 auf den Markt gekommen. Was natürlich zweifelsfrei eine schöne Parallele darstelle: nämlich die Geburt einer beispiellosen Erfolgsgeschichte.

Auch Tristan brach – wie Mo – sein Studium ab. Er hatte, obwohl er mit dem zweitbesten Abitur seines Jahrgangs abschloss, weder Medizin noch Jura studiert und auch nicht Wirtschaft, obwohl er von Anfang an im Kopf hatte, »etwas aufzuziehen«. Er studierte Kunst, was ihm trotz des schwierigen Bewerbungsverfahrens gelang, und lernte Lou kennen. Sie galten als Traumpaar, auch wenn

Tristan unter den Kunststudenten nicht durchweg beliebt war. Er nahm alles leicht und ironisch und rang überhaupt nicht wie alle anderen mit Begriffen wie Wahrheit, System oder Freiheit. Stattdessen warf er überraschend kreative Werke auf Leinwände, die ihn aber im nächsten Moment schon nicht mehr interessierten, und bei der erstbesten Gelegenheit ließ er die Akademie sausen, nahm Lou mit und eröffnete eine Studentenkneipe, die er MIR nannte – nach der damaligen russischen Raumstation. Renovierungskosten null, dafür umso mehr Kultfaktor. Es gelang ihm, seiner Kneipe das richtige Image zu verleihen, die richtigen Leute anzulocken und sie zum Erfolg zu machen. Doch er erkannte, dass ihn das MIR nicht weiterbringen würde. Deshalb verkaufte er es drei Jahre später und eröffnete mit dem Geld, das er dafür bekam, sein erstes Coffee Queen.

*

Die Terrasse war so etwas wie neutrales Terrain geworden. Im Haus selbst war vieles zu kompliziert. War es Mos Haus, der seit zehn Jahren mit Lou darin wohnte? War es Tristans Haus, der es gekauft hatte, der es hatte renovieren lassen und der es mit Lou zusammen eingerichtet hatte? Er war es gewesen, der die Idee gehabt hatte, die Wände der Küche herauszureißen und einen offenen Wohnraum von den Küchenfenstern bis zu den Terrassentüren zu schaffen, und einiges, was sie damals ausgesucht hatten, gab es immer noch, wie die Küche, das eingebaute Bücherregal, das große Sofa und den langen Esstisch. Die unausgesprochene Vergangenheit beherrschte die Räume ebenso wie die unklare Zukunft. Die Terrasse war also ein ganz guter Ort, um zu reden.

Tristan hatte am Telefon vorgeschlagen, dass er die Kinder nicht wach klingeln würde, sondern direkt ums Haus auf die Terrasse käme. Mo saß dort im Halbdunkel. Nur das Licht im Wohnzimmer schien durch die Fenster heraus. Es war nicht so heiß wie in der Stadt, wo es nachts kaum abzukühlen schien, doch auch hier, nahe am Bach und zwischen den in der Dunkelheit atmenden Bäumen, standen alle Fenster des Hauses weit offen. Die Kinder schliefen.

»Hallo, Tristan.«

»Hallo, Mo.«

»Setz dich.«

»Danke.«

»Ein Bier?«

»Gern.«

Tristan schaute Mo nach, während der barfuß und in seiner kurzen Cargohose durchs Wohnzimmer in die offene Küche zum Kühlschrank ging. Durch *mein* Haus, dachte Tristan. Er erinnerte sich genau an den Tag, als er nach nur sechs Jahren ausgezogen war. Und jetzt sollte er wieder einziehen? Zu dem Mann, für den er Platz gemacht hatte? Es gab nichts, was sie verband – außer eben dieser einen Sache, dass sie mit derselben Frau verheiratet gewesen waren. Wenn dieser Mo nicht seine Frau übernommen hätte, dann würde er ihm bestenfalls einen Kaffee verkaufen. Garantiert nicht mehr.

Mo kam heraus und hielt Tristan ein Bier hin. Als Tristan die Flasche nahm, fühlte sie sich angenehm kalt an.

»Danke«, sagte er.

»Bitte«, sagte Mo. »Auf das, was uns verbindet.«
»Auf Lou.«

Eine Weile tranken sie schweigend und lauschten den Geräuschen der Nacht. Die Bäume standen reglos, aber Grillen zirpten, gelegentlich knackte irgendwo ein Ast, und vom Bach her erklang ein leises Plätschern, vielleicht weil ein schlafloser Fisch aus dem Wasser sprang. Tristan saß auf einem der Gartenstühle, Mo stand am Rand der Terrasse und schaute ins Dunkel. Tristan hatte eigentlich direkt sagen wollen, was er zu sagen hatte, aber es wollte nicht heraus.

»Hast du dich entschieden?«, fragte Mo.

»Was hältst du davon«, fragte Tristan zurück, »ich komme gelegentlich zum Essen und schlafe dann hier?«

Mo schüttelte den Kopf. »Und bringst eine Flasche Wein mit? Als Gastgeschenk?«

»Kein Grund, sarkastisch zu sein. Ich richte mir ein Zimmer ein. Ich könnte hier einen zweiten Wohnsitz anmelden. Dann ist es ganz offiziell.«

»Vergiss es, Tristan! Wenn die Kinder nur dein zweiter Wohnsitz sind, können wir es gleich lassen. Es geht darum, eine Familie zu sein!«

»Familie ...« Tristan schüttelte ungläubig den Kopf. »Ich denke, es geht darum, dass die Kinder nicht auseinandergerissen werden.«

»Das werden sie aber. Wenn ich hier der Vater bin und du nur ab und zu kommst, um uns mit deiner Anwesenheit zu beglücken, dann wird es hier einen Unterschied geben zwischen meinen und deinen Kindern. Zwischen denen des anwesenden und denen des abwesenden Vaters. Es wird nicht funktionieren.«

»Aber arbeiten dürfte ich? Ich darf morgens das Haus verlassen, um Geld zu verdienen, und zum Abendessen habe ich dann pünktlich zu Hause zu sein? Mo, wir sind nicht verheiratet! Wenn ich das wollte, hätte ich auch gleich bei Lou bleiben können!«

Mo blickte in die Dunkelheit, ohne etwas zu erwidern. Er brauchte auch nichts zu sagen, Tristan wusste selbst, dass das geschmacklos gewesen war.

»Entschuldige«, sagte er. Und schließlich holte er tief Luft. »Also gut. Wir machen es. Wir ziehen das durch.«

Mo wandte sich zu ihm um. »Gut.«

»Für die Kinder.«

»Für die Kinder.«

Drei Monate, und keinen Tag länger.

»Wann wirst du einziehen?«

»Weiß nicht. So bald wie möglich.« *Dann ist es schneller vorbei.* »Aber ich habe eine Bedingung«, fügte Tristan hinzu. »Eine nicht verhandelbare rote Linie.«

Mo sah ihn fragend an.

»Wir schlafen nicht in einem Bett.«

Mo lächelte. »Wer weiß«, sagte er. »Vielleicht finden wir ja Gefallen aneinander.«

8

Sie hatten vereinbart, dass sie den Kindern die Neuigkeit gemeinsam eröffnen wollten. Mo hatte versprochen, vorher nichts zu sagen. Am Nachmittag, als alle nach und nach von der Schule nach Hause kamen, war Tristan dann da. Er hatte früh Feierabend gemacht und vom Coffee Queen am Neumarkt, über dem die Büroräume der Coffeeshop-Kette lagen, Kuchen mitgebracht. Mo hatte Tee und Kakao gekocht, Tristan selbst seinen Kaffee aufgebrüht, und beide zusammen deckten gerade den Tisch, als Fritte und Nano nach Hause kamen.

»Gibt es eine Prügelei?«, fragte Nano, als er Tristan sah.

»Nein, Nano«, antwortete Mo. »Es gibt keine Prügelei. Es gibt nie wieder eine Prügelei. Vergiss es!«

Als Toni und Fabi hereinkamen, saßen die beiden Kleinen schon glücklich am Tisch und tranken Kakao.

»Was ist los?«, fragte Toni und schaute von einem zum anderen. »Ihr seht so komisch aus.«

»Er sieht vielleicht komisch aus«, sagte Tristan. »Ich nicht.«

»Was genau meinst du mit *komisch*?«, fragte Mo.

Toni zuckte mit den Schultern. »Eben komisch ...«

»Wir sehen komisch aus, weil wir etwas mitzuteilen haben«, erklärte Mo.

»Mitzuteilen?«, fragte Fabi.

»Abwarten«, sagte Mo. »Erst wenn alle sitzen.«

Doch es war nicht Tristans Art, abzuwarten. Er ließ die Katze gleich aus dem Sack: »Ihr Kinder bleibt zusammen. Ich werde bei euch einziehen.«

Alle vier starrten ihn verblüfft an. Im ersten Moment wusste niemand, was er sagen sollte. Fritte wechselte einen Blick mit Mo und lächelte, als ob sie sagen wollte: Gut gemacht, Papa.

Nano jubelte: »Toni und Fabi bleiben hier!«

»Wer hat denn *die* Idee gehabt?«, fragte Fabi zweifelnd.

»Fritte«, sagte Mo.

»Seid ihr sicher, dass das eine gute Idee ist?«

»Nein«, antwortete Tristan. »Und du?«

»Ja«, sagte Toni und nickte. »Ich finde die Idee sehr gut.«

»Und du nicht?«, fragte Mo Fabi.

»Doch«, antwortete auch er und grinste. »Vielleicht kriegt Nano ja doch noch mal eine Prügelei zu sehen …«

Damit war es also beschlossene Sache. Sie aßen den Kuchen, und die Kleinen begannen sofort, Pläne zu schmieden: welches Zimmer Tristan bekommen könnte, wie viel Platz er wohl für seine Sachen brauchte und ob er mit dem Fahrrad zur Arbeit fahren konnte. Ihnen fiel auf, dass sie kaum etwas von ihm wussten, und sie bestürmten ihn mit Fragen: was er am liebsten aß, wann er morgens aufstand, was für Filme oder Serien er gern schaute und ob er ordentlich sei oder seine Sachen herumliegen ließ.

Mo war sehr zufrieden. Die Kinder lebten augenblicklich auf. Allein die Aussicht auf Tristans Einzug tat ihnen gut. Es war eine gute Idee.

*

Katrin hatte die große Eiche hinten im Garten einfach umgeworfen. Die Trockenheit der vergangenen Jahre hatte sie mürbe gemacht, und so hatte Katrin leichtes Spiel gehabt. Nicht Zweige und Blätter waren herabgeregnet wie bei den Bäumen im verwunschenen Park, es war auch nicht ein einzelner dicker Ast herabgestürzt oder die Spitze abgeknickt – der komplette Stamm war durchgebrochen, und der riesige Baum, der seit Jahrzehnten an seiner Stelle stand, war einfach umgekippt. In der Nacht, als Sturmtief Katrin ums Haus blies, hatten sie einen ungeheuren Knall und ein Krachen gehört, doch Lou hatte Mo verboten, während des Unwetters hinauszugehen und zu sehen, was passiert war. Als sie am Morgen aus dem Fenster schauten, sahen sie es dann, und Minuten später waren alle angezogen und standen vor dem gefallenen Riesen, der in ihrem Garten lag. Fabi und Nano hatten gleich auf die Äste klettern wollen, die wirklich dazu einluden – ein Klettergerüst, zum Greifen nah. Doch Mo verbot es ihnen, weil er nicht abschätzen konnte, welche Äste angebrochen waren und beim Klettern nachgeben würden.

Fritte konnte ohnehin nicht begreifen, wie sie auf die Idee kommen konnten. »Habt ihr denn gar kein Mitgefühl? Kein bisschen Pietät?«

»Was ist Pietät?«, fragte Nano.

»Pietät ist, wenn man nicht auf jemandem herumturnt, der gerade gestorben ist. Wenn man ihn in Frieden lässt.«

»Es ist ein Baum, Fritte«, erwiderte Fabi. »Kein gestrandeter Wal.«

Mo sah als Einziger, dass Lou eine Träne über die Wange lief. Er sagte nichts und nahm nur ihre Hand.

Später, nachdem die Kinder zur Schule gegangen waren,

ging Lou wieder hinaus. Sie blieb lange draußen. Schon beim allerersten Besuch, als sie und Tristan das Haus besichtigt hatten, war sie von der Eiche fasziniert gewesen. Stolz und stark hatte sie alles überragt. Schön und würdevoll. Während Tristan mit dem Makler im Keller gewesen war, was Lou nur mäßig interessierte, war sie zu der Eiche gegangen, hatte die Hand auf ihre robuste Rinde gelegt und an ihrem Stamm hinaufgeschaut. Was für eine unglaubliche Unzahl von Blättern an ihr wuchsen! Lou hatte ihrem Rauschen zugehört. Ein geflüstertes Willkommen. Sie hatte sich auf einen Wall aus Steinen gesetzt, die im Laufe der Jahre am Rand der Wiese zusammengeworfen worden waren, und die Nähe des alten Baumes genossen. Sie vergaß die Zeit, bis Tristan irgendwann zu ihr kam und sagte: »Hier steckst du.«

Und nun saß sie wieder hier. Die Eiche ragte nicht mehr in den Himmel, sondern lag im Gras. Lou horchte auf das Flüstern der Blätter. Die Ausläufer des Sturmtiefs waren immer noch kräftig, und auch wenn nur noch die Hälfte der Blätter in die Luft ragte, während die andere Hälfte im feuchten Gras zusammengedrückt wurde, rauschte es immer noch gewaltig. Ein geflüsterter Abschied.

Einige Tage nach dem Sturm fertigte Lou die erste Bruchzeichnung an. Schon früher hatte sie gelegentlich Bäume gezeichnet. Bäume sind ein dankbares Objekt für Studien und Skizzen, weshalb es Baumzeichnungen aus allen Epochen gibt. Hatte es je einen Künstler gegeben, der keine Bäume gezeichnet hat? So vieles ließ sich daran üben: Strich, Schattierung, Bildaufbau und vor allem Abstrahierung: Da es unmöglich ist, jedes einzelne Blatt naturgetreu wiederzugeben, muss eine Vereinfachung gefunden werden. Das Wesen. Das des Baumes, das der Zeichnung und das eigene.

Und noch etwas anderes hatte Lou erlebt: Wenn sie mehrere Stunden mit einem Baum verbrachte, abwechselnd konzentriert auf seinen Anblick und auf ihre Zeichnung, wenn sie seine Details entdeckte und seine Eigenart begriff, dann entstand eine Beziehung. Nicht dass sie je eine leidenschaftliche Baumzeichnerin gewesen wäre. Aber wenn sie es getan hatte, dann war es eine Freude gewesen, und sie erinnerte sich, dass sie sogar mehrmals begonnen hatte, mit einem Baum zu reden.

Das alles war lange her. Lange vor Mo, vor den Kindern, vor Coffee Queen, vor Tristan. Doch nun erinnerte sie sich daran. Und während Stürme wie Katrin den Klimawandel in die Köpfe der Leute bliesen, zeichnete Lou ihren ersten umgestürzten Baum. Sie zeichnete den zersplittert in die Luft ragenden Stumpf, sie zeichnete den zerborstenen Bruch des Stammes, und sie zeichnete sowohl die am Boden zerdrückten Äste als auch die, die der Baum noch in den Himmel reckte wie ein Ertrinkender seine Hände.

Die gefallene Eiche im Garten war ihr erstes Modell, und es folgten viele weitere. Bei jedem Spaziergang, bei jeder Fahrradtour mit den Kindern fielen ihr jetzt umgestürzte Bäume auf. Sie machte ein Foto oder eine Notiz und kam irgendwann mit ihrem Zeichenblock zurück. Es entstanden flüchtige Skizzen und ausgefeilte Studien, lichte Strichzeichnungen und solche voller Dunkelheit und Tiefe, kleine Vignetten und großformatige Bögen. Und immer stand im Mittelpunkt das dramatische Geschehen des zerbrochenen Baumstamms. Nachdem sie jahrelang kaum den Zeichenstift in die Hand genommen hatte, fand Lou ihr Thema.

*

Der große Tag kündigte sich mit der Einfahrt eines Möbelwagens an, der hinter Tristans Tesla in die Einfahrt rollte und umständlich wendete, bis seine Rückseite zur Haustür ausgerichtet war. Es stiegen drei Männer in roten Overalls aus.

Da Samstag und somit schulfrei war, kamen alle Kinder zur Tür gelaufen. Sogar Fabi kroch aus dem Bett, obwohl er bis tief in die Nacht vor seinem Computer gesessen hatte.

An der Haustür hatten sie eine Girlande aufgehängt, die sie aus buntem Papier zusammengeklebt hatten. Auf jedem Blatt stand ein Buchstabe: WILLKOMMEN ZU HAUSE, TRISTAN! Außerdem hatten sie den Türrahmen mit pinkfarbenen Blumen geschmückt, die Fritte aus Krepppapier gebastelt hatte, und Nano hatte ein Bild gemalt: zwei große Saurier und vier kleine. Saurier malte er am liebsten.

Tristan blieb am Fuß der Treppe stehen und sah zu den Kindern und zu Mo auf. *Zu Hause*, dachte er. Um sein schlechtes Gewissen zu überspielen, nahm er sein Handy aus der Tasche und fotografierte sie in der geschmückten Haustür.

Einer der Umzugsmänner fragte, ob er ein Foto von ihnen allen machen solle. Also gab Tristan ihm sein Handy und stellte sich zu den anderen unter die Girlande: die Kinder in der Mitte, Mo auf der einen Seite, er selbst auf der anderen.

Als die Umzugsmänner dann die hinteren Türen des Umzugswagens aufklappten, bot sich den Kindern ein enttäuschender Anblick: Der Laderaum war zum größten Teil leer. Nur ganz hinten waren einige wenige Möbel und Kartons mit Spanngurten festgezurrt.

»Das ist alles?«, fragte Fritte.

Tristan antwortete: »Na, wir brauchen ja keine zwei Esstische. Und zwei Wohnzimmerschränke. Und zwei Küchen. Deshalb habe ich nur das Nötigste mitgebracht.«

»Und was hast du mit den anderen Sachen gemacht?«, fragte Nano.

»In der Wohnung gelassen.«

»Behältst du denn die Wohnung?«, fragte Fritte.

»Falls du wieder ausziehen willst ...« Fabi sah seinen Vater argwöhnisch an.

»Wieso schlägt mir hier immer dieses Misstrauen entgegen?«

»Falls es wieder eine Prügelei gibt?«

»Nano, es wird keine Prügelei geben«, sagte Mo. »Es wird nie wieder eine Prügelei geben. Vergiss es.«

»Du könntest die Wohnung in der Stadt ja vermieten«, schlug Toni vor.

»Vielleicht hört ihr mir erst einmal zu!«, rief Tristan. »Simone bleibt in der Wohnung, okay? So lange, wie sie will. Und wenn sie irgendwann auszieht – ja, danke für den Vorschlag –, dann werde ich sie vermieten. Und vielleicht seid ihr dann schon alle so alt, dass ihr irgendwo studiert. Oder eine eigene Familie habt. Ihr braucht nicht zu denken, dass ich als alter Mann hier noch mit Mo leben werde.« Tristan schaute in die Runde. »Aber jetzt ziehe ich erst einmal ein. Freut ihr euch?«

»Yeah!«, rief Mo und klatschte in die Hände.

»Yeah!«, machten es ihm die Kinder nach und klatschten begeistert.

»Na also«, sagte Tristan.

»Wir haben ein festliches Willkommensessen für dich vorbereitet!«, rief Nano. »Jeder hat einen Gang gemacht. Ich mache den Nachtisch. Es gibt Eis.«

»Nicht verraten!«, sagte Fritte. »Ist doch eine Überraschung!«

Und als Mo sah, dass Nano bestürzt darüber war, dass er die Überraschung verraten hatte, sagte er schnell: »Kein Problem. So kann Tristan sich darauf freuen. Umso besser.«

Tristan bekam das Gästezimmer. Es lag im Erdgeschoss und war zugleich Rückzugszimmer, Bügelbrett- und Wäschezimmer, Kinderversteckzimmer und Zwischenlager für Dinge, die man irgendwann richtig aufräumen wollte. Nun hatten sie es alle zusammen ausgeräumt.

Sie hatten überlegt, ob Tristan Lous Zimmer bekommen sollte, das oben im ersten Stock bei den Schlafzimmern lag. Dort waren in einem Schubladenschrank Lous Zeichnungen verstaut, und in letzter Zeit hatte sie sich gelegentlich zum Zeichnen dorthin zurückgezogen. Aber sie waren sich alle einig, dass sie das Zimmer so lassen wollten, wie es war.

Mo hatte Tristan auch das Schlafzimmer im ersten Stock angeboten. »Du sollst dir nicht vorkommen wie ein Gast. Das Schlafzimmer gehörte früher einmal dir und Lou. Wenn du möchtest, kannst du es wiederhaben.«

»Ernsthaft?«, hatte Tristan gefragt. »Aber jetzt ist es dein Schlafzimmer. Ich will es dir nicht wegnehmen.«

»Es wäre okay für mich. Ich kann auch nach unten ziehen.«

»Nein, das ist nicht notwendig. Bleib mal da drin. Ist ja auch besser, wenn du näher bei den Kleinen bist. Falls mal was ist.«

»Was sollte sein?«

»Weiß nicht. Kommen die nicht mal nachts zu dir?«

»Nein. Doch. Selten.« Er überlegte einen Moment. »Seit Lous Tod ... Ja, Nano kommt schon manchmal.«

»Na, siehst du. Du willst doch wohl nicht, dass er im Dunkeln die Treppe runterfällt. Ich ziehe unten ein. Dann habe ich wenigstens ein Badezimmer für mich.« Tatsächlich gab es im Erdgeschoss außer dem winzigen Gästeklo ein zweites Badezimmer, das einmal als Gästebad gedacht war.

»Das wird wohl nichts«, sagte Fabi.

»Warum nicht?«

»Das unten ist das Jungenbad. Oben ist das Mädchenbad.«

»Wozu in aller Welt braucht ihr ein Jungenbad und ein Mädchenbad?«

»Hast du schon mal versucht, morgens Zähne zu putzen, wenn zwei Mädchen im Haus wohnen?«, fragte Fabi zurück.

»Hast du schon mal versucht, abends Zähne zu putzen, wenn zwei Mädchen im Haus wohnen?«, fragte Mo.

»Außerdem liegt immer alles voller Klamotten«, fügte Nano hinzu.

»Verstehe ...«, sagte Tristan. »Das heißt, ich muss mir mein Bad mit euch teilen? Ein Bad für zwei Mädchen und ein Bad für vier Jungen?«

»Glaub mir«, sagte Fabi. »Damit kommst du gut weg.«
»Willkommen bei den Albarellas«, sagte Mo.

Die Umzugsmänner brachten also Tristans Bett, seinen Lieblingsschrank, seinen Schreibtisch und noch ein paar andere Sachen in sein Zimmer. Vor allem aber brachten sie Tristans ganzen Stolz in die Küche: seine chromglänzende italienische Kaffeemaschine.

Nachdem Tristan den Möbelpackern Trinkgeld gegeben hatte und der Umzugswagen vom Hof gerollt war, schloss er die Haustür. Es ist verrückt, dachte er. Nach zehn Jahren komme ich wieder nach Hause. Und jetzt ist Lou nicht mehr da ... Als er sich umdrehte, standen alle mitten im Raum und schauten ihn etwas befangen an. »Tja ...«, sagte er verunsichert. »Jetzt wohne ich also hier.«

Toni ging zu ihm und umarmte ihn. »Willkommen zu Hause.«

Und dann gingen auch Fabi, Fritte und Nano zu Tristan und legten ihre Arme um ihn. »Willkommen zu Hause.«

Mo hielt Tristan einen Hausschlüssel hin. »Offizielle Schlüsselübergabe.«

Doch Tristan nahm seinen Schlüsselbund aus der Tasche und hielt seinerseits einen der Schlüssel hoch. Es war der gleiche. »Danke«, erwiderte er. »Aber den brauche ich nicht. Ich habe noch meinen alten. Ich habe ihn nie abgegeben.«

Dann sah er Nano an. »Gibt es jetzt das festliche Willkommensessen? Ich freue mich schon die ganze Zeit darauf!«

Es war wirklich festlich. Toni und Fabi hatten die Girlande von der Haustür hereingeholt und über dem großen Esstisch aufgehängt. Fabi und Nano hatten Luftschlangen darübergeblasen, und Fritte hatte Kerzen angezündet. Jedes der Kinder servierte seinen Gang: Fritte eine Tomatensuppe, Fabi Spaghetti, Toni hatte Süßkartoffeln mit Spinat und Ziegenkäse gefüllt und überbacken, und Nano füllte schließlich eine Familienpackung Eis in Schälchen. Am Ende musste Tristan den Tisch abräumen, weil er ja kein Gast mehr war, sondern sich zu Hause fühlen sollte.

*

Mo lag im Bett und hörte, wie Tristan unten aus dem Bad in sein Zimmer ging. Früher hatte er Lou gehört. Seltsam, dass dieser Mann jetzt hier wohnte. Der Vater von Toni und Fabi. All die Jahre hatte er sehr klare Gefühle ihm gegenüber gehabt: der Ex. Der gegangen war. Der mit Lou alles falsch gemacht hatte. Der Konkurrent. Der in seinem eigenen Leben alles richtig machte. Es hatte immer die Tendenz gegeben, herabzusetzen, was dieser Ex war und was er tat. Er war eben nur der andere gewesen. Über den man den Kopf schüttelte. Das Vorgängermodell. Mo und Tristan hatten sich bei allen möglichen Gelegenheiten gesehen. Manchmal nur von Weitem, wenn Tristan die Kinder zurückbrachte und Lou vor dem Haus mit ihm sprach. Manchmal unmittelbar, wenn sie sich nicht aus dem Weg gehen konnten und ein paar Worte miteinander wechseln mussten. Beide freundlich und höflich, aber mit innerlich aufgestellten Stacheln. Mo hatte Tristan dann ansehen können, dass er ihn ebenso und noch viel mehr verachtete. Tristan wird gedacht haben, wie Lou sich um alles in der Welt in einen solchen Verlierer verlieben konnte: bekam nichts auf die Reihe, sah nicht gut aus und trug zu allem Überfluss kurze Hosen. Ein armer Schlucker, den er jetzt auch noch durchfütterte.

Dabei war es keineswegs so, dass Mo gar nicht arbeitete. Im Fotoladen der Schröders hatte er sogar regelmäßig ausgeholfen. Er hatte Rahmen verkauft, Bewerbungsfotos gemacht, vor Weihnachten Porträts und war sogar gelegentlich zu Hochzeiten oder Firmenjubiläen geschickt worden, um zu fotografieren. Anfangs hatte er nur ein wenig im Laden helfen sollen, doch der alte Schröder hatte ihn mehr und mehr alles machen lassen.

Doch eines Tages erlitt der Mann einen Schlaganfall. Mo hielt mehrere Wochen die Stellung, aber es wurde ersichtlich, dass der Alte nie wieder arbeiten würde. Seine Frau wollte nicht allein weitermachen – auch nicht mit Mos Hilfe. Sie wollte bei ihrem Mann zu Hause bleiben. Sie baten Mo zu sich und eröffneten ihm unter tausend Entschuldigungen, dass sie den Laden schließen würden. Seither fuhr Mo regelmäßig zu ihnen und half ihnen zu Hause. Natürlich ohne Geld dafür zu nehmen.

Gelegentlich wurde er von einem Food-Fotografen als Assistent gebucht, wo er seine Zeit hauptsächlich damit verbrachte, Salate auszuleuchten und mit den schrägsten Methoden frisch aussehen zu lassen, und manchmal fotografierte er immer noch Brautpaare. Alles in allem zu wenig, um die Aura des Verlierers von ihm zu nehmen.

Es lag also in der Natur der Sache, dass Mo und Tristan sich gegenseitig verachteten und kein gutes Haar aneinander ließen. Tristan wird mit Simone (oder mit wem auch immer er sich über seine Angelegenheiten unterhielt) ordentlich über ihn gelästert haben.

Und was waren die Attribute, mit denen er seinerseits Tristan belegt hatte? Snob, Glückskind, Dressman, Weiberheld, Kapitalist, Ausbeuter und Rabenvater.

Und nun lebten sie also zusammen.

Tristan saß in seinem Zimmer auf dem Bett und starrte auf die geschlossene Tür. Was tat er eigentlich hier? Er hätte in dieses Haus zurückkehren sollen, als Lou noch da war. Aber jetzt? Mit diesem fremden Mann? Es war absurd. Er klappte sein MacBook auf und googelte *Internate Deutschland*. Schloss Neubeuern. St. Blasien. Louisenlund. Maulbronn. Urspring. Schloss Salem. Odenwaldschule. Thomasschule. Pforta. Birkenhof ... Es hörte gar nicht mehr auf. Ihm war nicht klar gewesen, wie viele Internate es gab. Er sah Kinder in Arbeitsgruppen, mit Reagenzgläsern und Violinen, er sah Kinder segeln und Hockey spielen, er sah Kinder lachend miteinander spielen, im Chor singen, bergsteigen und schwimmen. Er klickte sich durch grüne Wiesen, helle Unterrichtsräume, Seen, Berge und Sportplätze. Er las über MINT-Talentförderung, Cambridge English Exam Preparation, Technology Student Association, Round Square, International Summer Camp und European Excellence-Schulnetzwerk, und bunte Buttons luden ein zum Schnupperwochenende, zum Tag der offenen Tür und zur Anmeldung. Spontan füllte er ein Kontaktformular aus, fragte nach weiteren Informationen und gleich auch nach einem Kennenlerntermin. Danach konnte er immer noch nicht schlafen, aber es gab ihm ein gutes Gefühl, etwas erledigt zu haben.

9

Toni zog sich manchmal abends auf die Brücke zurück, um ihre Ruhe zu haben und ein paar Neuigkeiten mit Fiona auszutauschen, die jetzt allein nach Brasilien geflogen war. Nicht dass es bei ihr Neuigkeiten geben würde – außer Tristans und Mos Prügelei und Tristans Einzug natürlich. Dafür umso mehr bei Fiona. Auch wenn Toni die Fotos von Fiona am Strand oder mit ihrer Gastfamilie das Herz brachen, versuchte sie eisern, den Gedanken *Da könnte ich jetzt auch sein* nicht zuzulassen.

Im Haus war Toni ständig von Leuten umgeben, und wenn sie die Tür ihres Zimmers zuzog, fühlte sie sich eingesperrt. Deshalb nahm sie das Kissen, auf dem Louma immer gesessen hatte, wenn sie auf den Stufen der Kräutergartentür einen Tee getrunken hatte, ging hinüber zur Brücke und setzte sich darauf. Das war zwar nicht wirklich gemütlich, mit dem eisernen Geländer im Rücken, aber es war ein guter Platz. Die Abendsonne flimmerte durch die Blätter, das Wasser reflektierte das Licht in winzigen Strahlen, unter ihr floss gemächlich der Bach, und irgendwie fühlte es sich richtig an, zwischen den Ufern zu sein, weder hier noch dort, auf der kleinen Brücke in der Schwebe zwischen Erde, Wasser und Himmel. Nachdem Toni die Fotos von Fiona weggewischt hatte, berührte ihr Daumen wie von selbst das Display ihres

Handys, bis da ein Name stand, an den sie oft denken musste: Nick. Ihr Daumen schwebte lange über der Nummer. Doch schließlich drückte sie die Telefon-App weg und öffnete WhatsApp. Nick hatte ihr nach Loumas Tod mehrmals geschrieben, einfühlsame Nachrichten, in denen er sein Mitgefühl ausdrückte und sie bat, sie sehen zu dürfen, um für sie da zu sein. Sie hatte nicht geantwortet. Sie konnte nicht. An ihn zu denken, bereitete ihr körperliche Schmerzen. Daran zu denken, dass sie sich seinetwegen gewünscht hatte, nicht nach Brasilien zu reisen, und auf welche Weise sich ihr Wunsch erfüllt hatte, war unerträglich. Sie konnte ihn doch jetzt nicht sehen! Wie krank wäre das! Nachdem sie sein Profilbild lange angeschaut hatte, schaltete sie das Handy aus. Ihr Blick blieb an dem Schloss am Geländer ihr gegenüber hängen.

An dem Abend, als sie es angebracht hatten, hatte Toni die Idee eigentlich albern gefunden und wollte zuerst gar nicht mitmachen. Aber Louma hatte darauf bestanden, dass sie alle dabei wären, weil es ein Familiending sei, und hatte sogar Fabi dazu gebracht, sich anzuschließen, wenn auch mürrisch.

Sie hatten eine Woche zuvor bei einem Ausflug zum Dom auf der Eisenbahnbrücke über den Rhein all die Schlösser gesehen. Unzählige Vorhängeschlösser, die dicht an dicht am Gitter des Fußgängerwegs hingen. Louma hatte den Kleinen erklärt, dass Liebespaare die Schlösser dort anbrachten und den Schlüssel in den Fluss warfen. Als Zeichen ihrer ewigen Liebe. Fritte hatte mit ihrem Smartphone Fotos gemacht, und die Idee hatte ihr so sehr gefallen, dass sie unbedingt auch ein Familienschloss an der kleinen Brücke über den Bach haben wollte. Also fuhr Louma mit ihr und Nano zu einem Schlüsseldienst, kaufte ein Vorhängeschloss, und am Abend gingen sie alle zur Brücke – Louma, Mo, Toni, Fabi, Fritte und Nano (und Hummel) – und schlossen es am Geländer an. Als das Schloss einrastete und es leise *klick* machte, sagte Louma, dass sie nun alle auf ewig in Liebe zusammengehörten. Den Schlüssel warfen sie in den Bach, damit es auch für immer so bliebe.

Nun war Louma tot, und wann immer Fabi über die Brücke radelte, wenn Nano und Fritte auf der Brücke spielten oder Toni abends dort saß und die Fotos aus Brasilien betrachtete, blieben ihre Blicke an dem Schloss hängen.

An dem Tag, als Toni entschied, das Schloss abzunehmen, hatte sie wieder einmal vor ihrem Rucksack gesessen, den sie nicht wagte auszupacken, weil sie doch eigentlich mit diesem Rucksack weggewollt hatte, und dann war es Louma gewesen, die weggegangen war, ohne Rucksack, und Toni hatte das Gefühl, dass es nicht vorwärtsging und nicht zurück, dass sie feststeckte und dass sie etwas tun musste, um die Starre zu lösen. Also musste das Schloss weg.

Toni stand stundenlang auf der Brücke und schaute hinab in den Bach. Das Wasser war so flach, dass man den Grund sehen konnte. Der Sand flimmerte in den Bewegungen der Wellen und Rinnsale, die rege Oberfläche des Wasser stauchte und dehnte die Steine, zerteilte sie und trennte kleine quecksilbrige Stücke ab, um sie gleich darauf wieder anzusetzen und neu zu verbiegen. Irgendwo dort in einer der Ritzen zwischen den Steinen lag der Schlüssel. Anfangs hatte Toni die Hoffnung gehabt, schnell sein silbernes Glitzern zu sehen, doch nach und nach wurde ihr klar, dass es so einfach nicht war. Sie wusste nicht, ob der Schlüssel nicht längst verrostet war. Er war bestimmt aus rostfreiem Stahl gefertigt, aber sie hatte keine Ahnung, wie rostfrei rostfreier Stahl tatsächlich war. Je genauer sie hinsah, desto deutlicher erkannte sie auf dem Grund einen Bodensatz aus Schlamm und winzigsten Körnchen. Ganz zu schweigen von den weiten Flächen aus schlammigem Sand oder sandigem Schlamm, in denen ein rostiger Schlüssel unauffindbar verloren wäre. Vor allem, wenn ihn ein Kinderfuß beim Spielen unbemerkt tiefer hineingedrückt hatte. Toni zog sich die Schuhe aus und watete in ihren Shorts durch den Bach. Während sie so im Wasser stand, auf den Grund hinunterblickte und zwischen den Steinen nach dem Schlüssel suchte, kam sie sich vor wie in einem *Herr der Ringe*-Film. *Ein Ring, sie zu knechten, sie alle zu finden, ins Dunkle zu treiben und ewig zu binden ...* Sie fand weder einen Ring noch einen Schlüssel, doch sie gab nicht auf. Sie stellte sich auf die Brücke und versuchte sich so genau wie möglich zu erinnern, wo er ins Wasser gefallen war und von wo aus sich die Kreise auf der Oberfläche ausgebreitet hatten. Sie konnte sich das Bild genau vor Augen rufen. Das Problem war nur: Sie konnte sich ganz viele unterschiedliche Bilder vor Augen rufen, und in jedem dieser Bilder tauchte der Schlüssel an einer anderen Stelle ein. *Scheiß Erinnerung!* Wieder und wieder stieg sie ins Wasser, wühlte behutsam mit einem Zweig den Schlamm am Grund auf, sah zu, wie sich die Wölkchen mit der trägen Strömung verzogen, und gab nicht auf.

Und endlich fand sie ihn. Es war nur ein winziges

Fleckchen Silber, das zwischen den Sandkörnern hervorlugte. Aber sie wusste sofort, dass sie ihn gefunden hatte. Sie warf den Zweig beiseite, und während er langsam davontrieb, steckte sie ihre Hand ins Wasser, griff mit zwei Fingern in den Sand und nahm den Schlüssel behutsam heraus. Er war kein bisschen verrostet.

Toni zögerte, das Schloss aufzuschließen, und trug den Schlüssel den ganzen nächsten Tag in der Hosentasche bei sich. Ständig fühlte sie mit den Fingern nach ihm, wie er warm und winzig in ihrer Tasche lag. Ob sie etwas zerstörte, wenn sie das Schloss aufschloss? Ob sie etwas kaputt machte, das heil bleiben musste? Ob sie ein Band zerriss? Aber das wollte sie ja gerade! Sie wollte ihren Rucksack auspacken. Sie wollte in der Lage sein, ihn eines Tages neu zu packen. Also nahm sie den Schlüssel aus der Hosentasche, steckte ihn in das Schloss – und drehte ihn um. Als der Bügel aufsprang, begann sie zu weinen. Sie hielt das Schloss auf ihrer Handfläche und schaute durch ihre Tränen schluchzend darauf. Dann holte sie weit aus und warf es mit einem Aufschrei in den Bach. Mit einem kleinen Spritzer verschwand es unter der Oberfläche, auf den gekräuselten Wellen des Wassers breiteten sich langsam Ringe aus.

*

Tristan hatte mit Toni und Fabi essen gehen wollen, um noch einmal in Ruhe über die Sache zu reden. Vielleicht hatte er im Stillen gehofft, dass sie doch noch sagten, sie wollten ehrlich gesagt lieber zu ihm in die Stadt ziehen. Wo es in der Nachbarschaft allein drei vegetarische Restaurants gab. Dann hätte er sich ihrem Willen beugen müssen. Doch das war nicht geschehen. Natürlich nicht.

Auf der Rückfahrt, während Toni neben ihm saß und Fabi auf dem Rücksitz an seinem Handy ein Spiel spielte, fragte Tristan beiläufig: »Wo haben sich Louma und Mo eigentlich kennengelernt?«

»Das weißt du nicht?«, fragte Toni erstaunt zurück.

Tristan zuckte mit den Schultern. In der Scheidungsphase hatte er nie nachgefragt, weil es mit Lou genug Themen zum Streiten gab, und mit Mo hatte Tristan überhaupt nie wirklich geredet. Deshalb fragte er auch jetzt lieber Toni.

»In der Klapse«, sagte Fabi vom Rücksitz.

»Fabi!«, rief Toni.

Und gehorsam sagte Fabi, ohne von seinem Spiel aufzuschauen: »In der therapeutischen Einrichtung.«

Toni ging nicht weiter darauf ein. »Ich schlage vor, du fragst ihn selbst.«

Sie sah ihren Vater eine Weile nachdenklich an. »Wie lange war Mama damals weg?«

Tristan zuckte mit den Schultern. »Weiß nicht mehr. Zwei Monate?«

»Du hast uns erzählt, sie sei in einer Kur. Weil sie mal Urlaub braucht.«

Tristan nickte. »Ja«, sagte er.

»Du hast uns damals angelogen.«

»Angelogen ... Es *war* eine Art Kur.«

»Es war keine Art Kur.«

»Ihr wart noch klein, was hätte ich sagen sollen?«

»Weiß nicht ...«

»Manchmal ist es eben notwendig ...«

Toni suchte eine Weile nach den richtigen Worten. Dann erwiderte sie: »Für jemand anderen zu entscheiden, wann er besser angelogen wird und wann nicht, finde ich falsch.«

»Können wir wohl bitte aufhören, es *lügen* zu nennen? Ich habe damals euer Bestes gewollt!«

»Ja, ich weiß. – War ja wahrscheinlich auch richtig …«

Sie lächelten sich einvernehmlich an.

Zu Hause kam Mo gerade die Treppe herunter. Er hatte eine Weile bei Nano am Bett gesessen. Die Reste des Abendbrots standen noch auf dem Tisch. »Na, wie war euer Essen?«

»Lecker«, sagte Fabi.

»Vielleicht möchtet ihr euch noch etwas auf die Terrasse setzen. Es ist ja noch nicht spät …«, schlug Toni vor.

Mo schaute von einem zum anderen. »Habe ich etwas verpasst?«

»Ich glaube«, antwortete Tristan, »Toni möchte, dass wir uns mal unterhalten.«

»Aha …«

»Auch wenn es eine arrangierte Ehe ist«, sagte Toni, »kann die Liebe ja noch kommen.«

»Ich gehe hoch in mein Zimmer«, verkündete Fabi. Er nahm eine halb volle Flasche Cola aus dem Kühlschrank und verschwand.

»Du lässt ihn Cola trinken?«, fragte Tristan.

»Manchmal …«, sagte Mo entschuldigend.

»Ich finde das nicht richtig.«

»Aha. Findest du.«

»Papa! Mo!«, rief Toni mahnend. »Lasst es langsam angehen, okay?«

»Gut.«

»Okay.«

»Also, was möchtest du trinken, Tristan? Wasser?«

Einen Augenblick lang sah es so aus, als würde es gleich wieder losgehen, doch Tristan schluckte seine Antwort herunter. »Haben wir ein Bier?«, fragte er.

»Haben wir.«

Die obersten Wipfel der großen Bäume jenseits der Wiese waren noch von der Abendsonne beschienen, und es war immer noch heiß. Die Hauswand und der Holzboden strahlten die Hitze des Tages zurück. Die beiden Männer stellten sich an den Rand der Terrasse, oberhalb der drei breiten Stufen, die zur Wiese hinunterführten.

»Die Wiese müsste mal wieder gemäht werden«, sagte Mo. Es war nicht klar, ob er es entschuldigend meinte oder ob er es nach Lous Tod zum ersten Mal sah.

»Was ist eigentlich mit der Eiche passiert?«, fragte Tristan und deutete mit der Flasche auf den umgestürzten Baum in der Ferne.

»Sturm. Im vorletzten Herbst.«

»Sollen wir die nicht mal wegräumen lassen?«

Mo zuckte mit den Schultern.

Sie schwiegen eine Weile. Vom Bach her ertönte gelegentlich ein leises Murmeln und Plätschern.

»Wo habt ihr euch eigentlich kennengelernt, du und Lou?«, fragte Tristan in die Stille hinein.

»Das weißt du nicht?«, fragte Mo.

»Nein, Lou hat es mir nie erzählt.«

»Ach komm, das glaube ich dir nicht. Das muss sie dir erzählt haben. Ich meine, ich war immerhin der Grund für eure Scheidung!«

»Ohne deine Eitelkeit verletzen zu wollen: Du warst *nicht* der Grund für unsere Scheidung. Du warst der Trostpreis, als alles gelaufen war.«

»*Trostpreis?*«

Sie hörten von oben aus dem Haus ein Geräusch. Als sie hochschauten, sahen sie, dass die Fenster von Fabis und Tonis Zimmern, die nach hinten hinausgingen, offen standen. Es war niemand zu sehen, aber dort oben würde man ihre Unterhaltung, die schon nach wenigen Sätzen laut geworden war, hören können. Beiden war klar, dass das Gespräch nicht so lief, wie Toni es von ihnen erwartete. Und beiden war klar, dass sie nach dem entwürdigenden Schauspiel ihrer Rangelei neulich mehr bieten mussten als sarkastische Bemerkungen.

»Also«, fragte Tristan, »wo habt ihr euch kennengelernt?«

»Vergiss es. Lass uns über etwas anderes reden. Lou wusste offenbar genau, warum sie es dir nicht erzählt hat.«

»Lou ist tot.«

»Ach was.«

»Also, erzähl du es mir. Du sagst doch selbst immer, ich kannte Lou nicht gut genug.«

»Wann habe ich das gesagt?«

»Keine Ahnung. Hat mir Fabi irgendwann mal erzählt.«

»Und offenbar hatte ich recht …«

»Also, hilf mir. Lass mich etwas über Lou lernen. Und über dich.«

Mo schwieg eine Weile. Er trank einige Schlucke aus seiner Bierflasche. Dann blickte er Tristan an: »Therapie.«

Tristan sagte nichts.

»Na los, Tristan, mach dich darüber lustig!«

Doch Tristan ging nicht darauf ein. »Ich wusste nicht, dass du in Therapie warst.«

»Nein? Jetzt weißt du es.«

»Weshalb?«

Mo sah ihn eine Weile an, ohne zu antworten. Dann sagte er nur: »Bleiben wir bei Lou.«

»Gut. Dann erzähl mir, wo du sie das erste Mal gesehen hast.«

Mo nickte. »Beim Mittagessen«, sagte er schließlich. »Sie ist mir sofort aufgefallen. Sie saß mit zwei Ärzten am Tisch und plauderte. Sie lachten alle drei über etwas, das sie sagte. In dem Moment bin ich auf sie aufmerksam geworden. Sie sagte noch etwas, und wieder lachten alle drei. Ich dachte, sie sei auch eine Ärztin. Oder eine Psychologin. Sie wirkte so gelöst, sie redete so selbstverständlich mit diesen beiden Ärzten. Einem jungen Assistenzarzt und einem Oberarzt. Ich stand da mit meinem Tablett und konnte die Augen nicht von ihr lassen. Ich habe mir einen Platz gesucht, von dem aus ich sie sehen konnte, und dachte, bei ihr möchte ich in Therapie gehen. – Und niemals gesund werden! Ich stellte sie mir in einem Gesprächskreis vor, wie sie aufmerksam zuhört und selbst dem krankesten Typen das Gefühl gibt, ihn zu verstehen. Oder wie sie einen Tobsüchtigen zur Ruhe bringt. Ich weiß nicht, was ich mir noch alles vorgestellt habe. Jedenfalls standen die drei schließlich auf, gaben ihre Tabletts mit dem schmutzigen Geschirr ab und gingen raus. Der junge Arzt hielt ihr höflich die Tür auf und lachte noch einmal, bevor sie verschwanden. Erst als sie weg waren, wurde mir klar, dass ich mein Essen nicht angerührt hatte. Ich war mir sicher, dass sie in der Klinik arbeitete. Zugleich konnte ich sie nicht mit irgendeiner konkreten Tätigkeit in Verbindung bringen. Sie trug keinen Kittel. Verwaltung? Sekretariat? Nein. All diese Berufe waren viel zu profan. Sie wirkte viel zu glücklich für jemanden, der arbeitet. Ja, sie wirkte *glücklich*. Je länger ich darüber nachdachte, desto klarer wurde mir, dass es nur eine Möglichkeit gab ...« Mo lächelte bei der Erinnerung. »Sie war die Königin der Klinik! So wie die Queen. Oder diese Junge, diese Herzogin ...«

»Kate.«

»Ja, genau. Andere arbeiten und führen die Geschäfte. Aber sie repräsentierte. Sie machte Mut, sie inspirierte, sie hörte zu und schenkte Vertrauen. So musste es sein. Ich war mir sicher.« Er blickte Tristan an und sah, dass der genau verstand, wovon er redete.

»Am nächsten Tag sah ich sie nicht«, fuhr Mo fort. »Und am übernächsten auch nicht. Ich wollte sie auf keinen Fall verpassen und blieb zwei Stunden an meinem Platz im Essraum sitzen, bis alle anderen gegangen waren, aber sie kam nicht. Erst am dritten Tag war sie wieder da. Ich habe sie sofort erkannt, als ich reinkam, obwohl ich sie nur von hinten sehen konnte. Diesmal saß sie allein, und ich überlegte fieberhaft, wie ich es bewerkstelligen könnte, mich zu ihr zu setzen. Aber warum sollte sie sich mit einem dahergelaufenen Irren unterhalten? Allein die Idee war irre. Jenseits jeglicher Realität. Andererseits war *alles* in dieser Klinik jenseits der Realität. *Ich* war jenseits der Realität – deshalb war ich ja dort. Während ich an der Essensausgabe stand, konnte ich sie dann von vorne sehen. Sie war … Es war … Ihr Anblick traf mich wie ein Schlag in die Magengrube. Sie sah erschreckend anders aus als drei Tage zuvor. Ihr Gesicht war – leer. Elend. Hoffnungslos. Ein anderer Mensch. War das unsere Königin? Die Ärzte zum Lachen brachte? Die Mut machte und Vertrauen schenkte? Was war mit unserer Königin passiert?« Mo starrte eine Weile vor sich hin. Tristan wartete ab. »Ich glaube … Nein, ich weiß definitiv, dass dies der Moment war, in dem ich selbst therapiert war. Ich hatte eine Aufgabe. Ich wusste, was ich mit meinem Leben anfangen würde. Ich wollte bis ans Ende meiner Tage alles tun, damit diese Frau wieder die Königin wurde, die ich drei Tage zuvor erlebt hatte. Und dass sie es blieb. Für immer.« Wieder schwieg er lange. Schließlich schüttelte er mit einer Kopfbewegung die Erinnerung ab und sagte: »Komm mit.«

»Wohin?«

»Komm einfach.«

»Im Dunkeln?«

Sie beleuchteten mit den Taschenlampen ihrer Smartphones den Weg und gingen den kurzen Pfad und die Stufen zum Bach hinunter, wo Mo die kleine Plattform am Wasser gezimmert hatte, auf der zwei alte Stühle verrosteten. Am Rand der Plattform lagen einige schöne Kiesel aufgereiht, die die Kinder im Wasser gefunden hatten.

Mo trat von der Plattform ins Wasser. »Oh mein Gott, tut das gut!« Er watete im Schein seiner kleinen Lampe bis in die Mitte des Bachs. Tristan zögerte. Er stand bei den beiden Stühlen und leuchtete zu den reglosen Blättern der Bäume hoch, die im Lichtschein überraschend grün aus dem Schwarz hervortraten.

»Na, komm schon«, forderte Mo. »Das ist herrlich!« Tristan stand noch eine Weile auf der Plattform, dann setzte er sich, stellte die Bierflasche beiseite, zog seine italienischen Schuhe aus und krempelte sorgfältig seine Hosenbeine hoch. Mit der Bierflasche in der Hand stieg auch er ins Wasser.

»Verflucht! Ist das kalt!«

Er watete zu Mo in die Mitte des Baches, wo das Wasser kaum tiefer war, blieb stehen und begann das Gefühl zu genießen, wie das kalte Wasser um seine überhitzten Füße rann.

Sie tranken Bier und leuchteten mit ihren Smartphones über den Bach. Ein winziger Fisch sprang aus dem Wasser und verschwand wieder mit einem kurzen Aufspritzen.

»Da!«, sagte Tristan. »Hast du gesehen?«

»Plitsch!«, sagte Mo.

Sie leuchteten um sich herum und versuchten, noch einen Fisch zu sehen. Nach einer Weile plätscherte es hinter ihnen.

»Plitsch!«, sagte Tristan.

Kurz darauf erwischten sie einen mit dem Lichtstrahl.

»Plitsch!«, sagten beide zugleich. Sie schalteten ihre Taschenlampen aus, ließen sich in völliger Dunkelheit das Wasser um die Füße rinnen, und wenn es irgendwo plätscherte, sagten sie: »Plitsch!«

Sie standen schweigend im Bach. Das Wasser murmelte um sie herum.

Schließlich sagte Mo: »Ich habe eiskalte Füße.«

Und Tristan sagte: »Ich auch.«

10

Als Mo aufwachte, waren im Haus keine Geräusche zu hören. Wo waren die Kinder? Er überlegte, welcher Wochentag war. Ach ja, Montag. Alle waren in der Schule. Mo wollte auf seinem Handy schauen, wie spät es ist, aber das Display blieb schwarz. Er hatte vergessen, das Ladekabel einzustecken. Deshalb hatte der Wecker nicht geklingelt. Mo stand auf und ging in Boxershorts durch alle Kinderzimmer, um zu sehen, ob außer ihm noch jemand verschlafen hatte. Aber sie waren alle fort. Auch Tristans Zimmer war leer, sein Tesla stand nicht im Hof.

In der Küche standen vier Teller auf dem Tisch. Zwei waren benutzt und zwei unbenutzt. Fabi und Fritte hatten etwas gegessen, während Toni und Nano nichts gefrühstückt hatten. Toni hatte meist keine Zeit, und Nano konnte nicht. Sein Magen schlief länger als sein Kopf, wie er sagte. An Wochenenden oder in den Ferien aß er immer erst, nachdem er zwei Stunden gespielt und Geschichten auf seinem CD-Player angehört hatte. Unter der Woche hatte er keine Chance gegen seinen Magen. Mo hoffte nur, dass die Großen ihm etwas für die Frühstückspause eingepackt hatten, denn spätestens dann brauchte er unverzüglich etwas zu essen. Die Krümel auf der Tischplatte, ein Kakaofleck an Fabis Platz, die offen dastehende Butter und die Dose mit dem Müsli gaben ihm ein gutes Gefühl. All das sagte ihm: Die Kinder waren hier. Sie sind satt, es geht ihnen gut. Es sind prächtige Kinder. Mo schüttete etwas Müsli in Frittes Schüssel, goss Milch dazu und ging damit hinaus auf die Terrasse. Wie still so ein Haus ist, wenn man allein ist, dachte er.

*

Mo hatte sich geschworen, sein Leben Lou zu widmen und bis ans Ende seiner Tage dafür zu sorgen, dass sie glücklich wäre. Doch zuerst einmal war es genau andersherum gekommen. Die Storemanagerin eines Coffee Queen stellte ihn auf Lous Bitte hin als Aushilfe ein. Und weil Mo neugierig war und darauf achtete, wie die verschiedenen Kaffees zubereitet wurden und wie die Maschine funktionierte, wurde er bald offiziell Barista und bekam etwas mehr Geld. Er blieb nicht lange in dem Laden, aber die Arbeit brachte ihn zurück auf die Spur.

Vor allem aber brachte ihn ein historischer Moment zurück auf die Spur, der sich in seiner Wohnung ereignete. Wenn man den Schuhkarton, in dem er zu der Zeit hauste, als Wohnung bezeichnen will. Lou und Mo hatten sich in der Stadt getroffen und waren zusammen essen gewesen. Es war das erste Mal, dass sie sich seit der Klinik sahen. Mo hatte sein letztes Geld zusammengekratzt und Lou eingeladen. In eine einfache Pizzeria. Es war ihm peinlich gewesen, aber etwas Besseres hatte er sich nicht leisten können. Das hatte er ihr natürlich nicht gesagt, aber sie hatte es gemerkt. Sie war so begeistert von der Idee gewesen und hatte die Pizza so enthusiastisch gelobt, obwohl sie bestenfalls mittelmäßig war, dass sie es gemerkt haben musste. Er hatte Angst gehabt, dass sie sich außerhalb der

Klinik nichts mehr zu sagen hätten, aber so war es überhaupt nicht. Sie redeten in einem fort. Nach dem Essen bestand sie darauf, seine Wohnung zu sehen. Zuerst weigerte er sich, weil ihm seine Behausung peinlich war. Er wusste ja, dass sie in dem Haus mit der Brücke wohnte. Und dann seine Etagenwohnung mit den verbeulten Briefkästen im Erdgeschoss und den fremden Kinderwagen im Treppenhaus. Zum Glück hatte er aufgeräumt. Nicht, weil er gehofft hatte, dass sie zu ihm käme. Das hätte er niemals zu träumen gewagt. Aber seit der Klinik räumte er immer auf. Sauberes Bad, frische Bettwäsche, keine schmutzigen Kleider auf dem Boden. Er wollte das Gefühl des Neuanfangs beschwören.

Lou brauchte nur einen Augenblick, um seine Behausung in ein gemütliches Nest zu verwandeln. Allein ihre Anwesenheit änderte alles. Sobald sie durch die Tür kam, begann alles zu leuchten. Die zusammengewürfelten Möbel, die vergilbten Wände, die ungerahmten Bilder, die mit Stecknadeln auf die Raufasertapete gepinnt waren – das alles hatte auf einmal Stil. Sobald sie ihren Fuß auf den alten Teppichboden setzte, verwandelte er sich in eine blühende Wiese. Es fanden sich Kerzen, Lou entdeckte in seinen Playlists gute Musik, und sie stießen mit Wein an, den sie unterwegs in einem Kiosk gekauft hatten. Und irgendwann küssten sie sich.

Um ehrlich zu sein, hatte er nicht viel dazu beigetragen. Jedenfalls erinnerte er sich nicht daran, etwas getan zu haben. Lou zu küssen war wie Herzschlag oder Atem. Man merkt nicht, wie man es macht. Es geschieht einfach. Genauso geschah es, dass sie sich küssten. Dass sie sich berührten. Dass sie in seinem frisch bezogenen Bett lagen. Sie taten es ohne Kondom, und Lou wusste später, dass an diesem Abend Fritte entstanden war.

*

Mo hatte das nicht erwartet und wollte es auch zunächst nicht wahrhaben: Er empfand es als tröstlich, wenn Tristan nach Hause kam. Es tat ihm gut. Erst einmal natürlich, weil die Kinder sich freuen. Wenn Tristans Wagen draußen in der Einfahrt hielt, rief Nano: »Tristan kommt!« Nicht dass er dabei von seinem iPad aufgeschaut hätte, an dem er abends eine halbe Stunde spielen durfte. Aber Mo merkte doch, dass er sich freute.

»Lauf, mach ihm die Tür auf!«, sagte Mo dann.

»Ich kann nicht«, erwiderte Nano und bearbeitete den Bildschirm hoch konzentriert mit seinem kleinen Finger. »Gleich.«

Am liebsten wäre Mo selbst zur Tür gegangen und hätte Tristan hereingelassen, aber er wollte nicht übertreiben. Dann könnte er ihm auch gleich einen Kuss geben und sagen: »Hallo, Schatz, wie war dein Tag?« Nein, das konnte er nicht tun. Tristan musste ja nicht gleich merken, dass Mo sich freute, wenn er kam.

Die Haustür ging auf, und Mo hörte das Geräusch des Schlüssels, den Tristan in die Schale auf dem Schubladenschränkchen legte. Früher hatten sich darauf immer Tücher und Schals und Socken und Handschuhe und Mützen und die Hundeleine und Halsbänder mit und ohne LED-Leuchten getürmt, aber Tristan hatte nicht lange nach seinem Einzug die Schubladen sortiert und alles eingeräumt. Er hatte die Schale daraufgestellt, und seither lagen darin die Hausschlüssel, Tristans Brieftasche und ein paar Fahrradlampen (nur die aufgeladenen). Tristan hängte seine Jacke auf, kam herein und rief: »Hallo allerseits!« Und an Mo gewandt: »Hallo, Schatz. Wie war dein Tag?«

Mo seufzte. »Hunger?«, fragte er, ohne Tristan anzusehen.

»Ja. Gibt es noch etwas?«

»Sicher«, antwortete Mo, während er den Teller mit Tristans Essen in die Mikrowelle stellte.

»Na, Nano, wie läuft's?«

»Gut.«

»Hallo, Fritte.«

»Hallo, Tristan.« Fritte saß noch am Tisch und machte Hausaufgaben. »Hast du heute wieder ein paar Cafés gekauft?«

»Ja, ich habe Starbucks übernommen.«

»Cool.«

»Die anderen sind oben?«

»In ihren Zimmern.«

Tristan lief, zwei Stufen auf einmal nehmend, die Treppe hoch. Fabi saß vor seinen beiden Monitoren und hob kurz die eine Seite seines Kopfhörers vom Ohr, als Tristan hereinkam.

»Hallo, Fabi.«

»Hallo.«

»Du brauchst mich nicht anzuschauen, wenn ich dich begrüße.«

»Okay.« Fabi ließ seinen Kopfhörer wieder los und spielte weiter. Tristan seufzte und öffnete Tonis Zimmertür. Toni lag auf dem Bett und las.

»Hallo, Toni.«

»Hallo, Tristan.«

»Wieso schaut mich eigentlich kein Mensch an?«

Toni sah ihn an. »Was gibt's?«

»Nichts. Was liest du?«

»Buch.«

»Aha. Danke.«

»Schule.«

»Na, dann ...«

Und damit ging er wieder hinaus. Als er nach unten kam, nahm Mo sein Essen aus der Mikrowelle und gab es ihm.

»Hm, was ist das?«

»Pastinaken und frischer Spinat, mit Biohack angebraten und mit Crème fraîche verfeinert.«

»Haben wir Wein?«, fragte Tristan.

»Ja«, antwortete Mo und hielt ihm die Flasche mit dem Sprudelwasser hin. Er sah Tristan an, dass er protestieren wollte. Dass er sich nicht sagen lassen wollte, wie oft er Alkohol zu trinken hatte. Nicht von ihm! Doch nach einem kurzen Seitenblick auf Fritte, die sich wieder in ihre Hausaufgabe vertieft hatte, sagte Tristan nur: »Danke, *Schatz*.« Und nahm die Sprudelflasche.

Sie setzten sich raus auf die Terrasse, wo Mo ein Feuer in der Feuerschale angezündet hatte. Während Tristan seine Pastinaken aß, beschäftigte sich Mo mit der Flamme, stocherte darin herum oder legte etwas Holz nach.

»Wieso sagt man eigentlich *verfeinert*?«, fragte Tristan. »Wieso sagen alle Leute, dass man ein Essen mit Crème fraîche *verfeinert*?«

»Schmeckt es dir nicht?«

»Doch. Schmeckt gut. Es ist ganz ausgezeichnet! Ich meine, überhaupt: Sahne oder Schmand gelten als fett, aber Crème fraîche *verfeinert*. Ist doch im Prinzip das Gleiche. Warum ist das so?«

»Keine Ahnung.«

»Nur weil es einen französischen Namen hat?« Tristan stellte den Teller beiseite und nahm sein Handy aus der Brusttasche seines Jacketts. »Mal googeln …« Mo sah ihm schweigend zu, wie er ins Handy sagte: »Crème fraîche. Wikipedia.« Er schob sich mit dem Daumen durch den Artikel.

Mo fragte: »Warum bist du gegangen, als Lou das mit Simone rausgefunden hat? Warum hast du nicht versucht, eure Beziehung zu retten?«

»Hat jedenfalls auch nicht weniger Fett. Schmand hat noch am wenigsten. 23 Prozent. Sahne mindestens 30. Crème fraîche hat 40!«

»Warum hast du nicht um Lou gekämpft?«

»Hm? Ist das ein Verhör?«

»Du wusstest, dass sie krank war. Es hat ihr schwer zu schaffen gemacht.«

»Sei doch froh, sonst wärst du nie mit ihr zusammengekommen. Jedenfalls nicht offiziell.«

»Tristan, ich meine es ernst!«

»Ich auch.«

»Ich frage mich, wie du so hart sein konntest, Lou das anzutun, obwohl du genau wusstest, dass sie Schwierigkeiten hatte. Sie war doch nicht zum Spaß in dieser Klinik!«

»Lass gut sein, okay? Was zwischen Lou und mir war, ist Vergangenheit!«

»Ist es nicht. Ich versuche, dich zu verstehen.«

»Du musst mich nicht verstehen. Wir wohnen hier zusammen und helfen uns gegenseitig, die Kinder groß zu kriegen. Ich schaff das Geld ran, und du kochst Pastinaken, mit Crème fraîche verfeinert.«

»Ich beklage mich nicht.«

Tristan stand auf und stellte seinen Teller auf den Tisch. »Ich bin müde. Ich muss morgen früh raus.«

»Frühstückst du mit uns?«

»Nein. Ich weiß noch nicht. Vielleicht schaffe ich es. Danke dir für das Abendessen.«

Und damit ging er ins Haus. Mo blieb allein zurück. »Lass deinen Teller ruhig stehen«, sagte er leise. »Ich kümmere mich darum.«

*

Als Lou die lang gestreckte Kurve entlangfuhr, sah sie vor sich den Jungen. Sein Anblick war so erstaunlich, dass ihr im ersten Moment nach Lachen zumute war. Er saß auf einem Fahrrad, das leuchtend orange war. Signalorange. Genauer gesagt war es kein Fahrrad, sondern ein Bike. Den Unterschied hatte ihr Fabi erklärt. Dies vor ihr auf der Landstraße war die Kinderversion eines Mountainbikes mit breiten Reifen, einer Federung und einem sportlichen Rahmen. Auf dem Kopf hatte der Junge einen viel zu großen Helm. Einen von diesen Helmen, die man beim Motocross-Fahren oder beim Downhill-Biken trägt – einen Integralhelm mit weit vorstehender Kinnpartie und einem Sonnenschutz, aber ohne Visier. Der Helm war rot gemustert und mit verschiedenen Aufklebern beklebt, was aussah, als hätte der Junge eine Vielzahl von Werbeverträgen abgeschlossen. Der Junge überquerte in aller Seelenruhe die Straße, wiegte den Kopf mit dem monströsen Helm hin und her und schien vor sich hin zu singen. In dem Moment, als Lou um die Kurve kam, wandte er ihr den Kopf zu, und sie konnte seine Augen sehen. Er war auf typische Kinderart abwesend und ganz in seiner eigenen kleinen Motocross-Welt. Als er realisierte, dass ein Auto auf ihn zukam, war seine einzige Reaktion, den Fuß auf den Boden zu setzen. Er musste nicht einmal bremsen, weil er sich ohnehin kaum fortbewegte.

Lou wurde klar, dass sie genau auf ihn zufuhr. Auf das signalorangefarbene Fahrrad, auf den mit Werbung beklebten Motocross-Helm, auf den Jungen. Es war ein herrlicher Vormittag, die Sonne schimmerte freundlich durch die Bäume am Straßenrand, und es versprach ein ebenso schöner Tag zu werden wie der letzte und die Tage davor. Auch dieser Sommer war wieder als Rekordsommer vorhergesagt worden, und er war auf bestem Wege dahin.

Was das Wetter anbelangte, würde es zweifelsfrei ein schöner Tag werden, aber es war zu befürchten, dass es ansonsten nicht so gut laufen würde. Auch wenn Lou alles darum gäbe und entschlossen war, alles Muttermögliche zu tun, dass es doch schön würde. Aber am Nachmittag würden sie Toni zum Flughafen fahren, Toni würde allein in ein Flugzeug steigen und nach Brasilien fliegen. Dies war der Tag, an dem ihr Baby fortging, um auf der anderen Seite der Erdkugel in einem Land voller heißblütiger Jungen ihre *Auslandserfahrungen* zu sammeln. Was immer diese *Erfahrungen* am Ende sein mochten! Der Umstand, dass Toni gemeinsam mit ihrer besten Freundin Fiona fliegen würde, machte es etwas tröstlicher, wenn ihre Gastfamilien auch eine gute Stunde Autofahrt voneinander entfernt wohnten. Das hatten sie mit Google Maps herausgefunden. Lou hatte im Grunde nichts weiter zu tun, als tapfer zu sein, den Gedanken wegzuatmen, dass ihre Tochter *weg* wäre – *in Brasilien!* –, und ihr nach Möglichkeit einen schönen, liebevollen und würdigen Abschiedstag zu bereiten. Die Sache mit dem Flughafen war schon kompliziert genug gewesen. Fabi hatte so lange Schule, dass er es nicht schaffen würde mitzukommen, weshalb man beschlossen hatte, dass er und Toni sich am Morgen zu Hause verabschieden sollten. Mo hatte sie natürlich zum Flughafen bringen wollen, aber dann hatte sich Tristan extra freigenommen. Es wurde lange hin und her diskutiert, ob beide Männer mitfahren könnten. Was natürlich eigentlich kein Problem sein sollte, weil sie alle erwachsen waren und weil Lou und Mo inzwischen zehn Jahre zusammen waren. Aber als Tristan die Bemerkung fallen ließ, dass er ja auch Simone nicht mitbringen würde, wurde Mo klar, dass er Tristan ebenso wenig ertragen würde wie Tristan ihn und dass es mit hoher Wahrscheinlichkeit zumindest unterschwellige Zickereien geben würde. Weil er aber Toni – und Lou – ihren Abschied auf keinen Fall verderben wollte, trat er freiwillig zurück und verkündete, dass er sich zu Hause von Toni verabschieden würde. Was wiederum Toni enttäuschte, die die »Anstellerei« albern fand, was dann Diskussionen in verschiedenen Konstellationen erforderlich machte.

Nachdem das also alles so weit geregelt war, hatte der Tag doch mit Streit und Geschrei begonnen, noch bevor die Kleinen zur Schule aufgebrochen waren. Sie hatten Tonis Rucksack am Tag zuvor gemeinsam gepackt, und nur ihre wichtigsten Sachen, die ganz oben in den Rucksack sollten, hatten noch auf dem Fußboden ihres Zimmers gelegen. Darunter ihr Lieblings-T-Shirt. Dieses Lieblings-T-Shirt war nicht ihr Lieblings-T-Shirt, weil es am besten aussah, sondern weil *sie* darin am besten aussah. Die Ärmel waren genau richtig lang, um ihre Schultern zur Geltung zu bringen, und der V-Ausschnitt genau breit und tief genug, um ihre Schlüsselbeine zu betonen (sie hatte nach Aussagen sowohl von Mo als auch von Tristan dieselben schönen Schlüsselbeine wie Lou). Es war schmal genug geschnitten, um ihre Figur vorteilhaft erscheinen zu lassen, aber nicht so eng, dass es *bitchig* wirkte. Es lag ganz oben auf einem kleinen Stapel Kleider, und Toni war fest entschlossen gewesen, genau dieses T-Shirt am ersten Tag in Brasilien anzuziehen. Und nun hatte Nano – um Toni eine Freude zu machen – eine Tafel Schokolade zu ihren Sachen gelegt, und zwar genau auf dieses T-Shirt. Er hatte nicht gemerkt, dass die Schokolade in der Sonne gelegen hatte und geschmolzen war. An der Unterseite war die Packung außen mit Schokolade verschmiert, die sich nun über Nacht in das T-Shirt gesogen hatte. Ein hässlicher fettiger Fleck. Toni flippte aus. Die ganze Anspannung der bevorstehenden Reise brach aus ihr heraus. Lou wusste, dass Toni viel mehr Angst hatte, als sie zugab, und sie war stolz auf ihre Große, dass es trotzdem selbstverständlich für sie war wegzugehen. Toni schrie, weinte und warf mit Sachen um sich. Nano begann ebenfalls zu heulen, weil er sich schrecklich schuldig fühlte. Fabi, der überhaupt keine Beziehung zu irgendeinem seiner Kleidungsstücke besaß, kommentierte nur tröstend, Toni solle sich wegen eines T-Shirts nicht so anstellen, und bekam einen derartigen Stoß vor die Brust, dass seine Brille herunterfiel. Daraufhin herrschte Mo Toni an, sie solle bei aller Liebe bitte nicht übertreiben. Fritte zog sich in ihr Zimmer zurück und begann ihre Atemübungen, die sie gelernt hatte, um sich zu beruhigen. Und Lou, die sich schützend in die Mitte stellte, bekam schließlich die Hauptwut Tonis ab. Fabi verließ trotzig und ohne Abschiedsgruß das Haus, und es dauerte so lange, alle wieder zu beruhigen, dass Fritte und Nano zu spät zur Schule loskamen und Lou spontan beschloss, sie mit dem Auto zu fahren.

*

»Wo ist eigentlich das Schloss?«, fragte Fabi beim Abendessen.

»Welches Schloss?«, fragte Mo, während er Salat verteilte.

»Das Schloss an der Brücke, das Louma mit uns da festgemacht hat. Es ist weg.«

»Das Schloss ist weg? Warum?«, fragte Fritte.

Alle schauten Mo an, weil irgendwie die Vorstellung am nächsten lag, dass er es mit einem seiner Werkzeuge abmontiert hatte. Abgetrennt. Aufgesägt. Zerschlagen.

»Was schaut ihr mich an?«, fragte er. »Ich weiß von nichts.«

Er schaute Tristan an.

»Was für ein Schloss?«, fragte Tristan. »Ich weiß von keinem Schloss.«

Fritte erklärte ihm, was es damit auf sich hatte.

Schließlich sagte Toni: »Ich habe es abgemacht.«

»Warum?«, rief Fritte.

»Wie?«, fragte Nano.

»Ich habe den Schlüssel gesucht.«

»Und du hast ihn gefunden?«

»Warum?«, wiederholte Fritte. »Das durftest du nicht!« Tränen liefen ihr über die Wangen, während sie Toni anstarrte. »Warum hast du das gemacht?«

Ein Ring, sie zu knechten, sie alle zu finden, ins Dunkle zu treiben und ewig zu binden …

Toni sah die Tränen ihrer kleinen Schwester, sie sah die ängstlichen und duldsamen Blicke auf sich gerichtet, und Wut wallte in ihr auf. Sie warf ihr Besteck auf den Tisch. »Weil es verdammt noch mal nicht richtig ist! Weil ich hier ersticke! Weil sich alles nur um Louma dreht! Sie ist tot, aber sie verbreitet nur Angst und Druck. Alle schleichen hier rum und sind ganz still und ganz brav und ganz – *pietätvoll*! Und Tristan ist überhaupt nur wegen Louma hier eingezogen. Weil sie es gewollt hätte. Nicht weil wir es wollen! Nicht weil es für uns gut wäre!« Alle schauten sie sprachlos an. Toni stieß ihren Teller von sich. »Sogar dieser verfluchte Salat ist derselbe, den Louma immer gemacht hat!«

Sie sprang auf, rannte aus dem Zimmer und die Treppe hoch. Nachdem oben die Tür zugeschlagen war, blieb eine gelähmte Stille zurück. Mo und Tristan sahen sich an.

»Geh ihr nach«, sagte Mo.

»Ihr nachgehen?«

»Ja.«

»Sie wird schon zurückkommen …«

»Rede mit ihr.«

»Was gibt es da zu reden?«

»Einiges. Dir wird schon was einfallen.«

»Ich weiß nicht, sie war so …«

»Emotional?«

Tristan zuckte mit den Schultern.

»Du schaffst das.«

Tristan schaute zur Treppe, wo Toni verschwunden war. Er stand auf und ging ihr hinterher.

Als er nicht mehr zu sehen war, fragte Nano: »Darf ich auch mal was sagen?«

»Natürlich, Nano. Was gibt es?«

»Den Salat hat Louma nie so gemacht. Ihrer war viel leckerer!«

Tristan klopfte an Tonis Zimmertür. Als sie nicht antwortete, klopfte er noch einmal, und dann öffnete er die Tür einen Spaltbreit.

»Toni? Darf ich reinkommen?«

Toni antwortete nicht.

»Ich kann auch später wiederkommen.«

»Komm rein …« Sie saß auf ihrem Bett, hielt die Knie mit den Armen umschlungen und starrte vor sich hin. Tristan setzte sich auf ihren Schreibtischstuhl.

»Tut mir leid«, sagte sie.

»Nichts, was dir leidtun muss.« Tristan schaute auf den Rucksack, der neben dem Schreibtisch an der Wand lehnte und auf dem immer noch Tonis Pass, die Flugtickets und die anderen Papiere lagen.

»Mir tut es leid, dass ich nicht schon viel früher gekommen bin. Lass uns reden.«

»Es gibt nichts zu reden.«

»Ich denke, es gibt einiges zu reden.«

»Nein ... Alles normal. Ich weiß ja, dass wir durch diese Phasen durchmüssen. Dass wir sie festhalten wollen, dass wir loslassen müssen. Dass wir wütend werden.«

»Du sagst immer *wir* ...«

»*Ich*.«

»*Du*.« Tristan nickte. »Wir reden über dich. Immerhin war es dir ein Bedürfnis, das Schloss abzumachen und wegzuwerfen ...«

Toni sah ihn an. Der Kajal, mit dem sie ihre Augen umrandete, war verschmiert. Sie sah elend aus. »Das hätte ich nicht tun dürfen. Den Kleinen bedeutet es etwas.«

»Dir offensichtlich auch.«

»Ich habe Fritte zum Weinen gebracht. Wie mies ist das!«

»Du hast auch geweint.«

»Aber ich bin die Große.«

»Auch wenn du die Große bist, darfst du auch mal dürfen.«

Toni lächelte ihn matt an.

Tristan stand vom Stuhl auf, setzte sich zu ihr aufs Bett und nahm sie in den Arm. Nach einem Moment des Zögerns lehnte sie sich an ihn. Er spürte, wie sie sich entspannte.

»Wie lange habe ich dich nicht mehr in den Arm genommen?«, fragte Tristan.

»Seit du eingezogen bist«, sagte Toni unter seinem Arm hervor.

»Ja …« Er lächelte. »Aber das hier ist anders.«
»Ja«, sagte sie. »Das hier ist anders …«

*

Toni ging zu Fritte und nahm sie in den Arm. »Tut mir leid, Kleines«, sagte sie.
»Schon gut«, antwortete Fritte. »Wenn es dir wichtig ist …«
Toni versprach Fritte, dass sie das Schloss zusammen aus dem Bach holen würden und sie es aufbewahren dürfte. »Möchtest du das gern?«
»Ich weiß nicht«, antwortete Fritte. »Ich wüsste nicht einmal, ob ich es abgeschlossen aufbewahren soll oder aufgeschlossen.«
»Was dir lieber ist.«
»Das weiß ich ja eben nicht.«
Schließlich saßen sie alle zusammen wieder am Tisch. Mo hatte für Nano das Salatdressing zubereitet, das Lou immer gemacht hatte. Aber bevor er es zum Tisch brachte, fragte er Toni, ob das in Ordnung für sie sei. Sie sagte: »Mo! Es ist nur ein Salatdressing!«
Als sie weiteraßen, sagte Mo: »Um das ein für alle Mal klarzustellen: Tristan ist nicht für Louma hier eingezogen. Sondern für euch. Für mich, für sich selbst. Wir werden etwas Neues sein. Nicht der übrig gebliebene Teil von etwas Altem. Eine ganze Familie. Natürlich wird Louma immer zu uns gehören. Zu jedem Einzelnen von uns und zu uns allen zusammen. Louma wird immer ein Teil von uns bleiben. Diese Erinnerung wird für uns da sein, so wie wir hier füreinander da sind. – Wir sind füreinander da!«

Nano hob sein Wasserglas, weil man ihm auf Loumas Trauerfeier erklärt hatte, dass nach einer Rede alle ihr Glas heben, und also hoben auch die anderen lächelnd ihre Gläser und tranken gemeinsam.

Nach dem Essen gingen sie alle zusammen zum Bach, Toni zeigte ihnen, wo sie das Schloss ins Wasser geworfen hatte, und alle wateten barfuß zu der Stelle – die Kinder voraus, Mo und Tristan hinterher – und suchten. Es dauerte tatsächlich nicht lange, bis sie es fanden. Fritte stolperte mehr oder weniger darüber. Der Schlüssel steckte noch darin. Als Fabi zu ihr eilte, um das Schloss zu sehen, spritzte er aus Versehen Mo nass, und plötzlich fanden alle, dass es eine gute Idee wäre, Mo und Tristan nass zu spritzen. Nach einem kurzen Kampf saßen die beiden dann in ihren Kleidern im flachen Wasser, und die vier Kinder wateten spritzend im Kreis um sie herum. Tristan hielt sich schützend die Arme über den Kopf und rief: »Aufhören! Ich bin in Frieden gekommen!«

Das brachte die Kinder allerdings nicht dazu, die Kampfhandlungen einzustellen. Also schützte sich Tristan, so gut es ging, mit den Armen und ließ die Wasserschwälle über sich ergehen. Er saß auf dem Grund des flachen Baches und realisierte erstaunt, dass er glücklich war. Er konnte es nicht fassen: Ich habe mit meiner Tochter geredet! Ich habe die Situation gedreht! Ich habe ihr Mut gemacht! Und mein schönes Leinenjackett wird gerade ruiniert.

11

Hummel war seit dem Unfall verschwunden. Niemand erinnerte sich, ob Lou ihn an dem Morgen mitgenommen hatte oder ob er von zu Hause fortgelaufen war. Nach dem Unfall war er jedenfalls nicht im Auto gewesen. Und auch in der Umgebung der Unfallstelle hatte niemand einen kleinen weißen Hund gefunden. Sie hatten Aushänge in Supermärkten gemacht, sein Foto mit ihrer Telefonnummer an Ampelpfosten geklebt, sie hatten überall in der Nachbarschaft gefragt, und sie hatten im Internet auf nachbarschaftshilfe.de mehrmals Anfragen und Fotos gepostet.

Nichts. Hummel blieb verschwunden.

»Ist Hummel bei Louma?«

»Ich weiß nicht, Nano«, antwortete Mo. »Ich denke schon.«

Wenn Nano morgens aufstand, lief er zuerst zur Kräutergartentür, schloss sie auf und schaute in den verwilderten Kräutergarten. Jeden Morgen erwartete er, dass Hummel zurückgekommen war. Dass er schwanzwedelnd herumsprang und in die Küche drängte, um zu trinken und zu fressen. Aber Hummel kam nicht.

Nano rief in den Garten: »Hummel! Hummel, komm!« Er füllte mit rührender Treue frisches Wasser in die Trinkschale, warf eingetrocknetes Hundefutter in den Mülleimer und füllte neues in den Fressnapf. Das tat er jeden Tag. Er hörte nicht auf, Hundefutter für Hummel hinzustellen. Doch sosehr er sich auch bemühte – Hummel kam nicht.

Mo stellte sich vor, dass Nano nicht nur auf Hummels Rückkehr hoffte, sondern im tiefsten Herzen glaubte, dass sie alle beide kämen. Hummel schmutzig und nass, weil er in den Bach gesprungen war, und Louma mit der Leine in der Hand. Sie würde sich auf die Stufen setzen und verkünden: »Das war der beste und längste Spaziergang unseres Lebens! Wir haben Rehe gesehen! Und Hummel ist von einer Kuh gejagt worden! Jetzt mache ich Frühstück. Wer hat Hunger?«

Und Nano würde schreien: »Ich!«

Stattdessen warf Nano die leere Hundefutterdose in den Müll, stand vor dem unberührten Fressnapf, und als Mo rief: »Ich mache Frühstück, wer hat Hunger?«, schaute er Mo an und sagte nichts.

*

Nano radelte den Radweg an der Landstraße entlang. Er wusste, dass er auf dem richtigen Weg war, weil er oft mit Louma oder Mo zur Bio-Bäckerei gefahren war. Aber er hätte nie gedacht, dass es so weit war. Kam er denn niemals an? Die bunten Plastikkugeln an seinen Speichen klackerten einförmig, während er an Bäumen, an Feldern und an Wiesen entlangfuhr. Vor allem die Schultern taten ihm weh, wegen des schweren Ranzens. Er hatte am Morgen heimlich eine zweite Banane und eine Packung Kekse eingepackt, denn er wusste, wie sehr Hunger wehtun kann. Nachdem Louma gestorben war, hatte er nichts gegessen. Er hatte geglaubt, wenn er nur genug Hunger hätte, dann würde sie kommen und ihm etwas zu essen machen. Es hatte immer mehr gezwickt und geschmerzt, und Mo hatte ihn überreden wollen, etwas zu essen, aber er hatte nicht gewollt. Je mehr es wehtat, umso besser. Louma würde das nicht zulassen, da war er sicher. Nano erinnerte sich nicht, wann er wieder angefangen hatte zu essen. Er wusste nur noch, dass er geweint hatte und nicht mehr unterscheiden konnte, ob er wegen Louma weinte oder wegen der Bauchschmerzen. Es war gut, wegen Bauchschmerzen zu weinen.

Nano wollte noch nicht anhalten. Am liebsten würde er seinen Proviant erst auspacken, wenn er angekommen war. Ab und zu fuhr ein Auto an ihm vorbei. Nano hoffte, dass niemand anhalten würde, um ihn zu fragen, warum er nicht in der Schule sei und ob er sich verfahren habe. Er wusste nicht, ob er sich trauen würde, seine zurechtgelegte Ausrede zu sagen. Fremden Erwachsenen gegenüber bekam er meist kein Wort heraus. Deshalb sagte er sich seine Sätze noch einmal vor, während er radelte: *Ich wohne gleich da drüben. Ich fahre noch mal zurück, weil ich etwas vergessen habe.* Vor allem durfte es nicht passieren, dass der fremde Erwachsene noch einmal nachfragte: *Da drüben ist doch gar kein Haus? Was hast du denn vergessen? Soll ich lieber mal bei dir zu Hause anrufen?* Spätestens dann würde er verstummen. Also hatte er sich vorgenommen, lieber keine Pause zu machen und sich zu beeilen. Doch irgendwann ging es einfach nicht mehr. Seine Schultern waren furchtbar verkrampft, die Beine taten ihm weh, der Fahrradhelm drückte an seine Stirn, und er musste eine Banane essen. Oder zumindest ein paar Kekse. An der Abzweigung eines Feldwegs hielt er an, klappte mit dem Fuß den Fahrradständer herunter und stellte sein Rad ab. Er setzte sich ins Gras und öffnete den Schulranzen.

Außer seiner Trinkflasche, den beiden Bananen und den Keksen hatte er noch etwas eingepackt: eine Dose Hundefutter, Hummels Gummikatze mit dem kleinen Glöckchen darin und die Fellbürste, die noch voller Hundehaare war.

Nano nahm die Kekspackung heraus, öffnete sie und zählte, wie viele darin waren. Sechsundzwanzig. Die Hälfte sind dreizehn, aber das ließ sich nicht noch einmal halbieren. Eigentlich hatte er die Hälfte der Hälfte essen wollen. Wenn er durch drei teilte? Sechsundzwanzig durch drei – ging nicht. Auch die Hälfte ging nicht durch drei. Durch vier sowieso nicht. Wenn man etwas nicht durch zwei teilen kann, dann kann man es auch nicht durch vier teilen. Nano saß ratlos vor den Keksen. Er hatte gehofft, dass er sie genau einteilen konnte. Ein Achtel, oder die Hälfte eines Sechstels vielleicht. Das machte er immer so. Jetzt aber einfach irgendwie einige zu essen, das gab ihm ein mulmiges Gefühl. Es fühlte sich falsch an, und es ließ ihn fürchten, dass er scheitern würde. Wie sollte man etwas so Wichtiges schaffen, wenn man nicht einmal seine Kekse gut aufteilen konnte? Bedrückt aß er fünf Kekse und stellte fest, dass er die Packung nicht wieder vernünftig schließen konnte und sie im Ranzen wahrscheinlich herausfallen würden. Er trank einen Schluck aus seiner Gryffindor-Flasche, die Louma ihm zum letzten Geburtstag im Internet bestellt hatte, setzte den Ranzen wieder auf und fuhr weiter.

Nanos Lehrerin rief an und fragte, wo Nano bleibe, ob er krank sei und Mo vergessen habe, Bescheid zu sagen. Mo wusste sofort, dass Nano weggelaufen war. Er wusste nicht, warum, und er wusste nicht, wohin, aber er dachte sich gleich, dass es mit Hummel zu tun hatte. Weil Toni und Fabi während der Schulzeit nicht ans Handy gingen, schickte er beiden eine Nachricht: *Nano ist weg. Melden!* Keine zwei Minuten später rief erst Toni und dann Fabi an, doch sie wussten nichts. Nano hatte nichts erzählt.

Tristan brauchte keine zwanzig Minuten, um wieder nach Hause zu kommen. Währenddessen suchte Mo im verwunschenen Park und am Bach, radelte die nähere Umgebung und den Schulweg ab. Als Tristan kam, hielt er Mo davon ab, die Polizei zu rufen. »Er ist ein besonnener, durch und durch rationaler Typ. Was immer er tut, er hat das im Griff. Vertrau ihm.«

»Vertrauen? Er ist weg!« Mo fügte sich und schlug vor, dass sie mit zwei Autos getrennt voneinander suchen sollten, aber Tristan erwiderte:

»In deinem Zustand? Du fährst doch gegen den nächsten Baum!« Und in diesem Moment wussten sie, wohin Nano unterwegs war.

Das Auto überholte ihn, bremste, holperte über den Grünstreifen zwischen Straße und Radweg und blieb stehen. Beide Türen gingen auf, und zwei Männer stiegen aus. Jetzt erst erkannte Nano den Wagen: Es war Tristans! Während Tristan neben dem Wagen stehen blieb, um zu warten, bis Nano zu ihnen geradelt wäre, kam Mo auf ihn zugerannt. Mist, der ist sauer, dachte Nano. Doch Mo war nicht sauer. Er griff unter Nanos Arme, hob ihn hoch – Nano hörte unter sich das Rad umkippen – und drückte ihn an sich.

»Nano!«, rief er. »Was machst du denn? Nano, Nano, Nano, Nano!«

Nano war maßlos enttäuscht. Er war gescheitert. Als Mo aufhörte, ihn zu drücken, sah er sein Fahrrad auf dem Asphalt liegen und wünschte sich nur, dass er es wieder aufheben und weiterradeln könnte. Aber es war Tristan, der das Rad aufhob. Als Tristan die Kofferraumklappe öffnete, um es hineinzulegen, fing Nano an zu weinen.

»Nein, nicht ...«, sagte er.

»Komm ins Auto, wir fahren nach Hause. Wir machen jetzt erst einmal was Feines zu essen. Wie wäre es mit Pfannkuchen? Und dann unterhalten wir uns.«

Als er die hintere Tür des Tesla öffnete, schrie Nano: »Ich will nicht! Lass mich!« Und als Mo ihn mit ein paar beruhigenden Worten trotzdem ins Auto setzen wollte, hielt er sich am Rahmen fest und stemmte die Füße gegen die Innenverkleidung der Tür.

»Aber was willst du denn? Wir müssen doch wieder nach Hause.«

»Lass mich! Fahrt weg! Ich will mein Fahrrad!«

»Frag ihn, wo er hinwollte«, sagte Tristan.

»Wir wissen doch, wo er hinwollte.« Und zu Nano: »Was willst du denn da? Da gibt es doch nichts zu sehen. Das ist doch ... Ich will nicht, dass du da hingehst.«

»Ich muss aber!«

»Aber warum denn?«

»Wegen Hummel! Lass mich runter!«

Als Mo ihn wieder auf dem Radweg abgesetzt hatte, öffnete Nano seinen Ranzen und zeigte den Vätern die

Hundefutterdose und die Gummikatze. »Er muss irgendwo sein! Vielleicht hat er sich versteckt! Im Gebüsch. Und wartet, bis wir ihn holen!«

»Aber wir haben nach ihm gesucht. Wir haben ihn nicht gefunden.«

»Weil er sich versteckt hat! Du weißt, wie gut er sich verstecken kann!«

In Wahrheit hatte sich Hummel überhaupt nicht verstecken können. Er hatte sich hinter irgendetwas geduckt, mit dem Schwanz gewedelt und war nach ein paar Sekunden wieder herumgesprungen. »Ich habe ihn gerufen, Nano.«

»Er hatte Angst! Hattest du etwas zu fressen dabei?«

»Nein.«

»Also!«

Mo und Tristan sahen sich an.

»Fahren wir hin«, sagte Tristan. »Wenn wir schon einmal hier sind ...«

»Aber doch nicht mit dem Auto!«, rief Nano. »Wenn ein Auto kommt, hat er vielleicht wieder Angst und kommt nicht raus.«

»Mein Auto macht fast überhaupt kein Geräusch«, sagte Tristan.

»Ich will mit dem Rad fahren. Ist es noch weit?«

»Nein«, antwortete Tristan.

»Ein Kilometer *ist* weit«, sagte Mo, als sie wieder im Auto saßen. Tristan hatte den Warnblinker eingeschaltet und rollte lautlos im Schritttempo über die Landstraße. Ungefähr fünfzig Meter vor ihnen radelte Nano mit seinem Ranzen den Radweg entlang. Sie hatten alles Überflüssige ausgepackt und nur die Sachen für Hummel im

Ranzen gelassen. Die Hundefutterdose hatten sie geöffnet – erst da war Nano klar geworden, dass er sie allein gar nicht aufbekommen hätte – und das Hundefutter in Nanos verschließbare Frühstücksdose gefüllt, damit es nicht auslief. Das Fähnchen an seinem Fahrrad wippte munter hin und her. Tristan hatte versprechen müssen, in großem Abstand zu fahren.

»Ich glaub es nicht, dass ich das tue …«, sagte Mo kopfschüttelnd. Er hatte eine Entwarnung an Toni und Fabi geschrieben und ließ Nano auf dem Radweg vor ihnen nicht aus den Augen.

»Vielleicht muss es sein.«

»Ausgerechnet die Unfallstelle! Wer weiß, was das auslöst!«

»Ja, wer weiß, was das auslöst …«

»Und dann kommt er auch noch allein dort an!«

Sie hatten Nano erklärt, woran er die Stelle erkennen würde: das abrasierte Gebüsch, die braunen Reifenspuren im Gras, die aufgerissene Rinde des Baumstamms.

»Allein beim Aussprechen dieser Details ist mir übel geworden«, sagte Mo.

»Mir auch.« Tristan wandte den Kopf zum Außenspiegel, damit Mo nicht sah, dass ihm die Tränen in die Augen stiegen.

Als sie an der Stelle ankamen, blieb Tristan wie versprochen in einiger Entfernung stehen. Winzig klein sahen sie in der Ferne, wie Nano vom Rad stieg. Sie sahen, wie er eine Weile reglos vor den Spuren des Unfalls stand und sie betrachtete.

»Oh mein Gott …« Mo verkrampfte und begann zu zittern. »Wir müssen das abbrechen! Sofort!« Er wollte schon die Tür öffnen, als Tristan die Hand auf sein Bein legte. »Nicht«, sagte er. »Du schaffst das.«

»Scheiß drauf, ob ich das schaffe! Der kleine Kerl da klappt mir zusammen!«

»Vertrau ihm.« Tristan tätschelte beruhigend Mos Knie.

Und tatsächlich sahen sie, wie Nano sich von dem aufgerissenen Baumstamm abwandte und nach Hummel rief. Er nahm seinen Ranzen ab, holte die Frühstücksdose heraus und öffnete sie. Er ging durch das von den Bergungsarbeiten zerdrückte Gebüsch in den Wald und verschwand aus ihrem Blickfeld. Jetzt konnten sie nur noch das Kinderfahrrad am Waldrand stehen sehen.

»Wie lange müssen wir jetzt warten?«, fragte Mo.

»Wir haben ihm zehn Minuten versprochen.«

»Er weiß nicht, wie lange zehn Minuten sind.«

»Mo! Warte!«

Endlich stiegen sie aus. Je näher sie an die Unfallstelle kamen, desto unwohler wurde Mo. Vor seinem inneren Auge sah er das eingedrückte Wrack, er sah den Krankenwagen, die Polizeiautos, die blinkenden Warnlichter, den Leichenwagen, den Bergungskran. Das meiste davon hatte er nicht mit eigenen Augen gesehen. Aber er kannte genug Filme und Nachrichtenbilder, um ein sehr lebendiges Ganzes in seinem Kopf zusammenzusetzen.

Tristan ging es nicht besser. Lous Unfall hatte sein Innerstes genauso aufgerissen wie diesen Baumstamm dort. Unwillkürlich standen Mo und Tristan auf dem Radweg so nah beieinander, dass sie sich fast berührten. Genau wie Nano waren sie erst eine Weile von der Wucht des Anblicks gebannt. Erst dann wandten sie ihre Blicke dem Wald zu.

»Da drüben ist er«, sagte Tristan, um überhaupt etwas zu sagen. Als ob die reflektierenden Streifen auf Nanos Jacke zu übersehen gewesen wären. Der Junge stieg in einiger Entfernung über am Boden liegende Äste und Zweige, rief immer wieder nach Hummel und hielt die offene Frühstücksdose vor sich, damit Hummel sie aus seinem Versteck heraus gut riechen konnte. Beherzt gingen die Männer hinter ihm her, begannen zögernd, ebenfalls nach dem Hund zu rufen, und ließen sich schließlich von Nanos festem Glauben anstecken, dass Hummel aus einem alten Fuchsbau kriechen würde, schwanzwedelnd, schmutzig und abgemagert, und gierig anfinge, aus Nanos Frühstücksdose das Hundefutter zu schlingen.

Aber er kam nicht. Sie zogen immer weitere Kreise durch den Wald, über Forstwege, an Feldern entlang, auf denen hoch das Korn stand, und am Ufer eines Baches entlang. Tristan überlegte, ob es derselbe war, der hinter ihrem Haus floss, aber er war nicht sicher. Er gab als Erster auf und betrachtete eingehend seine Lederschuhe, die trotz der Trockenheit ziemlich eingesaut waren.

Schließlich blieb auch Nano stehen und suchte den nächsten Hügel nur noch mit den Augen ab. Als Mo zu ihm kam, sagte er: »Vielleicht ist er doch bei Louma.«

Schließlich saßen sie zu dritt auf einem Baumstamm, Nano in der Mitte und seine beiden Väter rechts und links, teilten sich die beiden Bananen und die restlichen einundzwanzig Kekse (sieben für jeden) und schwiegen. So wie Männer eben schweigen, wenn es etwas Bedeutendes gemeinsam zu beschweigen gibt.

*

Es war Lou schließlich gelungen, Toni zu beruhigen. Mo hatte das Lieblings-T-Shirt in die Waschmaschine gesteckt (nachdem er den Fleck behutsam vorbehandelt hatte). Da es auf keinen Fall in den Trockner durfte, hatte er vorgeschlagen, dass Toni es feucht ganz oben auf den Rucksack legte und mit etwas Glück zumindest am zweiten Tag in Brasilien anziehen könnte.

Nachdem Lou Fritte und Nano an der Schule abgesetzt hatte, wo der Unterricht schon begonnen hatte und alle Kinder in ihren Klassen waren, fuhr sie nicht auf direktem Weg nach Hause zurück, sondern beschloss, wenn sie schon einmal unterwegs war, Toni zum Abschied die besonders leckeren Brötchen und das besonders gute Vollkornbrot von der Bio-Bäckerei mitzubringen. Da die letzte Familienbäckerei in ihrer Nähe vor einigen Jahren geschlossen hatte und es nur noch Ketten gab, die Standardbrötchen aus Teigrohlingen anboten, nahm Lou die Landstraße, um in den nächsten Ort zu fahren, wo es eine so gute Bio-Bäckerei gab, dass die Leute von weit her kamen, um dort Brot zu kaufen.

Doch Lou kam nie in der Bäckerei an. Zwischen ihr und dem guten Vollkornbrot stand der Junge mit dem signalorangefarbenen Fahrrad und dem monströsen Motocross-Helm, der mitten auf Lous Fahrspur seinen Fuß auf den Boden setzte. Warum fuhr der Junge nicht auf dem Radweg, der durch einen schmalen Grünstreifen von der Straße getrennt war? Wo kam er her? Wo wollte er hin? Lou hatte keine Zeit, sich umzuschauen, aber weil sie die Straße schon oft gefahren war, wusste sie, dass es in unmittelbarer Nähe keine Häuser gab. Weder auf der einen Seite noch auf der anderen. Warum war der Junge nicht in der Schule? Warum überquerte er die Straße so verträumt? Warum blieb er mitten auf der Straße stehen, anstatt sich eilig in Sicherheit zu bringen?

Während der Junge Lou anschaute und registrierte, was geschah, fiel etwas kleines Weißes unter dem Kinnbügel seines Integralhelmes heraus. Er hatte einen Kaugummi im Mund gehabt, und obwohl der Helm davor war, hatte Lou ganz deutlich gesehen, wie der Mund des Jungen vor Erstaunen aufgeklappt war und die Zunge mit einer unwillkürlichen Bewegung den Kaugummi herausgedrückt hatte. Es war dieser Kaugummi, der Lou dazu brachte, zu reagieren. Sie fuhr nicht schnell. Jedenfalls nicht für eine freie Landstraße an einem trockenen Morgen, fernab von Ortschaften mit ihren Zebrastreifen und Ausfahrten. Als sie das letzte Mal auf den Tacho geschaut hatte, war der rote Zeiger etwa bei der Sechzig gewesen. Lou hatte sich schon oft gefragt, warum kein einziger Autohersteller es schaffte, auf seinen Tachometer eine Fünfzig zu drucken. Wo doch die Fünfzig beim Autofahren eine so wichtige Zahl war. Genau wie die Dreißig. Aber beide versteckten sich zwischen den schön geraden Zwanzigerzahlen, die eigentlich niemanden interessierten. Eben hatte sie also die *signalorangefarbene* Tachonadel auf die Sechzig zeigen sehen. Da sie in der lang gestreckten Kurve kein Gas gab, obwohl Mo hier immer schneller fuhr, musste sie in dem Moment, als sie den Jungen vor sich sah, eher noch langsamer gefahren sein.

Als der Kaugummi auf dem Oberrohr des Bikes aufschlug und von dort aus auf den Boden fiel, lenkte Lou nach rechts – fuhr also, weil das Lenkrad aufgrund der Kurve leicht nach links eingeschlagen war, eigentlich geradeaus – und verfehlte den Hinterreifen des Jungen knapp. Der Junge folgte mit dem Kopf ihrer Bewegung, wobei sich der viel zu große Helm wie von allein und unabhängig von seinem Körper zu drehen schien. Lou registrierte mit Erleichterung, dass der Junge nicht durch die Luft gewirbelt wurde, mit dem Kopf ihre Windschutzscheibe zerschmetterte und mit einer Vielzahl von Brüchen und Verletzungen auf dem Asphalt landete. Nur der Helm drehte sich, und seine Augen folgten ihr. Lou drückte das Bremspedal, aber auf dem Grünstreifen fand das Profil ihrer Reifen keinen Halt. Auch über den etwas tiefer liegenden Radweg gingen die Räder viel zu leicht hinweg, um bremsen zu können. Der Wagen pflügte durch den Erdboden hinter dem Radweg, rasierte das Gebüsch ab und krachte nahezu ungebremst gegen einen Baum. Lou wurde gegen den Airbag geschleudert, der sich mit einem ohrenbetäubenden Knall aufblähte und ihr mit erstaunlicher Wucht ins Gesicht platzte. Der Sicherheitsgurt schlug bretthart gegen ihre Brust. Sie wurde wieder zurückgeschleudert und prallte gegen die Nackenstütze. Dann herrschte Stille. Es roch verbrannt.

Das lief gut, dachte Lou. Ich sitze noch in meinem Sitz. Ihr Gesicht schmerzte, ihre Brust schmerzte, ihre linke Hand schmerzte, weil sie gegen die Fahrertür geschlagen war, und ihre Knie schmerzten heftig. *Warum schmerzen meine Knie?*

Hummel!

Hummel hatte auf der Rückbank gelegen, obwohl Mo immer darauf bestand, dass er in den Kofferraum hinter das Sicherheitsnetz kam. *Die paar Meter*, hatte Lou gedacht und ihn einfach mit den Kindern auf den Rücksitz klettern lassen. *Darf ich mich umdrehen? Ist meine Wirbelsäule vielleicht verletzt?* Doch schon hatte sie sich umgedreht. Der Hund war nicht zu sehen. Zu hören war auch nichts.

Hummel!, wollte sie sagen, aber es kam kein Ton aus ihrem Mund.

Lou schnallte sich ab und stieg aus. Sie stand auf zittrigen Beinen, aber sie stand. Sie wollte die hintere Tür öffnen, um nach Hummel zu sehen, doch da fiel ihr Blick auf die Straße, wo der rote, mit Werbung beklebte Helm des Jungen leuchtete. Der Junge schaute sie an. Lou dachte, sie müsste irgendetwas sagen oder rufen, doch den Gedanken hatte sie im nächsten Moment schon wieder vergessen. Auch dass sie die hintere Tür öffnen wollte, vergaß sie, denn ihr Blick wurde von der Wiese angezogen, die hinter dem schattigen Wäldchen, in dem sie hängen geblieben war, in einem überirdischen Grün erstrahlte. Die Morgensonne schien darauf, und hinter den dunklen Stämmen flammte das Grün bestürzend schön auf. Lou stolperte auf das leuchtende Grün zu. Als sie aus dem Schatten der Bäume trat, begann auch sie zu leuchten. Lou hob ihren Arm und betrachtete staunend das Strahlen ihrer Hand. *Wie eigentümlich*, dachte sie. *Ich leuchte.*

Dann wurde ihre Hand unsichtbar. Obwohl alles andere um die Hand herum noch zu sehen war – die Wiese, der Himmel, die Bäume –, begann ihre Hand zu verschwinden. Lou hob ihre andere Hand, doch auch sie war unsichtbar. Lou begriff nicht, dass sie ihre Hände nicht sehen konnte, weil in der Mitte ihres Gesichtsfeldes ein kleiner blinder Fleck war. Ein blinder Fleck genau dort, wo sie hinschaute. Sie schloss die Augen und öffnete sie wieder, doch ihre Hand blieb unsichtbar. Aus den Augenwinkeln sah Lou eine weiße Bewegung. Ein weißer Wisch über der Wiese. *Hummel! Hummel läuft weg!* Lou wandte den Kopf in die Richtung, in der sie den Wisch wahrnahm, aber genau wie ihre Hände wurde auch Hummel unsichtbar. Sie wollte ihn rufen. *Hummel! Bleib hier!* Aber sie vergaß es. Ihre Beine wurden weich, die Wiese und der Himmel drehten sich, und Lou spürte an der Wange kühle Grashalme. Sie musste lächeln, weil das Gefühl so angenehm war. Es weckte zärtliche Erinnerungen. Der Fleck in ihrem Sichtfeld hatte sich ausgeweitet, doch sie brauchte gar nichts zu sehen. Sie lag im Gras unter demselben Himmel, unter dem die kleine Louise schon im Gras gelegen hatte, und während die Halme ihre nackten Arme, ihren Hals und ihre Wange streichelten, war Lou zugleich Louise und Lou und Louma. Toni und Fabi, Fritte und Nano gesellten sich dazu, und dann waren da auch noch Mo und Tristan. Sie alle verschmolzen miteinander zu einem einzigen Moment, der so kurz war wie ein letzter Herzschlag und so lang wie ein Leben.

Der Junge mit dem Motocross-Helm – sein Name war Milan – stand am Straßenrand, den Lenker seines Bikes in der Hand, und schaute auf die Wiese hinunter. Er verstand nicht, warum die Frau, nachdem sie den Baum gerammt hatte, auf die Wiese gegangen war. Er verstand nicht, warum sie sich ins Gras gelegt hatte und warum sie lächelte. Er verstand nicht, wie sie nach dem Schreck einfach so einschlafen konnte.

12

Toni hatte auf seine Nachrichten nicht geantwortet, und sie war nie ans Telefon gegangen, wenn er angerufen hatte. Doch Nick gab nicht auf. Eines Morgens schob er sein Vintage-Rennrad die Einfahrt hinauf und klingelte an der Haustür. Mo öffnete.

»Ich bin Nick.«

»Oh.«

»Kann ich Toni sprechen?«

Mo sah den Jungen eine Weile schweigend an. »Um ehrlich zu sein – ich hatte dich etwas früher erwartet ...«

»Früher?«

Mo nickte. »Früher.«

Er hatte Toni ungefähr zwei Wochen nach der Trauerfeier angesprochen. Er hatte sich an das Gespräch mit Louma über den außerordentlich begabten, gut aussehenden und obendrein bescheidenen Schülersprecher erinnert, für den Toni schwärmte – so sehr schwärmte, dass sie sich gewünscht hatte, ihre große Reise würde ausfallen. Toni hatte ihn nie wieder erwähnt. Also hatte Mo sie gefragt. Ihre Antwort hatte im Großen und Ganzen aus Schweigen bestanden. Er hatte diesem Schweigen entnommen, dass sie nichts mehr von ihm gehört hatte. »Sie hätte jemanden brauchen können, der für sie da ist.«

»Ich habe ihr geschrieben. Ich habe sie angerufen. Ich

habe auf ihre Mailbox gesprochen. Toni hat auf nichts reagiert. Ich wollte das respektieren. Aber jetzt will ich es doch noch mal persönlich versuchen.«

Mo begriff. Er hatte Tonis Schweigen falsch interpretiert. »Entschuldige«, sagte er. »Komm rein. Ich frage Toni, ob sie dich sehen möchte.« Er dachte, wenn Toni auf die Anrufe und Nachrichten nicht reagiert hatte, dann hatte sie einen Grund. Er war sich allerdings noch nicht im Klaren darüber, ob er sie zu ihrem Glück zwingen sollte.

Als Mo in ihr Zimmer kam und ihr sagte, wer da sei, wollte sie nicht herunterkommen. Sie saß an ihrem Schreibtisch, und weil Mo merkte, dass Nicks plötzliches Auftauchen sie furchtbar nervös machte, versuchte er nicht, sie zu überreden.

»Du musst nicht mit ihm reden«, sagte Mo. »Ich sage ihm, dass es dir nicht gut geht.«

Doch unvermittelt stand sie auf und ging an Mo vorbei zur Tür. Ihm fiel ihre aufrechte und *edle* Haltung auf. Er dachte an eine Königin auf dem Weg zum Schafott. Plötzlich erkannte er Lou in ihr.

Mo überlegte, ob er sie nach unten begleiten sollte, entschied sich aber dagegen.

»Hallo, Toni«, hörte er Nick sagen.

»Hallo, Nick«, hörte er Toni sagen.

»Wie geht es dir?«

»Okay. Entschuldige, dass ich dir nicht geantwortet habe«, sagte sie.

»Du musst dich nicht entschuldigen. Ich dachte, ich schaue mal nach dir. Aber du kannst mich auch wieder wegschicken.«

Einen langen Moment hörte Mo nichts. Dann rief Toni mit tränenerstickter Stimme: »Es tut mir leid ...« Sie kam die Treppe wieder heraufgelaufen und duckte sich an Mo vorbei zurück in ihr Zimmer. Mo erwartete, dass ihre Tür zuknallen würde, aber sie schloss sich mit einem schrecklich stillen Geräusch.

*

»Ich wusste nicht, dass sie verliebt ist! Warum hast du mir nichts davon erzählt?«

»Ich erzähle es dir ja jetzt.«

Nachdem Mo das wenige, was er wusste, erzählt hatte, zögerte Tristan nicht lange, sondern sagte: »Ich rede mit ihr.«

»Lass mich mit ihr reden«, erwiderte Mo.

»Warum? Sie ist meine Tochter.«

»Erstens ist sie *unsere* Tochter, und zweitens war ich dabei. Ich habe gesehen, wie sich die Sache entwickelt, und ich habe schon einmal versucht, mit ihr zu reden.«

»Und du bist daran gescheitert. Genau genommen bist du von Anfang an gescheitert. Nicht du hast mitbekommen, dass sie verliebt ist, sondern Lou. Du hast nicht gemerkt, dass er versucht hat, mit ihr Kontakt aufzunehmen, und du hast nicht gemerkt, dass sie sich dagegen sperrt. Ich kenne Frauen, ich rede mit ihr.«

»Was hat das mit deinem Expertenwissen über Frauen zu tun?«

»Weil du wie ein Mann denkst. Deswegen verstehst du Toni nicht. Wenn ein Mann Hilfe braucht, dann nimmt er sie an. Aber Frauen sind eben schwieriger.«

»Weil du noch niemals mit einer Frau *geredet* hast! Ich kenne Toni seit zehn Jahren.«

»Ich seit sechzehn.«

»Aber du hast nur die ersten sechs mitbekommen, als sie noch im Sandkasten gespielt hat.«

Tristan ging zum Küchentisch und schenkte sich ein Glas Wasser ein. Er trank es aus. »Also gut«, sagte er dann. »Rede du mit ihr. Du steckst in der Sache drin. Wir wollen den Ball flach halten. Aber du erzählst mir jedes Wort. Und wenn du das auch noch verbockst, übernehme ich.«

»Danke für dein Vertrauen«, entgegnete Mo. Tristan nahm ein paar schmutzige Tassen und Teller von der Arbeitsplatte und wollte sie in die Spülmaschine einräumen. Doch mitten in der Bewegung hielt er inne, stellte alles wieder ab, ging zu Mo und setzte sich neben ihn.

»Du musst einen guten Moment finden«, sagte er. »Es muss zufällig aussehen. Sprich sie ganz nebenbei an. Auf keinen Fall zu direkt, sonst macht sie zu. Ich kenne sie.«

»Danke, Tristan, ich kriege das hin.«

»Gib ihr ruhig einen kleinen Schubs.«

»Ich weiß nicht, ob es richtig ist, sie zu drängen.«

»Wer redet von Drängen? Aber manchmal muss man dem Glück eben ein wenig nachhelfen.«

»Tristan! Ich schaffe das.«

»Ernsthaft. Schlag ihr vor, wir könnten ihn zu einem Familienabendessen einladen. Das wirkt ganz zwanglos.«

»Ein Familienessen? Zwanglos? Wenn alle ihn anstarren und Nano irgendwann fragt, ob sie ein Liebespaar sind und Kinder haben werden?«

»Du hast recht, vielleicht ist die Idee nicht gut. Was könnten sie sonst machen?«

»Sie wird selbst am besten wissen, was sie mit ihm machen will.«

»Meinst du?«

»Ja. Mädchen wissen im Allgemeinen, was sie mit Jungen tun wollen. Ich will ihr nur Mut machen. Mehr nicht.«

Tristan nickte. »Gut. Du machst das schon.« Eine Weile herrschte Stille. »Aber lass es zufällig aussehen …«

*

Mo klopfte mit dem Fuß an Tonis Zimmertür. Er trug ein Tablett mit Tee, Keksen und zwei Tassen. Nachdem er die Tür mit dem Ellbogen geöffnet hatte, stand er mit dem Tablett im Zimmer und sagte: »Ich möchte mit dir reden.«

Er registrierte, dass Toni unwillkürlich auf den Rucksack schaute, der immer noch gepackt im Zimmer stand. Er hatte sich inzwischen unter den Schreibtisch zurückgezogen, wo er im Schatten einer Sporttasche lauerte.

»Ich will nicht reden«, sagte Toni. Sie saß auf dem Bett. Vor ihr lag ihr Smartphone, der Bildschirm war schwarz. Mo setzte sich mit dem Tablett auf den Boden. Er schenkte zwei Tassen Tee ein und reichte eine Toni. Doch sie nahm die Tasse nicht.

»Es ist nur Tee«, sagte Mo. Toni rührte sich nicht. »Früher wäre Louma zu dir gekommen. Jetzt komme ich. Ich weiß, dass ich kein guter Ersatz bin. Aber du könntest mir etwas helfen.«

»Mo, bitte. Ich will nicht darüber reden.«

»Tristan hat gesagt, wenn ich es verbocke, dann kommt er.«

Toni musste lächeln. Er reichte ihr noch einmal die Tasse, und diesmal nahm sie sie.

»Louma hat mir erzählt, dass du für ihn schwärmst.«

»Schwärmst? Das Wort hat sie bestimmt nicht benutzt.«

»Nein, das ist von mir. Welches Wort wäre das richtige?«

Toni zuckte mit den Schultern.

»Eigentlich musst du gar nicht mit mir reden«, sagte Mo. »Rede mit ihm.«

»Ich kann nicht.«

»Doch, das kannst du.«

Toni schwieg lange. Als sie dann sprach, tat sie es so leise, dass er sie kaum verstehen konnte. »Ich habe mir gewünscht, nicht zu fahren. Und dann habe ich diesen Streit angefangen. Und dann musste Louma die Kleinen bringen. Und alles wäre nicht passiert, wenn ich nicht so dumm gewesen wäre.«

»Glaubst du wirklich, deine Mutter würde dir irgendeine Schuld daran geben, was passiert ist? Glaubst du, sie würde wollen, dass irgendeiner von uns das auf seine Schultern nimmt? Weil die Kleinen nicht selbst zur Schule gefahren sind? Weil Fabi nicht geholfen hat? Weil ich es nicht war, der in dieses Auto gestiegen ist? Und es hat ja nicht erst an diesem Morgen angefangen. Was wäre, wenn ich Louma nie kennengelernt hätte? Was wäre, wenn Tristan damals bei ihr geblieben wäre? Unser ganzes Leben hat zu diesem Moment geführt. Aber unser Leben führt auch über diesen Moment hinaus. Wir dürfen nicht zulassen, dass dies der Schlusspunkt für uns alle ist. Weißt du, wie wir Louma am glücklichsten machen könnten? Indem es uns gut geht.«

»Gut geht?« Toni sah ihn verzweifelt an. »Jetzt? Es geht mir nicht gut!«

»Ich weiß. Natürlich nicht. Niemand von uns hat Lust, eine Party zu feiern, in den Urlaub zu fahren oder in einen Vergnügungspark zu gehen. Aber wir dürfen uns gegenseitig nicht aufgeben. Unsere Freunde. Unsere Liebe ... Wir müssen umso mehr füreinander da sein. Gerade jetzt, wo wir sehen, dass es nicht selbstverständlich ist, dass wir uns haben. Ich freue mich so unendlich, dass ich euch habe. Und ich bin dankbar für jeden kleinen Moment, in dem es euch gut geht.«

Und dann brach es aus ihr heraus. Sie zitterte und schluchzte. Mo nahm ihr die Tasse ab, setzte sich neben sie aufs Bett und nahm sie in den Arm.

Sie weinte lange.

Als sie langsam ruhiger wurde, sagte Mo: »Erzähl mir von Nick. Wie habt ihr euch kennengelernt?«

Und als er schon glaubte, sie brauche noch Zeit und es werde diesmal nichts werden, begann sie zu erzählen. Von ihrer ersten Begegnung, von den Freitagsdemonstrationen, vom Stadtgarten. Wie sie sich unterhalten hatten, wie er sie zur Straßenbahn gebracht und sein Rad neben ihr hergeschoben hatte. Wie er mit ihr auf die Straßenbahn gewartet hatte und dann noch ein paar Straßen weit neben der Bahn hergefahren war.

»Er sieht mich so an, weißt du? Wenn wir reden, dann sieht er mich richtig an. Sodass ich weiß, dass es mich gibt. Dass ich wirklich da bin. Verstehst du das?«

Mo dachte an Lou. »Ja«, sagte er. »Das verstehe ich.«

»Und ich habe ihn so mies behandelt ...«

»Er wird es verstehen.«

Toni schüttelte den Kopf.

»Ich habe den Eindruck, er ist jemand, der Dinge versteht. Ruf ihn an, schreib ihm.«

Als Mo hinausging, nahm Toni ihr Smartphone.

*

»Hast du mit ihr geredet?«
»Ja.«
»Warum erzählst du nichts? Wie ist es gelaufen?«
»Gut. Ich glaube, gut.«
»Du glaubst?«
»Ja.«
»Und?«
»Was, und?«
»Alter Mann, wenn du nicht in der Lage bist, zu berichten, dann lasse ich dich nie wieder mit ihr reden. Oder mit irgendwem! Hat sie ihm geschrieben?«
»Ja.«
»Sie hat sich wirklich schuldig gefühlt, nicht wahr?«
»Ja.«
»Weil sie sich gewünscht hat hierzubleiben.«
»Ja.«
»Weil ihr Wunsch in Erfüllung gegangen ist.«
»Ja.«
»Was hat sie ihm geschrieben?«
»Keine Ahnung. Woher soll ich das wissen? Vielleicht erzählt sie es dir.«
»Das wäre gut, denn du erzählst ja nichts.«
»Was denn? Ich habe doch alles erzählt!«

*

Gleich am nächsten Tag kam er. Toni war oben in ihrem Zimmer, Tristan und Mo saßen am Küchentisch und sahen ihn auf seinem alten Rennrad auf den Hof fahren.

»Da ist er«, sagte Tristan. »Ich mache ihm auf.«

»Warte, bis er klingelt. Und bleib cool.«

»Ich *bin* cool.«

»Wenn wir beide hier sitzen, als ob wir nichts anderes zu tun haben, ist das uncool.«

»Du hast recht.«

Sie nahmen sich schnell zwei Zeitschriften und setzten sich auf die Sofas.

Es klingelte.

»Wer geht jetzt?«, fragte Mo.

»Ich gehe. Ich habe ihn noch nie aus der Nähe gesehen.« Tristan stand auf, nahm seine Zeitschrift mit und öffnete die Tür.

»Hallo, du bist Nick …«

»Ja, hallo, Sie sind der andere Vater …«

»Tristan.«

»Ich wollte zu Toni.«

»Ich weiß – ich meine, sicher, komm rein.«

»Es ist Nick!«, rief er Mo zu, als sie hereinkamen.

»Hallo, Nick.« Mo hatte sich inzwischen mit seiner Zeitschrift hingelegt, um noch entspannter zu wirken.

»Hallo, Herr Albarella.«

»Mo.«

Nick nickte.

»Toni ist oben …«

»Möchtest du einen Kaffee?«, fragte Tristan.

Aber noch bevor Nick antworten konnte, sagte Mo: »Nein, ich glaube nicht, dass Nick einen Kaffee möchte.«
»Nein?«, fragte Tristan.
»Vielleicht möchte er lieber zu Toni nach oben gehen …«
»Oh. Sicher. Ich sage ihr Bescheid, dass du da bist.«
Doch das war nicht notwendig. Toni stand schon auf der Treppe.
»Hallo, Nick.«
»Hallo, Toni.«
»Wollen wir rausgehen?«
»Gern.«
»Wir gehen ein bisschen spazieren«, sagte Toni zu Tristan und Mo, als sie zur Haustür ging.
Mo registrierte, dass Nick ihr die Tür aufhielt.

»Was ist denn mit den beiden los?«, fragte Nick, als sie durch die Sommerhitze zur Brücke gingen.
Toni lächelte und erwiderte nichts.
Die Brücke lag im Schatten der Bäume. Sie blieben stehen, während ein leichter Wind über sie hinwegstrich und das kühle Wasser unter ihnen hindurchfloss.
»Echt schön hier bei euch«, sagte Nick und sah sich um.
»Danke, dass du noch mal gekommen bist«, sagte Toni.
»Danke, dass ich kommen durfte …«
Toni blickte zögernd in das glitzernde Wasser. Als sie sich ihm schließlich beherzt zuwandte, bekam sie trotz der Hitze eine Gänsehaut: Er sah sie wieder mit diesem Blick an.
Er nahm sie tröstend in die Arme.
Es fühlte sich so gut an. Toni genoss seine Umarmung.

Sie fühlte sich geborgen. Er roch so gut. Es fühlte sich richtig an. Ich bin noch da, dachte sie. Ich bin immer noch da. Und auch wenn sie noch keinen Weg sah, auf dem es weitergehen könnte, ahnte sie, dass es irgendwo einen gab. Vielleicht an seiner Seite. *Wir dürfen uns gegenseitig nicht aufgeben.* Und dann begann sie wieder zu weinen. Aber zum ersten Mal war es kein hässliches und widerwärtiges Weinen, sondern ein tröstliches. Sie spürte, wie sich seine Arme fester um sie schlossen.

»Ich bin so eine Heulsuse.«

»Das ist gut«, sagte er.

Sie spürte die warme Haut seines Halses an ihrer Stirn, und dann – sie konnte nicht anders, es war das einzig Richtige – küsste sie ihn.

Doch als sie ihn küsste, zuckte er zurück. Es war *nicht* das Richtige. Glühend heiß durchfuhr es sie vom Kopf bis zu den Zehenspitzen. Irgendetwas lief schrecklich schief. Wie hatte sie sich nur von Mo hierhinein drängen lassen können?

Sie schob sich fort von ihm und sah ihn verwirrt an. Er wollte sie noch halten, aber er musste sie loslassen.

Wo war sein offener Blick geblieben?

»Hör zu, Toni, ich muss dir etwas sagen. Ich hätte es schon viel früher tun müssen, aber … Ich habe es noch nicht vielen Leuten erzählt … Um ehrlich zu sein, noch niemandem …«

Toni sah ihn schockiert an. »Entschuldige«, sagte sie. »Es war dumm von mir. Ich bin so dumm. Ich hatte gedacht, wir zwei …«

»Nein, sag das nicht. Du bist nicht dumm. Ich bin … Toni, ich bin schwul.«

Toni starrte ihn an.

»Ich hätte es dir früher sagen sollen … Bevor du … Der Witz ist, ich liebe dich irgendwie, aber … Ich weiß noch nicht, wie. Es ist alles nicht einfach … Oh Gott, es tut mir leid, jetzt belaste ich dich auch noch mit meinen Problemen …«

*

Toni weigerte sich zu reden. Sie weinte den ganzen Tag. Sie ließ niemanden in ihr Zimmer, sie weigerte sich, zum Essen zu kommen, und sie wurde wütend, als Tristan versuchte, durch die Tür hindurch mit ihr Kontakt aufzunehmen. Sie zerrte ihren Rucksack unter dem Schreibtisch hervor, wo er sich mit einem seiner Riemen festklammerte. In ihrer Wut zerrte sie den ganzen Tisch von der Wand weg. Als sie den Rucksack endlich freibekam, warf sie ihn gegen die Wand, was allerdings aufgrund seines Gewichtes unbefriedigend und frustrierend war und sie noch wütender machte. Sie trat gegen den Rucksack, packte ihn, schüttelte ihn und schlug auf ihn ein. Schließlich donnerte sie ihn auf ihren Schreibtisch, wodurch alles, was darauf war, Bücher, Stifte, sogar ihr Laptop, heruntergerissen wurde. Dann ließ sie sich wieder aufs Bett fallen und weinte weiter.

Mo und Tristan standen vor ihrer Zimmertür und hörten den Lärm und ihr Schluchzen. Doch sobald sie die Tür auch nur öffneten, schrie Toni: »Raus! Lasst mich allein! Verschwindet!«

Mo wollte trotzdem hineingehen und mit ihr reden, doch Tristan hielt ihn zurück.

»Wir können sie doch so nicht allein lassen!«, zischte Mo verzweifelt. »Wir müssen doch irgendwas tun!«
»Werden wir auch ...«, sagte Tristan entschlossen.

*

Nick wartete an der Bushaltestelle und schrieb gerade seine vierte Nachricht an Toni, nachdem die ersten drei unbeantwortet geblieben waren, als plötzlich ein Tesla mit einem Rad auf den Bürgersteig fuhr und scharf bremste. Beide Türen wurden gleichzeitig aufgestoßen, und zwei Männer sprangen heraus: ein kleiner, kräftiger mit kurzer Hose und Vollbart und auf der Fahrerseite ein großer, schlanker mit Brille. Tonis Väter. Wütend.

»Du kleiner Scheißer, was hast du mit ihr gemacht?«, rief Tristan.

Nick sprang auf und wich bis zur gläsernen Wand des Wartehäuschens zurück. »He, langsam, was ist los?«

»Was los ist?«, fragte Mo. »Sag du es uns!«

»Du schleichst dich in unser Haus ein, wirst gastfreundlich aufgenommen, wir bieten dir Kaffee an, du gehst mit unserer Tochter spazieren – und dann weint sie den ganzen Tag!«

»Niemand bringt unser Mädchen zum Weinen«, sagte Mo.

»Niemand!«, bekräftigte Tristan. Er sah aus, als wollte er den Jungen am Kragen packen, doch er beschränkte sich darauf, ihm mit dem Zeigefinger vor dem Gesicht herumzufuchteln. »Schon gar nicht so ein besserwisserischer kleiner Schlaukopf, der glaubt, ihm gehört die Welt, und ...«

»Sie hat geweint?«, fragte Nick. »Scheiße ...«

»Ja, Scheiße! Sie weint seit Stunden!«, sagte Mo. »Sie schmeißt Sachen durchs Zimmer!«

»Ich warne dich«, fügte Tristan hinzu. »Wenn wir zwei mit dir fertig sind, dann ... dann ...«

Und Mo forderte: »Was auch immer vorgefallen ist, du gehst jetzt zu ihr und entschuldigst dich!«

»Sie hat den ganzen Tag geweint?«

»Ja, aber das ist nichts im Vergleich zu den Tränen, die du vergießen wirst«, sagte Tristan drohend.

»Was hast du ihr angetan?«, fragte Mo.

Nick sah von einem zum anderen. Er holte tief Luft. Schließlich brachte er es heraus: »Ich habe ihr gesagt, dass ich schwul bin.«

Schweigen.

»Oh«, sagte Tristan.

»Oh«, sagte Mo.

Sie blickten sich betreten an.

Tristan sagte: »Tut mir leid, dass ich so ...«

»Schon gut.«

»Das wusste ich nicht.«

»Nein, konnten Sie ja auch nicht. Niemand weiß es. Außer Toni. Und jetzt Ihnen.«

Alle drei zuckten zu Tode erschrocken zusammen, als eine laute Hupe ertönte. Der Bus stand hinter Tristans Wagen, und der Busfahrer gestikulierte wütend, dass sie verschwinden sollten.

»Darf ich bei Ihnen mitfahren?«, fragte Nick.

*

Als er klopfte, schrie Toni durch die geschlossene Tür. »Könnt ihr das nicht respektieren! Ich will alleine sein!«

»Toni, ich bin es. Nick.«

Er stand vor ihrer Tür und horchte. Auf halber Treppe standen Tristan und Mo und schauten gespannt herauf.

»Warum sagt er denn nichts?«, flüsterte Tristan.

»Lass ihn«, flüsterte Mo zurück.

Eine lange Weile passierte gar nichts. Dann öffnete sich die Tür. Tristan und Mo versuchten einen Blick auf Toni zu erhaschen, doch es gelang ihnen nicht. Nachdem Nick hineingegangen war, schloss sich die Tür wieder. Und dann hörten sie nichts mehr.

Sie gingen hinunter, und um sich abzulenken, machten sie gemeinsam Abendessen, obwohl es noch zu früh dafür war. Als alles fertig war, als es schließlich doch Zeit fürs Essen war, als Nano, Fritte und Fabi hungrig um den Tisch herumschlichen, sagte Tristan: »Die sind jetzt schon zwei Stunden lang da drin ...«

Mo zuckte mit den Schultern.

»Soll ich sie holen?«, fragte Nano.

»Lass nur«, erwiderte Tristan. »Ich gehe schon.« Er ging nach oben und klopfte an die Tür. »Habt ihr Hunger? Ich kann euch was bringen – oder ihr kommt runter ...«

Sie kamen herunter. Als sie sich setzten, erklärte Fritte Nick, dass er als Gast zuerst nehmen dürfe und dass er nicht helfen müsse, den Tisch abzuräumen.

»Ich helfe gern«, erwiderte Nick.

»Nein«, erklärte Fritte, »das wäre nicht richtig. Aber wenn du öfter kommst, dann musst du natürlich helfen.«

Mo war froh, dass sie genug Feingefühl hatte, ihn nicht direkt zu fragen, ob er öfter kommen werde.

Währenddessen beobachtete Nano allerdings Toni und Nick genau. Und dann fragte er: »Seid ihr ein Liebespaar und werdet Kinder haben?«

Mo seufzte.

Nick lächelte.

Und Toni sagte: »Das Zweite wohl nicht. Das Erste …« Sie sah Nick an. »… vielleicht ein bisschen. Irgendwie.«

Und als Tristan und Mo am Abend allein waren, sagte Tristan: »Na schön, ich gebe zu, du hast es nicht verbockt. Du hast es richtig gemacht. Aber warum sollst du nicht auch einmal etwas richtig machen.«

13

Als Mo vorgeschlagen hatte, dass sie zusammenziehen könnten, um gemeinsam für die Kinder da zu sein, hatte er nicht damit gerechnet, dass Tristan wirklich da sein würde. Tristan besaß 24 Cafés. Er war ständig unterwegs. Er war im Büro, er war in den Filialen, er traf sich mit Zulieferern, Einrichtern, Vermietern, seiner Personalchefin, seinem Steuerberater, und wenn er gerade nicht arbeitete, dann schlief er mit irgendwem. Das war in etwa Mos Vorstellung gewesen. Schließlich hatte er sogar die Trauerfeier seiner Ex-Frau vorzeitig verlassen müssen. Tristans Rastlosigkeit war ein Grund gewesen, warum Lou nicht mehr mit ihm zusammen sein konnte, und sie war der Grund, warum Mo es vielleicht doch konnte. Deshalb hielt Mo die Idee, mit ihm zusammenzuziehen, für so brillant: Tristan wäre im Prinzip da, sie wären eine Familie, die Kinder hätten zwei Eltern. Aber er wäre de facto ständig weg und würde nicht nerven. Mo hätte seine Ruhe, könnte sich um die Kinder kümmern, und Tristan wäre ihm auch noch dankbar, dass er die Pflichten zu Hause übernahm.

Brillant.

Nur hatte Mo nicht damit gerechnet, dass es ganz anders kommen würde. Er wusste nichts von Tristans seit einem Jahr anhaltender Nervosität und von dem Druck in seiner Magengegend. Und nachdem Tristan eingezogen war, ging er keineswegs ständig für Coffee Queen auf Geschäftsreisen. Er brachte sich ein. Er war da.

»Diese Küche ist uralt«, meinte er nach nicht einmal einer Woche.

»Sie ist völlig in Ordnung«, erwiderte Mo.

»Das ist die Küche, die ich habe einbauen lassen, als ich mit Lou hier eingezogen bin!«

»Ich finde, sie ist noch völlig in Ordnung.«

»Sie war in Ordnung, solange ich hier gewohnt habe. Aber du hast sie total runtergerockt. Sieh dir diese abgestoßenen Ecken an. Die Schublade da schließt nicht mehr. Da fehlt ein Griff. Die Front vor dem Kühlschrank wackelt, und die Tür hier unten ist völlig zerkratzt. Machst du die immer mit dem Fuß zu?«

»Entspann dich, Tristan. Wir brauchen keine neue Küche. Wir haben andere Sorgen.«

Doch Tristan war nicht zu bremsen. Er schaute sich online Kataloge an und diskutierte sie mit den Kindern. Er ließ sie zwischen zwei Modellen, die letztlich infrage kamen, abstimmen. Mo blieb relativ entspannt. Er dachte, es würde ohnehin ein halbes Jahr dauern, bis die Küche käme, wegen irgendwelcher Lieferfristen und Wartezeiten, aber da kannte er Tristan schlecht. Der gab sich gar nicht erst mit einem Verkäufer ab, sondern ließ sich gleich mit dem Bereichsleiter verbinden. Kein Problem für den Besitzer von Coffee Queen. Die Küchenleute hatten direkt die Dollarzeichen in den Augen. Und ein paar Tage später waren Handwerker da, die die alte Küche abmontierten und die neue einbauten.

»Und?«, fragte Tristan, als die Handwerker am Abend weg waren und sie alle in der neuen Küche standen.

»Sieht super aus«, befand Toni.

Sie sah wirklich super aus. Glänzende rote Türen und Schubladenfronten, edle Handgriffe, eine Spüle aus Naturstein.

Vor allem Nano war begeistert. »Ein Kühlschrank, aus dem Eiswürfel kommen! Wie cool ist das denn!«

»Was sagst *du* dazu, Mo?«, fragte Tristan.

»Schön«, sagte Mo. Und dachte: fremd. Noch nicht einmal zwei Wochen nachdem Tristan eingezogen war, stand er in seinem Zuhause in einer fremden Küche.

Als sie zum Abendessen draußen auf der Terrasse saßen, fragte Tristan: »Wie lange hast du die Wiese eigentlich nicht gemäht?«

»Der Rasenmäher ist kaputt« erwiderte Mo. »Ich bin noch nicht dazu gekommen, ihn zu reparieren.«

Weil es eine große Wiese war, die sich zwischen dem Bach, dem baumbestandenen Fabrikgelände mit seinen alten Backsteingebäuden, das bachaufwärts lag, und dem Wald ausdehnte, hatte Tristan damals einen Aufsitzrasenmäher gekauft.

»Was ist mit dem Mäher?«

»Weiß nicht genau. Wahrscheinlich der Vergaser. Keine große Sache.«

»Ich rufe den Kundendienst an«, sagte Tristan. »Die sollen sich darum kümmern.«

Aber Mo lehnte das entschieden ab. »Für so etwas geben wir doch kein Geld aus! Das krieg ich selber hin.«

Tristan misstraute ihm zwar, doch Mo bestand darauf. Er nahm den Mäher gleich am nächsten Tag nach allen Regeln der Kunst auseinander. Doch er kam nicht weiter. Er fand den Fehler nicht. Er versuchte dies und jenes, und schließlich blieb der Mäher dann so liegen. Die Wiese wurde länger, der Mäher lag in Einzelteilen. Tristan wollte ihn nun doch abholen lassen, aber Mo war strikt dagegen.

»Sei vernünftig, Mo. Du findest dauernd tausend Gründe, warum du ihn nicht zu Ende reparieren kannst. Aber die Wahrheit ist, du kriegst es einfach nicht hin!«

Mo war beleidigt, aber er machte sich noch einmal ans Werk. Wieder kam er nicht weiter. Schließlich ließ Tristan alle Teile abholen (»Den haben Sie aber gründlich auseinandergebaut.«), und zwei Tage später stand der reparierte Mäher vor der Tür.

Als Mo am folgenden Morgen verschlafen aus seinem Zimmer kam, saßen die Kinder schon am Tisch.

»Wieso seid ihr schon auf?«, fragte er.

Mo war eigentlich sehr stolz, dass er es schaffte, sich wochentags aus dem Bett zu quälen und den Kindern Toast und Müsli zu machen, aber als er nach unten kam, war der Tisch gedeckt, frischer Orangensaft gepresst, und in einer Pfanne auf dem neuen Herd brieten Rühreier mit Tomaten. »Ich wollte euch gerade wecken.«

»Tristan hat uns geweckt«, sagte Nano.

»So früh?«

»Ich finde, ein wenig mehr Zeit am Morgen für ein schönes gemeinsames Frühstück kann nicht schaden«, erklärte Tristan.

»Wieso bist du schon auf?«, fragte Mo. »Du gehst doch erst um zehn ins Büro.«

»Ich war schon joggen. Solltest du auch mal versuchen. Würde dir guttun. Willst du auch einen frisch gepressten Orangensaft?« Er stellte Mo ein Glas hin. »Und im Übrigen gehe ich heute gar nicht ins Büro.«

Nachdem die Kinder zur Schule aufgebrochen waren, setzte er sich auf den Mäher.

»Musst du nicht arbeiten?«, fragte ihn Mo.

Tristan antwortete: »Ich habe mir freigenommen.« Er startete den Motor und rollte los.

*

Fritte saß in Loumas Kleiderschrank. Ein schmaler Lichtstreifen tauchte die hängenden Kleider und Mäntel sowie die Schuhe auf dem Boden in diffuses Licht. Fritte hatte die Schranktür von innen nicht ganz zuziehen können und sich anfangs über das Licht geärgert. Sie hätte lieber in völliger Dunkelheit gesessen. Nur den Geruch von Loumas Kleidern in der Nase. Es war natürlich nicht der Geruch von Louma, aber immerhin. Inzwischen hatte sie ihren Frieden mit dem Lichtstrahl gemacht und fand ihn eigentlich recht tröstlich. Ein Sonnenstrahl ist etwas Gutes. Und im Grunde, dachte Fritte, wäre es auch etwas seltsam, wenn ein Kind im Dunkeln in einem Kleiderschrank hocken würde. Immerhin konnte sie ja auch noch die Augen schließen. Dann käme die ganze Welt durch die Nase in sie hinein: ein Hauch von Loumas Parfum (das sie nur selten aufgetragen hatte), das Leder der Schuhe, ein vergessenes Mottenpapier, Holz und Loumas Kleider. Fritte hatte gerade die Augen geschlossen, als die Schranktür geöffnet wurde. Vor und hoch über ihr stand Tristan.

»Fritte! Ich habe dich überall gesucht!«

»Ich bin hier«, antwortete Fritte.

»Ich habe mir Sorgen gemacht. Warum antwortest du nicht? Hast du mich nicht rufen hören?«

»Nein«, sagte Fritte, und das war nicht gelogen. »Ich habe nichts gehört. Ich habe nur gerochen.«

»Was machst du da drin?«, fragte Tristan. Als sie auf die Frage nicht antwortete, blickte er eine Weile auf sie herab, und dann setzte er sich vor dem Schrank auf den Boden. »Alles in Ordnung mit dir?«

Fritte zuckte mit den schmalen Schultern. Sie trug ein schwarzes Kleid. Seit Loumas Tod trug sie nur schwarze Kleider. Mo hatte ihr erklärt, dass sie das nicht brauche. Nur bei der Trauerfeier. Dass man früher eine Zeit lang zum Zeichen der Trauer Schwarz getragen hatte, aber dass es hauptsächlich ältere Witwen gewesen waren. Keine jungen Mädchen. Jedenfalls nicht sehr lange. Fritte hatte gesagt: »Ich verstehe.« Und dann hatte sie gefragt: »Kaufst du mir noch ein schwarzes Kleid?« Am Ende kaufte sie drei schwarze Kleider, die alle sehr ähnlich aussahen, aber das kannte Mo schon von Lou. Sie hatte ein Kleid oder einen Rock gekauft, und er hatte gesagt: »Den gleichen hast du doch schon.« Und sie hatte die Augen verdreht und erwidert: »Aber der ist doch völlig anders!« Deshalb sagte er bei Fritte nichts, und er musste zugeben, dass ihr die schwarzen Kleider in Kombination mit ihren strahlenden Haaren gut standen. Wenn sie damit auch plötzlich viel erwachsener aussah als in ihren gemusterten und bunten Kinderkleidern. Er hätte sich gewünscht, dass sie diesen Sprung nicht zugleich mit Loumas Tod gemacht hätte. Zu viel auf einmal. Aber so war es. Und es war natürlich kein Zufall.

»Alles in Ordnung mit dir?«, fragte Tristan also, nachdem er sich vor dem Schrank auf den Boden gesetzt hatte.

Fritte sah geradeaus, wo nicht weit vor ihrem Gesicht

Lous Kleider hingen. Schließlich sah sie Tristan an. »Ich weiß, warum ihr euch getrennt habt. Du und Louma.«
»So?«, fragte Tristan erstaunt.
»Ja«, bestätigte sie.
»Und warum?«
»Weil es mich sonst nicht gegeben hätte. Und Nano auch nicht.«
»Oh …«
»Glaubst du, es gäbe uns trotzdem? Ich meine, irgendwo anders? Hätten andere Leute Nano und mich bekommen?«
»Bestimmt«, antwortete Tristan. Doch dann entschied er sich dafür, ehrlich zu sein, und sagte: »Eigentlich nicht. Andere Leute bekommen andere Kinder. Ich glaube nicht, dass jemand anders so tolle Kinder bekommen hätte. Ihr seid die Kinder von Louma und Mo.«
»Und von dir«.
Tristan schluckte. »Und von mir …«
»Ich meine, nicht körperlich und so. Ich weiß schon. Ist ja klar. Aber überhaupt.« Sie lächelte ihn an, und er lächelte zurück.
»Überhaupt«, bestätigte er.
»Und Louma ist gestorben, damit du wieder herkommen kannst.«
Tristan nickte. Er überlegte, wo er jetzt wohl wäre, wenn er nicht hier eingezogen wäre. In seinem Apartment? Wahrscheinlich eher noch in irgendeinem Restaurant irgendwo mit irgendwem. Im Hotel. Unterwegs. Hatte Lou sterben müssen, damit er hier ankam?
»Ich hätte lieber Louma behalten«, sagte Fritte.
»Das glaube ich.«

»Aber du bist auch in Ordnung. Kein Ersatz für Louma natürlich.«

»Das will ich auch nicht sein. Aber danke dir.«

»Machst du die Schranktür jetzt wieder zu? Aber ganz, bitte. Ich habe sie von innen nicht zubekommen.«

»Erstickst du nicht, wenn sie ganz zu ist?«

»Nein. Ich brauche nicht viel Luft.«

*

Es war das erste Mal, dass Tristan und Fritte sich unterhalten hatten. Fritte sprach nie viel, und in der Zeit nach Loumas Tod noch weniger. Es war immer schon ihre Art gewesen, jeden Satz, den sie sagte, vorher abzuwägen und hin und her zu überlegen. Erst wenn ihr kein besserer einfiel und sie darüber hinaus die Überzeugung gewonnen hatte, es sei nicht besser zu schweigen, dann sprach sie ihn aus. Überhaupt war sie ein ernster kleiner Mensch. Das lag, daran konnte kein Zweifel bestehen, an ihrem Herzen. Das prägt natürlich, wenn einer weiß, dass er ein krankes Herz hat. Dass er schon als Säugling beinahe gestorben wäre. Dass er Operationen über sich hat ergehen lassen müssen. Frittes Herz war so weit wiederhergestellt, aber es war nicht so vollkommen, wie Herzen sein können. Ein Leben lang würde eine gewisse Unsicherheit über ihr schweben, die sich nicht in Wahrscheinlichkeiten und Prozenten ausdrücken ließ. Wenn das doch möglich wäre, dann wären die Ziffern klein und unbedeutend. Aber selbst die unbedeutendsten Ziffern sind im Zusammenhang mit dem Herzen eben doch bedeutend. Wie also sollte sie nicht ernst und schweigsam sein? Zu erwachsen für ihr Alter. Umso mehr freute sich Mo und freuten sich alle, wenn sie lachte. Denn das tat sie. Sie war trotz allem ein Kind, und sie konnte so albern und so selbstvergessen lachen, dass es eine Freude war. Wenn Fritte lachte, ging die Sonne auf. Ihre helle Stimme quiekte wieder und wieder, und weil unweigerlich alle anderen mitlachten, konnte sie gar nicht mehr aufhören. Früher hatte Mo dann manchmal Angst bekommen. Ob sie sich zu sehr hochschaukelte und ob ihr kleines Herz das mitmachte. Aber irgendwann ließ er sich ein für alle Mal fallen und gab diese Sorge auf, denn er dachte, was für einen schöneren Tod könnte es geben, als in einem Anfall ausgelassenen Gelächters. Wenn es in dieser Welt Engel gab, dann würde sie umgehend einer von ihnen werden und bis zum Ende der Menschheit Glück und Schutz bringen.

Seit ihrer Unterhaltung fühlte sich Tristan von Fritte angenommen. Er war nicht mehr der Gast oder der Ehemalige, der zwar zu seinen Kindern zurückgekehrt war, für Fritte und Nano aber ein Fremder blieb. Nun lächelte Fritte ihn auf ihre unvergleichliche Weise an, wenn sie sich im Haus begegneten, wenn sie sich zusammen an den Esstisch setzten oder wenn er sie gelegentlich zur Schule fuhr, weil es regnete. Sie wusste inzwischen, welches Glas er am liebsten benutzte und was er für gewöhnlich trank. Sie wusste, wie er seinen Kaffee mochte, und sie hatte die Erklärung dafür gefunden, warum er Lou hatte verlassen müssen. Tristan fühlte sich angenommen, und er war stolz darauf. Erstaunt nahm er zur Kenntnis, dass er stolz darauf war, das Vertrauen dieses kleinen Mädchens gewonnen zu haben.

*

Tristan führte noch einige Neuerungen ein. Beispielsweise Kochtage. Jeder sollte reihum einmal kochen. »Dann brauchen wir nicht immer das Zeug von Mo zu essen«, sagte er.

Mo kommentierte das nicht, aber er hielt dagegen, dass die Kinder lange Tage in der Schule hätten. Nach einer hitzigen Diskussion wurde die Regel angepasst: Zwei Zweierteams sollten jeweils einmal in der Woche kochen. Die Festlegung der Teams war allerdings nicht einfach. Niemand hatte Lust auf das, was Fabi und Nano kochen würden, sie sollten also auf keinen Fall ein Team bilden. Fritte wollte aber nicht mit Nano in ein Team und sagte: »Ich will etwas *Richtiges* kochen.« Weswegen Nano zu weinen begann, weil niemand mit ihm in ein Team wollte.

»Ich will ja«, sagte Fabi, »aber ich darf nicht.«

»Wie wäre es, wir beide machen ein Extra-Team«, schlug Mo Nano vor.

Doch Nano maulte: »Das ist kein richtiges Team, sondern Pädagogie.«

»Pädagogik«, sagte Fabi, worauf Nano wieder weinte. »Außerdem bleiben dann drei übrig«, argumentierte Fabi, »und ich muss allein ein Team bilden.«

»Und das will dann erst recht keiner essen«, sagte Toni.

Also wurde vorgeschlagen, dass Toni ein Team mit Nano bildete und Fabi eines mit Fritte.

»Wenn er tut, was ich sage, könnte es gehen«, stimmte Fritte zu, und auch Toni war zufrieden, weil Nano sicher schnell lernen würde. Freitags oder am Wochenende kochte also jeweils ein Team.

Mo betrachtete die Sache mit einiger Skepsis, aber er sagte nichts. Die Zubereitung der Mahlzeiten im Hause Albarella war nämlich eine komplexe Angelegenheit. Weil Toni und inzwischen auch Fritte vegetarisch aßen, gab es meist Gerichte ohne Fleisch. Wenn es allerdings zu selten Fleisch gab, maulte Fabi, und auch Mo genoss ab und an ein wenig tierisches Eiweiß, wie er sagte. Es musste nicht viel sein, es musste nicht oft sein, aber ab und zu eben schon. Tonis Bedingung – und da waren sich ohnehin alle einig – war, dass es Bio war. Zum Beispiel kam Mo auf die Idee, beim Biometzger anstatt Gulasch fertig zubereitete Gulaschsuppe zu kaufen, zu der er dann Nudeln oder Knödel kochte. Das wenige Fleisch in der Suppe reichte ihm, und auch Fabi war damit zufrieden. Für die Vegetarier kochte Mo eine zweite Soße mit Paprika und Zucchini.

Überhaupt musste ständig noch etwas extra gekocht werden. Der eine mochte dieses nicht, ein anderer vertrug jenes nicht, Nano mochte fast überhaupt nichts, und deshalb lief es meist auf zwei Soßen, zweierlei Beilagen und zusätzlich zu dem gekochten Gemüse auf Rohkost und Obst hinaus (das für Fritte auf keinen Fall zu reif und für Nano auf keinen Fall zu unreif sein durfte). Und wenn Mo vor diesen Anforderungen kapitulierte und es sich einfach machte, schimpfte Tristan: »Wie eklig ist das denn! Fischstäbchen mit Ketchup?«

»Wenn es dir lieber ist, kannst du ja die veganen Stäbchen essen«, erwiderte Mo.

»Weißt du was?«, sagte Tristan. »Ich übernehme einfach auch ein paar Kochdienste.«

»Brauchst du nicht«, versuchte Mo einzuwenden. Er

hatte Angst, dass Tristan ihm auch noch erzählte, wie schlecht die Küche ausgestattet und sortiert wäre, und alles auf seine Weise neu ordnete. »Du hast ja genug Stress mit deiner Arbeit.«

»Schon in Ordnung. Ich habe zugesagt, für die Kinder da zu sein, und das werde ich auch.«

*

Wenn Tristan in die Stadt musste, brachte er bei seiner Rückkehr Geschenke mit. Mal Süßigkeiten, mal für jeden einen Becher Eis, mal Bücher oder kleine Spielsachen. Mo wurmte das. »Muss das immer sein?«, fragte er.

»Warum nicht?«, fragte Tristan zurück. »Es geht ihnen nicht gut. Da kann ich ihnen doch eine Freude machen!«

»Ja, aber jedes Mal? Sie freuen sich, wenn du einfach nur kommst.«

»Vielleicht sollte ich lieber dir etwas mitbringen. Du freust dich nicht, wenn ich komme.«

Er musste allerdings immer seltener in die Stadt, denn um mehr zu Hause sein zu können, arbeitete Tristan online und übers Telefon, und immer öfter arbeitete er gar nicht. Er verließ sich auf seine Mitarbeiter und vor allem auf Simone. Ein völlig neues Gefühl für ihn. Das hatte er seit Jahren nicht getan. Eigentlich noch nie. Das hieß allerdings nicht, dass er entspannt war. Er war ständig in Bewegung: bestellte noch etwas, kümmerte sich um noch etwas, machte dies kurz sauber, regelte noch eben jenes, setzte fürs Frühstück Müsli an, begann das Kräuterbeet zu jäten, damit man im nächsten Jahr etwas zu ernten hätte, goss die Blumen, besorgte sogar einen kleinen Swimmingpool – und stichelte ständig, dass Mo gar nichts machte.

Irgendwann platzte Mo der Kragen: »Langsam verstehe ich, warum Lou es nicht mehr ertragen hat, in deiner Nähe zu sein.«

»Was soll das denn heißen? Nur weil ich mich um Dinge kümmere?«

»Weil du einen wahnsinnig machst mit deiner Kümmerei!«

»Immerhin leben wir ganz gut davon.«

»Wir würden aber auch ohne gut leben! Ist dir mal aufgefallen, dass du immer abwesend bist? In deiner Nähe kommt man sich vor wie ein Geist! Du nimmst einen nicht wahr! Du bemerkst gar nicht, ob deine Kinder da sind.«

»Natürlich sehe ich, dass sie da sind. Deshalb bin ich ja hier. Für sie mache ich das doch alles.«

»Du siehst nur, was sie *tun*. Was sie *leisten*. Und im Regelfall ist das, was sie tun, falsch.«

»Das ist nicht wahr. Ich unterstütze sie vollkommen in dem, was sie tun.«

»Und sagst ihnen gleichzeitig, wie sie es besser machen können.«

»Natürlich! Das nennt man *Pädagogie*. Interessen und Begabungen fördern.«

»Begabungen und Interessen ersticken! Sobald Toni mit ihrem Kugelschreiber etwas kritzelt, das hübsch aussieht, kaufst du ihr ein Airbrush-Set für Manga-Künstler. Sobald Fabi bei einem Online-Spiel mit einem Mitspieler englisch spricht, googelst du nach einem Sprachcamp, um sein Englisch zu perfektionieren. Und das alles in einem rasenden Tempo! Als ob du es eilig hast, dass sie deinen Vorstellungen entsprechen!«

»Im Gegensatz zu dir mache ich eben etwas aus den Dingen. Du fängst ja nur alles an und bringst nichts zu Ende. Sogar dein Name: Mo! Die erste Hälfte von was ist das eigentlich? Mortimer? Mogli? Moritz? Wofür steht Mo? Du bringst ja nicht einmal deinen eigenen Namen zu Ende! Läufst dein Leben lang mit einem halben Namen durch die Welt. Mo, der Mann, der alles anfängt und nichts zu Ende bringt. Mo, der Mann mit dem halben Namen.«

14

Keinen Schritt weiter kam Tristan allerdings bei Fabi, der sich immer mehr zurückzog. Auch Mo hatte schon mehrfach versucht, ihn aus seinem Zimmer herausund vor allem von seinem Computer wegzubekommen, aber es war ihnen beiden nicht gelungen. Tatsächlich war Fabi fast überhaupt nicht mehr zu sehen. Wenn er zu Hause war, saß er in seinem Zimmer vor den beiden Monitoren und spielte. Die Tür war zu, das Licht aus, und er trug Kopfhörer. Wenn man hereinkam, hob er den Kopfhörer an einem Ohr etwas an, antwortete das Notwendigste, schaute kaum auf und spielte weiter. Mo hatte sich schließlich gesagt, vielleicht tut es ihm gut, und vielleicht braucht er einfach seine Zeit, um mit allem umzugehen, doch Tristan gab nicht auf. Immer wieder sagte er Fabi: Spiel nicht so viel. Komm mal da raus. Lass uns zusammen was machen.

Mo hatte kein gutes Gefühl dabei. Er befürchtete, dass der Streit eskalieren würde. Deshalb beschloss er, mit Tristan zu reden. Irgendwann mussten sie ja anfangen, miteinander zu reden. Wenn sie den Laden hier gemeinsam schmeißen wollten, dann mussten sie eine gemeinsame Linie finden. Also sagte er zu Tristan: »Vielleicht braucht er das jetzt einfach.«

»Online-Avatare zusammenzuschlagen?«

»Es ist seine Welt. Da sind seine Freunde. Es gibt ihm

Sicherheit. Lassen wir ihn. Er wird schon wieder kommen.«

»Abwarten ist immer die schlechteste Option.«

»Nicht immer.«

Doch auch Tristan musste anerkennen, dass Fabi mit vielen Leuten in Verbindung stand. Immer wenn man in sein Zimmer kam oder an seiner Tür vorbeiging, redete er mit jemandem. Denn um genau zu sein, trug er beim Spielen nicht einfach nur einen Kopfhörer, sondern ein Headset mit Mikrofon. Im Eifer des Spieles hörte man ihn rufen und schreien, und man hörte ihn sogar lachen. Es war das einzige Lachen, das Tristan und Mo von Fabi zu hören bekamen.

Als Tristan und Mo einmal vor Fabis Zimmertür standen und ihn lachen hörten, sagte Mo: »Im Grunde ist das, was er da tut, sogar recht kommunikativ.«

Tristan widersprach nicht. Zumal er auch nicht weiterwusste. Der nächste Schritt wäre, Fabi das Spielen ganz zu verbieten oder es mit strengen Regeln einzugrenzen, und davor scheute er zurück.

»Du hättest viel früher eingreifen sollen«, sagte er zu Mo.

»Das habe ich!«

»Offenbar nicht.«

»Es ist vollkommen normal, dass Jungen in seinem Alter Computerspiele spielen.«

»Aber nicht ständig!«

»Er hat ja nicht immer so viel gespielt.«

»Aha.«

»Ja, aha! Was weißt du schon! Du warst ja gar nicht da.«

»Jetzt fängst du wieder *damit* an.«

»Dann wirf mir nicht vor, ich hätte deine Kinder falsch erzogen.«

»Du hast sie überhaupt nicht erzogen.«

»Du kannst mich mal! Wenn du alles besser kannst, dann hättest du es eben machen müssen!«

Für den Rest des Tages sah Tristan Mo nicht mehr. Nach ihrem Streit war Mo in die Garage gegangen und hatte das Tor hinter sich zugezogen. Erst zum Abendessen kam er wieder heraus, aber er sprach auch während des Essens kein Wort mit Tristan.

Es kostete Tristan einige Überwindung, aber als am Abend Ruhe einkehrte, die Küche gemacht war und Mo mit einem Seufzen die Füße auf den Sofatisch legte, schenkte Tristan zwei Gläser Wein ein, gab eines dem überraschten Mo und setzte sich mit dem anderen ihm gegenüber.

»Erzähl mir von Fabi«, sagte er.

»Wie bitte?«

»Erzähl mir etwas, das ich nicht weiß.«

Mo dachte eine Weile nach. »Er war viel draußen«, sagte er dann und trank einen Schluck Wein. »Wenn er nicht von allein ging, hat Lou ihn rausgeworfen. Ihn und Toni. Wenn sie zurückkamen und saubere und trockene Hosen anhatten, dann sagte sie: Ihr seid nicht schmutzig. Ich lasse euch erst rein, wenn ihr wirklich gespielt habt.«

Tristan nickte. »Als sie klein waren, hatten sie diese Matschhosen. Die hat Lou immer abgeduscht …«

»Meist verschwanden sie irgendwo im verwunschenen Park.«

Der verwunschene Park war ein kleines Stück Wald auf der anderen Seite des Baches. Es wurde von einer alten

Backsteinmauer umschlossen. Sowohl *verwunschen* als auch *Park* war zu hoch gegriffen, aber Lou hatte sich den Namen einmal ausgedacht, damit die Kinder umso lieber dort spielten. Es war ihr Reich. Im Grunde war es nur ein Abhang zwischen Mauer und Bach, ein steiniges und unübersichtliches Auf und Ab, weshalb niemals jemand eine Möglichkeit gefunden hatte, es zu nutzen. Es standen alte Bäume darauf – vor allem Buchen, aber auch drei verwachsene Eichen und eine mächtige Kastanie. Die Kinder hatten sich dort immer wieder Hütten gebaut, Mo hatte ihnen Schaukeln an die Bäume gehängt. Anfangs hatte Lou ihnen verboten, auf die Bäume zu klettern, aber sie taten es doch. Es war zu verführerisch. Also atmeten Lou und Mo schließlich tief durch, und Mo erklärte ihnen, worauf man beim Klettern achten muss und was man besser nicht macht. Der verwunschene Park zog sich etwas weiter den Bach entlang als das vordere Grundstück mit dem Haus und der großen Wiese. Wenn man im hintersten Winkel durch den Bach watete, gelangte man auf eine alte Wiese mit verwilderten Obstbäumen, um die sich jahrelang niemand gekümmert hatte.

Das Haus – die Villa Albarella, wie sie ihr Zuhause nannten – war ursprünglich einmal die Fabrikantenvilla einer kleinen Papierfabrik gewesen. Auch *Villa* und *Fabrik* waren hoch gegriffen, denn die alten Backsteingebäude der Fabrik stammten noch aus dem neunzehnten Jahrhundert und waren wohl eher eine bessere Manufaktur. Als sie halb zerfallen waren, hatte sich ein Bürgerverein zu ihrer Rettung gegründet, und man hatte es tatsächlich geschafft, Mittel bereitzustellen und die Gebäude zu renovieren. Seither wurden sie von der Volkshochschule genutzt, aber auch als Veranstaltungsort für Lesungen und kleine Ausstellungen, und einige der Räume waren vermietet an einen Architekten und irgendwelche kreativen jungen Leute. Von alldem bekamen die Albarellas in ihrer Fabrikantenvilla nicht viel mit, weil sie etwas abseits lag und die Bäume dazwischenstanden.

Die Obstwiese konnte nur über einen gesperrten und deshalb zugewachsenen Weg am hinteren Ende des kleinen Parkplatzes der Papierfabrik erreicht werden. Da man sich zunächst auf keine Nutzung hatte einigen können, wurde die Entscheidung aufgeschoben und das Grundstück schließlich vergessen. Erst Fabi hatte es aus seinem Dornröschenschlaf geweckt.

Die verwilderten Obstbäume hatten sich die wilde Wiese mit Müll und Gerümpel geteilt, das irgendwer irgendwann dort abgeladen hatte: Bauschutt, Autoteile und ein paar alte Haushaltsgeräte. Mo sah es nicht gern, wenn Toni und Fabi dazwischen herumkletterten, weil es scharfe Kanten, Rost, Scherben und ölschillernde Pfützen gab. Aber die Obstwiese wurde nach dem verwunschenen Park zu Tonis und Fabis Abenteuerspielplatz. Einen alten Autoreifen hängten sie selbst als Schaukel in einen Pflaumenbaum, ein paar Bretter legten sie in die Äste eines Apfelbaumes, und eine mit Farbe bekleckerte Folie wurde zum Dach ihres wackeligen Baumhauses. Fabi erinnerte sich noch genau, wie es war, im Frühling inmitten einer Wolke aus Blüten zu sitzen und die restliche Welt zu vergessen. Wenn die Obstzeit kam, pflückten sie eimerweise wurmstichige Äpfel und Pflaumen, schleppten sie durch den Bach nach Hause und kochten mit Louma Kompott und Marmelade. Eines Tages im Winter tauchte dann eine Gruppe von Leuten auf der Wiese auf. Weil die Bäume keine Blätter hatten, konnte man sie vom Haus aus sehen. Männer in Anzügen mit Winterjacken darüber und Frauen in Hosen und Mänteln. Sie diskutierten miteinander, zeigten hierhin und dorthin und machten Notizen auf Klemmbrettern. Lou erkundigte sich bei der Stadt und erfuhr, dass ein »Nutzungsplan für die Liegenschaft« erstellt werden sollte, und damit begann Fabis Kampf für den Erhalt der Streuobstwiese: *Nutzungsplan für die Liegenschaft* versus *eine Streuobstwiese als traditionelle Landschaftsform und einzigartiges Biotop*. Nicht nur Fabi, sondern seine halbe Schule und sein ehemaliger Kindergarten wurden zu Fachkundigen für Artenvielfalt. Der Weg hinter der Papierfabrik wurde geöffnet und gesichert, und ein Verein mit Freiwilligen sorgte für die Pflege der Bäume und der Wiese. Ein Imker wurde gefunden, der einige seiner Bienenvölker aufstellte, und die gepflegten Bäume begann wieder reiche Früchte zu tragen. Fabi war sehr stolz gewesen, weil er das alles angestoßen hatte (und Lou war noch viel stolzer!), aber Fabi merkte bald, dass es nicht mehr seins war. Besonders an den Erntewochenenden herrschte regelrechte Volksfeststimmung. Auch wenn die Wiese die meiste Zeit des Jahres immer noch Fabi und Toni gehörte, war es doch nicht mehr ihre.

Nach Loumas Unfall war Fabi mehrmals durch den Bach hinübergewatet, um allein zu sein. Er wünschte, alles wäre beim Alten. Er wünschte sich die Autoreifen zurück, die Bretter und die Malerfolie. Er wollte, dass es wieder seine Wiese wäre. Mit den kaputten Haushaltsgeräten, den leeren Farbeimern und den abmontierten Autotüren. Sollte der Imker seine Bienenkästen im nächsten Frühling woanders hinstellen! Wozu die ganze Aufregung? Wen interessiert das? Früher oder später haben sie genug von den Kindereien, es kommt einer mit einer Kettensäge und macht alles platt. Am liebsten hätte er aus Mos Garage die Axt geholt und die Bäume gleich selbst umgehauen. Warum nicht?

*

Es gab noch einen weiteren Grund, warum Fabis Stubenhockerei Tristan nervös machte. »Ich würde ja vielleicht nichts sagen«, erklärte Tristan, »wenn er besser in Form wäre.« Es war nie ein großes Thema gewesen, aber tatsächlich hatte Fabi immer schon auf sein Gewicht achten müssen. Er war einfach so veranlagt. Mo hatte ihn gelegentlich darauf aufmerksam gemacht, dass er maßvoll umgehen solle mit Kakao oder Chips oder was auch immer Jungen für bedeutungsvoll halten. Toni war immer »windschnittiger« gewesen, wie Lou es genannt hatte. Wenn sie sich als Kinder gebalgt hatten, dann hatte zwar auch Fabi immer genug Speck bei ihr gefunden, um sie durch beherztes Zupacken zum Kreischen zu bringen, aber das hatte sich im Laufe der Jahre »verwachsen« (diesen Ausdruck hatte die Kinderärztin einmal benutzt). Schwer zu sagen, ob es ihre natürliche Veranlagung war oder ob es daran lag, dass sie sich nichts aus Süßem und Fettem machte. Sie naschte kaum, aß selten Nachtisch, verabscheute immer schon Soße, Creme oder Sahne und ernährte sich seit Jahren vegetarisch. Toni machte zwar nie eine große Sache aus ihrer Figur, aber wahrscheinlich verzweifelte sie hinter verschlossener Badezimmertür vor dem Spiegel genau wie jedes andere Mädchen ihres Alters über alle möglichen Rundungen oder Nichtrundungen ihres Körpers und verglich ihn mit denen aus Zeitschriften und Werbung. Wenn überhaupt, machte sich Mo am ehesten Sorgen um Fritte, die man mit einem Bambus verwechseln könnte, wenn sie anstatt ihrer blonden Haare grüne Blätter hätte.

Fabi musste also ein wenig aufpassen. Tristan hatte das immer schon gewurmt, denn eine gute Form war ihm wichtig. Er hatte sein Leben lang Sport getrieben, wann immer es möglich war, er joggte fast jeden Morgen, er ging seit Jahren in ein Fitnessstudio und hatte früher viel Tennis gespielt. Auf seine Ernährung achtete er genau, und er kannte seinen Body-Mass-Index (der schon immer leicht unter normal lag). Als Jugendlicher hatte er im Tennisverein die Ranglisten angeführt und war bei Turnieren ein verlässlicher Sieger gewesen.

Er hatte Toni und Fabi immer schon ermuntert, ebenfalls Tennis zu spielen. Als Kinder hatten sie Trainerstunden bekommen und waren auch zweimal zu einem Feriencamp angemeldet gewesen, aber beide waren auf die Sportart nicht angesprungen. Sie mochten den Tennisverein nicht, sie mochten die Ranglisten nicht, sie fremdelten mit der ganzen Tenniswelt. Danach hatte Toni eine lange Zeit Hockey gespielt, und die Hockeyschläger, die in einer Ecke ihres Zimmers lehnten, sahen ziemlich ramponiert aus. Doch aus unerfindlichen Gründen hatte sie sich irgendwann entschlossen, aus dem Verein auszutreten.

Fabi war bis zu Loumas Tod regelmäßig zum Judo gegangen. Er hatte den blauen Gürtel und hatte gegen ein

Entgelt einmal in der Woche die Kinder trainiert, die gerade anfingen. Seit Loumas Tod tat er nichts mehr.

Stattdessen sah man ihn mit einem Joghurt- oder Puddingbecher, mit Schokolade, Cola oder Kesselchips. So viel Mo auch auf den Tisch stellte, Fabi aß es auf – und anschließend noch die Reste von Frittes Teller. Und wenn alles leer war, holte er die Milch aus dem Kühlschrank und aß eine Schüssel Cornflakes.

»Wie wäre es stattdessen mit einem Apfel?«, fragte Mo dann. »Oder einer Nektarine?« Doch wenn er Fabi einen Apfel aufschnitt, blieb die Hälfte liegen, und wenn er ihm ein Schälchen Erdbeeren hinstellte, dann holte sich Fabi Eis dazu.

»Wann gehst du wieder zum Judo?«, fragte Tristan.

»Zu heiß«, entgegnete Fabi.

»Wie wäre es, wir gehen alle zusammen schwimmen«, schlug Mo vor.

»Ohne mich«, entgegnete Fabi.

»Joggen?«, versuchte es Tristan. »Wir zwei? Wir gehen es langsam an. Ein Vater-und-Sohn-Ding. Das wird toll.«

»Für dich vielleicht. Wenn ich dir hinterherhechle.«

»Also schön«, sagte Tristan, als ob Fabi es vorgeschlagen hätte, »wir richten einen Fitnessraum ein.«

»Tu, was du nicht lassen kannst.«

*

Während er auf der Terrasse saß und darauf wartete, dass die Kinder nach Hause kamen, beobachtete Mo eine Libelle. Tristan hatte tatsächlich einen Fitnessraum eingerichtet. Er hatte Mo genötigt, aus einem der Kellerräume seinen *Krempel* herauszuräumen, den Wohnzimmerteppich hineingelegt (den er durch seinen eigenen aus seiner Stadtwohnung ersetzte) und zwei gerahmte Kunstdrucke aufgehängt, die sonst keinen Platz gefunden hatten. Er stellte eine Hantelbank nebst Hanteln (alles nahezu neuwertig) sowie ein Laufband auf. Fritte und Nano begeisterten sich sofort für das Laufband und spielten zwei Tage lang unermüdlich damit, bis es ihnen langweilig wurde. Fabi sah man dort unten nie.

Die Libelle schwirrte hierhin und dorthin und setzte sich schließlich auf eine alte Bambusstange, die Mo im vorletzten Jahr mit schwarzem Kabelbinder am Geländer befestigt hatte. Die letzte übrig gebliebene von mehreren Stützen für ein provisorisches Regendach, das er damals für Lous Geburtstagsfeier angebracht hatte. Die Libelle landete nach ihren zufällig wirkenden Schwüngen und Bögen zielgenau auf der Spitze dieser Bambusstange. Während sie minutenlang reglos dort saß, überlegte Mo, ob sie sich wohl *entschieden* hatte, dort zu landen. Oder ob sie es zufällig und ohne Absicht getan hatte. Einfach nur, weil ihr aus irgendwelchen Gründen danach war, nicht länger zu fliegen. Wie viel Persönlichkeit hat so eine Libelle? Wog sie Vor- und Nachteile eines Landeplatzes ab? Gab es mutigere Libellen? Draufgänger, die sich trotz des Risikos, von einem Fressfeind entdeckt zu werden, für den gefährlicheren Platz entschieden? An diesem Punkt überlegte Mo eine Weile, wer denn überhaupt die Fressfeinde von Libellen sind. Vögel? Nager? Diese Überlegung brachte ihn zu dem Gedanken, ob man den Verzehr einer Libelle mögen kann. *Hm! Wie lecker! Eine Libelle! Was für ein herrlicher Abend, so einen Lecker-*

bissen hatte ich lange nicht mehr! Oder war es scheußlich, eine Libelle zu essen, mit den behaarten Stockbeinen, den zwei Flügelpaaren, den riesigen Augen und dem harten Panzer. Am Ende schmeckte das Innere wahrscheinlich bitter und mehlig. Aber man fraß es eben, weil man irgendetwas fressen muss, um nicht zu verhungern. Suchen sich Vögel bewusst aus, was sie fressen und was nicht? Hat ein Vogel Vorlieben und Abneigungen? Oder läuft alles, was er tut, automatisch ab und ist dem Vogel so gleichgültig wie unsereinem die Verdauung? Womit Mo in seinen Überlegungen beim Menschen anlangte. Wie viel freien Willen hat so ein Mensch? Sind wir Menschen nicht viel mehr inneren Zwängen, Automatismen, Ängsten und vorgezeichneten Bahnen unterworfen? Selbst wenn wir unseren Willen umsetzen: Ist dieser Wille wirklich frei? Oder unterliegt das, was wir als Willen ansehen, nicht wiederum Zwängen, Automatismen und Ängsten? Mo dachte an den Frühstückstisch, den er versprochen hatte heute endlich einmal abzuräumen, bevor die Kinder aus der Schule nach Hause kämen. Er *wollte* ihn aufräumen. Aber wollte er das wirklich? Würde er es schaffen, oder würde er scheitern, auch wenn er es wollte?

Mo wusste, dass Libellen als Larven im Wasser leben, bevor sie eines Tages an einem Halm emporklettern und aus der Larvenhaut ausbrechen. Steigt so eine Larve aus dem Wasser hinaus und sagt sich mit einem Libellengedanken: Jetzt breche ich endlich hier aus. Ich spalte jetzt den Rücken dieser Larvenhülle entzwei und lasse das hässliche alte Ding zurück. Oder hat die Larve nicht vielmehr panische Larvenangst, weil *etwas* sie zwingt, nach oben zu klettern, und dieses *Etwas* sich aus ihr herausquetscht, wobei es sie grausig zerreißt? Mo konnte sich nicht entscheiden, ob er die Libelle war, die in seinem Inneren darauf wartete, den Frühstückstisch abzuräumen, und den richtigen Zeitpunkt kaum erwarten konnte, oder ob er eine riesige Larve war, die Angst vor der Libelle hatte und so lange wie möglich reglos dalag, um den Zeitpunkt hinauszuzögern.

Auf diese Weise verstrich der richtige Zeitpunkt unbemerkt, während Mo im Liegestuhl auf der Terrasse einschlief. Als er die Augen öffnete, stand Nano vor ihm. Die Libelle auf dem Bambusstab war verschwunden.

»Was machst du da?«, fragte Nano.

»Ich bin eine Larve und warte, dass aus mir eine Libelle schlüpft, die hineinfliegt und den Tisch abräumt.«

Nano sah ihn eine Weile schweigend an. Er dachte nach. Dann fragte er: »Glaubst du, eine Libellenlarve weiß, wie man fliegt, obwohl sie noch nie geflogen ist?«

»Gute Frage«, erwiderte Mo.

»Muss sie ja. Sonst wüsste es die Libelle auch nicht, wenn sie dann losfliegen muss.«

»Dein Gedanke beantwortet die Frage, die ich mir den ganzen Vormittag über gestellt habe. Sie kann es nicht wissen. Sie weiß gar nichts. Sie tut alles automatisch. Sie könnte gar nicht *nicht* fliegen.«

»Verstehe ich nicht.«

»Egal. Hast du Hunger?«

»Ich könnte gar nicht *nicht* Hunger haben.«

Sie gingen gemeinsam in die Küche, und während sie Nudeln kochten, räumte Mo den Frühstückstisch ab. Da war er also, der richtige Zeitpunkt.

15

Marianne und Christo hatten sich zum Abendessen eingeladen. Sie wollten die Kinder sehen. Und als Tristan seine Mutter gefragt hatte, seit wann sie sich für die Kinder interessierten, hatte Marianne erklärt, sie wollten den Kindern in der schweren Zeit zeigen, dass sie nicht allein waren. Tristan glaubte ihr nicht.

»Sie will *uns* sehen«, sagte er zu Mo. »Sie ist neugierig auf unsere Beziehung.«

»Soll mir recht sein«, erwiderte Mo.

»Ich sollte dich vorwarnen. Sie kann sehr direkt sein, wenn sie jemanden nicht mag.«

»Warum sollte sie mich nicht mögen?«

Tristan holte tief Luft. »Ich versuche seit vierzig Jahren, es ihr recht zu machen, und nicht einmal *mir* gelingt es.«

»Und?«

»Und? Sieh mich an – und sieh dich an. Du bringst es ja noch nicht einmal fertig, ein T-Shirt anzuziehen, das keine Löcher hat.«

»Das ist mein Lieblings-T-Shirt.«

»Eben. Außerdem steht sie nicht auf kleine Männer.«

Doch Tristan täuschte sich. Obwohl Mo vom ersten Moment an alles falsch machte. Er kochte eine Tofu-Pfanne, obwohl Tristan ihm gesagt hatte, dass Marianne alles Eintopfige hasste. Außerdem war sie missraten. Doch Marianne beteuerte, wie großartig sie schmecke.

Obwohl Tristan ihm geraten hatte, bloß nichts von seinen psychischen Schwierigkeiten zu erzählen, weil sie mit Krankheit und Schwäche nicht umgehen könne, erzählte Mo ihr geradeheraus, als sie fragte, wo er und Lou sich kennengelernt hätten: »In einer psychiatrischen Klinik.«

Tristan glaubte, nicht richtig zu hören, als sie tatsächlich nachfragte und sich die Geschichte genau erzählen ließ. Nachdem sie Mo ihr Mitgefühl ausgedrückt hatte, wandte sie sich vorwurfsvoll an Tristan. »Das wusste ich gar nicht. Du hast sie verlassen, obwohl es ihr so schlecht ging?«

»Zum Glück«, sagte Mo. »Sonst wäre ich nie mit ihr zusammengekommen.«

»Zum Glück«, bekräftigte Marianne.

Obwohl Marianne wegen der Kinder gekommen war, unterhielt sie sich bald nur noch mit Mo. Sie fand es großartig, dass er Tristan vorgeschlagen hatte, zusammenzuwohnen, sie selbst habe lange Jahre in WGs gelebt. Sie fand es ausgesprochen sympathisch, dass er nicht an Karriere interessiert sei. Für genau solche Ideale habe ihre Generation gekämpft. Sie ließ sich von Mo Wein einschenken, lachte über seine Scherze und schlug den Espresso aus, den Tristan ihr nach dem Essen anbot, um sich von Mo einen Tee zubereiten zu lassen. Und als er ihr schließlich gestand, dass er an einem Roman arbeite, war es völlig um sie geschehen. Sie ließ sich alles darüber erzählen. Sie ermutigte Mo, ihn zu Ende zu schreiben, und bot sogar an, ihm mit Christos guten Kontakten zu helfen.

»Ich bin sicher, Christos Lektor liest ihn sich gern durch. Er ist ein Schatz. Ihr werdet euch *lieben*!«

Um Mo Mut zu machen, nötigte sie Christo, von seinen Anfängen als Schriftsteller zu erzählen. Christo, der immer gern über sich und seine Arbeit sprach, ließ sich nicht lange bitten und schwärmte von der schweren, aber beglückenden Zeit, als noch niemand an ihn geglaubt hatte – außer Marianne! –, und dass von seinem ersten Buch niemand Notiz genommen hatte. Obwohl es bis heute von all seinen Büchern sein liebstes sei. Erst später, als er sich durchgesetzt habe, sei es zu einem Erfolg geworden.

»Du musst dir treu bleiben«, sagt er zu Mo. »Das ist das Wichtigste. Lass dich niemals verbiegen. Wenn du dich beim Schreiben tief in der Wildnis deiner Geschichte verirrst, dann hast du niemanden. Nur dich selbst. Also bleib dir treu!«

»Darf ich ihn lesen?«, fragte Marianne.

»Was?«

»Deinen Roman. Gibst du ihn mir zum Lesen?«

»Ich weiß nicht.« Der Gedanke, dass jemand das, was er geschrieben hatte, lesen könnte, war Mo vollkommen neu. »Er ist ja noch nicht fertig …« Er erwähnte nicht, dass er den Roman vor langer Zeit begonnen und seit Langem nicht mehr weitergeschrieben hatte.

»Marianne ist eine hervorragende Leserin. Sie hat alle meine Romane begleitet.«

Marianne legte ihre Hand auf Mos und blickte ihm tief in die Augen. »Was hast du zu verlieren?«

Die Kinder waren längst aufgestanden. Fabi und Toni waren in ihren Zimmern verschwunden, Fritte und Nano saßen auf dem Sofa und spielten am iPad. Tristan saß allein am anderen Ende des Tisches. Er schenkte sich ein Glas Wein ein und trank es in aller Ruhe aus.

»Ich glaube das nicht!« Tristan sah Mo kopfschüttelnd an, als er von der Haustür zurückkam. »Sie steht auf dich.«

»Ja?«, fragte Mo.

»Tu nicht so unschuldig! Du hast jedes Wort von ihren Lippen aufgeleckt, als wäre es Ambrosia.«

»Ich war einfach höflich. Sie ist deine Mutter.«

»Deswegen begreife ich nicht, was sie an dir findet.«

»Tja«, erwiderte Mo. »Ich bin eben ein attraktiver Mann ...«

»Du bist *kein* attraktiver Mann, und sie ist siebzig!«

»Was man ihr nicht ansieht.«

Weiter sagte Tristan nichts. Doch am Abend, als Mo im Badezimmer vor dem Waschbecken stand und sich die Zähne putzte, erschien Tristan und lehnte sich wie zufällig an den Türrahmen. »Du schreibst einen Roman?«

Da Mo den Mund voller Schaum hatte, zuckte er nur mit den Schultern. Tristan stand in der Badezimmertür und schüttelte fassungslos den Kopf. *»Er ist ein Schatz. Ihr werdet euch lieben!«*

»If fand ef total nett«, sagte Mo, »daff fie angeboten hat, mir fu helfen.«

»Ich hoffe, du denkst nicht wirklich, dass sie dir helfen wird. Denn das wird sie nicht tun.«

Mo spuckte aus. »Hat sie aber gesagt.«

»Sie begeistert sich schnell für Dinge. Aber sie vergisst sie genauso schnell. Darin seid ihr euch ganz ähnlich. Strohfeuer!«

Doch Tristan täuschte sich wieder. Marianne rief noch mehrmals an, bis sie Mo überredet hatte, sein halbes Manuskript auszudrucken. Er hatte angefangen, es zu lesen – nach langer Zeit wieder – und es eigentlich ganz gut gefunden. Und schließlich dachte er sich: Was habe ich zu verlieren? Marianne kam eines Abends, während sie beim Abendessen saßen, und holte sich das Manuskript ab. Sie las den Roman, und sie war begeistert. Sie rief wirklich bei Christos Lektor an und schwärmte von Mo. Was für ein kluger Mensch er sei. »Ein Herz wie eine Hundemutter und unerschütterlich wie eine Eiche!« Der Lektor versprach, den Roman zu lesen, auch wenn es nur ein halber war.

*

Mo zog die Betten der Kinder ab und stopfte alles in die Waschmaschine. Sobald die Wäsche durch wäre, wollte er sie in den Trockner stecken und die Betten wieder beziehen. Er wollte die Kissen ausklopfen und die Bettdecken einladend aufschlagen. Er wollte, dass die Kinder abends ins Bett gingen und das Gefühl hätten, jemand denkt an sie. Jemand ist für sie da. Jemand sorgt für sie. Nicht wie diese selbstherrliche Lichtgestalt Tristan, der sich die Finger nicht schmutzig macht, dachte Mo. Eine neue Küche in Auftrag geben, das war sein Ding. Sich in Szene setzen: Schaut alle her, was ich für ein Vater bin! Aber an die Kleinigkeiten denken, aufmerksam sein, da sein und die Kleinigkeiten sehen, aus denen das Leben besteht ... So dachte Mo, aber dann vergaß er die Waschmaschine. Und als die Kinder abends in ihre Zimmer kamen und ins Bett gehen wollten, fanden sie ihre Bettdecken und Kissen ohne Bezüge auf den nackten Matratzen liegen.

»Wo ist mein Bettzeug?«, fragte Nano.

Da fiel es Mo siedend heiß ein: in der Waschmaschine.

Nass. Es fanden sich zwei Bettbezüge im Schrank, doch der Rest lag ungewaschen im Wäschekorb. Die Kleinen bekamen also, was da war, die Großen mussten warten, bis ihre Bettwäsche aus dem Trockner kam.

Warum passiert mir so was immer, dachte Mo. Ich habe doch alles richtig machen wollen. Und vor lauter Ärger über sich selbst vergaß er, die Brotdosen und Trinkflaschen der Kinder aus ihren Ranzen zu holen und abzuspülen, und als Fritte morgens die Brote für sich und Nano machte, holte sie die Dosen und musste die Reste von Nanos Brot und seine Apfelkitsche erst in die Biotonne schmeißen, bevor sie die frischen Sachen einpacken konnte. Ohne das Gefühl, dass jemand an sie dachte und für sie da war und für sie sorgte.

*

Tristan und Mo saßen vor der Schule im Auto und warteten. Sie waren zu früh.

»Ich kann Fritte und Nano heute abholen«, hatte Tristan am Morgen gesagt.

»Bist du irre? Heute gibt es Zeugnisse!«

»Ich weiß, deshalb nehme ich mir frei. Ich weiß ja, das ist etwas Besonderes.«

»Eben, deswegen hole *ich* sie ab.«

»Um ehrlich zu sein: Ich möchte sie gern abholen. Ich habe diesen besonderen Tag bei Fabi und Toni all die Jahre verpasst.«

Mo sah Tristan an und überlegte. »Also schön. Fahren wir zusammen. Wir holen sie ab, und danach gehen wir Eis essen.«

»Das ist eine gute Idee!«

»Das ist Tradition. So haben wir es schon immer gemacht.«

»Oh.«

Nun saßen sie also zusammen in Tristans Tesla und warteten. Sie beobachteten die anderen Eltern, die nach und nach vor der Schule eintrudelten. Einige standen allein und beschäftigten sich mit ihren Handys, andere fanden sich in kleinen Gruppen zusammen und plauderten.

»Sollten wir auch aussteigen und uns dazustellen? Ein bisschen sozial sein?«, fragte Tristan.

»Ehrlich gesagt, nein. Alle wissen über Lou Bescheid. Ich habe keine Lust auf Beileid. Weder ausgesprochen noch stillschweigend.«

»Du hast recht.«

So saßen sie eine Weile, während Tristan ein paar Dinge an seinem Smartphone erledigte. Plötzlich fragte er: »Wie war eure Hochzeit?«

»Hm?«

»Eure Hochzeit. Ich war ja nicht eingeladen.«

»Wie soll sie gewesen sein ...«

Tristan sah in die Ferne. »Unsere Hochzeit war ... Wahnsinn. Du hättest das Haus sehen sollen damals. Alles geschmückt mit weißem Krepppapier! Ich glaube, sie haben das Internet leer gekauft. Und alle weißen Blumen der Gegend. Lou und ihre Freundinnen haben ganze Arbeit geleistet. Nora, Jenny und Pat. Waren total im Fieber. Wie kleine Mädchen. Haben in einem fort gekichert. Sie haben eine ganze Woche nichts anderes gemacht. Es gab einen langen Tisch im Wohnzimmer, einen riesigen auf der Terrasse und mehrere unten auf der Wiese. Damals war die Wiese noch gut in Schuss.«

Mo schaute zum Schultor, ob die Kinder nicht endlich herauskämen.

»Wir hatten mit hundert Gästen geplant. Am Ende waren es hundertvierzig. Wir hatten für die Terrasse und für den Garten ein Zelt bestellt, aber wir haben es dann doch nicht aufstellen lassen, weil das Wetter herrlich war. Ich durfte vorher drei Nächte lang nicht ins Schlafzimmer. Und als ich dann in der Nacht – also eher am frühen Morgen – hereinkam, war es ein Traum. Sie hatte alles geschmückt. Und das Bett ...«

»Ist gut, ist gut. Klingt alles fabelhaft.«

»Erzähl mir von eurer Hochzeit.«

Mo holte sein Handy heraus und sah auf die Uhr.

»Wie viele Gäste hattet ihr?«

»Zehn.«

»*Zehn?*«

»Wir hatten vereinbart, es klein zu halten. Am liebsten hätte ich es ganz allein mit ihr gemacht. Nur mit Fabi und Toni. Sie wollte es auch klein halten. Das zweite Mal und so. Also haben wir uns auf zehn geeinigt. Ilona und Karim, Kitty mit ihrem Mann und den Kindern. Nora, Jenny, Pat. Jenny hatte ihren Freund mitgebracht. Sie hatte zu der Zeit einen Freund. Wir haben im Wohnzimmer einen Tisch aufgestellt. Draußen war es zu kalt. Und es hat geregnet. Ilona hat sich so volllaufen lassen, dass Karim sie nach Hause bringen musste ...«

Tristan schüttelte verständnisvoll den Kopf. »Ilona ...«

Mo sah aus dem Seitenfenster.

»Klingt nicht nach einer Traumhochzeit ...«

»Es *war* eine Traumhochzeit. Es war Lous und meine Hochzeit!«

»Schon gut.«

Die Kinder kamen immer noch nicht.

»Und eure Hochzeitsreise? Wir waren auf den Seychellen. Eine winzige Insel. Ein Strand nur für uns. Um ehrlich zu sein, bin ich gleich am zweiten Tag in einen Seeigel getreten. Konnte kaum laufen. Aber man konnte ohnehin nirgendwohin laufen ... Wo wart ihr?«

»Holland.« Mo sah noch einmal auf sein Handy. »Wann kommen die denn endlich ...«

Und dann sagte Tristan: »Lou war die Frau meines Lebens.« Es war nicht klar, ob er das zu Mo sagte oder im Grunde vielmehr zu sich selbst.

»Ich war der Mann ihres Lebens«, entgegnete Mo.

»Soll das ein Witz sein?«

»Da kommen die Kinder!«

*

Sie waren übers Wochenende ans Meer gefahren. Zu zweit. Sie hatten den ganzen Tag faul am Strand gelegen, ab und zu an einem Wagen, der oben an der Strandpromenade aufgestellt war, Fisch gekauft und waren schwimmen gewesen. Die meiste Zeit hatte er damit verbracht, Lou zu betrachten, wie sie im Schatten ihres Sonnensegels schlief. »Nur ein kurzes Schläfchen«, hatte sie gesagt. »Weck mich gleich wieder, okay?«

»Okay«, hatte er geantwortet, aber dann schlief sie so friedlich und entspannt, dass er es nicht übers Herz brachte, sie zu wecken. Es war warm, der Seewind wehte sanft über ihre Haut, ihre dunklen Haare zitterten leicht, ihre Brust hob und senkte sich gleichmäßig, während sie atmete. Lou trug einen weißen Bikini mit einem Blumenmuster, den sie sich am Tag zuvor in einem kleinen Laden im Ort gekauft hatte. Auf ihrer Haut hafteten glitzernde Sandkörnchen. Er überlegte, ob er sein Skizzenbuch nehmen und eine kleine Zeichnung von ihr versuchen sollte. Aber der Moment war zu schön. Und er war zu faul. Er beobachtete die leichte Bewegung ihrer Augen unter den geschlossenen Lidern, ein stilles Lächeln auf ihren Lippen – er bräuchte nur die Hand auszustrecken, um sie zu berühren. Am Morgen im Hotelzimmer hatten sie sich geliebt, und in der folgenden Nacht würden sie es wieder tun …

»Du hast mich nicht geweckt«, murmelte Lou, als sie einmal halb aufwachte.

»Nein«, sagte er.

»Wie lange habe ich geschlafen?« Sie öffnete die Augen und lächelte ihn an.

»Noch nicht lange genug.«

Mit dem Lächeln auf den Lippen schlief sie wieder ein. Langsam entspannte sich ihr Gesicht, doch ein leichtes Lächeln blieb darauf zurück.

Abends gingen sie in ein Fischrestaurant am Strand, den Badpaviljoen. Sie hatten Glück, gerade stand jemand auf, und sie bekamen einen Tisch unter freiem Himmel direkt an den Glasscheiben zum Strand.

Während sie auf das Essen warteten, blätterten sie in einem Buch mit Zeichnungen niederländischer Bauhauskünstler, das Lou in einem kleinen Buchladen entdeckt hatte. Er hatte allerdings nur Augen für sie.

Als sie es bemerkte, fragte sie: »Was schaust du mich so an, Rafael?«

Und er antwortete: »Ich will dich malen. In Berlin. Im Atelier.«

*

Toni erinnerte sich noch genau. Sie musste ungefähr so alt gewesen sein wie Fritte heute und hatte sich über das fremde Auto gewundert, als sie nach Hause gekommen war. Es war mitten am Vormittag, und sie hätte eigentlich noch drei Schulstunden gehabt, aber es hatte Streit gegeben mit ihren Freundinnen. So enttäuschenden Streit, dass sie sich fragte, ob ihre Freundinnen überhaupt ihre Freundinnen waren, und dass sie kurz entschlossen nach Hause gefahren war. Sie hatten eine WhatsApp-Gruppe, in der sie sich verabredeten und Neuigkeiten austauschten. Aus einer Laune heraus und weil es einen Zank zwischen Toni und Lara, einem der anderen Mädchen, gegeben hatte, machte Lara eine neue Gruppe auf und lud Toni nicht dazu ein. Es gab eigentlich keinen echten Grund, jedenfalls keinen, der Toni eingeleuchtet hätte. Vielleicht war Lara eifersüchtig oder neidisch, oder es ging einfach irgendwie um Macht. Fiona hatte Toni dann doch in die Gruppe eingeladen. Die anderen hatten sich darüber furchtbar aufgeregt, worauf Fiona ebenfalls ausgeschlossen worden war. Das Ganze eskalierte, es flogen vergiftete Worte, und es flossen Tränen. Es gab keine Entschuldigungen, und als scheinbares Zugeständnis an die Vernunft wurde Fiona wieder aufgenommen, dafür aber Toni als Schuldige der ganzen Misere hingestellt. Immer die! Ob es so gewesen war oder auch irgendwie anders, wusste am Ende keines der Mädchen mehr, jedenfalls hatte Toni sich so sehr geärgert, dass sie ihre Schulsachen gepackt hatte und nach Hause geradelt war.

Vor dem Haus stand dieser fremde Wagen. Toni dachte zuerst an einen Handwerker, aber es war kein Lieferwagen, und er hatte auch keinen Werbeaufdruck. Ein Versicherungsberater oder Sparkassenmann konnte es auch nicht sein, dafür war der Wagen zu alt. Durch die Seitenfenster sah Toni auf dem Rücksitz allerlei Zeichenblöcke, loses Papier und gerollte Leinwände. Außerdem wirre Teile einer auseinandermontierten Plastik aus Holz und einem undefinierbaren Material, vielleicht lackierter Gips. Toni erkannte schwarze und rote Teile eines seltsamen Frauenkörpers: Arme, Brüste, ein Bein. Wie explodiert.

Sie stellte ihr Rad ab und ging ins Haus.

»Louma?«, rief sie, doch sie bekam keine Antwort. Niemand schien da zu sein. Sie wusch sich die Hände und nahm sich einen Joghurt aus dem Kühlschrank. Als sie die Treppe hinaufstieg, um in ihr Zimmer zu gehen, sah sie, dass die Schlafzimmertür der Eltern einen Spaltbreit offen stand. Sie schob die Tür auf. Im Schlafzimmer war es halb dunkel. Die Vorhänge waren zugezogen. Auf dem Boden lagen Kleider durcheinander. Toni erkannte eines von Loumas Kleidern, ein rotes mit einem Muster aus kleinen Kolibris, das Louma so gern mochte, und die Kleidung eines Mannes: Jeans, Hemd, T-Shirt, Socken. Sie ging davon aus, dass die Sachen von Mo waren, auch wenn sie sie nicht kannte.

Aus dem Badezimmer war das Rauschen der Dusche zu

hören. Wieso duschte Louma, wenn ein fremdes Auto im Hof stand? Hatte sie nicht gemerkt, dass jemand gekommen war? Und überhaupt – wo war derjenige, dem das Auto gehörte? Sicher irgendwo draußen. Sicher jemand, der im Garten aushalf. Toni beschloss, zu Louma hineinzugehen und ihr zu sagen, dass jemand da war. Sie schob die Badezimmertür auf, die nur angelehnt war. Wasserdampf wallte ihr entgegen, der Spiegel über dem Waschbecken war beschlagen. Die Schiebetür der Duschkabine war geschlossen. Schemenhaft sah sie durch die Scheiben einen seltsam unförmigen Körper. Ein fantastisches Wesen mit einer verwirrenden Vielzahl von Körperteilen. Dann erst begriff Toni, dass es zwei Körper waren. Zwei nackte Körper, die sich umarmten, ein Bein, das den anderen Körper umschloss, ein gebeugter Kopf, der sich an einen Hals drückte. Alles verschwommen und trüb im Dampf und hinter dem matten Glas. Die Körperteile in der Nähe der Scheibe waren deutlicher zu sehen, andere verloren sich weiter hinten in diffuser Unschärfe. Toni stand starr vor Entsetzen in der Tür. Das Bein, das den anderen Körper umschlang, eine Brust, der Hals – das war Louma. Das andere war nicht Mo. Die Haare waren lang und dunkel. Der Körper war braun, nur der Po zeichnete sich als bleicher Streifen ab.

Und keine Tattoos.

16

Tristans Verbindung zu Coffee Queen – zu seinem Office, wie er es nannte – war Elsa. Elsa leitete Mails weiter, Elsa rief an, Elsa schickte WhatsApp-Nachrichten. Mo hörte immer wieder ihren Namen, wenn Tristan telefonierte: Elsa, kümmere dich bitte um dies, oder: Elsa, erledigst du bitte das? Oder: Elsa, denkst du an jenes? Sie schien immer zu antworten: Ja. Und sie schien immer verlässlich zu erledigen, was Tristan ihr aufgetragen hatte. Aber gesehen hatte Mo sie noch nie.

»Existiert Elsa wirklich?«, fragte er irgendwann einmal. »Ich meine, als Mensch?«

»Was meinst du, ob sie wirklich existiert?«

»Ich habe den Verdacht, sie ist so etwas wie Siri oder Alexa. Oder wie die Stimme aus dem Navi. Sie funktioniert perfekt, und du kannst ihre Stimme umstellen von weiblich auf männlich. Aber du hast natürlich weiblich eingestellt, weil du der Typ für weiblich bist.«

»Was soll das denn heißen?«

»Ich gehe jede Wette ein, dass in deinem *Office*« – er betonte das Wort *Office* so ironisch wie möglich – »vor allem gut aussehende Frauen arbeiten, oder?«

Tristan ging in Gedanken seine Mitarbeiter durch. »Nein«, sagte er dann.

»Lou hat erzählt, dass du deine Angestellten reihenweise flachlegst.«

»Das hat sie nicht gesagt.«

»Doch.«

»Das glaube ich nicht.«

»Sie hat es angedeutet.«

»Es ist nicht wahr! Nur weil ich mit Simone zusammen war? Und was ist das überhaupt für eine widerliche Bezeichnung? *Flachlegst!*«

»Du hast es also nie gemacht?«

»Nein! Na ja. Ja. Ich hatte einmal ein Verhältnis mit einer Barista aus München.«

»Flachgelegt.«

»Wir sind nicht nur ins Bett! Wir sind auch essen gegangen, ins Kino, einmal waren wir auf einem Konzert … Sie war nett.«

»Wie alt?«

»Was spielt das für eine Rolle?«

»Wie alt?«

»Was weiß ich. Fünfundzwanzig.«

»Flachgelegt.«

»Du tust so, als würde ich mir unter dem Vorwand, Cafés zu betreiben, einen Harem von Frauen halten, auf die ich bei Bedarf zugreifen kann.«

»Ich glaube kaum, dass du dich im *Office* mit alten Männern umgibst.«

»Wie wäre es, du kommst einfach mal und siehst es dir an?«

»Ich? Zu dir?«

»Keine Angst. Du wirst dich schon nicht mit Arbeitswut infizieren.«

Diese Unterhaltung hatte drei Tage zuvor stattgefunden, und nun spiegelte sich Mo in der Messingtafel mit dem eingravierten Logo von Coffee Queen, das über dem Schild irgendeiner Agentur und dem einer Anwaltskanzlei angebracht war. Mo war zu spät, aber er ging davon aus, dass Tristan ohnehin noch irgendein Telefonat oder Meeting beenden musste. Er würde kaum auf seinem Bürostuhl sitzen und ungeduldig warten.

Mo holte tief Luft, trat vom Bürgersteig in den Hauseingang und klingelte. Einen Moment später knackte es in dem kleinen Lautsprecher neben den Tafeln. »Komm rein, Mo. Ganz oben.«

Elsa. Sie konnte kein wirklicher Mensch sein. Woher wusste sie, dass er es war? Mo schaute sich nach einer Kamera um, doch er sah keine. Die allwissende Siri-Alexa-Elsa. Wahrscheinlich drückte sie ihm, wenn er oben ankam, personalisierte Werbung in die Hand. Es gab einen Aufzug, aber Mo nahm die Treppe. Wenn es sich irgend vermeiden ließ, nahm er keine Aufzüge. Es erschien ihm pervers, Strom zu verschwenden, um fünfhundert Kilogramm Stahl drei Stockwerke hochzuwuchten, wenn er genauso gut seine eigenen Beine benutzen konnte.

Als er oben ankam, hielt ihm ein Mädchen die Tür auf. Jedenfalls dachte er im ersten Moment, es sei ein Mädchen. Das war sie aber nicht. Sie war lediglich klein, und sie trug ihre Haare zu einem Pferdeschwanz gebunden, als ob sie gerade vom Sportunterricht käme. Ihre Nase hatte einen leichten Knick, als sei sie einmal gebrochen gewesen. Die Ärmel ihres grünen Sweatshirts waren hochgeschoben und entblößten ein Paar Unterarme voller alter Narben. Reihenweise alter Narben. Es schien Zeiten gegeben zu haben, in denen sie nicht so perfekt funktioniert hatte wie heute. Sie hielt ihm ihre kleine Hand mit abgekauten Fingernägeln hin.

»Ich bin Elsa. Komm rein. Tristan telefoniert noch, aber er kommt gleich.«

Das Office war im gleichen Stil eingerichtet wie die Cafés: gedeckte Farben, Secondhand-Schick, eine Wand mit alten Holzbrettern getäfelt, eine andere mit rohen Backsteinen (wahrscheinlich künstlich), und an einigen Stellen standen die gleichen Sessel, in denen die Gäste bei Coffee Queen ihren Macchiato oder ihren Cappuccino tranken. Zwischen Pflanzen und Trennwänden standen Schreibtische, die nur teilweise besetzt waren. Offene gläserne Schiebetüren führten auf eine holzgetäfelte Dachterrasse, wo im Schatten von Sonnensegeln Stühle und kleine Tische standen. In die Balustrade waren hölzerne Bänke und Blumenkästen eingebaut, dahinter sah man die Dächer der Stadt. Zwei junge Männer mit modisch gestutzten Bärten saßen an einem der Tische über Papier und iPads gebeugt. Tristan saß auf einer der Holzbänke und telefonierte. Vor ihm stand nichts als sein MacBook und eine halb volle Tasse Milchkaffee.

Mo sah, dass er Tristan unrecht getan hatte. Er war nicht umgeben von attraktiven jungen Frauen. Die Angestellten waren zwar fast alle jung, wirkten aber wie zufälliger Durchschnitt. Es herrschte eine entspannte Atmosphäre. Niemand wirkte gestresst.

»Möchtest du einen Kaffee?«, fragte Elsa.

»Habt ihr auch Tee?«

»Selbstverständlich. Grün? Schwarz? Kräuter?«

»Grün wäre toll, danke.«

»Setz dich, wenn du möchtest«, sagte Elsa und wies auf einen Sessel, während sie in eine Kaffeeküche ging.

Gerade als Mo sich setzen wollte, erschien hinter einer Milchglastür geisterhaft eine Gestalt, deren Hand an der Türklinke klare Konturen annahm – ähnlich der Pfote des kleinen Hundes auf dem alten Foto, das Nano so faszinierte. Die Hand öffnete die Tür, und heraus trat Simone. Mo sah ihr die Überraschung an, ihn hier zu sehen.

»Hallo, Simone«, sagte er.

»Hallo, Mo«, erwiderte Simone. »Wie geht es den Kindern?«

»Sie kommen zurecht, danke.«

»Mit zwei so großartigen Vätern …«

Mo zuckte mit den Schultern. »Wir geben uns Mühe …«

Sie wollte etwas erwidern, schluckte es aber wieder hinunter. Stattdessen sagte sie nur: »Also, dann …« Sie wandte sich Elsa zu, die gerade mit einer Tasse zurückkam. »Schickst du mir bitte die Protokolle von der Sitzung in Wien? Und gib Mo eine Family Card. Er gehört schließlich zur Familie.«

»Mache ich«, antwortete Elsa, während sich die Milchglastür bereits wieder schloss und der Geist hinter dem Milchglas sich in nichts auflöste.

Elsa gab Mo eine Tasse. Wo hat sie die so schnell her?, fragte er sich. Wahrscheinlich hatte Siri-Alexa-Elsa bereits vorher gewusst, was er wollen würde, und hatte den Tee zubereitet, als er von der Straßenbahnstation hierhergegangen war.

Elsa hielt ihm noch etwas hin. Eine Scheckkarte mit dem Logo von Coffee Queen.

»Was kann die?«, fragte Mo.

»Damit kannst du in jedem Coffee Queen frei essen und trinken. Du lässt einfach die Karte einlesen.«

»Wie praktisch«, sagte Mo. »Danke.«

Elsa lächelte. »Willkommen in der Coffee Queen-Familie.«

Nachdem Tristan seinen Mitarbeitern Mo als den Vater seiner Kinder vorgestellt hatte (alle kannten natürlich den Hintergrund), hatte er vorgeschlagen, etwas zu essen, und sie waren zu seinem Stammjapaner gegangen, nicht weit vom Office. Als sie bei einer Japanerin bestellten, die Keiko hieß und Tristan mit Namen ansprach, schloss sich Mo Tristans Empfehlungen an.

»Schönes Büro«, sagte er dann. »Nette Leute.«

»Danke.« Tristan las noch ein paar Nachrichten auf seinem Handy.

»Ich hatte eine kurze Begegnung mit Simone.«

Tristan sah auf. »So? Hat sie etwas gesagt?«

»Nein. Sie hat sich nach den Kindern erkundigt. Wie geht sie damit um?«

»Womit?«

»Na, mit eurer Trennung.«

»Sie hat es kommen sehen.«

»Eher der rationale Typ …«

»Tja …«

»Sprecht ihr darüber?«

»Am Anfang. Natürlich.«

»Stelle ich mir krass vor: Man ist nicht mehr zusammen, aber sieht sich jeden Tag.«

»Ist ja schon unser zweites Mal. Wir sind Profis.«

»Um ehrlich zu sein, verstehe ich nicht, wie du mit ihr zusammen sein konntest. Nach Lou.«

»Nach Lou ... Das klingt wie nach Christi oder nach der Sintflut.«

»Du weißt, was ich meine. Sie ist das komplette Gegenteil von Lou.«

»Vielleicht brauchte ich das. Und täusch dich nicht. Sie ist nicht so abgebrüht, wie sie wirkt. Sie hat ein großes Herz. Ich verdanke ihr viel. Ohne sie wäre Coffee Queen nicht das, was es heute ist. Die Family Card ist ihre Erfindung!«

»Das soll eine schlaue Erfindung sein, dass man seinen Kaffee umsonst bekommt?«

»Die Hundert-Prozent-Karte bekommen natürlich nur ausgewählte Familienmitglieder. Unser Renner ist die Karte, bei der du umso mehr Prozente bekommst, je öfter du sie nutzt.«

»Du suggerierst den Leuten, dass sie umso mehr Geld sparen, je mehr sie ausgeben?«

»Ja.«

Mo schüttelte den Kopf. »Und wenn man die verliert? Hat man sein Geld dann umsonst ausgegeben?«

»Mo! Nicht alle Menschen verlieren ihre Sachen!«

Keiko brachte zwei Tabletts mit Sushi, Gemüse und Suppen. Aus der Tasche ihrer schmalen Schürze nahm sie in Papier eingepackte Stäbchen und legte sie neben die Tabletts.

»Danke«, sagte Tristan. »Das sieht perfekt aus.«

Keiko verbeugte sich und ging wieder.

»Was ist das hier?«, fragte Mo.

»Seetang.« Tristan legte Mo zwei Tütchen mit Sojasoße

hin, bevor er seines aufriss und die dunkle Flüssigkeit in ein Schälchen tropfte.

»Ich habe den Verdacht, sie ist ein kybernetischer Organismus«, sagte Mo. »Sie sieht humanoid aus. Aber wenn sie einen ansieht, dann hat sie im Auge diese Zahlen und Analysen und scannt einen.«

»Keiko?«

»Simone. – Verdammt!« Mo hatte sich beim Aufreißen eines Tütchens mit Sojasoße seine Hose bekleckert. »Meine Hose …«

Tristan reichte Mo ein paar Servietten, mit denen er auf seiner Hose herumtupfte, doch ohne den geringsten Erfolg. Auf seiner hellen Cargohose war die Sojasoße deutlich zu sehen.

»Verdammt, ich sehe aus wie ein Schwein.«

»Ja«, erwiderte Tristan. »Und deine Hose ist auch bekleckert.«

»Der gute alte Witz … Im Ernst, was hast du an ihr gefunden? Warum warst du mit ihr zusammen?«

»Willst du das wirklich wissen?«

»Jetzt sag bitte nicht, wegen des guten Sex.«

»Vorsicht mit dem Wasabi. Das Zeug ist *echt scharf*.« Er zwinkerte übertrieben mit dem Auge, damit Mo das Zweideutige seiner Bemerkung begriff.

Mo schüttelte angewidert den Kopf. »Mann, du bist so billig.«

»Mo, das ist ein Männergespräch! Männer reden so!«

»Männer reden nicht so.«

»Außerdem sagst *du* mir, *ich* bin billig? Sitze ich hier in Schlaf-T-Shirt und bekleckerter Hose?«

»Das meine ich: Für dich zählen nur Äußerlichkeiten.

Ich rede von inneren Werten.« Mo kämpfte mit einem Sushi, das er mit seinen Stäbchen nicht zu fassen bekam. »Wie geht das? Ich habe das noch nie hingekriegt...« Das Sushi fiel in seine Sojasoße, wobei wieder etwas auf seine Hose spritzte. Mo atmete tief durch.

Als sie nach dem Essen aus dem Restaurant auf den Bürgersteig traten, sah Tristan auf Mos Hose. »So willst du jetzt nicht rumlaufen, oder?«

»Was soll ich machen!«

»Ach ja. Das ist ja deine einzige Hose.«

»Sehr witzig.«

»Komm, wir kaufen dir eine neue.«

»Jetzt? Zusammen?«

»Ja, warum nicht?«

»Ich kann mir allein eine Hose kaufen.«

»Tust du aber nicht.«

Also gingen sie in ein Kaufhaus. Während sie von den Rolltreppen zur Herrenabteilung gingen (natürlich nicht die mit den Anzügen, sondern die mit den Freizeitsachen), fragte Tristan: »Warum trägst du eigentlich niemals lange Hosen?«

Mo zuckte mit den Schultern. »Stört mich.«

»Wie können lange Hosen stören? Jeder Mensch auf der Welt trägt lange Hosen!«

»Ich nicht.«

»Schön. Welche Größe hast du?«, fragte Tristan.

»Keine Ahnung.«

»Lass mal sehen.«

Tristan drehte Mo um und bog hinten seinen Hosenbund um, bis das Schildchen zu sehen war. »Du solltest ein bisschen trainieren.« Er kniff in den Speck an Mos Hüfte.

»Finger weg! Mein Speck geht dich gar nichts an.« Tristan ging zum Ständer mit den kurzen Hosen. Während er ihn drehte, nahm er ein paar Hosen heraus.

»Was machst du da?«, fragte Mo. »Wir nehmen einfach die gleiche noch mal.«

»Sei nicht langweilig. Probier die hier mal an.«

»Ich will die nicht anprobieren. Ich will die gleiche.«

Eine junge Verkäuferin war auf Tristan aufmerksam geworden und kam zu ihnen. »Kann ich Ihnen behilflich sein?«

»Ja«, sagte Mo und wies auf seine Hose, wobei er den Soja-Fleck präsentierte. »Die gleiche noch mal, bitte.«

»Genau die gleiche?«

»Bitte. Nur ohne Flecke.«

»Wann haben Sie die denn gekauft?«, fragte die Verkäuferin.

»Vor zehn Jahren«, sagte Tristan.

»Vorletztes Jahr«, sagte Mo.

»Ich fürchte, die haben wir nicht mehr«, sagte die Verkäuferin.

»Das macht nichts«, sagte Tristan und zeigte der jungen Frau eine andere Hose. »Wir probieren die.« Und während Mo dabeistand, unterhielten die beiden sich leichtfüßig über Modelle und Größen und dann irgendwie über Cafés und über Abendessen und über Städtereisen und endeten mit der tollen Frisur der Verkäuferin, die sie verlegen glatt strich.

Mo seufzte.

Tristan drückte Mo die Hosen, die ihm die Verkäuferin herausgesucht hatte, in den Arm und schob ihn förmlich zu den Umkleidekabinen. »Hier, probier die auch.«

»Was tun wir hier eigentlich? Wir sind doch kein altes Ehepaar.«

»Dahinten sind die Kabinen. Und beeil dich ein bisschen, ich habe gleich einen Telefontermin.«

Mo fügte sich in sein Schicksal und zog die Hosen an, während Tristan vor der Kabine wartete. »Die hier sitzt, glaube ich, ganz gut«, sagte Mo durch den Vorhang.

»Lass mal sehen.«

Mo kam aus der Kabine.

»Umdrehen«, sagte Tristan. »Zeig mal deinen Arsch.«

»Das ist entwürdigend«, sagte Mo und drehte sich um.

»Die ist gut«, meinte Tristan. »Von der nehmen wir gleich zwei. Eine in Beige und eine in Schwarz.«

»Ich brauche nur eine!«

»Was ist mit dem anderen Modell?«

Zehn Minuten später nahm Mo eine Tüte mit fünf Hosen entgegen, während Tristan mit seiner EC-Karte zahlte und der Verkäuferin seine Visitenkarte gab.

»Das ist entwürdigend«, wiederholte Mo.

»Was ist mit T-Shirts? Sollen wir gleich noch ein paar T-Shirts kaufen, wenn wir schon mal hier sind?«

*

Als Mo mit ein paar Büchern für sich und die Kinder vom Buchladen nach Hause kam und aus dem Auto stieg, hörte er die Motorsäge. Im ersten Moment dachte er sich nichts dabei. Sicherlich kam das vom Gelände der Papierfabrik. Die Stadt ließ die alten Bäume beschneiden, um ihrer *Sorgfaltspflicht nachzukommen*. Während er zum Haus ging, dachte er über diesen Ausdruck nach, der ihm aus irgendeinem Grund in den Kopf gekommen war. Sorgfaltspflicht ... Sagt man das wohl in dem Zusammenhang? Schräges Wort. Sorgfaltspflicht ... Er hatte das Haus noch nicht erreicht, da überlief es ihn plötzlich eiskalt. Plötzlich wusste er, was das Geräusch der Motorsäge bedeutete, und spurtete los.

Die Männer in den grünen Arbeitshosen hatten die liegende Eiche hinten im Garten nahezu zur Hälfte zersägt. Die dickeren Äste lagen ordentlich auf einem Stapel, die dünneren auf mehreren Haufen. Sowohl die toten als auch die, an denen auch nach zwei Jahren immer noch Blätter wuchsen.

Die Männer arbeiteten sich mit einer Motorsäge an dem liegenden Baum entlang. Der abgebrochene Stamm und die Hälfte der Krone waren noch unangetastet. Der obere Teil der Krone war amputiert. Es sah grauenhaft aus.

»Aufhören! Hören Sie auf!« Mo rannte über die Wiese und schrie aus Leibeskräften. Doch aufgrund des Lärms der Motorsäge und der Ohrenschützer, die die Arbeiter trugen, bemerkten sie ihn erst, als er vor ihnen stand.

»Vorsicht! Nicht so nah! Sind Sie verrückt? Das ist gefährlich!«, rief der Mann mit der Motorsäge. Während der Lärm der Säge erstarb, starrte Mo entsetzt auf die sauber abgeschnittenen Stümpfe des Baumes.

Es war der erste *richtige* Streit zwischen Mo und Tristan. Mo war außer sich. Er hatte sich auch später noch nicht beruhigt, nachdem Tristan die Männer weggeschickt hatte.

»Es reicht!«, brüllte er Tristan an. »Hör auf, alles zu

verändern! Hör auf, dich überall reinzudrängen! Hör auf, alles kaputt zu machen!«

»Was ist los? Hast du einen Knall? Da liegt ein verrottender Baum. Der hätte schon längst fortgeschafft werden sollen. Wenn du es nicht auf die Reihe kriegst, muss ich es eben tun.«

»Du begreifst ja überhaupt nicht, was hier läuft. Willst du nicht erst mal verstehen, bevor du etwas änderst? Dein unseliger Trieb, alles zu kontrollieren! Dir alles zu unterwerfen! Lass mich in Frieden, lass die Kinder in Frieden!«

»Okay, dann erklär's mir! Was ist mit diesem verdammten Baum?«

»Du kannst mich mal.«

Und damit rannte Mo aus dem Haus und schlug die Terrassentür donnernd hinter sich zu.

Tristan beobachtete, wie er sich neben die halbe Eiche setzte und lange Zeit nicht mehr rührte. Eine Weile später kam Toni mit Nick nach Hause. Sie hatten eingekauft und wollten zusammen kochen. Während Nick ihre Einkäufe auspackte, durchwühlte Toni den Schrank mit den Töpfen und Pfannen. »Wo ist denn die Auflaufform?«

»Da drin ist sie doch.«

»Nur die kleine. Ich brauche die große.«

»Haben wir zwei?«

»Wo ist denn Mo?«

»Draußen.«

Und als Toni aus dem Fenster sah, fragte sie: »Was ist denn mit dem Baum passiert?«

»Ich habe ihn zerkleinern lassen.«

Toni starrte ihn nur fassungslos an. »Du hast – *was*?«

»Ich habe ihn zerkleinern lassen.«

Ohne ein weiteres Wort drehte Toni sich um rannte die Treppe hoch.

»Erklärt mir jetzt mal einer, was mit diesem verdammten Baum los ist?«, rief Tristan ihr nach.

Toni schrie von oben zurück: »Sie hat ihn geliebt!« Und knallte ihre Zimmertür zu.

In diesem Moment erinnerte sich Tristan an den Tag, als sie das Haus besichtigt hatten. Während er mit dem Makler gesprochen hatte, war Lou verschwunden, und irgendwann hatte er sie dann dort hinten, unter der Eiche sitzend, gefunden. Da, wo Mo jetzt saß.

»Und sie hat ihn gezeichnet«, sagte Nick.

»Lou?«, fragte Tristan.

»Ja. Toni hat mir die Zeichnungen gezeigt.«

»Lou hat wieder gezeichnet?«

Als Tristan zu Mo herauskam, hielt er ihm eine Tasse Tee hin. Mo sah ihn nicht an und nahm auch die Tasse nicht. Tristan setzte sich neben ihn.

»Es tut mir leid«, sagte er.

Mo antwortete nichts.

»Toni sagt, Lou hat den Baum gezeichnet.«

Mo schwieg.

»Ich wusste nicht, dass sie wieder gezeichnet hat.«

Mo blickte starr auf den Baum.

Tristan hielt ihm noch einmal die Teetasse hin. »Zeigst du mir die Bilder?«

Mo antwortete immer noch nichts. Aber er atmete tief durch und nahm die Tasse.

Sie sahen beide auf den Baum. Auf die grotesk abgesägten Äste. »Wenn man Dinge tut, dann macht man eben auch mal Fehler. Ist so. Nur wer nichts tut, macht nichts falsch.«

»Vielleicht sprichst du mal mit mir, bevor du *Dinge tust*.«

»Ich kann nicht ständig mit dir sprechen. Soll ich jedes Mal fragen, ob ich den Rasen mähen darf?«

»Ich war glücklich mit unserer alten Küche. Ich habe mich wohlgefühlt darin.«

»Die neue ist viel schöner!«

»Sie ist schöner. Aber sie ist … Sie sieht aus wie aus einem verdammten Küchenkatalog!«

»Nicht mehr, wenn du sie erst eingesaut hast.«

17

Sie rauften sich wieder zusammen, doch seit dem Baumzwischenfall fiel es ihnen zusehends schwerer. Bei der geringsten Kleinigkeit gerieten sie in Streit. Die Stimmung war gereizt. Der Ton war gereizt. Mo war klar geworden, wenn er jetzt nichts tat, um sich gegen Tristan abzugrenzen, dann würde er es niemals tun.

Wenn Tristan beim Nachhausekommen eine bissige Bemerkung machte, weil in der Küche Chaos herrschte, überall Kleider und Spielsachen herumlagen und der Kühlschrank leer war, erwiderte Mo nur bissig: »Wenn du einen schlechten Tag im *Office* hattest, mach Sport.«

»Du hättest wenigstens einkaufen können!«

»Es ist genug zu essen da.«

»Nichts ist da! Was sollen die Kinder essen?«

»Da sind noch Nudeln. Da in der Schale liegen Tomaten. Draußen im Beet ist Basilikum, und im Kühlschrank ist sogar noch Käse.«

»Gouda! Nicht mal Parmesan.«

»Dann streuen wir eben Gouda drüber.«

»Und hast du das Wort *Vitamine* schon mal gehört?«

»Hast du das Wort *Klappe halten* schon mal gehört?«

»Was hast du den ganzen Tag gemacht?« Und damit verschwand Tristan wütend im Männerbad. Nur um die Tür noch einmal aufzureißen: »Außerdem sind *Klappe halten* zwei Wörter!«

Mo erzählte Tristan nicht, dass er vor seinem halben Roman gesessen hatte. Versucht hatte zu schreiben. Die alten Kapitel gelesen hatte. Hier und dort etwas korrigiert. Wieder aufgegeben hatte. Er hatte neuen Schwung aus Mariannes Begeisterung ziehen wollen. Aber er war gescheitert.

Ob es an der Hitze lag, die immer drückender über der Stadt, aber auch hier draußen auf dem Haus zwischen den Bäumen lastete, war nicht auszumachen. Langsam jedenfalls schien beiden klar zu werden, dass sie sich nicht aneinander vorbeimogeln konnten. Es schien fast so, als fühlte sich Tristan von Mos Unfähigkeit, morgens aus dem Bett zu kommen, persönlich angegriffen. Mo andererseits, wenn er um elf Uhr aus dem Bett gekrochen kam, ging es auf die Nerven, dass Tristan, nachdem er gejoggt und geduscht hatte, dabei war, den Terrassentisch mit Holzschutzlasur zu streichen.

»Du bist schon auf ...«, sagte er dann spitz.

»Natürlich bin ich schon auf, es ist elf Uhr!«

»Oh, schon?«

»Vielleicht solltest du auch ein bisschen früher aufstehen. Falls du dich wunderst, dass du nichts von deinem Leben hast.«

»Was genau habe ich denn von meinem Leben, wenn ich hier todmüde herumhänge und im Sitzen einschlafe?«

»In ein paar Tagen hättest du dich daran gewöhnt und wärst fit, etwas zu leisten.«

»Darum geht es? Etwas leisten? Dass die Welt etwas von mir hat? Danke, kein Bedarf. Ich habe auch etwas von meinem Leben, wenn ich im Bett liege. Dafür brauche ich nicht fit zu sein, und ich brauche nichts zu leisten.«

»Wenn du schon selbst nichts tust, könntest du wenigstens die Kinder dazu bringen, ihren Kram wegzuräumen.«

»Tja, unglücklicherweise kommen sie wohl nach mir.«

»Blödsinn! Du warst einfach nur zu faul, sie zu erziehen!«

»*Erziehen?* Aus welchem Jahrhundert kommst du denn?«

»Dann sei ihnen wenigstens ein Vorbild.«

»Indem ich sie jahrelang allein lasse? Und dann die Terrassenmöbel streiche?«

»Indem du in deinem Leben irgendetwas auf die Reihe kriegst.«

»Du hast doch nur Glück gehabt. Im richtigen Elternhaus aufgewachsen. Gutbürgerlich, Geld kein Problem, Abitur selbstverständlich, Erfolg programmiert.«

»Natürlich. Rede dir nur ein, es sei nicht deine Schuld, dass aus dir nichts geworden ist.«

»Aber genau so ist es. Und es ist auch nicht dein Verdienst, dass aus dir etwas geworden ist!«

»Schön, wenn die Dinge so leicht sind.«

»Das sind sie. Und jetzt haben wir auch einen Beweis dafür: Seit deine Mutter es sich in den Kopf gesetzt hat, mich erfolgreich zu machen, liest ein Lektor meinen Roman. Wenn ich von Anfang an deine Mutter gehabt hätte, wäre ich auch von Anfang an erfolgreich gewesen.«

»Mo, du bist nicht erfolgreich! Wie oft soll ich dir das noch erklären. Da ist ein Lektor, der versprochen hat, sich deine Sachen anzusehen. Sonst nichts!«

»Immerhin ist es eine Chance. Und bei dir war schon die Muttermilch gesättigt mit Chancen!«

»Meine Mutter hat nie etwas für mich getan!«

»Sie hat an dich *geglaubt*.«

Sie starrten sich wütend an. Schließlich wandte sich Mo abrupt ab und ging unter die Dusche. Er duschte lange. Und als er schließlich herauskam, hatte Tristan den Tisch fertig gestrichen und war weggefahren, um einzukaufen.

*

Wenn es Mos Idee gewesen war, durch Tristans Einzug die Welt der Kinder zusammenzuhalten, dann hatte das nicht funktioniert. So sah Mo es inzwischen. Je tiefer der Graben zwischen ihm und Tristan wurde, desto mehr driftete ihre Welt auseinander. Und eben nicht nur ihrer beider Welt, sondern auch die der Kinder. Natürlich konnte es nicht mehr so sein wie früher. Aber inzwischen fürchtete Mo, dass er viel weniger davon retten konnte, als er gehofft hatte.

Fritte hatte sich in Lous Schrank ein dauerhaftes Lager eingerichtet: Sitzkissen, Leselampe, Bücherstapel, Kekse. Toni saß entweder allein in ihrem Zimmer oder wurde von Nick abgeholt. Und auch wenn Mo im Grunde froh war, dass sie Nick hatte, blieb ihr Platz am Tisch doch immer öfter leer.

Ohne Lou waren sie den Fliehkräften schutzlos ausgeliefert. Im Planetensystem ihrer Familie war Lou die Sonne gewesen. Er war, genau wie die Kinder, einer der Planeten, die von ihrer Anziehungskraft zusammengehalten wurden. Die Sonne war verschwunden. Es gab kein Zentrum mehr. Keine Mitte. Keine Anziehungskraft. Die Planeten schossen einfach nur haltlos in die Dunkelheit hinaus, bis sie irgendwo mit der Realität kollidieren würden.

Nano stellte immer noch jeden Tag Fressen für Hummel vor die Tür. Er hörte nicht auf, Hummels Rückkehr zu erwarten.

»Um ehrlich zu sein«, sagte Tristan eines Abends zu Mo, »denke ich, dass er bei dem Unfall verletzt wurde, sich irgendwo verkrochen hat und gestorben ist.«

»Wer weiß«, erwiderte Mo.

»Vielleicht hat ihn ein Fuchs erwischt.«

Mo zuckte mit den Schultern. »Wer weiß.«

Jedenfalls wusste auch er nicht mehr, was sie noch tun sollten, um Hummel wiederzufinden. Sie hatten alles versucht.

Nano schaute gelegentlich das alte Foto des Hauses an. Er begann sich Hummel auf die Weise vorzustellen, wie der kleine Hund auf dem Bild zu sehen war: ein weißer Wisch im Irgendwo, nur eine seiner Pfoten in dieser Welt. Er begann, überall, wo er ging, nach dieser Pfote Ausschau zu halten.

Und Fabi spielte. Früher war er für ein paar Stunden in seine Spielewelt abgetaucht, aber dann war er wieder da gewesen. Nun verschwand er immer weiter im Dunkel des Weltalls. Selbst wenn er körperlich anwesend war. Es gelang Mo nicht mehr, Kontakt zu ihm herzustellen.

Lou hatte diese Begabung gehabt, die Familie zu einem lebendigen Organismus zu formen. Zu etwas, das Zusammenhalt und Einigkeit spürte. Sie hatte alle inspiriert. Wenn die Kinder nach Hause kamen, hatten sie von ihrem Tag erzählt. Sogar Fabi hatte das getan. Natürlich nicht immer und sofort, aber irgendwann dann eben doch. Mo war immer schon erstaunt gewesen, was sie alles von den Kindern wusste. Was für ein Gespür sie hatte. Wenn eines der Kinder Sorgen oder Probleme hatte, dann ahnte sie das. Manchmal schon, bevor es so weit war. Sie hatte alles zusammengehalten.

Das war nun weg. Mit ihr gestorben. Mo beobachtete, wie sie auseinanderdrifteten. Er versuchte, alle zusammenzuhalten, aber es gelang ihm nicht. Ihm fehlte die Energie, das innere Leuchten. Ein furchtbarer Gedanke schlich sich in Mos Kopf und setzte sich dort fest: Sein Selbstbild, die Grundlage seines Lebens, war eine Lüge gewesen. Er hatte sich eingebildet, er habe die Königin geschützt und vor ihren Abgründen bewahrt. Aber es war umgekehrt gewesen: Lou hatte ihn beschützt. Ihre Strahlen hatten sie alle gewärmt, und ihre Anziehungskraft hatte sie alle zusammengehalten. Lou hatte ihn gerettet. Und sie hatte es auf so sanfte und liebevolle Weise getan, dass er sich hatte einbilden können, selbst Kraft zu besitzen.

Zeit, ehrlich zu sein.

Tristan besaß eine Begabung, die auf den ersten Blick ganz ähnlich aussah wie Lous. Auch er konnte sich und andere begeistern und in Bewegung setzen und zusammenbringen. Aber im Gegensatz zu Lou, die das Beste in den Menschen zum Vorschein brachte, sammelte Tristan sie im Glanz seiner eigenen Ideen. Bisher hatte er diese Begabung dazu eingesetzt, seine Kaffeehauskette aufzuziehen. Aber wenn er nun beschloss, sonntags mit den Kindern zum Frühstück Pfannkuchen zu backen, dann machte er eine Riesennummer daraus. Er zog mit einer Pfanne und einem Kochlöffel lärmend durchs Haus und veranstaltete Radau, bis alle wach waren und in einem langen Zug hinter ihm herpilgerten. Er gab nicht Ruhe, bis auch der Letzte dabei war. Er bekam Fabi aus dem Bett, er bekam Toni aus dem Bad, er verteilte Aufgaben, und sie waren eine Familie. Wenn Mo dasselbe versuchte, dann vergrub sich Fabi unter seiner Bettdecke, und Toni warf ihn aus dem Zimmer. Warum kann ich das nicht, dachte Mo. Wieso fehlt mir dieses innere Leuchten, um Leute zu begeistern?

Was Fabi anbelangte, kam allerdings auch Tristan an seine Grenzen. Er ging zu Fabi ins Zimmer und sagte: »He, Fabi, zeigst du mir, was du da spielst?« Er holte sich einen Stuhl und setzte sich zu ihm.

»*League of Legends*«, sagte Fabi. Er zeigte Tristan das Spiel, war aber einsilbig und abweisend. Sobald Tristan aufhörte zu fragen, hörte Fabi auf zu erklären.

Als Tristan wieder herauskam, sagte er: »Ich glaube, wir hatten für einen Moment eine Verbindung.« Aber es änderte nichts.

»Lassen wir ihm Zeit«, sagte Mo.

»Wie lange noch?«

»Weiß nicht.«

»Ich rede mit seinem Freund. Wie heißt der noch gleich?«

»Liam.«

*

Toni hatte Nick nichts von ihrem Rucksack erzählt. Dass er sie quälte. Dass sie nicht in der Lage war, ihn auszupacken. Sie hatte Angst, dass Nick es nicht verstehen könnte. Aber als sie es ihm eines Nachmittags doch erzählte, verstand er es.

»Vielleicht kannst du ihn erst auspacken, wenn er seinen Zweck erfüllt hat«, sagte er.

»Was meinst du?«

»Du hast ihn doch gepackt, um ihn zu benutzen. Also benutzen wir ihn. Du setzt ihn auf den Rücken, und wir wandern. Ich nehme meinen Rucksack und ein kleines Zelt. Wir wandern einfach los und zelten. Und ich garantiere dir: Spätestens am dritten Tag wirst du in diesem Rucksack sehnsüchtig nach frischen Kleidern und deiner Zahnbürste wühlen.«

Toni starrte ihn an. Tausend Wenn und Aber schossen ihr durch den Kopf. »Einfach losgehen?«

»Einfach losgehen. Egal wohin.«

»Nick und ich gehen weg«, sagte Toni beim Abendessen. Alle starrten sie an.

»Für immer?«, fragte Nano.

»Nur ein paar Tage.«

»Wohin?«, fragte Mo.

»Weiß noch nicht. Wir gehen einfach los. Wir nehmen ein Zelt mit. Wir nehmen den Rucksack, und …«

»Ihr zeltet? Ich will mit!«, rief Nano.

»Ich denke, ihr wollt nicht weg!«, warf Tristan ein. »Ich habe euch tausend Vorschläge gemacht! Dann hätten wir auch das Hausboot mieten können.«

»Es geht nicht darum, Urlaub zu machen«, sagte Toni.

»Nein? Worum dann?«, fragte Fabi.

»Na, um … um …«

»Du nimmst den Rucksack?«, fragte Mo.

Toni sah ihn an. »Ja.«

»Gut«, sagte Mo.

Am nächsten Tag kam Nick mit seinem Rucksack, auf den er ein kleines Zelt geschnallt hatte, und einer Wanderkarte. Sein Plan war, grob in Richtung Osten zu gehen. Dort war es bergig und grün, zwar nicht gerade eine Traum-Wandergegend, aber zumindest wären sie nicht allzu sehr auf Straßen angewiesen. Trotzdem gab es genug Ortschaften mit Geschäften, sodass sie nicht kiloweise Lebensmittel mitschleppen mussten. Toni ging hoch in ihr Zimmer und zog den Rucksack unter dem Schreibtisch hervor. Er krallte sich mit einem Verschluss zwischen Tisch- und Stuhlbein fest, aber Toni löste ihn entschlossen. »Komm schon, alter Sack. Jetzt geht es raus hier.«

»Ich bleibe hier!«, geiferte der Rucksack. »Du wirst schon sehen, was du davon hast!«

Doch Toni ließ sich nicht beeindrucken. Sie schnallte ihn entschlossen auf den Rücken und ging nach unten, wo schon alle an der Haustür warteten.

»Wenn etwas ist, ruft an«, sagte Tristan. »Ich hole euch jederzeit nach Hause.«

Toni versprach ihm das, küsste alle, und dann wanderten sie los.

Einfach so.

Sie wanderten den ganzen Tag. An Landstraßen entlang, über Feldwege, quer über Wiesen und durch Wälder. Mehrmals mussten sie umkehren, weil es an einem Zaun oder einem Bach nicht weiterging. Es war heiß, Tonis Beine schmerzten, und die Schuhe drückten. Sie hatte Hunger und Durst, aber ohne zu murren, ging sie neben Nick her. Manchmal sprachen sie, meist sprachen sie nicht. Mittags rasteten sie vor einem kleinen Supermarkt, und am späten Nachmittag fragte Nick einen Bauern, ob sie auf einer seiner Wiesen ihr Zelt aufschlagen dürften. Er wies ihnen ein holpriges Stück Rasen hinter seiner Scheune zu und erlaubte ihnen sogar, seine Toilette zu benutzen. Sie bauten das Zelt auf, ein praktisches Wurfzelt, und als Nick seinen Rucksack auspackte, ließ sich Toni ins Gras fallen – und begann zu weinen. Sie weinte eine Stunde lang. Ihren Rucksack öffnete sie nicht. Später lag sie im Zelt in Nicks Arm, und es war eine furchtbar ungemütliche, mückenreiche und zermürbende Nacht. Sie wurden frühmorgens von Fliegen geweckt, die es irgendwie ins Zelt geschafft hatten, und beschlossen, ab sofort nicht mehr so nah an Bauernhöfen zu schlafen. Als Toni später den Rucksack aufschnallte, murrte er: »Geh nach Hause, das ist albern. Ich will wieder unter den Schreibtisch.«

»Vergiss es«, sagte Toni. »Ich mach dich fertig.«

»Ich mache *dich* fertig, Mädchen.«

»Wie bitte?«, fragte Nick. »Hast du was gesagt?«

»Nein, schon gut. Lass uns losgehen.«

Der Tag verlief ähnlich wie der erste. Sie wollten abends auf einen Campingplatz, den sie auf der Karte gesehen hatten, aber den erreichten sie nicht, weil es zu weit war. Also zelteten sie in einem Waldstück oberhalb einer Landstraße. Während Nick das Zelt aufbaute, weinte Toni. Den Rucksack rührte sie nicht an. In dem Wald gab es keine Fliegen, aber dafür vorbeifahrende Autos und harte Wurzeln unter dem Zeltboden.

Am dritten Tag kamen sie bereits mittags an dem Campingplatz vorbei. Toni streikte. Sie wollte keinen Schritt weitergehen. Sie war verschwitzt und verklebt, und der Rucksack machte sich mit jedem Schritt schwerer. Also mieteten sie sich einen Platz, und während Nick das Zelt aufbaute, erwartete er, dass Toni wieder weinte. Doch das tat sich nicht. Sie riss sich wütend den Rucksack vom Rücken, zerrte die Verschlüsse auf, schleuderte ihn herum, schüttelte ihn durch und leerte alles, was darin war, schreiend auf der Wiese aus. Sie schrie, als ob sie ein Kind gebären würde, und als sie fertig geschrien und Sachen herumgeschleudert hatte, stand sie inmitten ihrer verstreuten Sachen – Hosen, T-Shirts, Unterwäsche, Tagebuch, Zahnbürste, Kosmetiktäschchen, Ladekabel – auf der Wiese und atmete schwer. Sogar die Flugtickets und Visa für ihre Brasilienreise lagen im Gras. Toni hielt den umgedrehten, leeren und schlaffen Rucksack in Händen. Er hatte sein widerspenstiges Leben ausgehaucht. Einige ältere Camper waren von ihrem Geschrei aufgeschreckt worden und herbeigeeilt. Doch sie verschwanden wieder, als sie sahen, dass nichts passiert war. Dass das junge Mädchen, das da mit dem leeren Rucksack weinend auf der Wiese stand und von seinem Freund in den Armen gehalten wurde, offenbar nur den Verstand verloren hatte.

*

»Musst du nicht langsam mal wieder ins *Office*?«
»Ich bin im Office. Im Homeoffice.«
Tristan fuhr tatsächlich kaum noch ins Büro. Seine Mails schrieb er, während er mit einem Kaffee auf der Terrasse saß, seine Telefonate erledigte er mit einer Frei-

spracheinrichtung, während er tote Käfer aus dem aufblasbaren Pool kescherte, und mehrmals täglich saß er am großen Küchentisch und war mit Elsa in Videokonferenzen verbunden. Teilweise schwiegen sie minutenlang, weil er Papiere durchlas, die sie ihm geschickt hatte, während sie schon irgendetwas anderes erledigte. Dann besprachen sie wieder etwas, oder sie las ihm den Anfang einer Mail vor, die er sie bat an Simone oder irgendwen weiterzuleiten.

Einmal kam Mo vom Garten in die Küche, um sich einen Tee zu machen. Er befüllte den Wasserkocher, schaltete ihn ein und suchte sich einen Teebeutel heraus. Dann erst realisierte er, dass auf dem großen Tisch inmitten von Arbeitspapieren Tristans MacBook stand. Auf dem Bildschirm Elsa. Sie saß an ihrem Schreibtisch im Office. Hatte ihre Kamera an. Mo hielt seine leere Tasse in der Hand und sah ihr zu, wie sie arbeitete. Elsas ruhige Konzentration nahm ihn gefangen. Sie tippte etwas, beugte sich zu einem Drucker, nahm ein Papier heraus, steckte es in einen Umschlag, zog eine Schublade auf, nahm eine Briefmarke heraus, leckte sie ab und klebte sie auf den Brief. Als sie mit der Faust daraufschlug, fiel ihr Blick zufällig auf ihren Bildschirm, und sie bemerkte Mo.

»Oh, hallo, Mo«, sagte sie und lächelte ihn an.

»Hallo, Elsa.«

»Entschuldige, dass ich so in deinem Haus rumhänge.«

»Macht nichts«, entgegnete Mo. »Entschuldige, dass ich dich – beobachtet habe.«

»Hast du das?«

»Ja, du hast diesen Brief zugeklebt und ...« Er imitierte mit der Faust, wie sie die Briefmarke festgedrückt hatte.

Sie lachte.

»Wo ist Tristan«, fragte Mo und schaute sich um.

»Toilette.«

»Ach so.«

»Wie geht es dir?«, fragte Elsa.

»Danke. Gut.«

»Und den Kindern?«

»Es gibt gute und schlechte Tage. Ich glaube, heute ist ein guter Tag.«

»Komm uns doch mal wieder in der Stadt besuchen. Ich würde mich freuen ...«

»Sicher ...« Mo zuckte mit den Schultern.

In diesem Moment kam Tristan vom Männerbad zurück. »Alter, was machst du da? Kann ich meine Assistentin nicht mal einen Moment allein lassen?«

»Wir sehen uns«, sagte Elsa und winkte Mo zu.

Während Tristan sich vor den Bildschirm setzte, ging Mo wieder hinaus.

Er blieb noch eine Weile an der Terrassentür stehen, während Tristan und Elsa über irgendwelche Verträge sprachen. Langweiliges Zeug. Aber Mo hörte trotzdem eine Weile zu. Bis er merkte, dass er immer noch seine leere Tasse in der Hand hielt.

Natürlich musste Tristan auch mit Simone sprechen. Sie informierte ihn über das Wesentliche, vor allem über das neue Café in Prag. Über sich sprachen sie nicht. Tristan war es unheimlich, wie konsequent Simone ihre Beziehung aussparte. Wenn sie sich etwas vorgenommen hatte, dann zog sie es durch. Allerdings hatte Tristan bald das Gefühl, dass es in Wahrheit nicht konsequent von ihr war, sondern demonstrativ. Er hatte sie um eine Auszeit gebeten, also bekam er seine Auszeit. Und zwar richtig. Aber er konnte das nicht. Eines Vormittags, nachdem sie ihm die Umsatzentwicklungen der letzten Kalenderwoche zusammengefasst hatte, fragte er sie: »Wie geht es dir, Simone?«

Sie antwortete nur: »Gut.«

»Du siehst erholt aus.«

»Wir waren in Nizza.«

»Nizza?«, fragte Tristan überrascht.

»Tita und Alex haben ein Boot gemietet. Es war eine spontane Idee. Kein großes Ding. Ein alter Segler aus Holz. Bisschen runtergekommen. Aber sehr schön. Mit Skipper.«

»Gut aussehender Skipper ...«

»Gut aussehender Skipper. Wir haben ein paar Häfen angelaufen. Schöne Restaurants, Sundowner auf Deck ...«

»Wer ist überhaupt *wir*?«

»Außer Tita und Alex waren noch Sascha und Heidi dabei. Und Borgsmüller.«

»Borgsmüller? Allein?«

»Wollte nach der Scheidung auf andere Gedanken kommen. Wusstest du, dass er tauchen kann?«

»Warum habt ihr mir nicht Bescheid gesagt?«

»Drei Monate Auszeit, du erinnerst dich? Wir fliegen nach Nizza, du bist bei den Kindern.«

»Ja. Klar ...«

»Wir sehen uns in einem Monat.«

Nachdem er die Sitzung beendet hatte, saß Tristan vor dem dunklen Bildschirm seines MacBooks.

»Ein Monat?«

Tristan wandte sich um. In der Tür zum Garten stand Mo.

»Hm?«

»Was meint sie, ihr seht euch in einem Monat?«

»Verflucht! Kann man hier nicht mal in Ruhe mit jemandem reden!« Tristan klappte wütend seinen Computer zu und verschwand in seinem Zimmer.

18

Marianne kam *zufällig* vorbei. Toni war mit Nick unterwegs, Fabi schlief noch, und Tristan hatte Fritte und Nano mitgenommen in die Stadt. Er wollte kurz ins Büro und dann mit den beiden ein paar Sachen kaufen. Eine Aufgabe, die Mo ihm gern überließ. Sie hatten die Hoffnung, dass Fritte nicht länger nur in Schwarz herumlaufen würde, wenn sie ein oder zwei schöne neue Kleider bekäme. Mo saß vor seinem Laptop und versuchte, an seinem halben Roman weiterzuschreiben. Er hatte mehrere Abschnitte geschrieben, die allerdings in seinen Augen nichts taugten. Zusammenhangslos, ohne Esprit und Inspiration und wirr zusammengewürfelt. Nachdem er zwei Stunden lang tapfer ausgeharrt hatte, markierte er alles, was er neu geschrieben hatte, und löschte es. Er kam sich vor, als sei mit Lous Tod in seinem Inneren ein Licht ausgeknipst worden. Er tastete orientierungslos im Dunkel herum. Aber vielleicht hatte es auch gar nichts mit Lous Tod zu tun. Es war sehr verführerisch, alles damit zu entschuldigen. Er hatte schon seit Langem nicht mehr geschrieben. Mindestens ein Jahr lang. Eher zwei. Oder waren es drei? Vielleicht herrschte in seinem Inneren schon lange Dunkelheit.

Mo hörte einen Wagen in der Einfahrt, stellte den Laptop beiseite und ging zur Haustür. Als er sie öffnete, stieg Marianne gerade aus ihrem violetten Mini und brachte mit einem gekonnten Schwung des Kopfes ihre langen weißblonden Haare in Form. Irgendwie schaffte sie es, dass es aussah wie in Zeitlupe.

»Mo!«, rief sie und strahlte. »Ich hoffe, ich störe nicht. Ich werde mich nie daran gewöhnen, dass man heutzutage die Leute anruft, bevor man sie besucht.«

Sie kokettierte gern damit, dass ihre Zeit die Sechziger und Siebziger waren. Des *vergangenen* Jahrhunderts, wie sie dann gern hinzufügte, um sich sagen zu lassen, dass sie immer noch blendend aussah.

»Kein Problem«, erwiderte Mo, während sie dynamisch die Stufen zu ihm herauflief. Sie trug eine weiße Bluse und eine Jeans, die ihr gut stand. »Ich freue mich.«

Sie küsste ihn rechts und links. »Ich komme gerade vom Tennis und dachte, vielleicht bietest du mir einen Tee an.«

»Natürlich. Komm rein.«

»Aber nur, wenn ich wirklich nicht störe.«

»Nein, überhaupt nicht.«

Als sie hineingingen, sah sie ihn verschwörerisch an. »Zumal wir beiden zusammenhalten müssen.«

»Zusammenhalten?«

»Ja. Wir sind die einzigen Teetrinker weit und breit. Ist dir das mal aufgefallen? Alle Welt trinkt Kaffee! Christo als Italiener sowieso. Von Tristan ganz zu schweigen. Wenn ich irgendwo eingeladen bin, dann bin ich die Einzige, die Tee trinkt. Immer. Und jetzt sind wir endlich zwei!«

»Schwarz oder grün?«, fragte Mo.

»Was trinkst du am liebsten?«

»Grün.«

»Ich auch! Es gibt nichts Besseres als einen grünen Tee. Ich schwöre dir, wir beide werden hundert Jahre alt.«

Und während er Wasser aufsetzte und Tee heraussuchte, fragte sie: »Was hast du gemacht, bevor ich kam?«

Mo zögerte kurz, dann sagte er: »Ich habe an meinem Roman geschrieben.« Er schämte sich im selben Moment, als er die Worte aussprach.

»Du hast weitergeschrieben?« Marianne strahlte ihn an. »Das ist ja großartig! Und ich störe dich!«

»Nein, ist schon gut. Ich habe sowieso …« *Nichts auf die Reihe gekriegt. Kein vernünftiges Wort zustande gebracht. Mich daran erinnert, warum ich nie weitergeschrieben habe!* »… sowieso gerade aufhören wollen.«

So verplauderten sie zwei Stunden unter dem Sonnenschirm auf der Terrasse. Mehrmals erklärte sie, dass sie sich wieder auf den Weg machen würde, sie habe Mo gar nicht so lange aufhalten wollen. Und genauso oft machte sie sich nicht auf den Weg. Schließlich kam Fabi aus seinem Zimmer herunter, und dann küsste Marianne Mo doch noch rechts und links, stieg in ihren Mini und brauste hupend davon.

Später kam Tristan mit den beiden Kleinen nach Hause.

»Wir haben Eis gegessen«, sagte Nano. »Und im Office haben wir mit Elsa auf der Dachterrasse Mau-Mau gespielt.« Er zeigte Mo einen Stapel Spielkarten, deren Rückseiten mit dem Logo von Coffee Queen bedruckt waren.

»Und ich habe ein neues Kleid bekommen«, sagte Fritte und zeigte Mo ein hübsches schwarzes Kleid mit halblangen Ärmeln. Tristan sah Mo entschuldigend an.

»Und wie war es bei dir?«, fragte er.

»Ruhig«, antwortete Mo.

*

Die Kinder waren im Bett. Lou hatte Fabi noch vorgelesen und eine Weile bei ihm gesessen. Eigentlich brauchte er das nicht mehr, aber es gehörte für Lou zu den schönen Momenten des Tages, wenn sie im Dunkeln saß und dem ruhigen Atem eines ihrer Kinder lauschte. Obwohl er schon sieben Jahre alt war, hatte Fabi eine unsichere Phase gehabt. Der Wechsel zur Schule hatte ihn mehr mitgenommen, als es den Anschein gehabt hatte. Er kam zwar gut zurecht und begeisterte sich für alles, aber wenn Lou ihm abends vorlas, bat er sie anschließend, noch bei ihm zu sitzen. Wer weiß, was ihm durch den Kopf ging. Immerhin lebte er ein völlig neues Leben. Nicht nur draußen in der Welt, sondern ebenso hier zu Hause. Auch wenn sein neugeborenes Brüderchen inzwischen schon ein Jahr alt war.

Mo hatte die Küche aufräumen wollen, während sie oben war, aber er war dann doch neben dem schlafenden Baby sitzen geblieben und hatte einen Artikel im *Spiegel* gelesen.

»Alles ruhig?«, fragte er, als Lou herunterkam.

»Toni liest noch und hat versprochen, gleich selbst das Licht auszumachen.«

Als Lou anfing, die Spülmaschine einzuräumen, ging Mo zu ihr. »Lass mich das machen«, sagte er.

»Wir machen das kurz zusammen.« Und während sie umeinanderarbeiteten, sagte sie: »Gwen hat mich gefragt, ob ich mit ihr nach New York gehen will.«

Mo starrte sie an. »Für immer?«

Sie lachte. »Für vier Wochen. Ungefähr. Sie will sich

um ihre Amerikaner kümmern und braucht Hilfe. Wir würden meinen Schreibtisch für die Zeit dorthin verlegen.«

»Tja, sicher ...«

»Ich habe ihr gesagt, ich muss erst mit dir reden. Und mit den Kindern.«

»Von mir aus kannst du gehen. Warum nicht?«

»Sag nicht so schnell zu. Du müsstest dich um vier Kinder kümmern. Allein.«

»Traust du mir das nicht zu?«

»Wenn ich es dir nicht zutrauen würde, hätte ich gar nicht erst gefragt. Ich könnte Tristan fragen, ob Toni und Fabi für die Zeit zu ihm gehen können.«

»Nein, das ist nicht nötig.«

»Wirklich, ich frage ihn. Er ist ihr Vater, sie gehen sicher gern zu ihm.«

»Ich sage doch, das ist nicht nötig. Ich habe das im Griff. Ich mach's gern.«

Sie saßen an diesem Abend lange auf dem Sofa, tranken Wein, und Mo merkte, wie aufgeregt Lou war. Zwei Monate später brachte er sie mit den Kindern zum Flughafen. Sie hatten alles haarklein durchgesprochen. Nachdem Lou hundertmal entschieden hatte, nicht zu fahren, weil es idiotisch sei, hatte Mo ihr hundertmal versichert, dass es eine großartige Sache sei und eine einmalige Gelegenheit. Wer kann schon von sich sagen, dass er einen Monat lang in einer Galerie in New York gearbeitet hat! Da sagt man doch nicht Nein! Am Ende war er es, der sie überredete, und das gelang ihm nur, nachdem Lou ihm ein Versprechen abgenommen hatte: »Wir telefonieren jeden Tag, und wenn irgendetwas mit den Kindern ist, rufst du sofort an.«

»Was soll mit den Kindern sein?«
»Irgendetwas.«
»Du vertraust mir nicht.«
»Versprich es mir einfach.«
»Ich krieg das hin.«
»Ich weiß.«

Lou wurde mit jedem Tag aufgeregter und zweifelte mit jedem Tag mehr. Mo seinerseits hatte überhaupt keine Furcht. Er sah der Zeit allein mit vier Kindern durchaus mit Respekt entgegen. Aber es reizte ihn auch. Auf sich gestellt zu sein. Gefordert zu werden, ohne Netz und doppelten Boden. Er spürte, das würde ihm guttun. Im Fotoladen der Schröders, wo er zu der Zeit aushalf, herrschte ohnehin sommerliche Ruhe, er konnte sich also auf die Kinder konzentrieren.

Nachdem sie Lou vor der Sicherheitskontrolle gewinkt hatten – Mo mit dem Baby in der Trage und der dreijährigen Friederike an der Hand, während Toni und Fabi auf dem Geländer herumturnten – und Lou so lange alles aufgehalten hatte, bis man sie dringend bat, endlich weiterzugehen, ließ Mo sich von Fabi und Toni erweichen, am Flughafen zu Burger King zu gehen. Alle waren glücklich, der Kleine in der Trage schlief selig, Friederike aß zum ersten Mal in ihrem Leben Pommes, und es fing hervorragend an. Auch die nächsten zwei Wochen lief es prima. Natürlich ging ständig irgendetwas schief. Kleinigkeiten. Unterm Strich lief es erstaunlich gut. Mo fühlte sich völlig anders. Er war wacher, er war umsichtiger, er war vollkommen *da*. Er vergaß kaum etwas. Und wenn er abends im Bett lag und sich bewusst machte, dass alle Kinder friedlich schliefen, satt waren, pünktlich in die Schule und den Kindergarten gekommen waren und nachmittags die Hilfe bekommen hatten, die sie brauchten – seien es Hausaufgaben, Begleitung zum Sport oder ein Toilettengang –, dann war er glücklich. Zwar wurde das Chaos im Haus jeden Tag unübersichtlicher, aber auf dem Wäscheständer trocknete saubere Wäsche, und zum ersten Mal in seinem Leben schrieb Mo abends eine Einkaufsliste für den nächsten Tag.

Er hatte es im Griff.

Bis Friederike Bauchschmerzen bekam und sich übergab. Mo beschloss, Lou erst einmal nichts davon zu erzählen. Sie würde ihren Aufenthalt in New York umgehend abbrechen, und das wollte er nicht. Er würde es auch so schaffen. Aber immerhin handelte es sich um Friederike. Die Angst um ihr Leben war noch nicht allzu dicht mit frischem Grün überwachsen. Aber gerade weil es Friederike war, hatte er wohl umso mehr die Pflicht, sein Versprechen gegenüber Lou einzuhalten. Fabi war der Nächste. Erst Bauchschmerzen, dann Kotzerei. Als Mo das nächste Mal mit Lou telefonierte, merkte sie sofort, dass etwas nicht stimmte, und so erzählte er ihr, was los war. Sie telefonierten innerhalb der nächsten Stunde drei Mal. Inzwischen hatte es auch Toni erwischt, nur der Kleine – ihr Nanopartikel, wie sie ihn nannten – war fröhlich und hellwach. Obwohl Mo versicherte, dass er alles im Griff hatte und der Spuk ohnehin vorbei wäre, bis sie zu Hause ankäme, nahm sie den nächsten Flug.

Mo hatte Lou nicht einmal vom Flughafen abholen können, weil er die kranken Kinder nicht allein lassen konnte. Er war enttäuscht, dass es so ausgegangen war. Er hatte die Krise nicht allein bewältigt. Er würde nie wissen, ob er es hinbekommen hätte. Er glaubte schon. Aber Lou hatte es offenbar nicht geglaubt. Warum sonst wäre sie so überstürzt aus New York abgereist?

*

Als sie das nächste Mal kam, trug Marianne eine lange weiße Sporthose und brachte einen zweiten Tennisschläger mit.

»Ich habe einen Platz für uns reserviert«, erklärte sie.

»Für uns?«, fragte Mo. »Ich kann überhaupt nicht Tennis spielen.«

»Zum Glück hast du jetzt die beste Trainerin. Zieh dich um. Und beeil dich, wir müssen in einer halben Stunde da sein.«

Mo trug seine alten Turnschuhe, als er zum ersten Mal in seinem Leben einen Tennisplatz betrat. Er konnte es nicht fassen. Wie hatte das geschehen können? Marianne stand in ihrer weißen Hose jenseits des Netzes und spielte ihm elegant Bälle zu, die er dann irgendwohin verschlug. Sie hatte einen großen Korb Bälle geholt, in den sie wieder und wieder geduldig hineingriff. Sie gab ihm Tipps, wie und wo er zu stehen habe und wie er seinen Schläger halten und den Ball schlagen solle. Anfangs kam Mo sich albern vor, aber nach und nach gelangen ihm tatsächlich ein paar Bälle, und es begann ihm Spaß zu machen. Anschließend tranken sie einen Tee im Vereinsbistro. Sie plauderten über dies und jenes, kamen auf die Kinder zu sprechen, und schließlich begann Marianne, vom »kleinen Tristan« zu erzählen. Wie er als Kind gewesen sei. Als Jugendlicher. Sie schwärmte, wie großartig er war, doch Mo realisierte auch, dass alle Erzählungen mit einem Aber endeten.

»Er war so ein süßes Kind – aber ich habe ihn viel zu sehr verwöhnt.«

»Er hat alle Mädchen bekommen – aber er hat nicht eines halten können.«

»Er war der Beste in seiner Jahrgangsstufe – aber es flog ihm einfach zu.«

»Er hat die Aufnahmeprüfung an der Kunsthochschule beim ersten Versuch bestanden – aber er war nie ein Künstler.«

»Er hat sich von Lou getrennt, aber er hat es immer bereut.«

Mo horchte auf. »Er hat es bereut?«

»Ich war ohnehin immer der Überzeugung, dass es ein Fehler von Tristan war, Lou fallen zu lassen. Lou war ein Schatz. Sie hat ihm gutgetan.« Marianne merkte, dass sie etwas bei Mo ausgelöst hatte. »Wie unsensibel ich bin! Ich erzähle dir, dass es ein Fehler von Tristan war, Lou zu verlassen. Das hätte ich nicht sagen sollen. Es tut mir leid.«

»*Er* hat es bereut?«

»Natürlich.«

»Woher weißt du das?«

Sie hob kokett eine Schulter. »Ich bin seine Mutter ...«

*

Nachdem Mo am Abend an Nanos Bett gesessen hatte, bis der Kleine eingeschlafen war, unterhielt er sich mit Fritte noch ein wenig über Louma. Fritte redete gern über ihre Mutter. Gleich zu Beginn schon hatte sie über Louma reden wollen. Sie redeten über die Vergangenheit mit Louma und über die Zukunft ohne Louma. Sie sparten nichts aus. Obwohl Fritte immer das Sorgenkind gewesen war, schien sie jetzt die Stabilste zu sein. Vielleicht, weil sie sich von klein auf mit dem Tod vertraut gemacht hatte.

Als Mo ins Wohnzimmer kam, saß Tristan auf dem Sofa und las Mails am iPad. Mo nahm seinen kalten Tee vom Tisch und setzte sich ihm gegenüber.

»Alles ruhig oben?«, fragte Tristan.

Mo nickte, obwohl Tristan ihn nicht ansah. »Wieso hast du dich mit Lou getroffen? Drei Mal!«

»Hm?«

»Vor den Osterferien. Ihr seid essen gegangen.«

Tristan sah von seinen Mails auf. »Sind wir das?«

»Ja.«

»Weiß nicht. Wahrscheinlich wegen der Kinder.«

»Drei Mal?«

»Du weißt, dass wir uns ab und zu getroffen haben, um über die Kinder zu reden. Schule. Tonis Reise.«

»Ich weiß.«

»Also.« Tristan zuckte mit den Schultern, als ob die Sache damit erledigt sei.

Doch Mo sagte: »Diesmal war es anders.«

»Was meinst du mit *anders*?«

»Weiß nicht. Es hat sich anders angefühlt.«

»Woher soll ich wissen, wie sich *mein* Treffen für *dich* anfühlt …«

»Irgendwas war.«

»Was soll gewesen sein?«

»Das frage ich dich.«

»Keine Ahnung. Vielleicht war noch was wegen ihrer Anteile an Coffee Queen. Ja, genau, ich glaube, das war's. Sie musste da was unterschreiben.«

Mo wusste, dass Tristan nicht die Wahrheit sagte. Lou hatte nach diesem Treffen gegrübelt. Damals hatte er nicht weiter nachgefragt. Aber jetzt war Lou tot. Jetzt wollte er es wissen.

»Lief jemals etwas zwischen dir und Lou – nach eurer Trennung?«

»Was ist das für eine Frage! Ich hatte neue Beziehungen, sie hatte eine neue Beziehung …« Er wies mit einer ironischen Geste auf Mo.

»Es wäre nicht das erste Mal, dass getrennte Paare wieder zusammenkommen.«

»Wir sind niemals wieder zusammengekommen.«

»Wärst du gern?«

19

Tristan war seit Anfang des Jahres mehrmals nachts in eines seiner Cafés gegangen. Wenn es still war und niemand da. Er schaltete nur das notwendigste Licht ein, ging ein wenig herum und schaute sich alles in Ruhe an. Manchmal machte er ein paar Notizen, wenn ihm etwas auffiel, das abgenutzt oder defekt war. Aber das war nicht der Sinn seines Herumspukens. Meist brühte er sich einen Kaffee auf, setzte sich in irgendeine Ecke und ließ das Café auf sich wirken. Ließ das Gefühl auf sich wirken, dass er dies alles zusammengebracht hatte. Dieser Zuckerstreuer dort, diese Sessel, die Kaffeemaschinen – ohne ihn wäre das alles nicht hier. Er dachte an die Menschen, die tagsüber hier arbeiteten. Deren Leben sich zu einem großen Teil hier abspielten. Waren sie zufrieden? Oder nervte es sie? War er in ihren Augen ein Ausbeuter, der ihnen für ein bisschen Geld Lebenszeit stahl? Oder war es für sie ein guter Job, der ihnen half, über die Runden zu kommen? Es war gewiss nicht ihr Traum gewesen, für Coffee Queen zu arbeiten. Coffee Queen war *sein* Traum gewesen. War es ein guter Traum? Hatte er etwas Gutes auf die Beine gestellt? Brauchte die Welt seine Cafés? Und die Gäste: Er konnte kaum damit rechnen, dass er ihnen außer Kaffee etwas gab. Dass es ihnen etwas bedeutete, bei Coffee Queen ihren Kaffee zu trinken. Und doch verbrachten eine Menge Leute jeden Tag Zeit bei ihm. Manchmal mehr, als ihm lieb sein sollte. Doch er freute sich darüber, wenn sie ihr Leben bei ihm lebten: Wenn sie sich trafen, wenn Schüler ihre Freistunden (oder geschwänzte Stunden) bei ihm verbrachten, wenn Touristen bei ihm eine Pause einlegten, wenn Studenten ihre Papiere ausbreiteten und am Laptop arbeiteten, wenn Bücher gelesen oder am Smartphone Kontakte gepflegt wurden. Leute trafen sich zu geschäftlichen Besprechungen und Vorstellungsgesprächen, zu Blind Dates und Aussprachen, junge Mütter und Väter mit kleinen Kindern taten sich etwas Gutes. Neulich erst war ihm ein halbes Dutzend Mädchen mit Geigenkästen aufgefallen, und vielleicht war in einem seiner Cafés auch schon ein Roman entstanden.

All das ging ihm durch den Kopf, während er nachts in aller Ruhe sein Café auf sich wirken ließ. Manchmal setzte er sich auf den Fußboden, um es aus einer anderen Perspektive zu betrachten. (Wobei er einmal durch die Fenster von Polizisten gesehen wurde, die prompt klopften, ihn fragten, ob alles in Ordnung sei, und seinen Ausweis sehen wollten.)

Ja, dachte Tristan, es war ein guter Traum gewesen. Seine Coffee Queens waren etwas Gutes. Er hatte schon mehrfach Angebote bekommen, die gesamte Kette zu verkaufen. Man hatte ihm gutes Geld geboten, doch das Geld war nicht alles.

Er wusste auch, dass es nicht auf den Kaffee ankam. Andere Leute brühten ebenfalls guten Kaffee. Es kam nicht auf die Tische und Stühle an oder auf die mehr oder weniger gemütlichen Sessel. Was er den Leuten zu bieten hatte, war ein Gefühl. Eine Stimmung. Entspannung. Nicht gerade ein Zuhause, aber ein Ort, an dem sie sich wohlfühlen konnten. Vielleicht eine Ahnung von dem Zuhause, das man nie gehabt hat. Ein Ort, der einem das Gefühl von Geborgenheit vermittelt ohne die Sorgen eines realen Zuhauses. Wo keine Eltern nerven oder Kinder stressen, wo keine Nachbarn mies drauf sind, wo keine To-do-Listen warten, wo nichts repariert, geputzt und geordnet werden muss.

*

Tristan hatte mehrfach angesprochen, ob sie nicht in den Sommerferien wegfahren sollten. Aber keiner hatte Lust.
Ohne Louma.
Alle hatten Angst.
Doch Tristan hatte das Gefühl, es würde ihnen allen guttun, und kam immer wieder mit neuen Ideen: Griechenland. Italien. Berge. Holland. Hausboot. Irland. Fliegen. Venezien. Fahrrad. Er zeigte ihnen Prospekte und vor allem Internetseiten. Häuser, Hotels, Landschaften, Swimmingpools, Wanderwege, Strände. Aber er erntete immer nur Kopfschütteln.
»Nano! Da ist das Meer ganz flach! Herrlicher Sand!«
»Muss ich?«
Tristan seufzte. »Nein, du musst nicht. Aber wäre es nicht schön?«
»Ohne Louma?«
Tristan wollte sagen: Hier zu Hause ist auch keine Louma. Aber er sagte natürlich nichts.
»Es lenkt sie ab«, sagte er zu Mo.
»Es stößt sie mit der Nase darauf«, erwiderte Mo.
»Wie wäre es mit ein paar Tagesausflügen? Museum?

Bootsfahrt? Vergnügungspark?« Tristan war sicher, dass es eine gute Idee war. Aber er bekam immer die gleiche Antwort: Wir wollen Louma nicht allein lassen. Tristan versuchte, vorsichtig dagegenzureden, dass sie es gewollt hätte. Sie würde nicht wollen, dass sie alle zu Hause herumsäßen, sie würde wollen, dass es ihnen gut geht.

Schließlich reichte es Mo. »Tristan, es geht ihnen nicht gut!«, sagte er eines Abends zu ihm, als die Kleinen im Bett waren, Fabi in seinem Zimmer und Toni mit Nick spazieren. »Und es wird ihnen auch nicht besser gehen, wenn sie in einem fremden Ferienhaus in fremden Betten schlafen müssen. Wenn sie stundenlang im Auto sitzen müssen und alle früher oder später das Wort *Autounfall* im Kopf haben. Im Moment gibt es in ihrem Leben nur zwei Sicherheiten: Sie haben einander, und sie haben ihr Zuhause. Besser nicht daran rütteln. Bemühen wir uns lieber, es ihnen hier schön zu machen.«

Tristan versuchte es noch mit einer kleinen Wanderung, aber das Einzige, worauf sie sich einigen konnten, war der Friedhof. Also legte Tristan fest, dass sie am Nachmittag alle zusammen dorthin fahren würden.

Doch Fabi sagte: »Heute Nachmittag nicht. Ich bin mit Liam verabredet.«

»Dann sagst du ihm eben ab. Wir fahren alle zusammen.«

»Ohne mich.«

»Dann ist es nicht alle zusammen.«

»Dann ist es eben ohne mich.«

Beide steigerten sich weiter hinein, keiner von beiden wollte nachgeben. Bis Mo der Kragen platzte. Er schlug mit der Faust auf den Tisch.

»Verflucht, lass ihn! Wenn er nicht will! Kannst du die Kinder nicht mal in Ruhe lassen?«

Nach diesem Ausbruch herrschte Stille. Es passierte nicht oft, dass Mo laut wurde. Es passierte eigentlich nie. Tristan nickte. »Normalerweise streiten Eltern nicht vor den Kindern über Erziehungsfragen, aber gut …« Und er fügte mit einem Schulterzucken hinzu: »Dann passen wir wenigstens alle in meinen Wagen.«

Toni bemerkte, dass Fritte und Nano schweigend auf ihren Stühlen saßen. »Kommt«, sagte sie zu ihnen. »Wir gehen ein paar Blumen für Louma pflücken.«

*

Schließlich traten Tristan und Mo in die Phase ein, in der jeder im anderen nur noch das sah, was er erwartete zu sehen. Was immer der andere tat, sie fühlten sich provoziert. Alle beide. Wenn Tristan für alle Sushi mitbrachte, obwohl Mo gerade Pfannkuchenteig anrührte, war das eine Provokation. Es kam Mo nicht in den Sinn, dass Tristan einfach nicht nachgedacht hatte. Dass er es gut gemeint hatte und einfach nur spontan gewesen war.

Wenn Mo nach dem gemeinsamen Großeinkauf am Samstag eine Schale mit Weintrauben in Tristans Auto vergaß, die dann in der unglaublichen Hitze im Wagen am Montag früh furchtbar stank, dann fasste Tristan das als Botschaft auf. Als eine Beleidigung.

Auch das Einkaufen selbst geriet zum Tauziehen. »Geben Sie mir anderthalb Kilo von dem Fisch«, sagte Tristan an der Fischtheke.

»Ein Kilo reicht«, sagte Mo dann zur Verkäuferin.

»Ein Kilo ist zu wenig«, sagte Mo zu Tristan.

»Fritte und Nano essen fast nichts!«

»Fabi umso mehr. Sei nicht immer so geizig!«

»Ich bin nicht geizig, ich bin sparsam! Schmeiß von mir aus dein Geld aus dem Fenster, aber bring den Kindern nicht bei, Lebensmittel zu verschwenden.«

Selbst die Fischverkäuferin zog den Kopf ein, während die beiden vor der Theke standen und stritten.

»Ich lasse sie wenigstens nicht hungrig zur Schule gehen.«

»In meinem Haus ist noch niemand hungrig zur Schule gegangen.«

»Es ist nicht dein Haus. Geben Sie mir anderthalb.«

Tristan war so wütend und so enttäuscht, dass er sich zu Hause in sein Zimmer zurückzog. Er nahm den Ordner mit dem Brief des Internats heraus, den er bekommen hatte, nachdem er am Tag seines Einzugs das Kontaktformular ausgefüllt hatte. Eine Einladung zu einem Kennenlernen. Er hatte geantwortet, dass er im Moment doch keinen Termin vereinbaren möchte und sich gegebenenfalls gelegentlich wieder melden würde. Die üblichen Formulierungen, die er auch im Office verwendete, um höflich abzusagen. Jetzt nahm er den Brief hervor und schaute ihn lange an. Termin. Besichtigung. Kennenlernen. Vielleicht war es doch die einzig vernünftige Lösung. Vielleicht ging es nicht anders. Wie sollte er mit diesem Mistkerl Mo je eine friedliche Basis finden?

Doch dann atmete er tief durch und klappte den Ordner entschlossen wieder zu. Hinschmeißen? Tristan Albarella? Nein! Das wäre doch gelacht! Aufgeben ist keine

Option! Es geht immer. Man muss es nur wollen. Man muss dem Mistkerl nur Grenzen setzen.

Als Tristan später den Grill anheizen wollte, war nur noch ein winziger Rest Kohle da. »Boykottierst du jetzt das Grillen, nur weil ich zu viel Fisch gekauft habe?«, fragte er Mo.

»Wieso bin ich für die Kohle verantwortlich? Du hättest doch genauso gut sehen können, dass sie leer ist.«

»Ich kann nicht alles machen! Du bist doch den ganzen Tag zu Hause! Ich frage mich langsam, wozu wir dich überhaupt brauchen!«

Mo starrte ihn wütend an. »Wie bitte?«

»Prima Schachzug von dir, mich zu holen. Ich schaffe weiter das Geld ran, und du machst dir hier einen lauen Lenz. Es ging dir gar nicht um die Kinder! Es ging um dich!«

»Ich brauche dein Geld nicht. Lou hat mir genug hinterlassen.«

»Das sie von mir bekommen hat!«

»Was ihr zustand, weil du ständig unterwegs warst, während sie sich hier zu Hause den Arsch aufgerissen hat.«

»Was du ja nicht tust.«

»Ich frage mich, warum du eigentlich zugesagt hast, hierherzukommen. Wieso arbeitest du plötzlich nicht mehr? Könnte es vielleicht sein, dass du uns nur benutzt, weil dein Leben leer und sinnlos ist?«

»Stopp!«

Die beiden wandten sich um: Toni stand in der Wohnzimmertür. Und sie war wütend. »Es reicht. Schluss. Reißt euch zusammen.«

»*Er* sollte sich zusammenreißen«, sagte Tristan.

»Tristan!«, mahnte Toni.

»Entschuldige. Tut mir leid.«

»Wisst ihr, was ihr braucht?«

»Er braucht einen Tritt in den Hintern«, sagte Mo.

Toni sah ihn nur streng an.

»Tut mir leid …«

»Was ihr braucht, ist eine Paartherapie.«

»Wir sind kein Paar!«

»Ihr führt euch aber auf wie ein altes Ehepaar.«

»Danke für deine Offenheit.«

»Begrüßenswert wäre, wenn *ihr* etwas mehr Offenheit zeigen würdet. Füreinander.«

Tristan und Mo sahen sich abschätzend an.

»Gebt euch die Hand«, hörten sie Nanos Stimme. Und als sie hinaufsahen, standen dort Fritte und Nano, das Kinn auf die Hände gestützt, am offenen Fenster.

Tristan und Mo zögerten.

Schließlich gaben sie sich die Hand.

»Wenn ihr nicht zur Paartherapie wollt, dann verbockt es nicht.«

In diesem Moment kam Fabi aus dem Haus. »Gibt es schon Essen?« Er registrierte die betretene Stimmung. »Was ist denn hier los?«, fragte er.

Und Tristan antwortete: »Wir haben gerade beschlossen, vom Schuppen ein paar Holzscheite zu holen und den Fisch über der Feuerschale zu grillen.«

*

Fritte kniete auf der Wiese. Sie hatte unterwegs an einer schattigen Stelle Löwenzahn gepflückt, hielt einige der saftigen Blätter auf der flachen Hand und rührte sich nicht. Um sie herum hoppelten die Kaninchen. Sie hielten Abstand zu ihr und zupften Gras. Doch das Gras war kurz und von der Hitze angesengt. Es war trocken und spröde. Der Löwenzahn auf Frittes Hand war verlockend frisch und saftig.

Fritte kniete lange auf der Wiese.

Irgendwann reckte sich ein schnupperndes Näschen zu ihrer Hand, winzige Zähnchen griffen nach einem Blatt und zogen es weg.

»Hallo, Louma«, sagte Fritte.

»Hallo, Fritte«, sagte das Kaninchen.

Als Tristan vom Joggen kam und anhand seiner Apple Watch kontrollierte, wie schnell sein Puls sich wieder dem Normalwert näherte, sah er Fritte mit dem Fahrrad durch den verwunschenen Park und über die kleine Brücke kommen.

»Du bist schon auf?«, fragte er. »Wo warst du?«

»Friedhof«, antwortete sie knapp.

»So früh?«

Sie zuckte nur mit den schmalen Schultern und sagte: »Ich habe Louma Blumen gebracht.«

»Es wäre gut, wenn du vorher kurz Bescheid sagst.«

»Ihr habt ja alle noch geschlafen.«

»War denn das Tor schon auf?«

»Nein.«

Als sie durch die Kräutergartentür ins Haus lief, rief Tristan ihr nach: »Ist das jetzt normal, dass alle ständig über diese Mauer klettern?« Doch er bekam keine Antwort mehr.

Am Abend, nachdem er Nano Gute Nacht gesagt hatte, setzte Mo sich an ihr Bett. Fritte las ein Buch. Er konnte nicht erkennen, was sie las, denn sie hatte es in rotes Papier eingeschlagen.

»Störe ich?«, fragte er.

»Nein«, sagte sie nur und las weiter.

»Ich habe gehört, du warst schon in aller Frühe auf dem Friedhof?«

»Hm.« Auch jetzt sah sie nicht von ihrem Buch auf.

»Warst du bei den Kaninchen?«

Sie sah ihn an. »Warum streitet ihr immer?«

Mo erwiderte nichts. Was sollte er darauf sagen?

»Wird Tristan wieder ausziehen?«

»Nein«, antwortete Mo. »Wir kriegen das hin. Tristan wird nicht ausziehen.«

»Und du?«, fragte sie dann. »Wirst du immer da sein?«

»Natürlich«, antwortete er. »Warum fragst du?«

»Wirst du?«

»Ja, Fritte. Ich werde immer da sein.«

»Versprochen?«

»Versprochen.«

20

Frank und Gilla Kleinert hatten sich etwas Besseres erträumt als eine Jugendherberge. Wenn *träumen* das richtige Wort ist. Denn ihre Vorstellungen von dem, was sie eines Tages tun wollten, waren ebenso verschwommen wie widersprüchlich, und die Art, wie sie es verfolgten, so orientierungslos, dass es ausgeschlossen war, jemals dorthin zu gelangen. Was sie nicht daran hinderte, frustriert zu sein, dass sie es *nicht* erreichten, und der ganzen Welt die Schuld an ihrem Scheitern zu geben. Sie hatten einmal die Idee gehabt, ein Hotel irgendwo im Süden zu führen – auf Ibiza oder vielleicht sogar in Goa – und ihr Leben in der Sonne zu verbringen. Weil sie aber keine Ahnung hatten, wie man ein Hotel auf Ibiza oder in Goa eröffnet, ergriffen sie für den Anfang die Gelegenheit, die sich mit der Jugendherberge bot. Die Anlage machte auch damals schon den Eindruck, als hätte sie ihre besten Zeiten hinter sich, aber das redeten sich Frank und Gilla schön.

»Eine Jugendherberge an einem See *kann* überhaupt nicht schiefgehen«, sagte der alte Pächter, der verzweifelt jemanden suchte, der seinen Pachtvertrag übernahm. »Kinder sind verrückt nach Seen. Mit dem See sticht sie die allermeisten anderen Jugendherbergen im Land aus – und ein Bahnhof in Fußnähe ist noch ein Trumpf.«

Dieser Einschätzung hatte sich die Sparkasse angeschlossen, die Mos Eltern einen Kredit bewilligte. Aber wie sich später herausstellte, war der Grund für die Bewilligung lediglich, dass es keinen Investor gab, der auf dem Grundstück etwas Neues bauen wollte, ein Hotel oder ein Tagungszentrum vielleicht, und dass der einzige andere Bewerber noch weniger vertrauenswürdig war. Mos Vater hatte zuvor immerhin schon ein Geschäft geführt, einen Kiosk nämlich, den er nur hatte aufgeben müssen, weil die Stadt an der Stelle ein hochmodernes Urinal bauen und den Park dahinter neu anlegen wollte. Frank hatte eine Abfindung bekommen, weil er vorzeitig aus seinem Pachtvertrag gedrängt worden war, und konnte so eigenes Vermögen vorweisen. Ein sehr überschaubares Vermögen, aber zumindest erlaubte es dem Leiter der örtlichen Sparkassenfiliale, seinen Vorgaben gerecht zu werden und einen Kredit zu gewähren.

Dass der Rauswurf aus dem Kiosk gerade noch rechtzeitig erfolgt war, um eine Pleite abzuwenden, brauchte niemand zu wissen. Auch dass sowohl Mos Vater als auch seine Mutter als handfeste Alkoholiker aus der Kioskzeit hervorgegangen waren, nahm niemand zur Kenntnis. Der Kiosk war über Jahre ein Hotspot für Obdachlose gewesen, die sich mit Bier und Schnaps eindeckten und die Umgebung des Kiosks als ihr Zuhause betrachteten. Was auch einer der Gründe dafür war, dass die Stadt den Kiosk loswerden wollte und den Park neu gestaltete. Man hoffte, die *Penner* durch junge Mütter, freundliche Rentner und Homeofficer mit schmucken Laptops ersetzen zu können. Frank und Gilla hatten sich jedenfalls angewöhnt, schon vormittags Bier und Schnaps zu trinken. Zu Mos frühen Erinnerungen gehörte es, als kleiner Junge mit seinem Dreirad zwischen den trinkenden

Obdachlosen herumzufahren. Es waren schöne Erinnerungen, weil die Männer immer freundlich zu ihm waren, ihn immer mit »kleiner Freund« anredeten und ihm fröhlich mit ihren Bierflaschen zuprosteten. Mo hatte eine kleine Sammlung an gebrauchten Spritzen besessen, die er im Gebüsch gefunden hatte und die letztlich, als seine Mutter sie fand, zu der Entscheidung beitrug, aus dem Kioskgeschäft auszusteigen.

Da sie den Kiosk im Sommer nie hatten schließen wollen, wenn sie mit den Obdachlosen ihr bestes Geschäft machten, fuhren sie nur im Winter in den Urlaub. Sie verbrachten jeweils zwei Wochen auf einem Campingplatz an dem See, an dem auch die Jugendherberge lag. Der Campingplatz hatte um diese Zeit des Jahres eigentlich geschlossen, aber der Betreiber ließ Frank und Gilla ihr Zelt aufstellen und steckte das bisschen Geld, das sie zahlten, schwarz ein. So kannten sie die Jugendherberge vom Sehen und kamen mit dem Pächter ins Gespräch, der ein alter Bekannter des Campingplatzbetreibers war und abends herüberkam, um gemeinsam Bier zu trinken.

Frank und Gilla steckten all ihr Geld und den Kredit in die Jugendherberge, ohne mit den bescheidenen Summen – aus ihrer Perspektive horrende Investitionen – die Substanz der Gebäude zu berühren. Allein die vielen Räume neu zu streichen, kostete ein kleines Vermögen. Der Rest wurde verschlungen, um gesetzliche Auflagen in Bezug auf Brandschutz, Notausgänge und Hygiene im Küchenbereich zu erfüllen. Das veränderte den altmodischen Charakter der Jugendherberge natürlich nicht, und weder die Farbe noch die anfängliche Tatkraft seiner Eltern hielten die Talfahrt auf.

Trotz allem war die Herberge Mos Zuhause, und er hing daran, wie jedes Kind an seinem Zuhause hängt. Er blieb sogar noch eine Weile dort, nachdem seine Eltern nicht mehr da waren. Seine Mutter war in der Nacht zu Mos achtzehntem Geburtstag unten am See erfroren. Nach einem Streit mit seinem Vater war sie betrunken allein dorthinunter gegangen und auf dem vereisten Weg ausgerutscht, wobei sie sich den Arm brach. Ob sie nicht mehr in der Lage war, aufzustehen, oder ob sie trotz des schmerzhaften Bruchs einfach eingeschlafen war, konnte nicht mehr festgestellt werden. Jedenfalls hatte ihr ausgemergelter Trinkerkörper der Kälte nicht viel entgegenzusetzen. Mos Vater Frank nahm das Geld, das die Versicherung aufgrund ihres Todes auszahlte, und verschwand nach Ibiza. Mo hatte nie wieder etwas von ihm gehört.

Zurück ließ Frank eine Menge Schulden und einen drogenabhängigen Sohn, der ein halbes Jahr vor seinem Abitur die Schule abbrach. Die Jugendherberge wurde geschlossen. Einiges Inventar wurde verkauft, aber das meiste blieb in dem leeren Gebäude zurück, weil niemand Verwendung dafür hatte. Ebenso wie für das gesamte Gebäude. Mo hatte seine Schlüssel behalten und kehrte nach ein paar Wochen zurück. Er hauste noch mehrere Monate allein in seiner Herberge, ohne Strom und fließend Wasser (er holte Wasser aus dem See), bis jemand von der anderen Seite des Sees aus Mos kleines Lagerfeuer in der Feuerstelle des Grillplatzes sah und die Polizei rief.

*

Im Grunde war es erstaunlich, wie lange Kitty gewartet hatte, bis sie kam, um Lous Kleiderschrank durchzuschauen. Es lag natürlich nahe, dass Kitty und ihre Tochter Svenja einige von Lous Kleidern übernahmen. »Zumal Svenja ungefähr Louises Statur hat. Toni kommt ja mehr nach Tristan.«

Kitty war Lous ältere Schwester. Die beiden waren ungefähr gleich groß gewesen, aber Kitty war schmaler als Lou. Kantiger. Härter. Und das traf nicht nur auf ihr Äußeres zu. Sie war zielstrebig und rücksichtslos, und vor allem wenn es um ihre Kinder ging, war sie immer schon eine Kampfmutter gewesen. Sie hatte niemals zugelassen, dass ihre Tochter Svenja bei einem Weihnachtsspiel nur die Rolle eines Engels bekam. Sie hatte immer zu verhindern gewusst, dass ihr Sohn Erik bei Spielen seines Fußballvereins nur auf der Ersatzbank saß. Die beiden waren vier Jahre älter als Toni und Fabi und waren von zu Hause ausgezogen, sobald sie volljährig geworden waren. Kitty betrachtete das als ein Zeichen von Zielstrebigkeit, doch auf Lou und Mo hatte es eher wie eine Flucht gewirkt.

Kitty hieß eigentlich Katharina, aber schon als Mädchen hatte sie darauf bestanden, nur noch Kitty genannt zu werden. Warum, wusste niemand. Es musste aus einem verzweifelten Bemühen heraus entstanden sein, sich etwas Sympathisches und Freundliches zu geben. Ein aussichtsloser Versuch, aber mit trotziger Entschlossenheit hielt Kitty daran fest. Jeder, der sie Katharina nannte, wurde harsch zurechtgewiesen oder einfach ignoriert.

Kitty hatte Mo bereits auf der Trauerfeier gefragt, ob sie ihm nicht ein paar von Louises Kleidern für sich und

Svenja abnehmen solle, er könne ja ohnehin nichts damit anfangen. Mo war so durcheinander gewesen, dass er das in dem Moment für eine gute Idee gehalten hatte. Vor allem im Hinblick auf Svenja. Er hatte Toni später gefragt, was sie davon hielt, und sie hatte nur mit den Schultern gezuckt. »Von mir aus.« Die Kleider ihrer Mutter waren ihr in dem Moment gleichgültig.

»Wir behalten natürlich alles, was du haben willst.«

»Ich will nichts«, hatte Toni gesagt, doch Mo hatte ihr trotzdem versichert, er würde keines von Loumas Lieblingskleidern weggeben und Toni könne alles, was Kitty sich ausgesucht habe, noch einmal durchschauen.

Als Kitty nun angerufen hatte, um zu sagen, sie käme dann wie besprochen und würde ein paar Kleider von Louise abholen, hatte es ihm einen Stich in die Eingeweide versetzt wie die Ankündigung einer Zahn-OP, und vielleicht war das auch der Grund gewesen, warum er vergessen hatte, es noch einmal mit Toni zu besprechen.

Schon als Kitty das Haus betrat, bereute Mo sein Angebot. Während sie mit der Spitze ihres dunkelblauen Slippers einen faltigen Teppich geradezog, sah sie sich mit lauerndem Blick um.

»Er ist also wirklich hier eingezogen.«

»Ja«, sagte Mo.

»Als Mama das erzählt hat, dachte ich, es sei ein Scherz.«

»Wieso sollte es ein Scherz sein?«

»Na ja, dass er sein Haus jetzt mit dir teilt. Du bist ja immerhin ...«

»Es ist nicht Tristans Haus.«

»Jedenfalls war es das einmal.«

Kitty hatte nie einen Hehl daraus gemacht, dass sie nicht begriff, warum Lou Tristan für Mo verlassen hatte. Aus naheliegenden Gründen bewunderte sie Tristan, und aus ebenso naheliegenden Gründen verachtete sie Mo. Bei einem Geburtstag ihrer Mutter hatte sie Lou in der Küche sogar direkt gefragt: »Was findest du an ihm? Macht er irgendwas? Kann er irgendwas?«

Mo, der gerade in die Küche hatte kommen wollen, um sich noch etwas vom Buffet zu holen, stand vor der Tür und hörte alles mit an. Er war noch nicht lange mit Lou zusammen und wollte nicht dazwischengehen, um nicht gleich für einen Skandal zu sorgen. Aber er war sehr gespannt, was Lou sagen würde. Und so hörte er, wie sie verschwörerisch flüsterte: »Ob er etwas kann? Aber natürlich! Er kann etwas, das dir auch einmal guttun würde.«

»*Louise!*« Mo hörte den Abscheu aus Kittys Stimme. »Du bist widerlich! Werde endlich erwachsen!«

Mo hatte sich damals gewünscht, dass Lou mehr zu dem Thema gesagt hätte, aber als sie ihm später davon erzählte, erklärte sie ihm, dass sie sich aus Prinzip mit ihrer Schwester auf keine Diskussion einlasse. »In dem Moment, in dem ich dich verteidige, habe ich ihr schon recht gegeben, dass du verteidigt werden musst.« Sie selbst habe sich schon lange damit abgefunden, von Kitty als Versagerin betrachtet zu werden. »Was kümmert es die Eiche, wenn sich eine Sau an ihr schubbert?«

Weil Kittys unbestechlicher Blick nun keinerlei Anzeichen für Verwahrlosung fand, sagte sie nur: »Ihr habt eine neue Küche!«

»Ja«, antwortete Mo.

»Sehr schön. Hat Tristan die mitgebracht?«

»Nein, die hat er neu gekauft.«

»Die alte Küche war doch auch noch von ihm, oder?«

»Ja.«

»Wer von euch kocht eigentlich?«

»Die Kinder.«

»Die *Kinder*?« Ihre Reaktion klang, als hätte er gesagt, die Kinder produzierten im Keller zehn Stunden täglich Sportschuhe.

»Tristan hat Kochdienste eingeführt.«

Kitty nickte verständnisvoll. »Ja, es ist wahrscheinlich sehr schwer für ihn. Die Doppelbelastung. Seine Cafés und jetzt auch noch der Haushalt.«

»Ja«, bestätigte Mo. »Es ist sehr schwer für ihn. Sollen wir jetzt hochgehen?« Mo dachte an Toni. »Ich schlage vor, du suchst aus, was du brauchen kannst, wir lassen in Ruhe Toni darüberschauen, und dann holst du es gelegentlich ab.«

»Ich soll noch einmal kommen?«

»Ich kann dir die Sachen auch bringen.«

Sie gingen also hoch ins Schlafzimmer. Missbilligend schaute Kitty auf Mos Kleider, die auf dem Boden verstreut lagen. Ohne etwas zu sagen, wandte sie sich der Schrankwand zu. Sie schob die erste Tür auf.

»Um Himmels willen!«, sagte sie vorwurfsvoll. »All diese Kleider! Die kann sie doch unmöglich alle getragen haben! Ich hoffe, die muffen nicht.«

Sie griff nach mehreren Kleiderbügeln zugleich, um den ersten Schwung Kleider herauszunehmen, doch plötzlich erstarrte sie und schrie entsetzt auf: Etwas krallte sich an ihren Knöchel. Zugleich ertönte ein ohrenbetäubend schrilles, gellendes, schauderhaftes Kreischen, wie eine Kreissäge, die durch einen Eisblock fährt. Ob Kitty dachte, ein tollwütiges Tier habe sich in ihr Bein verbissen, oder ob sie sich vom Geist ihrer toten Schwester verfolgt sah, jedenfalls machte sie einen Satz zurück. Da ihr Bein aber festgehalten wurde, stürzte sie der Länge nach rückwärts auf Mos getragene Socken. Die Kleider, die sie hatte nehmen wollen, fielen herunter und dämpften für einen Moment das Kreischen. Als Kitty den Kopf hob, sah sie, wie sich aus dem Kleiderhaufen ein unheimliches bleiches Wesen hervorwühlte.

Selbst Mo sagte später, es habe ausgesehen wie ein rasender Dämon: Ein gespenstischer Schädel sei aus den Kleidern hervorgebrochen, weiße Haare seien wirr über einer Fratze gegangen, von der nichts weiter zu sehen gewesen sei als ein weit offener Mund voller winziger Zähne. Einzelne Haare standen elektrisiert in alle Richtungen ab wie ein Blitzgewitter.

»Finger weg!«, schrie Fritte und ließ Kittys Bein los. »Fass Loumas Kleider nicht an!«

»Oh mein Gott!«, schrie Kitty. Mo dachte, sie werde jeden Augenblick ein Kreuz vor sich halten, um den Teufel zu exorzieren. »Das Kind!« Und während sie angewidert Mos Socken beiseitewischte und sich aufrappelte, zischte sie ihn an: »Du hast sie in den Schrank gesperrt! Sie bekommt doch keine Luft! Was bist du für ein *Mensch*!« Und so, wie sie *Mensch* betonte, war offensichtlich, dass sie ihn für irgendetwas anderes hielt.

»Cool«, kommentierte Fabi beim Abendessen. »Da wäre ich gern dabei gewesen.«

»Sie hat also nichts mitgenommen?«, fragte Toni besorgt. Der Gedanke schien ihr nun doch Bauchschmerzen zu bereiten.

»Dank Fritte, nicht«, antwortete Mo.

»Aber warum hast *du* das nicht verhindert?«, fragte Tristan.

Mo holte tief Luft und sagte nichts. Diese Frage hatte er sich auch den ganzen Tag über gestellt. Warum hatte *Fritte* das verhindern müssen?

*

Es waren neun Postkarten. Sie waren mit einer Kordel zusammengebunden. Eine der Karten war stark zerknickt, und eine andere war in der Mitte auseinandergerissen, die beiden Hälften lagen aufeinander. Weiße Postkarten mit schwungvollen und expressiven schwarzen Pinselstrichen darauf. Gelegentlich ein wenig Bleistift oder ein Klecks Rot. Es waren Darstellungen eines weiblichen Körpers. Weibliche Akte. Mo breitete sie auf dem Boden aus und betrachtete sie. Er war dabei, Lous Zeichnungen zusammenzutragen und durchzusehen. Die Kiste mit ihren alten Jugendzeichnungen, die vereinzelten Blätter, die sie über die Jahre hinweg gemacht hatte – von misslungenen und aufgegebenen Porträts der Kinder bis hin zu Kritzeleien auf Einkaufszetteln hatte er alles aufgehoben –, und schließlich die Bruchbilder mit den umgestürzten Bäumen, die Lou selbst sorgfältig in zwei Schubladen in ihrem Zimmer aufbewahrt hatte. Mo hatte sogar die Zeichnungen, die sie gelegentlich am iPad angefertigt hatte, auf Fotopapier ausgedruckt. Beim Durchsehen eines alten Kartons war er dann auf diese

Postkarten gestoßen. Die Zeichnungen waren nicht von Lou. Es war nicht ihr Strich, nicht ihre Handschrift. Sie hatte seit den Aktzeichenkursen an der Akademie keine nackten Körper mehr gezeichnet.

Mo betrachtete sie lange. Er verstand nicht viel von Kunst, aber diese Blätter waren nicht schlecht. Obwohl sie halb abstrakt waren, konnte Mo verschiedene Körperhaltungen und Perspektiven erkennen. Und sie wirkten lebendig. Man konnte sich förmlich vorstellen, dass sie vor einem Modell entstanden waren. Obwohl sich der Künstler nicht mit Details aufhielt – die Gesichter bestanden aus kaum mehr als einer abgerissenen Kinnlinie – sah Mo das Modell klar vor sich. Es war Lou.

Natürlich konnte er sich irren. Es könnte irgendeine dunkelhaarige Frau sein. Und vielleicht stellten die schwarzen Pinselstriche nicht einmal die Haarfarbe dar, sondern Schatten. Irgendeine Frau, die ungefähr Lous Proportionen besaß. Ungefähr Lous Hüften, ungefähr ihre Brüste und ungefähr ihre Kinnlinie. Natürlich war es Lou. Wer sollte es sonst sein? Und Mo hatte auch einen Verdacht, wer sie gezeichnet hatte. Als er ihn googelte, bekam er eine Menge Treffer:

Rafael Zee, eigtl. Ron Zodiak, US-amerikanischer Künstler, * 1969 in Montana, Vater John Zodiak, Mutter Grit geb. Schneider.

Studium an der New York School of the Arts.

Zee lebt und arbeitet abwechselnd in New York und Berlin.

Stipendien

Einzelausstellungen (Auswahl)

Auszeichnungen

Bla

Der Wikipedia-Artikel interessierte Mo nicht weiter. Schlimm genug, dass der Kerl überhaupt einen eigenen Eintrag hatte. Neben einigen Erwähnungen in Blogs und Online-Magazinen wurden Mo von Google viele Bilder angeboten. Fotos von Ausstellungen, Gemälden, Installationen, Museumsgebäuden und allem möglichen anderen, das mit Rafael meist in keinem ersichtlichen Zusammenhang stand. Mo blieb vor allem immer wieder an Gemälden hängen, auf denen er den wilden Strich der Aktzeichnungen wiederzuerkennen glaubte. Auf ein paar Fotos tauchte ein Mann auf, der Rafael Zee sein musste: mit dunklem gewellten Haar. Man konnte sich vorstellen, wie er mit den Fingern hindurchfuhr und es zurückstrich. Oder wie Lou mit ihren Fingern hindurchfuhr. Nein. Mo hatte zwar diesen quälenden Gedanken, aber er konnte es sich beim besten Willen nicht vorstellen. Was für ein Mensch war dieser Rafael? Mo zog die Fotos größer. Eines war zu unscharf, und je größer es wurde, desto weniger erkannte man. Auf einem anderen trug er eine dunkle Brille. Er sah ernst aus. Aber man sah seine Augen nicht. Vielleicht war das eine Masche. Auf einem anderen lächelte er in die Kamera, hielt eine gläserne Trophäe in der Hand. Irgendein Preis. Um ihn herum noch mehr Kunstleute, die in die Kamera schauten. Nicht auszumachen, was für ein Mensch er war.

Vor allem aber fand Mo einen Facebook-Account. Er sah ihn durch. Rafael postete nicht regelmäßig, aber er wusste, was er seinem Publikum schuldig war: Ausstellungseröffnungen, Artikel, Fotos aus seinem Atelier, viele Posts und Likes von anderen Künstlern und Kunstwerken. Hinweise auf die *documenta*, die *Biennale*, die *Art Basel*, dazu Beiträge über Fridays for Future und andere Umweltthemen. Aktuell, engagiert, unverbindlich. Dazwischen immer wieder Reisen und Schnappschüsse. Lissabon, Paris, London. Rafael war nie selbst im Bild, und er achtete darauf, dass andere Leute nie zu erkennen waren. Sie waren unscharf, angeschnitten, im Schatten. Seine frühesten Einträge waren zwölf Jahre alt. Damals hatte er häufiger etwas gepostet. Und unprofessioneller. Bei einem der alten Beiträge, stockte sein Atem.

A weekend in Zeeland

Ein Foto des pittoresken Strandpavillons von Domburg.

zeeland – *They named a province after me!*

Am Strand die nackte Schulter einer Frau, beschattet von einem Sonnenhut aus Stroh.

Days with my muse.

Mo erstarrte. Er kannte diesen Sonnenhut.

Und dann stand da auf Deutsch: *Die Schaumgeborene.*

Eine Frau kam aus den Wellen, wehrte die Kamera ab, ihr Gesicht war nicht zu sehen. Aber Mo kannte den Bikini. Weiß mit Blumenmuster. Und er kannte diesen Körper. Er kannte ihn so gut wie keinen anderen. Diesen Arm. Diesen Bauch. Diesen Nabel. Diese Schlüsselbeine. Er liebte diesen Körper. Jeden Zentimeter. Der Schock, ihn hier zu sehen, traf ihn wie ein Schlag.

21

Lou saß in der Galerie an ihrem Schreibtisch und sah die weißen Wände an. Die Ausstellung war am Tag zuvor abgebaut worden. Nachdem tagelang Menschen ein und aus gegangen waren und ein reges Treiben in der Galerie geherrscht hatte, war es heute still. Angestellte des Transportunternehmens hatten seine Bilder von den Wänden genommen und in Transportkisten verpackt. Jemand hatte alles fotografisch dokumentiert, die Kisten waren versiegelt und schließlich hinausgefahren worden. Seine wilden Berlin-Gemälde, die drei großformatigen grauen, die auf beklemmende Weise an ein lebloses Meer erinnerten, und die Serie in Schwarz und Rot, die er erst in diesem Monat vollendet hatte. Wochenlang hatte sie hier in der Galerie vor seinen Gemälden gesessen. Wahrscheinlich kannte sie sie so gut wie kein Zweiter. Die neue Serie hatte sie schon gekannt, als sie erst halb fertig gewesen war. Sie hatte als Einzige gesehen, wie er daran gearbeitet hatte.

Und jetzt also die weißen Wände. Als ob sie gezwungen werden sollte nachzudenken.

Sie hatte einige Anrufe zu erledigen und Briefe zu schreiben, außerdem lagen ein paar Rechnungen in der Ablage, die sie anweisen musste. Nichts Eiliges. Lou schaute auf die weißen Wände. Der Anblick hatte etwas Beruhigendes. Weiße Wände, deren Zweck es war, Bilder zu präsentieren, aber es waren keine Bilder da. Der Raum der Galerie war großzügig geschnitten, an zwei Seiten zum Bürgersteig hin riesige Fenster vom Boden bis zur Decke, an der Ecke dazwischen die Eingangstür. Hinten kleine vergitterte Fenster zum Innenhof, in der Mitte zwei frei stehende Wände, die ohne Bilder keinerlei Sinn ergaben. Lou genoss die Stille und die Leere. Sie konnte von ihrem Arbeitsplatz aus auf den Bürgersteig hinausschauen und Menschen vorbeigehen sehen. Was mochten sie denken, wenn sie im Vorbeigehen die leeren Wände sahen? Ob sie sie für eine besondere Art von Kunst hielten? Dachten sie darüber nach, ob die weißen Wände selbst das Kunstwerk waren? Das Fehlen von Kunst als Kunst? Natürlich dachten sie gar nichts. Jedem war klar, dass die Wände nur deshalb leer waren, weil eine neue Ausstellung vorbereitet wurde. Trotzdem gefiel Lou der Gedanke: Sie saß an ihrem Schreibtisch in einer renommierten Galerie, führte Telefonate, bezahlte Rechnungen, führte alle Handlungen einer Galerieassistentin aus, und die Scheinwerfer beleuchteten weiße Wände.

Als Lou die unterste Schublade ihres Schreibtisches aufzog, um Papier herauszuholen, fiel ihr Blick auf einen Zeichenblock und eine Blechdose mit Buntstiften. Ein paar Tage zuvor hatte sie Nano in die Galerie mitbringen müssen, weil Mo arbeitete und sie nicht gewusst hatte, wohin mit Nano. Er hatte eine Stunde lang auf dem Boden gesessen und Bilder gezeichnet, bevor Mo ihn abholte.

Sie hatte Nano versprechen müssen, seine Zeichnungen Gwendolyn zu zeigen, der Galeristin, damit sie entscheiden könne, ob sie eine Ausstellung mit Nanos

Arbeiten organisieren wolle. Sie hatte mit Mo gescherzt, wie Nanos Kinderzeichnungen auf dem internationalen Kunstmarkt aufgenommen würden. Kindliche Kreativität (völlige Planlosigkeit) setzt sich selbstbewusst über die Konventionen des Kunstmarktes hinweg (total unbegabt), faszinierende Unvoreingenommenheit, mit der er das Material benutzt (zwei Stifte waren ihm abgebrochen). Lou lächelte. Sie schob die Schublade wieder zu und sah die weißen Wände an.

*

Fabi wurde immer unleidiger und schroffer. Wenn sie versuchten, ihn von seinem Computer wegzulocken, dann wurde er grantig und sogar aggressiv. Seine Zimmertür blieb geschlossen. Auf Klopfen reagierte er nicht, und wenn man hereinkam und ihn ansprach, drehte er genervt den Kopf weg, weil er s*chon wieder* den Kopfhörer abnehmen musste. Wenn sie ihn zwangen, bei irgendetwas mitzumachen, und sei es auch nur, dass sie zusammen grillten, dann saß er missmutig dabei, aß, schwieg und fragte schließlich: »Darf ich jetzt gehen?« Weder Mo noch Tristan fanden einen Zugang zu ihm.

Es war endgültig Zeit für ein Gespräch unter Männern. »Wir können uns nicht länger etwas vormachen«, sagte Tristan. Nach einem Abendessen, zu dem Fabi erst erschienen war, als alle anderen bereits aufgegessen hatten, weil er ein *Level zu Ende spielen* musste, baten ihn Tristan und Mo, noch einen Moment sitzen zu bleiben. Er verdrehte die Augen, weil er natürlich ahnte, was kommen würde.

»Fabi, wir machen uns Sorgen um dich«, begann Mo väterlich.

Fabi erwiderte nichts.

»Du musst unter Leute«, sagte Tristan.

»Ich bin unter Leuten. In diesem Moment wartet gerade ein halbes Dutzend auf mich.«

»*Richtige* Leute«, sagte Tristan.

»Das sind richtige Leute!«

»Ja, natürlich«, gab Tristan ihm recht. »Aber sie sind nicht da. Sie sind … Ich meine, du spielst mit ihnen, aber du sitzt allein da oben in deinem Zimmer. Du kennst sie gar nicht. Du weißt nichts über sie.«

»Ich weiß genug über sie. Sie spielen gern. Wie ich.«

»Es ist etwas anderes, ob du Leute siehst«, versuchte es Mo weiter, »ob du wirklich mit ihnen zusammen bist. Ob du jemandem in die Augen siehst. Ob du ihn berührst. Ob du auch über Dinge redest, die nicht mit einem Spiel zu tun haben.«

»Wozu?«

»Ein Spiel ist eben nicht das richtige Leben.«

»Für mich schon. Ihr habt ja keine Ahnung! Ich gehe jetzt mein Leben leben.« Er stand auf und wollte nach oben gehen.

»Bleib hier«, forderte Tristan.

»Ach, leck mich doch.«

Tristan erwiderte scharf: »So redest du nicht mit mir! Dann begrenzen wir das jetzt. Wir führen feste Zeiten ein. Bis elf Uhr. Danach gehst du ins Bett.«

»So ein Schwachsinn! Was soll das? Ich kann nicht mitten im Spiel aussteigen! Ihr macht alles kaputt!«

»Dann schlag etwas anderes vor.«

»Ich schlage vor, ihr lasst mich in Ruhe.«

»Nein, das tun wir nicht. Wir machen uns Gedanken umeinander, wir kümmern uns umeinander, wir sind füreinander da.«

»Wir für dich«, fügte Mo hinzu, »aber auch du für deine Geschwister. Es würde den Kleinen viel bedeuten, wenn du dich ein wenig um sie kümmerst.«

»Kümmert ihr euch doch! Zu zweit werdet ihr das ja wohl hinkriegen.« Und damit ging er die Treppe hinauf.

Jetzt platzte Tristan der Kragen. Er rief ihm hinterher: »Dafür bin ich nicht hier eingezogen! Ich bin hier, damit du und deine Geschwister zusammenbleiben könnt.«

Von oben hörte man nur: »Dann zieh eben wieder aus.« Und damit knallte die Zimmertür zu.

Für eine Weile herrschte Stille.

»Das lief jetzt nicht so prima …«, meinte Mo.

Tristan sah ihn wütend an. »Wieso bin ich hier eigentlich der *bad guy*?«

»Das frage ich mich schon lange …«

Jedenfalls blieb Tristan hart. Er beaufsichtigte persönlich, dass Fabi seinen Rechner jeden Abend um elf Uhr ausschaltete. Zwar ließ Fabi seinen Vater meist eine Viertelstunde vor seinem Schreibtisch stehend warten, bis er es endlich tat, doch er fügte sich.

»Läuft doch prima«, sagte Tristan stolz zu Mo. Bis er irgendwann beim Aufstehen, als er seine Joggingschuhe anzog, Geräusche aus Fabis Zimmer hörte. Fabi saß am Rechner und spielte. Sobald alle im Bett waren, schaltete er seinen Rechner wieder ein und spielte die ganze Nacht durch.

*

»Ihr habt zusammen *Tennis gespielt*?«

Tristan riss die Tür der Dusche auf und starrte Mo ungläubig an. Mo hatte sich Haare und Bart eingeschäumt und zuckte mit den Schultern. »Warum nicht?«

»*Warum nicht?* Es gibt tausend Gründe, warum nicht! Zum Beispiel, dass du nicht Tennis spielen kannst.«

»Marianne sagt, ich bin ein Naturtalent.«

»Wie oft habt ihr schon gespielt?«

Mo zuckte mit den Schultern. »Drei Mal. Vier Mal?«

»Wieso hast du nichts davon erzählt?«

»Ich dusche! Mach die Tür zu, es wird kalt!«

»Du schamponierst dir den Bart?«

»Sicher. Warum nicht!«

»Keine Ahnung. Nie drüber nachgedacht.«

Tristan war, als er an diesem Abend nach Hause gekommen war, über den Tennisschläger gestolpert und hatte ihn augenblicklich wiedererkannt. Jahrelang hatte er ihn in der Hand gehabt. Das Griffband war dunkel verfärbt vom Schweiß seiner Hände. Er hatte ihn in seiner Jugend benutzt, bis er von zu Hause ausgezogen war.

Als Mo im Bademantel aus dem Bad kam und sich die Haare mit einem Handtuch trocken rieb, fragte Tristan noch einmal nach: »Warum hast du nichts erzählt?«

»Ich hätte es noch getan.«

»Ich fasse es nicht. Mit mir hat sie nie Tennis gespielt. Nicht ein einziges Mal in meinem ganzen Leben!«

»Warum nicht?«

»Ich war ihr nicht gut genug! Sie hat gesagt, wie sieht sie denn aus, wenn sie keinen schönen Ballwechsel zustande kriegt. Und dann bin ich besser geworden als sie. Und das hätte sie erst recht nicht gut aussehen lassen.«

»Mit mir spielt sie. Sie war ganz reizend. Und ganz geduldig. Hat mir gezeigt, wie ich den Schläger halten soll, und hat einen ganzen Korb Bälle geholt, weil ich sie immer verschlagen habe.«

Tristan sah ihn schweigend an. Er sagte kein weiteres Wort, aber sein Blick sagte genug.

»Nimm das nicht persönlich, Tristan. Ich meine, dass sie mit dir nie gespielt hat. Vielleicht ist sie einfach geduldiger geworden ... Im Alter ...«

»Ist das verdammte Bad jetzt endlich frei?« Ohne eine Antwort abzuwarten, verschwand Tristan im Badezimmer und schloss hinter sich ab. »Und spül deine scheiß Haare aus der Dusche!«, tönte es durch die geschlossene Tür.

*

»Er hat nicht *einem* von ihnen erzählt, dass seine Mutter gestorben ist. Nicht einem!« Tristan war fassungslos.

»Was ist mit Liam?«, fragte Mo. »Ihm hat er es erzählt.«

»Ja. Immerhin. Liam sagt, sie haben schon mehrmals darüber gesprochen.«

»Das ist doch etwas. Er ist ein Junge. Ich würde nicht zu viel erwarten. Du redest auch nicht mit anderen Leuten über etwas, das dir nahegeht«, sagte Mo.

»Natürlich tue ich das!«, erwiderte Tristan. »Im Gegensatz zu dir kann ich sehr offen mit Gefühlen und Schwächen umgehen.«

»Um mit der Mitleidsmasche eine Frau rumzukriegen?«

»Ich darf darauf hinweisen, dass ich derjenige bin, der mit Liam gesprochen hat. Nicht du.«

Liam war seit der fünften Klasse Fabis bester Freund. Ihre größte Gemeinsamkeit waren sicherlich Computerspiele. Sie spielten seit Jahren und wussten, was das anbelangte, alles voneinander. Aber nicht nur im Spiel kannten sie jede Schwäche und jede Stärke des anderen. Eine Zeit lang war Liam auch zum Judo gekommen, aber im Grunde nur Fabi zuliebe. Liam war rothaarig und schmal, er konnte ganz flink sein, aber er verlor bei den Kämpfen so regelmäßig, dass ihm die Lust am Judo bald verging. Niemand verliert gern ständig. Wenn sie gegeneinander kämpften, hatte Fabi ihn oft gewinnen lassen, aber natürlich hatte Liam das gemerkt. Schließlich gab er wieder auf. Er kämpfte lieber digital. Darin war er wirklich gut.

Als Tristan und Mo sich eingestanden, dass sie Fabi nicht erreichten, lag es nahe, mit Liam zu reden. Sie hätten seine Mail-Adresse aus Fabis Computer holen können (Nano hatte Mo einmal das Passwort abgeschaut), doch das wollten sie nicht. Mo fand in einer Schublade voller Schulpapiere eine alte Klassenliste mit Telefonnummern und Mailadressen, und Tristan rief bei Liam zu Hause an. Liam wohnte allein mit seiner Mutter, seit sein Vater vor einigen Jahren ausgezogen war. Tristan telefonierte mehrmals mit Liam, und aus seinem Mund klang die Art, wie Fabi sein Leben führte und wie er mit dem Tod seiner Mutter umging, eigentlich ganz vernünftig. Bis er erwähnte, dass außer ihm kein einziger der Mitspieler, mit denen Fabi jeden Tag mehrere Stunden verbrachte, vom Tod seiner Mutter wusste.

»So viel zum Thema kommunikativ«, sagte Tristan. »Wir müssen uns etwas einfallen lassen, um ihn in die echte Welt zurückzuholen. Er wird sich nie mit dem Tod einer Mutter auseinandersetzen, wenn er nicht mit echten Menschen zusammen ist.«

»Das versuchen wir ja schon die ganze Zeit,« entgegnete Mo.

»Ich habe da so eine Idee. Lass mich mal machen.«

»Würdest du mir diese Idee erzählen?«

»Klar. Du hängst ja mit drin.«

»Also, erzähl.«

»Später.«

»Wann später?«

»Lass mich erst mal machen.«

»Hat diese Idee das Potenzial, jemanden zu stressen? Mich zum Beispiel?«

»Definitiv, ja.«

*

Als sie damals gemeinsam überlegt hatten, ob Lou nach New York gehen sollte, hatte Mo die Sorge in ihren Augen gesehen. Sie hatte an sein Verschlafen gedacht. An seine Vergesslichkeit. An seine Entspanntheit. An seinen *Chill Mode*. Sie nannte es seinen *Chill Mode*, wenn er einkaufte und dann vergaß, die gefrorenen Himbeeren und Pizzen in den Tiefkühlschrank zu legen. Wenn er am Ende des Sommers versprach, den aufblasbaren Pool wegzuräumen, und einige Wochen später das Wasser ein smaragdgrünes wimmelndes Biotop war. Wenn er mit viel Begeisterung eine grandiose Spaghettisoße gezaubert hatte, aber erst als alle am Tisch saßen, bemerkte, dass er keine Nudeln gekocht hatte. Eben *Chill Mode*.

»Ich kriege das hin, du kannst ruhig fliegen«, hatte er ihr versichert. Und doch war sie früher zurückgekommen. Als Fritte sich dieses Virus eingefangen hatte, war sie sofort losgeflogen. Sie hatte ihm nicht vertraut. Und er konnte es ihr nicht einmal verübeln.

Aber er hätte es hingekriegt! Als er mit den Kindern allein gewesen war, hatte er funktioniert. Irgendein Schalter war in ihm umgelegt worden, und er war zurechtgekommen. Er war auf der Brücke gewesen. Anwesend. Fokussiert. Die Dinge entglitten ihm vor allen Dingen, wenn andere Menschen mit im Spiel waren. Er war dann einfach nicht da. Sogar Lou – die er doch wirklich liebte! – hatte diese seltsame innere Zurückgezogenheit bei ihm bewirkt. Er gab sich Mühe, an alles zu denken – und vergaß wieder etwas. Er nahm sich vor, den Pool sauber zu machen und wegzuräumen – und plötzlich waren drei Wochen vergangen. Er wusste nicht, warum. Er wusste es einfach nicht. Vielleicht war es das Schicksal eines alten Alkoholikerkindes. Irgendetwas in ihm war nicht richtig gepolt. Je mehr Mühe er sich gab, desto sicherer ging es schief. Locker bleiben. Das war das Einzige, was half. Und locker blieb er nur, wenn er Raum hatte. Keinen Druck. Niemanden um sich herum.

Jetzt war Tristan da. Ständig um ihn herum und in ihm drin. In einem fort war Tristan in seinem Kopf. Redete, forderte, zerrte, schob, drückte. Es wurde immer deutlicher, dass Tristan ihn erst recht an die Wand drückte. Nicht einmal Lou hatte es mit Tristan ausgehalten! Tristan machte nichts Schlimmes. Er machte einen großartigen Job. Man konnte ihm nichts vorwerfen. Er war, wie er war. Eben Tristan. Er sah, was zu tun war, und tat es. Warum gelang diesem Mistkerl alles? Woher hatte er diese Energie? Wieso zweifelte er niemals an sich?

»Du bist zu schnell«, versuchte Mo ihm irgendwann einmal zu sagen. »Lass mir Zeit!«

Doch Tristan hatte kein Verständnis: »Lüg dir nichts vor. Du hast genug Zeit. Du musst sie nur nutzen. Aber das willst du gar nicht. Werde erwachsen, Mo. Übernimm Verantwortung für dein Handeln. Wenn du etwas tun willst, tu es. Gib nicht anderen die Schuld, wenn du es nicht tust.«

Tristan hatte wissen wollen, für welchen Namen Mo stand. Möglicherweise stand Mo für den Mond – der im Dunkeln kalt und energielos seine Bahn zog. Nur leuchtete, wenn er von der Sonne angestrahlt wurde. Lou war natürlich die Sonne. Sie hatte ein eigenes Licht. Sie versorgte die Kinder – und alle, mit denen sie in Berührung kam – mit Energie. In ihrem Licht konnten sie gedeihen und wachsen und Früchte tragen. In ihrer Nähe konnte auch er leuchten. Für die Kinder da sein, ihren Schlaf behüten und ihre Träume inspirieren. Aber nun war die Sonne verschwunden. Und Mo spürte, wie er von Tag zu Tag schwärzer und dunkler und unsichtbarer wurde. Er war nicht mehr zu sehen. Er konnte nichts mehr für die Kinder tun. Während Tristan immer mehr aufblühte, wurde er selbst immer verzichtbarer. Im Grunde konnten die Kinder von ihm nur eines lernen: Wie man es nicht macht. Wie man scheitert.

Er konnte ja nicht einmal allein neue Hosen kaufen.

22

In den letzten Ferientagen tauchten die Eichhörnchen auf. Ob es an der Trockenheit lag und sie nicht genug zu fressen fanden oder ob sie der Meinung waren, es sei langsam Zeit für den Herbst, war nicht zu sagen. Vielleicht war ihnen einfach nur langweilig. Das schien, so, wie sie sich aufführten, am wahrscheinlichsten.

Zuerst war es nur eines gewesen. Ninja. Sie hatten ihn im vergangenen Jahr so getauft, weil er immer wieder vom Baum auf die Terrasse sprang, in Superheldenpose einen Arm auf den Boden stemmte, mit blankem Irrsinn in den Augen umherstarrte und sich dann geschäftig und voller Energie überall zu schaffen machte.

In diesem Jahr waren es zwei. Ninja war dunkelbraun mit einem fast schwarzen Schwanz, dazu kam ein leuchtend rotes. Die beiden zankten sich andauernd. Wenn Ninja auf der Terrasse war, sprang das rote aus dem Nichts neben ihn und erschreckt ihn zu Tode.

Einmal saß die Familie gerade beim Frühstück, die Türen zum Garten standen weit offen, als sie draußen auf der Terrasse die beiden Eichhörnchen herumflitzen hörten. Auf dem Tisch draußen fiel irgendetwas um, die Eichhörnchen beschimpften sich gegenseitig mit unleidigen Lauten und jagten sich über die Gartenstühle. Plötzlich kam eines ins Wohnzimmer geflitzt. Das leuchtend rote. Ninja folgte ihm dichtauf. Mitten im Wohnzimmer verharrten sie plötzlich, als sie realisierten, dass sieben Menschen vom Esstisch zu ihnen herabsahen. Reglos starrten die beiden Eichhörnchen mit irrem Blick zu den Menschen auf. Mit einem erschreckten Fiepen machten sie kehrt und flitzten wieder hinaus.

»Was war das denn?«, fragte Nick, der bei ihnen übernachtet hatte.

»Ninja«, antwortete Fritte.

»Und wer war der andere?«, fragte Toni.

Fabi schob sich einen Löffel Cornflakes in den Mund und sagte kauend: »Iron Man.«

»Können Eichhörnchen den Verstand verlieren?«, fragte Nano.

»Ich finde, wir nennen sie Tristan und Mo«, schlug Toni vor.

»Nein«, widersprach Tristan, »wir nennen sie nicht Tristan und Mo. Ninja und Iron Man sind hervorragende Namen.«

»Außerdem«, bekräftigte Fritte, »heißt Ninja schon Ninja. Man kann niemanden umbenennen. Das bringt Unglück.«

»Wenn es ein Künstlername ist, nicht«, sagte Nick.

»Oder ein Kampfname«, meinte Fabi. »Offiziell heißt er Ninja, aber sein Kampfname ist Mo.«

»Schluss!«, rief Tristan. »Sie heißen Ninja und Iron Man. Keine weitere Diskussion.«

Ein paar Tage später, als Mo allein auf der Terrasse im Schatten saß und seiner Lieblingsbeschäftigung nachging (gutes Buch auf dem Bauch, nicht lesen), beobachtete er, wie Iron Man sich auf dem Geländer neben einem von Tristans Zitronenbäumchen auf die Hinterpfoten stellte und mit beiden Vorderpfoten nach einer Zitrone griff. Es gelang ihm, sie zu pflücken, er steckte die viel zu große und schwere Frucht in seine weit aufgesperrte Schnauze und sprang mit ihr auf dem Geländer entlang. Vor dem Sprung an den Baumstamm zögerte Iron Man, er wusste genau, dass der Sprung mit der Riesenfrucht eine Grenzerfahrung darstellte, doch dann sprang er entschlossen ab. Anstatt wie sonst elegant an den Stamm zu gleiten und im selben Schwung hinaufzurennen, ging es mit dem Gewicht erst einmal abwärts. Iron Man schaffte es, den Stamm zu erreichen, doch seine Krallen scharrten an der Rinde entlang, bis sie endlich Halt fanden. Dann ging es mühsam – die Zitrone immer noch tapfer zwischen seinen kleinen Kiefern – aufwärts, bis er irgendwo zwischen den Ästen und Zweigen verschwand. Er hatte es geschafft. Aber ob er Freude an der Zitrone haben würde, war fraglich.

Vielleicht wäre Tristan doch kein schlechter Name für das Eichhörnchen gewesen, dachte Mo.

*

Und dann war das Ende der Ferien da. Ein Moment, dem sowohl Mo als auch Tristan angespannt entgegengesehen hatten. Mo wollte Fritte und Nano zur Schule begleiten, doch Nano bestand darauf, ohne Erwachsene zu fahren. Und so standen Tristan und Mo am ersten Schultag nebeneinander an der Kräutergartentür und sahen den beiden nach, wie sie über die Brücke davonradelten.

Mit Fabi gab es etwas mehr Schwierigkeiten. Nachdem Tristan ihm angedroht hatte, dass er ihm seinen Computer wegnehme, wenn er sich nicht an die Regeln hielte, hatte Fabi verkündet: »Dann gehe ich auch nicht mehr zur Schule. Ist sowieso Schwachsinn.«

Fabi hatte weitergespielt, Tristan war hart geblieben und hatte den Computer aus dem Zimmer geholt. Also weigerte sich Fabi nun, zur Schule zu gehen. Es stellte sich als unmöglich heraus, ihn aus dem Bett zu bekommen. Er blieb einfach liegen. Tristan versuchte es mit gutem Zureden, mit Drohungen, und schließlich hörte man ihn zum ersten Mal brüllen.

Nachdem er Tristan dermaßen aus der Fassung gebracht hatte, schien Fabi sein Zwischenziel erreicht zu haben und bequemte sich aufzustehen. »Gib mir meinen Computer zurück, dann gehe ich zur Schule.«

»Geh zur Schule, dann gebe ich dir deinen Computer zurück.«

»Erst der Computer.«

»Erst Schule.«

Fabi ging zurück ins Bett.

Mo saß im Wohnzimmer, die Füße auf dem Couchtisch, und sah sich das Schauspiel in Ruhe an.

»Sag du doch mal was!«, fuhr ihn Tristan an.

»Du hast den Krieg angefangen.«

Schließlich brachte Tristan den Computer in Fabis Zimmer zurück. Aber er knallte ihn derart hart auf den Tisch, dass Fabi darauf bestand, erst auszuprobieren, ob er noch funktionierte.

Inzwischen war es neun Uhr und die erste Stunde längst vorbei. Tristan lieferte ihn persönlich an der Schule ab und wartete sogar, bis Fabi den leeren Schulhof überquert hatte.

»Er ist so verflucht dickköpfig. Das hat er von Lou«, seufzte Tristan, als er wieder zu Hause war.

Aber Mo erwiderte: »Das hat er von *dir*, Alter! Was war eigentlich mit deiner Idee?«

*

»Mein Name ist Friederike. Meine Mutter ist gestorben, ich bin also Halbwaise. Aber eigentlich auch nicht, denn ich habe immer noch zwei Eltern. Zwei Väter. Nur gibt es dafür kein Wort.« Auf diese nicht ganz unkomplizierte Art stellte sie sich neuerdings vor. So auch in der ersten Stunde nach den Sommerferien bei ihrer neuen Lehrerin. Und sie sah dabei in ihrem schlichten schwarzen Kleid äußerst reizend aus. Sie weigerte sich nach wie vor, etwas anderes zu tragen.

»Gibt es ein Wort wie *Witwe*, aber für Kinder?«, hatte sie Mo bei einer ihrer abendlichen Unterhaltungen gefragt.

»Natürlich«, antwortete er. »Waise.«

Sie ließ das Wort in ihrem Kopf herumgehen. »Waise. Klar. Wie im Märchen.«

»Bei Waisen sind allerdings beide Eltern gestorben. Du bist Halbwaise.«

»Halbwaise klingt komisch«, sagte sie und sah Mo an, als fände sie es ein wenig schade, dass er noch lebte. Und nachdem sie einen Moment lang darüber nachgedacht hatte, sagte sie: »Eigentlich bin ich nicht einmal Halbwaise, weil ich ja zwei Väter habe.«

»Das ist wahr.«

»Gibt es dafür auch ein Wort?«

»Nein«, antwortete Mo. »Dafür gibt es kein Wort. Jedenfalls noch nicht. Vielleicht Mutterwaise.«

»Loumawaise.«

»Fastwaise.«

»Nein, Fastwaise ist nicht gut. Das klingt, als wäre Louma nur fast gestorben.«

»Gibt es denn ein Wort für Eltern, wenn es zwei Väter sind?«

»*Eltern* bedeutet nicht unbedingt, dass es eine Mutter und ein Vater sein müssen. Es können auch zwei Mütter sein. Oder zwei Väter.«

»Das heißt, ich habe Eltern?«

»Ja«, sagte Mo. »Du hast Eltern.«

Fritte hatte einen beängstigenden Entwicklungssprung vollzogen: Sie verhielt sich komplett erwachsen. Machte alles, was man von ihr erwartete, und darüber hinaus alles, was man von einer Mutter erwarten könnte: Sie räumte nicht nur ihre eigenen Sachen auf, sondern auch alles andere. Sie räumte den Tisch ab, sie kaufte ein, sie kochte, auch wenn sie keinen Dienst hatte, sie half Nano, sie achtete auf Fabi, sie rettete einen kleinen Vogel, der gegen eine Fensterscheibe geflogen war. Sie war von früh bis spät tätig als der gute Geist des Hauses. Sie ging sogar abends durch die Zimmer und bereitete die Betten aller zum Schlafen vor. Sie schüttelte Kissen und Decken auf, legte Nano sein Kuschelschaf zurecht und sammelte bei Fabi Müll ein, wenn der wieder einmal im Bett Chips oder Schokolade gegessen hatte. Sie machte es genauso, wie Louma es immer gemacht hatte. Als Fritte allerdings anfing, die Post von Bank, Stadt und Finanzamt zu öffnen, und Mo nach Kontonummer und Passwort fragte, um eine liegen gebliebene Rechnung zu bezahlen, wurde es ihm zu bunt. »Du musst das nicht machen, Fritte.«

»Ich möchte aber.« Sie saß ihm gegenüber in ihrem schwarzen Kleid, schmal und durchschimmernd, wie sie war, und schaute ihn selbstbewusst an.

»Kinder tun so was nicht.«

»Was tun denn Kinder?«

»Du weißt schon. Kinder spielen. Kinder gehen in die Schule. Mach deine Hausaufgaben, das reicht.«

»Mir reicht das aber nicht.«

»Von mir aus hilf deinem kleinen Bruder. Das ist eine gute Sache. Hilf ihm bei den Hausaufgaben, mach ihm sein Frühstücksbrot, mach ihm weiter sein Bett. Das ist in Ordnung, wenn es dir Freude macht. Aber sorge bitte nicht für mich. Und für Tristan. Das ist nicht richtig.«

»Warum ist das nicht richtig?«

»Weil – wir sind die Eltern. Nicht du.«

»Es ist durchaus üblich, dass Kinder mithelfen. In der ganzen Welt müssen Kinder mithelfen. Die Situation, wie sie in den reichen Ländern herrscht – und zwar wohlgemerkt nur in den oberen Schichten –, ist historisch gesehen eine absolute Ausnahme.«

Mo starrte sie ungläubig an. »Wo hast du das denn gelesen?«

»Lesen Kinder solche Sachen nicht?« Der Blick, mit dem sie ihn ansah, war unglaublich. Sie wusste, dass sie gewonnen hatte. Dass sie sein Gestammel, was Kinder tun und was Kinder nicht tun, mit der Eleganz eines mathematischen Beweises widerlegt hatte.

Deshalb blieb ihm nur zu sagen: »Entspann dich, Fritte.

Entspann dich. Und lass wenigstens die Finger von den Kontoauszügen.«

*

In den ersten Tagen, nachdem Marianne sein halbes Manuskript an den Lektor weitergegeben hatte, schaute Mo noch zweimal täglich, ob er eine Antwort bekommen hatte. Nach ein paar Tagen kontrollierte er seine Mails nur noch einmal täglich, dann alle zwei Tage, wenn er sowieso seine Post checkte, und schließlich gab er die Hoffnung auf. Wie lange kann man brauchen, um einen halben Roman zu lesen? Doch dann standen plötzlich die Worte auf seinem Bildschirm: *Mittagessen. Gemeinsam. Gern darüber unterhalten.*

Mo starrte die Mail an. Obwohl sie denkbar kurz war, las er sie wieder und wieder. Er beschloss, Tristan nicht sofort davon zu erzählen. Am Abend, als Tristan nach Hause kam, stand Mo neben ihm, während er sich die Hände wusch.

»Was ist?«, fragte Tristan und schaute Mo durch den Spiegel an.

»Nichts«, antwortete Mo.

»Irgendwas ist doch.«

»Der Lektor hat geantwortet.«

Tristan stellte das Wasser ab. »Und?«

»Er will mit mir Mittagessen gehen.«

Tristan trocknete sich die Hände ab. »Glückwunsch.«

Beim Essen erzählte Mo es den Kindern. Alle waren furchtbar aufgeregt. »Langsam«, sagte Mo. »Er hat noch nicht gesagt, dass er es gut findet.«

Doch Toni entgegnete: »Warum sollte er dich zum Essen einladen, wenn er es nicht gut fände?« Sie sah Tristan an. »Ist doch so, Papa, oder?«

Tristan wollte gerade sagen: *Wenn ich von jemandem etwas will, dann lade ich ihn nicht zum Mittagessen ein, sondern zum Abendessen.* Aber er sah, wie nervös Mo war. Also antwortete er: »Sicher. Warum sollte er sonst seine Zeit verschwenden?«

Mo zuckte mit den Schultern: »Vielleicht macht er es nur wegen Marianne ...«

»Was ist ein Lektor?«, fragte Nano.

»Einer, der fürs Lesen bezahlt wird«, antwortete Fabi. Nano nickte. »Dann will ich auch Lektor werden.«

»Du liest ja gar nicht. Fritte könnte damit reich werden.«

»Ich lese wohl«, sagte Nano. »*Du* liest nicht!«

»Was allerdings stimmt«, sagte Tristan und beobachtete Mo, der bester Laune war und mit Appetit aß.

Als die Kinder später im Bett und in ihren Zimmern waren, griff er das Thema noch einmal auf. Er wollte Mo ersparen, mit voller Geschwindigkeit gegen die Wand zu fahren. »Jetzt warte erst einmal ab«, sagte er zu Mo.

»Abwarten? Was meinst du?«

»Er hat nur geschrieben, er will mit dir über deine Sachen *sprechen*.«

»Worüber sollte er sprechen, wenn er es nicht veröffentlichen will? Das hätte er auch schreiben können. Vielen Dank, bla, bla, wünsche Ihnen weiterhin viel Erfolg, bla, bla.«

»Wahrscheinlich hat meine Mutter ihn vor vierzig Jahren rangelassen, und er schuldet ihr noch etwas.«

»Ich finde es furchtbar, wie du über deine Mutter redest.«

»Sie ist keine Heilige!«

»Trotzdem.«

»Sie macht ja selbst keinen Hehl aus ihrer Vergangenheit. Hat sie dir schon das Foto von sich im *Stern* gezeigt? Bei dem man nicht weiß, was schöner ist – ihr Gesicht oder ihre perfekten Brüste? Sie hat damals mit jedem geschlafen, wenn er nur intellektuell genug war. Und dieser Lektor *ist* intellektuell.«

»Ich bin auch intellektuell.«

»Mach dir keine Hoffnungen. Meine Mutter ist raus aus dem Geschäft.«

»Ich will überhaupt nicht mit ihr ... Wovon redest du? Das ist geschmacklos.«

»Und du bist *nicht* intellektuell.«

»Das sagt der Verkäufer von Bechern mit Plastikdeckeln – und Ausbeuter von kolumbianischen Kaffeebauern ... Außerdem, was soll das? Du sagst doch immer, man soll alles versuchen, man muss nur an sich glauben. Warum gibst du dir jetzt die größte Mühe, mir das hier kleinzureden?«

»Ich will dich nur vor allzu überzogenen Erwartungen bewahren.«

»So wie ich das sehe, bist du nur eifersüchtig.«

»So wie ich das sehe, solltest du deinen Roman erst einmal fertig schreiben.«

23

Edith saß an ihrer Töpferscheibe, die sie sich gerade neu gekauft hatte. Sie hatte lange gezögert, so viel Geld auszugeben, aber Nora, ihre Kursleiterin an der Volkshochschule, hatte sie ermutigt, und es war richtig gewesen. Edith war glücklich. Ihr Leben entsprach langsam dem, was sie sich unter einem guten Leben vorstellte. Vier Jahre zuvor war ihr Mann gestorben. Für sie war eine Welt zusammengebrochen, und sie hatte um ihn getrauert. Sie hatte ehrlich getrauert. Doch je länger sie allein lebte, desto mehr wurde ihr klar, wie zufrieden sie damit war. Er war kein schlechter Mann gewesen. Letztlich war es ihre eigene Schuld, dass sie ihm viel zu sehr zugewandt gewesen war. Von früh bis spät war ihr Leben auf seine Bedürfnisse ausgerichtet gewesen. Sie hatte alles so sauber gehalten, wie er es erwartete, sie hatte eingekauft, was er mochte, sie hatte das Essen pünktlich auf den Tisch gestellt, sie hatte abends bei ihm gesessen und ferngesehen, sie war im Urlaub mit ihm in die Berge gefahren, obwohl sie das Meer mochte. Er fand das Meer langweilig, und sie fand die Berge in Ordnung. Weil er keine Lust hatte, Hemden zu kaufen, kaufte sie seine Hemden und tauschte sie um, wenn sie ihm nicht gefielen. Seit er gestorben war, kaufte sie keine Hemden mehr, fuhr mit einer Freundin ans Meer und kochte nur dann, wenn sie Lust darauf hatte. Sie las abends gern ein Buch oder traf sich mit Freundinnen zum Kartenspielen. Es war nicht so, dass ihr Leben vor dem Tod ihres Mannes schlecht gewesen wäre, aber jetzt war es besser. Seit zwei Semestern besuchte sie den Töpferkurs an der Volkshochschule, und es bereitete ihr große Freude. Sie hatte einen erstaunlichen Blick dafür entwickelt, was eine schöne Schale und was eine geschmacklose Schale ist. Die anderen Frauen des Kurses waren begeistert von ihren Arbeiten, und Nora, ihre Kursleiterin, ermunterte sie lebhaft, weiterzumachen. Wie eigentümlich, dachte Edith, da muss man erst sechzig werden, um zu entdecken, dass man eine Begabung hat. Sie kaufte sich die Töpferscheibe und verwandelte eines der Zimmer ihres Häuschens in eine Werkstatt. Ganze Nachmittage lang saß sie mit tonverschmierten Händen breitbeinig vor ihrer Scheibe und formte Geschirr. Wenn sie über der Arbeit vergaß einzukaufen, dann aß sie einfach Reste vom Vortag und war glücklich damit.

Als eines Morgens der kleine weiße Hund auf ihrer Terrasse lag, schmutzig und halb verhungert, entschied Edith spontan, ihn zu behalten. Sie brauchte niemanden zu fragen. Er trug kein Halsband und hatte keine Hundemarke. Natürlich erkundigte sie sich in der Nachbarschaft, ob er jemandem gehörte. Sie machte einen Aushang im Supermarkt, einen im Baumarkt und einen bei Aldi. Sie hängte an einigen Fußgängerampeln Kopien mit Fotos des Hundes auf, und sie meldete sich sogar bei einem Nachbarschaftsforum im Internet an und stellte das Foto des Hundes dort ein.

Es meldete sich niemand. Sie wunderte sich nicht, denn man hörte ja immer wieder davon, dass Haustiere in der Urlaubszeit ausgesetzt werden. Da der kleine Hund umgänglich und freundlich war, brachte sie ihn zum Tierarzt, ließ ihn untersuchen und impfen, kaufte Halsband, Futter und Spielsachen für ihn und hatte fortan einen Mitbewohner. Die Töpferscheibe hatte er anfangs angeknurrt und sogar zweimal gebellt, was er sonst nur tat, wenn sie ihn allein ließ, aber er gewöhnte sich schnell an ihr Surren. Er lag auf seiner Decke, wenn Edith töpferte, und beobachtete aufmerksam jede ihrer Bewegungen.

*

»Wie sehe ich aus?«, fragte Mo und breitete erwartungsvoll die Arme aus, um sich vor Tristan zu präsentieren. Er trug ein schwarzes T-Shirt mit der Skyline von New York darauf. Lou hatte es ihm damals mitgebracht, aber weil ihn ihre überstürzte Rückkehr verunsichert hatte, war es seither im Schrank liegen geblieben und war daher noch nicht verwaschen.

Tristan sah ihn verunsichert an. »Wie immer ...«

»Bist du blind? Ich habe mein ordentlichstes T-Shirt an!«

»Natürlich, entschuldige, jetzt sehe ich es auch. Warum hast du dein ordentlichstes T-Shirt an?«

»Heute ist der Termin.«

»Welcher Termin?«

»Roman ... Verlag ... Bestseller ... Ruhm ...«

»Das Mittagessen mit dem Lektor! Das ist heute? Ich glaube, das ist der erste Termin in deinem Leben, den du nicht vergessen hast.« Tristan sah Mo noch einmal aufmerksam an. »Willst du nicht ausnahmsweise einmal eine lange Hose anziehen?«

»Warum?«

»Statistisch gesehen werden – von den Tropen einmal abgesehen – einhundert Prozent mehr Bücher von Leuten mit langen Hosen veröffentlicht als von Leuten mit kurzen Hosen.«

»Das ist nicht witzig!«

Tristan sah, dass Mo wirklich nervös war. Jetzt begriff er auch, warum an diesem Morgen beim Frühstück alles schiefgegangen war. Mo hatte Nano seinen Kakao über die Hose geschüttet, er hatte das kochende Wasser nicht in seine Teekanne gegossen, sondern in die offene Teedose, und er hatte Nanos Gryffindor-Frühstücksdose in Frittes Rucksack gepackt.

Tristan schaute auf die Uhr und seufzte. »Lass uns über ein paar Dinge reden.«

Sie setzten sich an den Tisch.

»Du bist gut«, sagte Tristan. »Kein Grund, nervös zu sein.«

»Ich bin nicht nervös.«

»Gut. Das brauchst du nämlich auch nicht.«

»Ich weiß.« Mos Hände zitterten, als er einen Schluck Tee trank.

»Falls du doch noch nervös wirst, zeig es ihm nicht. Du bist ganz cool. Du bist ein Genie. Er will etwas von dir. Er kann froh sein, dass du dich mit ihm triffst. Aber übertreib nicht. Pass auf, dass du nicht arrogant wirkst. Eher wie jemand, der es überhaupt nicht nötig hat, aber dabei total bescheiden und nett ist. Vielleicht so: Du bist ein Genie, aber du weißt gar nicht, wie gut du bist. Ganz selbstbewusst, weil du es natürlich tief in dir drin doch weißt. Aber er hat die Chance, es zu entdecken. Er kann derjenige sein, der den Schatz hebt. Natürlich ist der Schatz da. Du musst ihn spüren lassen, dass der Schatz in dir steckt.«

Mo sah ihn verzweifelt an. »Das alles muss ich ihn spüren lassen?«

Tristan zuckte mit den Schultern. »Und vor allem bestell nichts mit Soße. Bekleckere dir nicht die Hose.«

»Ich habe Angst. Ich gehe da nicht hin.«

Tristan seufzte. »Vergiss es. Sei einfach du selbst.«

»Und wie?«

»Zieh erst einmal dein Lieblings-T-Shirt an.«

»Das mit den Löchern?«

»Ja. Das mit den Löchern. Du bist Künstler.«

Als Tristan im Büro war, ging ihm Mo nicht aus dem Kopf. *Wenn ich von jemandem etwas will, dann lade ich ihn zum Abendessen ein.* Es ließ ihm keine Ruhe. Um zwei Uhr sagte er zu Elsa:

»Ich muss nach Hause. Sag für heute Nachmittag alles ab.«

Als er ins Haus kam, rief er nach Mo, doch er bekam keine Antwort. »Mo?«, rief er noch einmal. Dann erst sah er, dass die Terrassentür offen stand, und ging hinaus. »Mo?« Immer noch keine Antwort. Er wollte schon wieder reingehen, als er Mo entdeckte: am hinteren Ende des Gartens, auf dem alten Holzstapel sitzend, bei den Resten der umgestürzten Eiche. Tristan ging über die Wiese zu ihm. Es war ein milder Septembertag, weiße Wölkchen zogen über den blauen Himmel. Tristan setzte sich neben Mo. Eine Weile lang sagte keiner von ihnen etwas.

Schließlich stieß Tristan Mo an. »Nun erzähl schon.«

Mo zuckte mit den Schultern. »Was gibt's schon zu erzählen?«

Tristan wartete ab.

»Er mag es. Er sieht Potenzial darin. Aber ich soll mir überlegen, was mein Zielpublikum ist. Ich soll an meinem Stil arbeiten. Die Charaktere seien sehr lebendig. Ich hätte schöne Ideen. Und ich soll kürzen ...« Mo seufzte. »Er hat nicht mal gesagt, er sei gespannt auf die zweite Hälfte ...«

Tristan beobachtete, wie die Wolken über sie hinwegzogen. Dann sagte er: »Ist dir je aufgefallen, dass dieser umgestürzte Baum immer noch ein paar grüne Zweige hat? Trotz allem? Nicht totzukriegen, der alte Mann.«

»Tristan, bitte. Noch ein Wort, und ich kotze.«

»Du hast recht.« Tristan nickte. »Wenn man es genau bedenkt, gibt der alte Kerl nicht mehr viel Grund zur Hoffnung.« Er zuckte mit den Schultern. »Außerdem habe ich schon immer gesagt, du musst an deinem Stil arbeiten.«

»Er hat vorgeschlagen, ich soll doch die Geschichte von uns beiden aufschreiben. Das hätte vielleicht Potenzial.«

»Von uns beiden?«

»Er sagte, es könnte ganz witzig sein. – Vorausgesetzt, ich arbeite an meinem Stil.«

»Das kannst du dir sparen. Wenn du über mich schreibst, dann hat die Geschichte Stil.«

Als die Kinder nach Hause kamen, bot sich ihnen ein seltsames Bild: Tristan und Mo standen auf der Terrasse, jeder einen Golfschläger in der Hand, und schlugen abwechselnd Golfbälle weit in den Garten. Fritte und Nano sahen eine Weile kommentarlos zu. Doch als Toni kam, schüttelte sie ungläubig den Kopf. »Was *macht* ihr da?«

»Wir arbeiten an Mos Stil«, antwortete Tristan.

Mo nahm einen Ball aus einem kleinen Eimer, legte ihn behutsam auf ein Tee und stellte sich in Positur.

»Sehr gut«, kommentierte Tristan. »Hintern raus, Schultern locker.«

Mo holte aus und schlug den Ball mit einem satten *Plopp* weit in den Garten. Polternd landete er auf dem Dach des alten Schuppens und hüpfte zurück ins Gras.

»Ja!« Mo reckte in Siegerpose seinen Schläger zum Himmel. »Mein erster Treffer! Kinder, ihr bringt mir Glück!«

Tristan nickte anerkennend. »Begabter Junge.«

Toni blickte auf die vier leeren und zwei halb vollen Bierflaschen, die auf dem Boden standen. »Ihr trinkt Bier? Um vier Uhr nachmittags?«

»Manchmal ist das genau der richtige Zeitpunkt.«

»Männer … Ich nehme an, es hat niemand eingekauft?«

Tristan und Mo sahen sich an. »Ich wusste doch, ich habe etwas vergessen«, sagte Mo.

»Und was gibt es zum Abendessen?«, fragte Toni.

Tristan legte sich einen Golfball zurecht, stellte sich in Positur, holte aus und schlug zu. Der Ball flog eine hohe Bahn und landete zu weit rechts auf der Wiese. Dann sagte er: »Wir bestellen Pizza.«

»Sehr gut.« Nano nickte. »Das hat Stil.«

*

Die vorherrschende Farbe war Schwarz. Nicht Trauer-Schwarz und auch nicht Frittes Halbwaisen-Schwarz, sondern ein buntes und verwaschenes Gamer-Heavy-Metal-Cosplay-Schwarz. Rund ums Haus lungerten Dutzende von jungen Leuten herum, und es kamen immer mehr. Mo stolperte über Schlafsäcke und Isomatten, Zelte wurden auf der Wiese aufgebaut, und eine Unzahl von Geräten wurde über WLAN, Bluetooth oder Airdrop miteinander verbunden. Während sich ein Mädchen in Manga-Kostüm mit einer riesigen Schleife im Haar den Kühlschrank zeigen ließ, um ein veganes Essen zu kühlen, das sie mitgebracht hatte, zeigte Tristan einigen Jungen, unter anderem Liam, wie der Gasgrill funktionierte, und beauftragte sie, später das Fleisch zu grillen, das er gekauft hatte. Eine Unmenge Getränkekästen stand zur Kühlung im Bach. Tristan und Mo waren sich einig gewesen, keinen Alkohol zu kaufen, wenn sie ihn auch nicht verbieten wollten, falls jemand etwas mitbrächte. Es brachte aber kaum jemand welchen mit.

Während die Vorbereitung der Veranstaltung für Mo eine echte Herausforderung darstellte, war Tristan voll in seinem Element. Er hatte sogar daran gedacht, mobile Klos aufstellen zu lassen. Als sich der Garten und die Terrasse mehr und mehr mit Gamern füllten, bekam Mo endgültig kalte Füße. Er sah sich in dem schwarzen Gewimmel um und fragte Tristan:

»Bist du sicher, dass das eine gute Idee war?«

Tristan antwortete: »Das weiß man erst hinterher.«

»War dir klar, dass so viele kommen würden?«

»Wir könnten ein jährliches Festival daraus machen«, schlug Tristan vor.

Nick, der gerade mit Toni vom Bach zurückkam, wo sie ein Federballnetz voller Salatblätter gewaschen hatten, grinste: »Das Two-Dudes-and-No-Plan-Festival …«

Tristans Idee war im Grunde ganz einfach: Wenn Fabi nicht aus seiner Online-Welt heraus und ins echte Leben hineinwill, dann bringen wir das echte Leben zu ihm. Er hatte Liam ins Boot geholt, und sie hatten über alle möglichen Kanäle mit jedem Gamer Kontakt aufgenommen, mit dem Fabi je gespielt hatte. Es kamen allerdings noch viel mehr. Die Sache hatte eine eigene Dynamik angenommen. Das halbe Internet wusste Bescheid, dass Fabis Mutter gestorben war und es ein kleines Festival zu ihrem Abschied geben würde. Zelte und Decken sind mitzubringen, Essen und alkoholfreie Getränke werden gestellt, Eintritt natürlich frei. Höhepunkt: lange Spielenacht *League of Legends* auf einer Großbildleinwand im Freien, die Tristan für das Wochenende inklusive Beamer und Soundtechnik gemietet hatte.

»Prima«, hatte Mo anfangs gespottet. »Eine Werbeveranstaltung für Computerspiele.«

»Ja, aber anders«, hatte Tristan erwidert. »Mit echten Menschen. Ein Portal zwischen den Welten. Wir wollen die Leute ja nicht vom Spielen abbringen. Wir wollen ihr Leben bereichern. Jedenfalls das von Fabi.«

»Aber ob eine Schockbehandlung das Richtige ist …«

Immer mehr junge Menschen strömten aufs Gelände, als Mo nervös auf die Uhr seines Smartphones sah. Gleich würde Fabi kommen. Es war gar nicht so leicht gewesen, ihn aus dem Haus zu locken. Sie hatten Karim eingeweiht, und der hatte Fabi gebeten, zu kommen und ihm zu helfen, ein paar Sachen für den Sperrmüll aus dem Haus zu tragen. Und als schließlich Karims kleiner Fiat auf den Hof rollte, kam der Moment der Wahrheit. Fabi stieg aus, kam auf die Terrasse und sah sich ungläubig um. Niemand beachtete ihn, weil ihn ja kaum jemand persönlich kannte. Mo und Tristan gingen zu ihm und sahen ihn gespannt an.

»Was ist das hier?«, fragte Fabi.

»Wir dachten, es sei eine gute Idee, wenn wir die Leute, mit denen du online spielst, einmal einladen. Als Menschen.«

»Hallo, Fabi!«, sagte Liam, der gerade mit Burgern vom Grill kam.

»Du bist Fabi?«, fragte ein Mädchen mit gebleichten lila und rot gefärbten Haaren.

Doch Fabi antwortete nichts. Er drehte sich um und lief ins Haus. Er polterte die Treppe hoch und schloss sich in seinem Zimmer ein.

»Lass *mich*«, sagte Tristan zu Mo und ging Fabi hinterher. »Es war meine Idee.«

Karim, der mit auf die Terrasse gekommen war, wirkte mit seinem Anzug und seiner glänzenden Halbglatze etwas deplatziert. Aber ihm schien das Treiben zu gefallen. »Ich wusste gar nicht, dass Fabi so viele Freunde hat«, sagte er beeindruckt.

Oben klopfte Tristan an Fabis Zimmertür. »Lass uns reden, Fabi.« Doch Fabi antwortete nicht. Also redete Tristan durch die geschlossene Tür. »Wir haben es gut gemeint. Es sollte eine schöne Überraschung für dich sein. Eine besondere Aktion. Es sind super Leute. Mir war nie klar, dass du so gute Leute kennst. Sag selbst ... ist das nicht schön, sie einmal in echt zu sehen? Sie einmal kennenzulernen?«

Endlich ertönte Fabis Stimme von drinnen: »Ist dir je in den Sinn gekommen, dass ich sie überhaupt nicht in echt kennenlernen *will*? Dass ich glücklich bin, mit ihnen zu spielen – und online zu reden?«

»Aber es sind Menschen aus Fleisch und Blut! Mit einem richtigen Körper.«

»Scheiß auf ihren Körper!«

»*Too much reality.*« Toni stand hinter Tristan und zog ihn sanft beiseite. »Ich bin's, Fabi. Mach auf.«

Der Schlüssel wurde im Schloss umgedreht. Toni warf Tristan einen beruhigenden Blick zu, ging ins Zimmer und schloss die Tür wieder hinter sich.

Tristan seufzte und ging nach unten.

»Und?«, fragte Mo, der ihm gespannt entgegensah.

»Wird schon kommen.«

Tristan hatte erwartet, dass Karim gleich wieder nach Hause gefahren war, aber das war nicht der Fall. Der kleine Mann saß auf den Stufen zur Wiese bei zwei Mädchen in schwarzen Jeans, die ihm am Bildschirm eines Laptops *League* erklärten.

Auf der Terrasse bauten ein paar Jungen den Beamer auf und richteten ihn auf die große Leinwand, die auf der Wiese gerade hochgekurbelt wurde. Inzwischen standen über ein Dutzend Zelte auf dem Rasen, den Mo tatsächlich noch vor dem großen Tag gemäht hatte.

Nach einer halben Stunde kam Toni wieder herunter. Allein.

»Er will nicht?«, fragte Tristan.

Sie schüttelte den Kopf.

Tristan atmete tief durch. »Er wird schon kommen. Ist halt ein Sturkopf.« Er lächelte zuversichtlich, doch Mo sah ihm an, dass er Angst hatte. Jetzt lief die Sache. Augen zu und durch.

»Kann man das Wasser aus dem Bach trinken?«, fragte jemand.

Und ein anderer: »Wir fangen jetzt mit den Hamburgern an, ja?«

»Haben Sie noch mehr Verlängerungskabel?«

Tristan kümmerte sich um all diese Fragen und war voll in seinem Element. »Ich wollte immer schon ein Festival organisieren«, sagte er zu Mo.

Fritte und Nano fanden es großartig. Anfangs hatten sie oben am offenen Fenster gesessen und aus sicherer Entfernung auf das Treiben hinabgeschaut, doch bald stürzten sie sich ins Getümmel, holten Getränke aus dem Bach und halfen mit, wo sie konnten.

Und als es dann endlich langsam dunkel wurde, sollten die Spiele beginnen. MagicMichi17, das Mädchen mit den lila und rot gefärbten Haaren, kam zu Toni. »Fabi muss das Eröffnungsspiel machen. Geh zu ihm und sag ihm, er kann in seinem Zimmer online gehen und von dort aus spielen.«

Tatsächlich ging Fabi auf die Idee ein. Die ersten Mitspieler und Gegner wurden festgelegt und setzten sich auf die Polstermöbel, wo ihre Rechner aufgebaut waren. Während sie an ihren kleinen Monitoren spielten, lagen alle anderen auf der Wiese oder saßen irgendwo auf Stufen, Kissen und Schlafsäcken und schauten auf der großen Leinwand im Zuschauer-Modus zu. Unter großem Jubel begann das Spiel. Fabi, der hinter dem offenen Fenster seines Zimmers vom Garten aus nicht zu sehen war, spielte großartig. Immer wieder ging ein Raunen durch die Zuschauer, Ratschläge und Anfeuerungen wurden gerufen, und wenn auf der Leinwand etwas Spektakuläres passierte, gab es Applaus. Fabis Mannschaft gewann die erste Runde.

MagicMichi17 hatte Mannschaften erstellt, und während die Spieler für die nächste Runde ausgerufen wurden, stand Fabi plötzlich in der Terrassentür. Liam, mit dem Grillwerkzeug in der Hand, sah seinen Freund gespannt an. »Alles klar, Mann?«, fragte Liam.

»Ich will einen Hamburger«, sagte Fabi.

Liam grinste erleichtert. »Klar, Mann. Zwei!«

Mo stand staunend am Rand und konnte es nicht glauben. Tristan hatte es tatsächlich geschafft. Die Veranstaltung war ein voller Erfolg. Hut ab, dachte Mo. Dieser Mistkerl hat's drauf. Fabi schrieb gerade mit Liam und ein paar anderen auf jemandes Gipsarm Namen und Sprüche, als das Mädchen mit den lila und rot gefärbten Haaren, das er vorhin in seiner Wut nicht beachtet hatte, wieder zu ihm kam.

»Fabi?«

Er sah sie an. »Hi …«

»Ich bin MagicMichi17.«

»Du bist MagicMichi17? Dich habe ich mir ganz anders vorgestellt.«

»Das sagen meine Eltern auch immer.«

»Nein, ich meine, irgendwie dachte ich, du bist … ein Junge.«

»Nein, ich bin ein Mädchen.«

»Ja. Offensichtlich …«

»Tut mir leid mit deiner Mutter. Ist 'ne scheiß Sache.«

»Ja. Danke.«

Sie standen sich einen Moment lang verlegen gegenüber.
»Du hast ein cooles Zuhause, Alter.«
»Ja. Ich habe zwei Väter.«
»Cool.«
Fabi hatte sich in sein Schicksal gefügt, Menschen kennenzulernen, und schien es sogar zu genießen. Auch wenn er es wohl niemals zugeben würde.

Runde um Runde gingen die Spiele auf der großen Leinwand weiter. Nach einem für Mo undurchschaubaren System wechselten reihum die Spieler, und wann immer Fabi am Rechner saß, spielte er wie ein junger Gott. Er war so gut, dass die Menge jubelte, wann immer ihm etwas gelang – und ihm gelang viel.

Irgendwann zog sich der eine oder andere zum Schlafen zurück, jemand anders kam aus einem Zelt herausgekrabbelt und gesellte sich wieder dazu. Das Spiel ging die ganze Nacht über weiter. Erst als es definitiv zu hell wurde, um auf der Leinwand noch etwas zu erkennen, wurde notgedrungen abgebrochen.

Karim kam wieder und brachte in seinem kleinen Fiat körbeweise Brötchen fürs Frühstück. Fritte und Nano hatten bei Mo im Bett geschlafen, aber schon im Morgengrauen rannten sie wieder irgendwo zwischen den Jugendlichen herum. Als Mo nach unten kam, lag das Wohnzimmer voller Schlafsäcke, und an Smartphones und Computern wurden Spiele gespielt.

Vom Bach her ertönte ein Riesengeschrei, alles strömte dorthin, und mindestens zwanzig Leute sprangen in Kleidern im Bach herum, legten sich kreischend ins kalte Wasser oder ließen sich von der Brücke herab. Fritte und Nano holten stapelweise Handtücher, und Toni filmte alles mit ihrem Handy. Am frühen Nachmittag verabschiedeten sich die Ersten, die einen weiten Heimweg hatten, und es war Abend, bis die Letzten gingen. Zurück blieb ein heilloses Chaos. Obwohl erstaunlich vieles aufgeräumt und in Ordnung gebracht war. Fritte zählte fünf liegen gebliebene Schlafsäcke, zwei vergessene Zelte, ein Paar Schuhe, sechs Zahnbürsten und drei Handyladekabel.

»Bist du jetzt zufrieden, alter Mann?«, fragte Fabi.

»Ja«, antwortete Tristan.

»Kann ich dann jetzt wieder hochgehen? Ich bin mit ein paar Leuten zum Spielen verbredet.«

Mo und Tristan wechselten einen Blick.

»Okay«, sagte Tristan und sah Fabi nach, während er oben verschwand. Mo sah Tristan seine Enttäuschung an.

Einen Moment später erschien Fabi wieder und sagte: »Danke, alte Männer. War eine gute Aktion.«

»Okay«, sagte Tristan. »Fand ich auch.«

Und Mo sagte: »Gute Leute …«

Fabi nickte. »Wisst ihr was? Ich spiele heute doch nicht mehr. Ich bin so was von hundemüde.«

Und damit verschwand er.

*

»Die sind nicht schlecht.« Tristan blätterte die Aktzeichnungen durch.

»Es geht nicht darum, ob sie gut sind. Ich will nicht hören, ob sie gut sind.«

»Wer hat die gemacht?«

»Der Mann, der ein Verhältnis mit deiner Frau hatte.«

»Soll das ein Witz sein?« Tristan sah Mo an. Mo sah

eindeutig nicht aus, als ob er einen Witz machte. Jetzt begutachtete Tristan die Postkarten, die er beim ersten Mal eher beiläufig durchgeblättert hatte, noch einmal genauer.

»Das soll Lou sein?« Er kniff die Augen zusammen. »Das kann *irgendwer* sein.«

»Du weißt, dass es nicht *irgendwer* ist.«

Tristan nickte. »Rafael Zee. Dieser miese Drecksack.«

»Du kennst ihn?«

Ihre Beziehung war längst aus dem Ruder gelaufen. Wann immer sie miteinander redeten, hagelte es Vorwürfe. Tristan und Lou hatten mehrmals versucht, die Dinge beim Namen zu nennen und die Probleme zu lösen, aber die Missverständnisse waren nur größer geworden. Der Knoten war nach ihren Gesprächsversuchen verworrener als vorher. In dieser verfahrenen Situation kam das Angebot von Gwendolyn gerade recht. Gwendolyn gehörte zum illustren Bekanntenkreis von Tristans Mutter Marianne. Sie besaß eine Menge Geld, eine Menge Beziehungen, eine Menge Kunst und eine Galerie. Tristan und Lou waren gelegentlich zu Vernissagen dort gewesen. Lou hatte sich in der reichen Kunstwelt nie so richtig wohlgefühlt. Aber Tristan hatte Spaß daran, und er fand, es könne nie schaden, Leute mit Geld kennenzulernen. Lou interessierte sich genug für Kunst, um mitzugehen – immerhin war es früher einmal ihre Hoffnung gewesen, in diese Welt zu geraten. Wie sich herausstellte, mochten sich Gwen und Lou. Und als Gwen eine Ausstellung vorbereitete und kurzfristig jemanden brauchte, der ihre Assistenz übernahm, fragte sie Lou. Lou kannte sich mit Kunst aus, Lou kannte sich seit ihrer Zeit bei Coffee Queen mit Papierkram aus (der in der Galerie in sehr viel geringerem Umfang anfiel), und sie war *präsentabel*. Letzteres sagte Gwen nicht, aber Tristan meinte, dass es für Gwen nicht ohne Bedeutung wäre.

»Du siehst gut aus, du hast Stil, du bist gebildet, du hast Manieren – sie kann dich mit ihren reichen Kunden und erfolgreichen Künstlern allein lassen, ohne befürchten zu müssen, dass es peinlich wird.«

»Na, danke«, hatte Lou geantwortet. Weil sie wirklich einmal dringend rausmusste und weil der Job auf einige Wochen befristet war, sagte sie zu. Aus dem einen Job wurden später mehrere und dann die feste Stelle, die schließlich sogar in den Monaten in New York gipfelte.

Die erste Ausstellung sollte die Werke eines amerikanischen Künstlers, auf den man gerade in New York aufmerksam wurde, im enorm wichtigen Kunstmarkt Deutschland bekannt machen. Ein Deutschamerikaner namens Rafael Zee, der in der Folge seine familiären Wurzeln sowie den Reiz der Kunstmetropole Berlin entdeckte. Da Berlin *the place to be* war, mietete er ein Loft an der Spree und arbeitete ein paar Jahre lang zur Hälfte dort. Lou musste ihn regelmäßig treffen. Tristan hatte damals den Eindruck, dass dieser Rafael und Lou mehr Zeit miteinander verbrachten, als notwendig gewesen wäre, aber da er sich heimlich mit Simone traf, konnte – und wollte – er nichts sagen.

»Du kennst diesen Rafael Zee? Du weißt, dass da etwas lief?« Mo starrte ihn erstaunt an.

»Nicht wirklich. Ich hatte so ein Gefühl. Ist lange her ... Was weißt du noch?« Tristan warf die Zeichnungen auf den Tisch, wo sie auseinanderrutschten. »Diese Akte sind wohl nicht alles, was du hast.«

Mo nahm das iPad und zeigte ihm die Posts bei Facebook.

»Die Schaumgeborene ... Wie albern ist das denn?«

Tristan sah sich das Foto noch einmal genau an. Zog es mit Daumen und Zeigefinger größer. »Muss nicht Lou sein ...«

»Der Bikini!« Mo lief nach oben und kam kurz darauf mit einem weißen Bikini mit einem Blumenmuster zurück. Es war derselbe wie auf dem Foto.

»Schwaches Indiz. Damit gehst du vor Gericht baden.«

»Der Bauchnabel. Schau dir ihren Bauchnabel an.«

Tristan sah sich den Bauchnabel an. »Vielleicht ist Lou die einzige Frau, die du je nackt gesehen hast, aber glaub mir, es gibt viele, die einen solchen Bauchnabel haben.«

»Lou ist *nicht* die einzige Frau, die ich je nackt gesehen habe. Und es *ist* ihr Bauchnabel.«

Tristan sah ihn sich noch einmal genau an. »Ja. Du hast recht. Es ist ihr Bauchnabel. Von wann ist das?« Er las das Datum der Einträge. »Das war zu meiner Zeit ... Im letzten Jahr unsere Ehe ...«

»Hier ist noch ein Eintrag«, sagte Mo und suchte eine Weile.

»New York«, las Tristan. Das Foto war auf einer Dachterrasse aufgenommen. Eine Rooftop-Bar mit Blick auf das beleuchtete Empire State Building. Lous Kleid im Anschnitt. Rot mit Kolibris.

»Soll ich das Kleid auch holen?«

»Brauchst du nicht. Ich kenne es.« Tristan las wieder das Datum und sah Mo an. »Das war zu deiner Zeit ...«

24

Woher hat sie das Geld, frage ich dich. Sie hat nie etwas anderes getan als töpfern, und sie hat nie einen Mann gehabt.«

»Hast du dir mal angeschaut, was ihre Arbeiten kosten?«

»Ja, aber verkauft sie auch welche?«

»Außerdem gibt sie diese Töpferkurse.«

»Und davon leistet sie sich ein Haus mit Garten …«

»Sie leistet sich eben sonst nichts. Lebt ein bisschen bescheidener als du.«

»Sei nicht immer so naiv, Mo! Ich sage dir, sie macht sich Männer gefügig, und wenn sie deren Geld hat, bringt sie sie um. Die Polizei sollte mal ihren Garten umgraben. Und vorher schließen wir Wetten ab, wie viele von den armen Teufeln sie finden.«

Mo sah sich im Wageninneren um und fragte sich, wie ein Mensch ein so sauberes und ordentliches Auto fahren konnte. Bei ihm und Lou waren der Boden und sämtliche Ablagen immer vollgemüllt gewesen.

»Wahrscheinlich denkst du, ich habe Lou auch umgebracht. Wegen ihres Geldes.«

»Wegen *meines* Geldes.«

Sie waren inzwischen bei Nora angekommen. Sie lebte in einem kleinen, zugewachsenen Häuschen mit einem großen Garten, wo sie tatsächlich kaum anderes tat als malen, töpfern und ihre Pflanzen pflegen. Entgegen Tristans Unkerei verdiente sie ein nicht zu verachtendes Geld mit ihrer Töpferkunst. In früheren Jahren vor allem vor Weihnachten, aber inzwischen waren ihre Töpfereien so kostspielig, dass sie sich kaum noch als Weihnachtsgeschenk eigneten.

»Hexenhaus ...«, flüsterte Tristan, als er klingelte. Es dauerte nicht lange, bis die Tür aufging und Nora vor ihnen stand. Graue Locken (die sie von der ersten grauen Strähne an nie gefärbt hatte), große Ohrringe, Töpferschürze, in der Hand eine Lesebrille.

»Wir müssen mit dir reden«, sagte Mo. Nora blickte erstaunt von einem zum anderen. Mo überlegte, ob das die Augen einer Mörderin waren, und schüttelte den idiotischen Gedanken ab.

»Wir kommen doch nicht ungelegen?«, fragte Tristan.

»Nein«, antwortete Nora. »Ich bin nur überrascht.« Sie ließ die beiden herein. »Wollt ihr einen Tee?« Und zu Tristan: »Kaffee habe ich leider nicht.«

»Macht nichts«, antwortete Tristan mit einem Blick auf Mo. »Ich gewöhne mich langsam an Tee.«

Tatsächlich hatte sich Nora ein kleines Paradies geschaffen. Ihr winziges Haus atmete Kreativität. Auf jeder freien Fläche standen getöpferte Tassen, Kannen und Figuren. Tristan und Mo warteten eine Weile, bis Nora auf einem kleinen Tablett den Tee brachte.

»Wie läuft es mit eurer neuen Familie?«, fragte sie.

»Gut«, antwortete Mo.

Und Tristan sagte: »Wir befinden uns gerade im Übergang von der ersten Phase der stürmischen Liebe zu einer tiefen Beziehung.«

Nora lächelte milde. Mo dachte, dass er sie noch nie hatte lachen sehen. Auch wenn die Frauen zu mehreren zusammen gewesen waren. Wenn sie zu Lous Geburtstag gekommen waren oder zu einem Frauenabend. Alle lachten, aber Nora lächelte.

»Wie geht es den Kindern?«

Mo und Tristan sahen sich unwillkürlich an. Jeder wollte dem anderen bei der Beantwortung dieser Frage den Vortritt lassen.

»Gefühlsmäßig im freien Fall«, sagte Tristan. »Aber nach und nach gehen ein paar kleine Fallschirme auf.« Er nickte. »Ja, ich glaube, das beschreibt es ganz gut.«

»Ich finde es bewundernswert, dass ihr beide das durchzieht. Respekt.«

»Vielleicht ist es so sogar einfacher«, sagte Mo. »Ich meine, wir haben wenigstens einander.«

Tristan nickte. »Zum Streiten.«

Nora lächelte. »Warum kommt ihr her?«

»Tja«, sagte Mo. »Du warst Lous beste Freundin ... Du hast dieses Ferienhaus in Holland. In Zeeland ...«

Nora blickte vom einen zum anderen. »Und?«

»Ist schon ein paar Jahre her ...«, fuhr Mo fort.

Tristan übernahm: »Lou hat mir damals gesagt, dass sie mit dir übers Wochenende in das Haus fährt. Aber sie ist nicht mit dir gefahren.«

»Das ist wirklich lange her.«

»Wir denken, dass sie mit Rafael Zee dort war. Diesem Künstler. Du weißt schon.«

»Denkt ihr ...«

Tristan und Mo nickten.

»Wir möchten gern wissen, was gewesen ist.«

»Warum? Warum wollt ihr das? Wollt ihr diese alten Geschichten nicht ruhen lassen? Was habt ihr davon?«

Mo zuckte mit den Schultern. »Wir möchten es wissen, wenn es außer uns noch jemanden gab.«

»Und wir möchten wissen«, sagte Tristan, »wie lange die Sache lief.«

»Du kannst dich kaum beschweren«, sagte Nora zu Tristan. »Du hattest deine Geschichte mit Simone.«

»Ich beschwere mich nicht. Wir wollen es nur wissen. Wenn es dazugehört, dann gehört es eben dazu.«

Und Mo fügte hinzu: »Alte Geschichten ruhen nie.«

Nora sah ihn ernst an. »Wenn sie es euch nicht gesagt hat, werde ich es auch nicht tun.«

»Nora! Sie kann es nicht mehr sagen! Du warst ihre Freundin!«

»Ja, ihre. Nicht eure.«

*

»Nun komm schon, Gwen!«

»Ihr könnt doch nicht hierherkommen und mich ausfragen, was damals in Berlin gewesen ist. Was damals in New York gewesen ist. Das geht nur Lou etwas an. Und Lou ist tot.«

»Danke, dass du uns daran erinnerst.«

»Deswegen habe ich sie ja da rausgeholt. Damit sie ihr eigenes Leben lebt.«

»Da raus?«, fragte Tristan. »Was meinst du mit *da raus*?«

»Sie brauchte Luft. Regen. Sonne. Du hast doch gesehen, wie sie hier aufgeblüht ist.«

»Und was hat sie noch gebraucht? Weshalb hast du sie nach New York mitgenommen? Weshalb hast du sie nach Berlin geschickt? Wo er sein Atelier hat? Wo diese Spinne in ihrem Netz saß.«

Tristan und Mo waren schon oft in der Galerie gewesen, aber natürlich nie zuvor gemeinsam. Tristan hatte mit Lou zusammen hier Ausstellungen besucht – sowohl als Marianne noch dafür gesorgt hatte, dass sie eingeladen wurden, als auch später, als Lou in der Galerie gearbeitet hatte. Mo war nur ein einziges Mal bei einer Vernissage gewesen. Er hatte sich nicht wohlgefühlt. Er hatte das Gefühl gehabt, die interessanten Leute, also die Künstler, waren an einem solchen Abend nur denen zugewandt, die Geld hatten, und die mit dem Geld waren nur denen zugewandt, die einen Namen hatten. Mo hatte nicht einmal einen eigenen Namen, und als Kunstsammler taugte er nicht ansatzweise.

Tristan hatte Gwen zwar mit einem kurzen Anruf ihr Kommen angekündigt, aber er hatte nicht gesagt, was sie von ihr wollten. Und deshalb hatte die Galeristin erstaunt von einem zum anderen geschaut, als Tristan sie aufgefordert hatte: »Erzähl uns von Lou und Rafael.« Sie hatte zunächst gar nichts geantwortet. Tristan hatte ihr erklärt: »Wir wissen, dass sie ein Verhältnis hatten. Wir haben seine Aktzeichnungen. Wir haben herausgefunden, dass sie ein Wochenende in Holland verbracht haben.«

»Das habt ihr herausgefunden ... Wer seid ihr? Batman und Robin?«

»Wir haben das Recht zu wissen, was gewesen ist.«

»Was habe ich damit zu tun?«

»Du hast sie verkuppelt.«

»Es gefällt dir nicht, dass Lou keine Heilige war. Das verstehe ich. Aber ihr werdet mir kaum die Schuld in die Schuhe schieben.«

»Es geht nicht um Schuld.«

»Sondern?«

Die beiden schweigen. Die ungeklärte Frage.

»Jungs, lasst die Finger davon. Manchmal ist es nicht gut, alles zu wissen. Vor allem dann, wenn man es nicht mehr klären kann. Ihr könnt nicht mehr mit Lou reden. Jede Entscheidung ist zu ihrer Zeit richtig. Aber warum sie damals richtig war, werdet ihr nie herausfinden.«

»Gib uns seine Adresse.«

»Bist du verrückt? Das werde ich nicht tun!«

»Ist er in Berlin?«

»Ja, er ist in Berlin, aber seine Adresse werde ich euch ganz sicher nicht geben.« Sie sah von einem zum anderen. »Ich kann ihn anrufen, und falls er das will, meldet er sich bei euch. Aber ich bezweifle, dass er das will.«

»Darf ich wenigstens deine Toilette benutzen?«, fragte Tristan.

»Sicher. Aber hinsetzen!« Als Tristan weg war, herrschte einen Moment lang Stille. Dann sagte Gwen: »Sie hat wieder gezeichnet, nicht wahr?«

»Ja«, antwortete Mo. »Abgeknickte Bäume.«

»Wie bitte?«

»Vom Sturm abgebrochene Bäume. Entwurzelte Bäume. In allen Größen.«

»Ernsthaft? Davon hat sie nie erzählt.«

Mo zuckte mit den Schultern.

Tristan kam zurück. »Mo, gehen wir?«

»Darf ich mir die Sachen mal anschauen?«, fragte Gwen.

»Sicher, warum nicht?«

Tristan zog Mo am Arm hinaus. »Tja, danke dir für deine Hilfe, Gwen.«

»Es tut mir leid, ich kann nichts für euch tun.«

Als sie draußen auf dem Bürgersteig waren, sagte Tristan: »Spreedamm 64.«

Mo schaute ihn fragend an.

»Die Adresse von dem Mistkerl. Gwendolyns Handtasche stand auf ihrem Schreibtisch.«

Mo starrte Tristan an. »Das ist nicht dein Ernst! Du hast nicht heimlich in ihrem Adressbuch gelesen!«

Tristan zuckte mit den Schultern. »Willst du mit ihm reden oder nicht?«

»Das ist strafbar!«

»Das ist nicht strafbar.«

»Aber es ist unanständig.«

»Und mit kleinen Kindern über Friedhofsmauern zu klettern nicht?«

Mo ging kopfschüttelnd weiter. Tristan rief ihm hinterher: »Und um das klarzustellen: Ich bin Batman. Du bist Robin!«

*

Auch Tristan ließ es keine Ruhe mehr. Hatte er Lou einfach nur idealisiert? Hatte er sich in die Idee hineingesteigert, dass ein Leben mit Lou ihn glücklich gemacht hätte? Rannte er einem Gespenst hinterher? Er musste die Wahrheit wissen.

Den Kindern sagten sie, dass Tristan in Berlin für Coffee Queen etwas zu erledigen hätte und Mo ihn begleitete.

Allein diese Erklärung sorgte beim Essen erst für überraschtes Schweigen und dann für Spott.

Fritte scherzte: »Ihr könnt wohl gar nicht mehr ohneeinander.«

Nano maulte: »Ich will mit nach Berlin.«

Nur Toni schwieg. Sie ahnte, dass hinter der gemeinsamen Reise mehr steckte, sagte aber nichts.

»Wir bleiben nur eine Nacht«, sagte Mo. »Toni bringt euch ins Bett und macht euch Frühstück, okay?«

»Okay«, sagte Toni.

»Ich kann allein ins Bett gehen«, sagte Nano.

»Und ich mache das Frühstück«, sagte Fritte.

Mo war nach wie vor unsicher. Vielleicht hatte Gwen recht. »Was genau machen wir, wenn wir bei ihm sind?«, fragte er Tristan.

»Das ist doch wieder einmal eine typische Mo-Frage.«
»Ernsthaft.«

»Wir treten ihm in den Arsch! Das machen wir.«

»Du *bist* nicht Batman.«

»Doch, bin ich. Ich bin der dunkle Rächer.«

»Was willst du ihm sagen, falls er uns überhaupt die Tür aufmacht?«

»Ich sage ihm: Wir sind Lous Männer, und wir haben mit ihm zu reden.«

Sie fuhren mit Tristans Auto. Mo hatte ihm angeboten, auch einen Teil der Strecke zu fahren, aber Tristan hatte nur zurückgefragt: »Bist du überhaupt groß genug, um übers Lenkrad zu schauen, Kleiner?«

Das Navi führte sie zügig zum Spreedamm 64, und dann standen sie in dem Hof und schauten zu den großen Fenstern der Lofts empor, die in dem ehemaligen Fabrikgebäude eingerichtet worden waren. Ateliers, Filmproduktionen, Workspace. Als Erstes hörten sie nur seine Stimme aus der Gegensprechanlage. »Gwendolyn hat mich angerufen. Sie sagt, ihr seid durcheinander.« Amerikanischer Akzent.

Tristan sprach in das Mikrofon. »Wir sind nicht durcheinander. Wir müssen mit dir reden. Lässt du uns rein?«

»Wir haben nichts zu reden«, klang es zurück.

»Wir reden doch schon.«

Eine Weile herrschte Schweigen, dann summte der Türöffner. Rafael Zees Atelier lag im obersten Stockwerk. Ein riesiger Raum, Gemälde hingen an den Wänden und standen dicht an dicht in hohen Holzregalen. Tische mit Farben und Werkzeugen.

»Ich habe nicht viel Zeit«, sagte Rafael, als er sie durch eine breite Stahltür hereinließ. Er sah genauso aus wie auf den Fotos, die sie im Internet gesehen hatten. Manche Leute sehen in Wirklichkeit anders aus als auf Fotos. Rafael sah genauso aus. Er wies auf ein Sofa und setzte sich in einen Sessel ihnen gegenüber. Er strich sich verlegen mit beiden Händen seine vollen Locken zurück. Zumindest brachte er so viel Mitgefühl auf, dass er sagte: »Tut mir leid wegen Lou.«

Mo fragte sich, ob es ihm wohl auch naheging. Ob er sie geliebt hatte. Wahrscheinlich nicht. Er sah aus, als würde er vor allem sich selbst lieben. Was mochte Lou an ihm gefunden haben? Es war ein Fehler gewesen herzukommen, dachte Mo. Denn auf diese Frage – die einzige Frage in dem Zusammenhang, die von Bedeutung war – würde er keine Antwort bekommen. Warum entscheidet sich jemand für jemanden? Es ist von außen nicht nachzuvollziehen. Es ist von außen niemals nachzuvollziehen.

»Du weißt es schon?«, fragte Tristan.

»Wie gesagt: Gwen hat mich angerufen.«

»Natürlich …«

»Das hier ist *strange*«, sagte Rafael. »Sagt ihr mir jetzt, was ihr wollt?«

Tristan sah ihn geradeheraus an. »Wir sind gekommen, um dir eine reinzuhauen.«

Rafael war sichtlich ratlos, ob Tristan einen Scherz machte oder nicht. Er schien jedenfalls zu bereuen, dass er sie überhaupt hereingelassen hatte. Vorsichtig sagte er: »Wegen so einer alten Geschichte? Es ist Ewigkeiten her.«

»Alte Geschichten ruhen nie«, sagte Mo.

Und Tristan fragte: »Du gibst es also zu?«

»Wieso sollte ich es leugnen? Ihr wisst es offenbar.«

»Wie lange lief das zwischen euch?«

»Warum wollt ihr das wissen?«

»Wir wollen wissen, ob Lou uns beide …«, antwortete Mo.

»Wozu?«, fragte Rafael.

»Es ist wichtig.«

»Also, wie lange ging eure Affäre?«, fragte Tristan nach. »Das ist es, was wir wissen wollen.«

Rafael zuckte mit den Schultern. »Eigentlich war es gar keine Affäre. Wir haben uns nur ab und zu gesehen. Wenn ich in ihrer Nähe war. Wenn sie in Berlin war.«

»Wie oft habt ihr miteinander geschlafen?«, fragte Tristan in seiner unnachahmlichen Direktheit.

Rafael stand auf und wies zur Tür. »Hört zu, Leute, ich glaube, es ist besser, ihr geht jetzt.«

»Du hast ihre Liebe zur Kunst ausgenutzt. Schläfst du mit jeder Frau, die dich bewundert?«

»Raus. Verschwindet. Gwen hat mir gesagt, dass ihr durcheinander seid, aber sie hat nicht gesagt, dass ihr komplett spinnt! Sie hat mich gebeten, mit euch zu reden. Dass es euch helfen könnte, drüber hinwegzukommen. Jetzt habe ich euch geholfen. Und jetzt raus hier.«

Doch Tristan ließ sich nicht abspeisen. »Nicht so eilig, du hast uns noch nicht gesagt, wie lange eure Geschichte gelaufen ist.«

Doch Mo ertrug das nicht länger. Er stand ebenfalls auf. »Komm, Tristan, das hier bringt nichts.«

»Moment, Mo«, erwiderte Tristan. Und zu Rafael gewandt sagte er: »Wir wissen, dass *ich* der Betrogene bin. Es hat angefangen, als ich noch mit ihr verheiratet war. Wir haben diese albernen Strandbilder gesehen. *Schaumgeborene*. Aber was ist mit ihm? Was ist mit New York? Sie ist zwei Wochen lang in New York gewesen. Und du warst auch da.«

Rafael zögerte. Dann schien er der Meinung zu sein, dass dies hier am schnellsten zu beenden war, wenn er erzählte. »Ja, natürlich war ich auch da. Ich habe mich gefreut, weil ich sie einen Monat lang sehen konnte. Aber es lief nichts.«

Mo horchte auf.

»Sie blieb immer in Gwens Nähe. Offenbar absichtlich. Wir sind nur mit Gwen zusammen essen gegangen. Und anderen Leuten, die Gwen treffen wollte. Erst nach ein paar Tagen habe ich sie überreden können, mit mir allein essen zu gehen. Danach sind wir in mein Atelier.«

Mos Magen krampfte sich zusammen.

»Sie wollte nichts. Sie ist wieder gegangen. Ich dachte, sie braucht ein paar Tage, aber plötzlich hat sie gesagt, sie will wieder nach Hause. Sie fliegt zurück.«

»Weil ihre Kinder krank waren ...«, sagte Mo.

»Nein. Es war nicht wegen der Kinder. Als du angerufen hast, dass die Kinder krank sind ...« Er sah Tristan an.

»Er hat angerufen«, korrigierte ihn Tristan.

Rafael wandte sich Mo zu. »... da hatte sie den Flug schon umgebucht. Sie hat mir schon am Tag vorher gesagt, dass sie zurückwill. Danach haben wir uns nie wieder gesehen. Außer bei Gwen in der Galerie.«

»Erzähl uns keine Märchen«, sagte Tristan.

»Warum sollte ich? Das habe ich dem Mädchen damals auch schon alles erklärt.«

Tristan und Mo horchten auf. »Welchem Mädchen?«, fragte Tristan.

»Na, Lous Tochter. Wie heißt sie noch?«

»Toni?«, fragte Mo.

»Wessen Tochter ist sie?« Noch während er von Tristan zu Mo und zurück schaute, sprang Tristan auf, packte ihn so hart am Hemdkragen, dass ein Knopf absprang, und schüttelte ihn. »Du hast dich mit meiner Tochter getroffen? Du mieses Stück Dreck! Ich schlag dich tot!«

Mo ging dazwischen und zerrte Tristan von Rafael weg. »Haut ab! Raus hier! Alle beide!«

»Was war mit meiner Tochter? Wieso triffst du dich mit meiner Tochter?«, schrie ihn Tristan an.

»Fuck! Ich habe mich nicht mir ihr getroffen, Mann! Sie hat auf mich gewartet. Vor der Galerie. Hat mich angesprochen, als ich rausgekommen bin. Sie hat uns zusammen gesehen.«

»Moment!«, schaltete sich Mo ein. »Sie hat euch gesehen? Wo? Wann?«

»Ein paar Wochen vor New York.«

»Wo?«

Rafael stieß wütend hervor: »Unter der Dusche! Und jetzt verschwindet!«

Tristan war außer sich. »Meine Tochter hat dich nackt gesehen? Mit ihrer Mutter?«

Doch Rafael antwortete nicht. Er hatte sein Handy aus der Tasche genommen, den Bildschirm entsperrt und irgendetwas getippt.

»Sie hat euch gesehen, wie ihr ... Ich bring den Kerl um!«

Diesmal war Mo nicht schnell genug. Tristan schlug Rafael mit einem Faustschlag nieder. Der New Yorker Künstler (Stipendien, Einzelausstellungen, Auszeichnungen, bla) ging zu Boden, sein Smartphone polterte über den mit Farben bekleckten Atelierboden.

Aus dem Handy erklang eine Frauenstimme: »Notruf-Leitzentrale ...«

25

Auf der Polizeiwache wurden ihre Personalien aufgenommen und eine Menge Papierkram ausgefüllt.
»Sie heißen auch Albarella? Sind Sie verwandt?«
»Nein.«
»Miteinander verheiratet?«
Tristan sagte: »Ja.«
Mo wollte widersprechen, aber er ließ es. Dann waren sie eben verheiratet. Darauf kam es jetzt auch nicht mehr an. Der Polizist kam auch von selbst schnell darauf, dass sie es nicht waren. Außerdem fand er heraus, dass Mo vorbestraft war. Im Alter von 18 Jahren war er mit Cannabis aufgegriffen und zu Sozialstunden verurteilt worden. Ein Jahr später dasselbe noch mal. Wiederum ein Jahr später war er beim Dealen erwischt worden. Worauf sie sich beide einer gründlichen Leibesvisitation unterziehen mussten.

Sie wurden in einen Raum geführt, in dem es viel zu heiß war. Das Fenster ließ sich nicht öffnen.
»Nun schau mich nicht die ganze Zeit so an!«, sagte Tristan. »Der Kerl hat es verdient.«
Mo antwortete nichts.
»Und woher sollte ich wissen, dass du vorbestraft bist? Du hast mir das verschwiegen. Wenn ich das gewusst hätte, hätte ich dir niemals meine Kinder anvertraut!«
Mo schwieg.

Drei Stunden später erschien Rafael Zee auf der Wache und verzichtete auf eine Anzeige. Er verlangte lediglich eine Entschuldigung.

»Entschuldigung«, sagte Tristan.

»Entschuldigung«, sagte Mo.

Sie durften gehen.

»Komm, Schatz«, sagte Tristan.

Auf der Straße dann – nach drei Stunden Schweigen – brach es aus Mo heraus: »Ich glaube das nicht! Du hast ihn niedergeschlagen! Wie asozial ist das! Tristan Albarella, der Cafékönig, der Coffee King – ein Asozialer! Zu Gast bei Coffee Queen – und zack! Schlägst du einen nieder, nur weil er …«

»Es tut mir leid.«

»Hat dir das jetzt irgendetwas gebracht?«

Schulterzucken.

Tristan ging eine Weile hinter Mo her, der wütend losgestapft war. »Jetzt warte doch mal, Mo! Wo gehst du überhaupt hin?«

Mo antwortete nicht.

»Komm, wir gehen was trinken.«

Mo blieb stehen. »Um ehrlich zu sein, würde ich lieber nach Hause.«

»Wir fahren morgen nach Haue. Wir gehen uns jetzt betrinken, und dann spendiere ich ein schönes Hotelzimmer. Wir lassen es uns heute Abend gut gehen, morgen machen wir ein kleines Sightseeing-Programm, und dann fahren wir zurück zu den Kindern.«

Mo antwortete nicht.

»Okay?«

Abends saßen sie in einer Bar und tranken Gin Tonic.

»Hast du sein Gesicht gesehen?«, kicherte Tristan. »Hast du sein verdammtes Gesicht gesehen? Er hat nicht erwartet, sich nach so langer Zeit noch eine zu fangen.«

»Sein Gesicht? Ich konnte sein Gesicht nicht sehen, weil ich auf den Fußboden gestarrt habe. Alles voller Blut! Alles vollgespritzt! Bis ich endlich begriffen habe, dass der Mistkerl überhaupt kein bisschen geblutet hat. Er saß einfach nur in alten Farbklecksen!«

»Natürlich hat er nicht geblutet. Ich habe nur ganz leicht zugeschlagen. Glaubst du, ich will ihn umbringen?«

»Gib zu, du hast zugehauen, so fest du konntest. Als ob du dich hättest zurückhalten können! Du warst ja völlig außer dir! Du hättest mal *dein* Gesicht sehen sollen! Du hast einfach nur keinen Wumms in den Armen.«

»Keinen Wumms? Natürlich habe ich Wumms! Weil ich ja täglich Leute zusammenschlage! Ich bin voll im Training!«

»Na, ihr zwei? Wie wäre es mit ein bisschen Gesellschaft?«

Tristan und Mo drehten sich um und sahen sich zwei jungen Frauen gegenüber. Einer kleinen und einer großen. Beide geschminkt, beide braun gebrannt, beide trugen kurze Röcke. »Ihr hattet sicher einen anstrengenden Tag.«

»Wir hatten tatsächlich einen furchtbar anstrengenden Tag«, erwiderte Tristan.

»Mein Name ist Irina«, sagte die Kleine, die bisher als Einzige gesprochen hatte. Sie hatte einen russischen Akzent und reichte Tristan und Mo die Hand. »Das hier ist meine Cousine Afina. Sie spricht kein Deutsch.« Tristan und Mo schüttelten auch Afina brav die Hand. Afina sah müde aus und hielt ihre Schuhe in der Hand. Sie lief barfuß.

»Absatz abgebrochen«, sagte Irina, und Afina hielt ihnen ihre Schuhe hin, damit Tristan und Mo den abgebrochenen Absatz sehen konnten.

»Ihr hattet auch einen anstrengenden Tag«, sagte Tristan.

»Das kannst du laut sagen. Spendiert ihr uns einen Drink?«, fragte Irina.

»Ich muss euch warnen«, sagte Mo und wies auf Tristan. »Er hat heute einen zusammengeschlagen.«

»Oh!«, sagte Irina bewundernd und übersetzte für ihre Cousine.

»Oh!«, sagte auch Afina.

»Zum Glück hast du nichts abgekriegt«, sagte Irina und wies auf Tristans Gesicht.

»Der andere schon.« Tristan hob seine Faust. »Die hat nämlich Wumms.«

Mo nickte bestätigend: »Wumms.«

Irina griff nach Tristans Oberarm und fühlte durch sein Jackett hindurch seine Muskeln. »Spann mal an.«

Tristan beugte seinen Arm und legte einen Killerblick auf.

»Wumms«, sagte Irina und dann noch etwas Russisches, worauf Afina anerkennend eine Augenbraue hob und gelangweilt sagte: »Wumms.«

»Können wir das abkürzen?«, fragte Tristan. »Wir werden euch nicht irgendwohin mitnehmen, weil wir verheiratet sind.«

Irina schaute sich verschwörerisch um und zuckte mit

ihrer braunen Schulter: »Von uns werden eure Frauen es nicht erfahren ...« Sie klimperte mit ihren langen Wimpern.

Mo schaute sich ebenso verschwörerisch um und sagte zu ihr: »Wir sind *miteinander* verheiratet.«

Tristan griff in seine Tasche und gab Irina einen Fünfziger. »Für zwei Drinks – und neue Absätze. Und wenn ihr uns jetzt entschuldigt, wir haben noch etwas zu erledigen.«

Als die beiden Frauen weg waren, fragte Mo: »Was haben wir zu erledigen?«

Zehn Minuten später standen sie auf dem dunklen Hof am Spreedamm 64, zogen ihre Reißverschlüsse herunter und pinkelten gemeinsam an die Backsteinwand. Dann nahmen sie ein Taxi ins Hotel. Tristan hatte zwei Zimmer im Hotel Adlon reserviert. Er hatte erklärt, wenn sie schon nicht in den Sommerferien weggefahren seien, wolle er sich wenigstens jetzt etwas gönnen. Sie bestellten beim Zimmerservice noch mehr Gin Tonic, legten sich gemeinsam auf Tristans Bett und schauten am iPad einen alten Samuraifilm in Schwarz-Weiß, bei dem ein blinder Samurai Zweikämpfe bestand und mit seinem Schwert alle Angreifer niedermachte. Immer wenn einer seiner Gegner tot zu Boden fiel, sagten Tristan und Mo »Wumms«, stießen mit ihren Gläsern an und tranken einen Schluck.

»Und dafür sind wir jetzt so weit gefahren?«, fragte Mo.

»Manchmal muss man weit reisen, um zu sich selbst zu gelangen«, erklärte Tristan.

»Aber muss ich so weit reisen, um zu *dir* zu gelangen?«

»Ruf mal lieber unten an, sie sollen uns noch zwei Gin Tonic bringen.«

Nachdem Mo angerufen hatte, sagte Tristan, während der blinde Samurai auf seine Gegner horchte: »Die Kleine war eigentlich ganz niedlich, oder?«

»Weiß nicht.«

»Das weißt du nicht? Was ist mit Elsa?«

»Was soll sein?«

»Ihr habt euch neulich nett unterhalten.«

»Hör auf mit dem Scheiß.«

»Was ist los mit dir?«

»Was soll los sein.«

»Du wirkst die ganze Zeit angespannt.«

»Ach ja? Komisch. Dabei habe ich doch nur gerade erfahren, dass meine Frau mich betrogen hat. Sie hat mit dem Mistkerl unter der Dusche gestanden! In unserem Haus!«

»Hör zu, Alter. Ich bin der Verlierer des Abends. Du bist der Gewinner. Sie hat uns beide betrogen, aber zu dir ist sie zurückgekehrt. Sie hat mit ihm Schluss gemacht. Wollte zu dir zurück.«

»Zu den Kindern.«

»Zu *dir*! Sie ist zu *dir* zurückgekehrt. Sie hat sich für dich entschieden.«

Mo schwieg.

»Ist das bei dir angekommen?«

Mo erwiderte immer noch nichts.

»Ob das angekommen ist?«

»Ja ...«

Es klopfte, und ein Kellner brachte die Drinks. Tristan nahm sie entgegen, gab einen Mo und legte sich wieder neben ihn. Sie stießen an und schauten eine Weile weiter dem Samurai im iPad zu.

Tristan schwenkte in einem fort leicht sein Glas und ließ die Eiswürfel klingeln. Irgendwann fragte er: »Hast du Lou auch immer zugedeckt, wenn sie abends auf dem Sofa eingeschlafen ist?«

»Ja«, antwortete Mo. »Sie hatte immer kalte Füße.«

»Ja. Diese kalten Füße waren der Horror, oder? Wenn sie diese Eisfüße im Bett an einen gedrückt hat, um sie aufzuwärmen!«

»Ich habe ihr Kirschkernkissen warm gemacht.«

»Ja, ich auch. In der Mikrowelle. Aber die wollte sie nicht.«

»Nein.«

»Sie wollte die Beine.«

»Ja.«

»Es war furchtbar.«

»Ja, es war furchtbar. In der Nacht wurde sie dann so heiß, dass es nicht zu ertragen war.«

»Ging dir das auch so?«

»Ich vermisse sie.«

»Ich auch.«

Das zweite Zimmer hätten sie sich sparen können, denn am Morgen wachten sie nebeneinander auf, immer noch auf Tristans Bett liegend. Auf das Frühstücksbuffet verzichteten sie, weil sie verkatert waren, stattdessen kauften sie in einem Shop im Hotel zwei Badehosen und gingen in den Spa. Das Schwimmen im kühlen Wasser tat ihnen gut. Tristan bestand darauf, dass sie mit einem Hop-on-Hop-off-Bus fuhren. Sie saßen eine Stunde lang in der Sonne auf der offenen oberen Plattform und fuhren durch Berlin. Tristan hörte sich Erklärungen abwechselnd auf Deutsch, Englisch, Französisch und Russisch an, Mo wollte nichts hören, sondern saß einfach nur da. Dann holten sie Tristans Wagen und fuhren nach Hause.

Ein paar Tage später sprachen sie mit Toni.

»Warum hast du nie etwas gesagt?«

Toni schaute von einem zum anderen. »Ihr wart bei ihm, oder?«

»Denkst du das?«, fragte Tristan zurück. »Denkst du, das hätten wir nötig? Uns so würdelos aufzuführen? Einer alten Geschichte nachzuspüren und herumzuschnüffeln? Da kennst du uns aber schlecht!«

»Ja«, sagte Mo. »Wir waren bei ihm.«

»Wie habt ihr es herausgefunden?«

Mo zuckte mit den Schultern. »Ein bisschen Recherche …«

»Du hättest mit uns reden können, damals. Warum bist du nicht zu uns gekommen? Zu Mo. Zu mir.«

Toni sah die beiden an. Sie zögerte. Schließlich sagte sie: »Ich hatte Angst.«

»Vor uns?«, fragte Mo fassungslos.

»Ich hatte Angst, dass es auseinandergeht. Dass du auch weggehst, wie Tristan. Ich wollte nicht schuld sein, dass ich noch einmal einen Vater verliere.«

*

Tristan war zutiefst getroffen. Es war ihm nie klar gewesen, dass Fabi und Toni es so gesehen hatten, ihn als

Vater verloren zu haben. Er hatte immer geglaubt, er sei einfach nur der Vater, der in einer anderen Wohnung lebt. Den man nicht täglich sieht, der aber trotzdem da ist. So hatten sie es immer wieder besprochen, so war die offizielle Interpretation nach seiner Trennung von Lou: Er war nicht immer anwesend, aber er war immer da. Offenbar hatte es noch eine zweite Interpretation gegeben. Eine, über die nicht mit ihm gesprochen wurde. Es schockierte ihn, aber im Grunde bestätigte es nur das, was er ohnehin längst gewusst hatte: dass sein Leben nach Lou verlogen und falsch gewesen war.

Und vor allen Dingen bestätigte es etwas anderes, was ihm schon seit einer Weile mit jedem Tag klarer wurde: Ich kann unmöglich weggehen! Ich kann Toni und Fabi nicht hier herausholen. Ich kann sie nicht noch einmal enttäuschen. Ich kann nicht noch einmal eine Familie zerstören. Doch darüber sprach er mit Mo nicht.

Und auch Mo sprach nicht mit Tristan darüber, dass ihn das alles mehr mitnahm, als er erwartet hatte. Es war nicht nur die verletzte Eitelkeit, betrogen worden zu sein. Es war nicht nur, dass Lou im Geheimen ein Bedürfnis ausgelebt hatte. Allein dass sie dieses Bedürfnis *gehabt* hatte. Er hatte geglaubt, dass er sie durch den Autounfall verloren hatte. Aber in Wahrheit hatte er sie schon viel früher verloren. War sie zu ihm zurückgekommen? Und nicht in Wirklichkeit doch zu den Kindern? War er je wichtig für sie gewesen? Oder hatte sie nach der Klinik nur jemanden gebraucht, der sie stützte? Wie einer dieser Pfosten, an die man junge Bäume bindet? Irgendwann ist der Baum so fest in den Boden eingewachsen, dass der Pfosten an seiner Seite verrotten kann.

War er für Lou nichts weiter gewesen als der verrottende Pfosten?

Gwen hatte recht gehabt. Er hätte die Finger davon lassen sollen. Es gab keine Chance mehr, mit Lou darüber zu reden. Sie hätte es erklären können. Geraderücken. Relativieren. Einordnen. Es musste einen Grund gegeben haben, dass sie sich zu diesem Mann hingezogen gefühlt hatte. Und selbst wenn er diesen Grund nicht begriffen hätte: Lou hätte sich entschuldigen können. Sie hätten wieder zueinanderfinden können.

Nichts von alldem war jetzt noch möglich. Er musste es allein mit sich ausmachen. Und es war natürlich ein schrecklicher Irrtum, dass er es mit Tristan gemeinsam tun konnte. Zusammen gegen Hauswände zu pinkeln war eine Sache. Die Wahrheit zu ertragen, eine ganz andere.

Und nicht einmal Toni hatte ihm vertraut.

26

Tristan war allein zu Hause. Er saß vor seinem MacBook und erledigte Mails für Coffee Queen, als das Festnetztelefon klingelte. Tristan nahm ab. »Albarella?«

»Kardiologie-Praxis Doktor Gilbert. Herr Albarella, Ihre Tochter ist gerade zu ihrem jährlichen Kontrolltermin gekommen. Sie sagt, sie kommt allein. Ich möchte Sie darauf hinweisen, dass Kinder in dem Alter Termine nicht allein wahrnehmen können. Vor allem nicht Termine von solcher Tragweite.«

»Meine Tochter?«, fragte Tristan.

»Friederike.«

»Sie ist nicht ...« Er brach mitten im Satz ab. Fritte war nicht *nicht*. Sie war.

»Ich möchte Sie bitten herzukommen. Das Kind sitzt so lange im Wartezimmer. Und beeilen Sie sich bitte, sonst müssen wir die Untersuchung verschieben.«

Mo, dieser Mistkerl! Er hatte den Termin vergessen. Marianne hatte ihn vor einer Stunde abgeholt, sie waren zum Tennis gefahren. Aber warum hatte Fritte nichts gesagt?

Tristan rief sofort Mo an, aber es klingelte nur durch, und nach einer Weile ging die Mailbox an. Tristan versuchte, Marianne anzurufen, doch auch sie ging nicht ans Handy. Tristan stellte sich vor, dass die Handys der beiden in ihren Sporttaschen auf der Bank neben dem Netz lagen und dort munter vor sich hin klingelten, während die beiden Bälle hin und her schlugen.

Tristan fuhr gleich los und googelte unterwegs die Adresse. Als er die Praxis betrat, war die Sprechstundenhilfe immer noch ungehalten. »Ich möchte Sie bitten, das Kind nicht mehr allein zu schicken.«

»Natürlich nicht«, entgegnete Tristan. »Bitte entschuldigen Sie.« Die Sprechstundenhilfe wies auf das Wartezimmer, und als Tristan hereinkam, sah er Fritte sofort in ihrem schwarzen Kleid auf einem der Stühle sitzen. Sie las eine Zeitschrift.

»Fritte, wieso bist du allein hergekommen?«, fragte er sie, als er sich neben sie setzte.

»Oh, hallo, Tristan. Ich wollte euch nicht damit belästigen.«

»Belästigen?«

»Ja, ich dachte, es ist kein Problem, wenn ich allein komme.«

»Und was hat Mo dazu gesagt?«

»Nichts. Ich gehe davon aus, er hat den Termin vergessen.«

»Ja«, pflichtete Tristan ihr bei. »Davon gehe ich auch aus.« Er sah Fritte einen Moment zu, wie sie entspannt in ihrer Zeitschrift blätterte. Er beugte sich zu Fritte und flüsterte: »Das wird nicht funktionieren, Fritte. Der Arzt weiß, dass ich nicht dein Vater bin.«

»Aber das bist du doch!«

»Sicher, aber …«

»Erstens einmal ist der Arzt eine Ärztin, und zweitens einmal war ich bisher immer mit Louma hier. Wenn ich sage, du bist mein Vater, dann bist du mein Vater.«

Ja, dachte Tristan. Wenn Fritte sagt, ich bin ihr Vater, dann bin ich ihr Vater. »Erklär mir, was hier passiert!«

»Ultraschall«, erklärte Fritte und legte eine Hand auf ihre schmale Brust. »Und Belastungs-EKG. Und dann kleben sie mir noch Elektroden an für ein Langzeit-EKG. Das müssen wir morgen zurückbringen.«

»Aha«, sagte Tristan.

»Nur Routine. Ist sowieso alles in Ordnung.« Sie reichte Tristan ihre Krankenkassenkarte. »Hier, willst du die einstecken?«

»Hast du die mitgebracht?«

»Natürlich. Das muss man.«

Fritte begann wieder in ihrer Zeitschrift zu blättern. Und als sie so beieinandersaßen, groß und klein, fühlte sich Tristan wirklich wie ein Vater. Ihn durchströmte ein Vatergefühl, das ihn tief befriedigte und mit Stolz erfüllte. Und wenn es noch einen Rest Unsicherheit gegeben hatte, ob er wirklich bei Mo und den Kindern bleiben wollte, dann schwand sie jetzt dahin – in diesem Wartezimmer, auf diesen Wartezimmerstühlen, schweigend neben dem in seiner Zeitschrift blätternden Kind.

Sie kamen zeitgleich zu Hause an. Marianne brachte Mo gerade zurück, als Tristan und Fritte aus dem Auto stiegen. Mo hielt seine Tasche mit dem Tennisschläger in der Hand und trug noch das Stirnband, mit dem er seine Haare zurückhielt. Er lachte gerade über einen Scherz von Marianne, als er Fritte sah. Im Ausschnitt ihres Kleides waren zwei der Klebe-Elektroden des Langzeit-EKGs zu sehen. Mo begriff sofort, was das bedeutete, und sein Gesicht verlor alle Farbe.

»Fritte …«, brachte er nur hervor. »Ich … Es tut mir so leid …«

»Schon gut«, antwortete Fritte. »Es ist alles in Ordnung.«

Und Tristan fügte hinzu: »Wir sollen nächstes Jahr wiederkommen.«

*

Mo dachte oft an die Zeit, als sie Angst um Fritte gehabt hatten. Als entschieden werden musste, ob sie operiert wird. Als sie Möglichkeiten und Chancen gegeneinander abwägen mussten, über die niemand wirklich eine Aussage treffen konnte. Lou war damals über sich hinausgewachsen. Noch einmal recherchieren. Noch einmal eine Meinung einholen. Noch einmal dieselben Fragen stellen, die man schon tausend Mal gestellt hat, um am Ende doch noch eine neue Antwort zu bekommen. Lou hatte schließlich mehr über Frittes Herz gewusst als die Kardiologen. Sie hatte mit den Ärzten gesprochen, als wäre sie eine von ihnen. Nur dass sie zusätzlich noch etwas war, das keiner von ihnen vorweisen konnte: Frittes Mutter. Louma. Einer der Kardiologen hatte später bei einer Nachuntersuchung gestanden, dass man den Gesprächen mit Lou mit einer Mischung aus Faszination und Furcht entgegengesehen hätte. Und dass damals jemand vorgeschlagen hatte, am besten sie selbst die Operation durchführen zu lassen.

An all das erinnerte sich Mo. *Und ich bekomme es nicht einmal hin, an einen einfachen Kontrolltermin zu denken.*

*

Mo setzte sich Morgen für Morgen auf die Terrasse und wartete auf die Rehe. Er brühte sich eine Tasse Tee, zog eine Daunenjacke an und setzte sich auf die Stufen. Genau an dieselbe Stelle, an der Lou im letzten Herbst gesessen hatte. Doch die Rehe kamen nicht. Sie kamen nicht einmal ans entfernte Ende des Gartens. Mo sah, so oft er auch dort saß, nicht *ein* Reh. »Natürlich nicht«, dachte er.

Vielleicht war es einfach noch zu früh. Mo wusste nicht mehr genau, wann sie gekommen waren. Soweit er sich erinnerte, im September. Warme Tage, kühle Nächte. Also eigentlich genau die Jahreszeit. Ninja und Iron Man rannten immer verrückter herum und sammelten alles ein, was ihnen brauchbar erschien. Nano füllte ihnen regelmäßig etwas Studentenfutter auf ein Tellerchen, das sie dann in ihre Backen stopften.

Aber die Rehe kamen nicht. Sie waren immer frühmorgens aufgetaucht. Deshalb wusste Mo auch nicht, wie lange es schon so gegangen war. Es war reiner Zufall, dass er es überhaupt bemerkte. Eines Morgens wachte er in der Dämmerung auf, weil er zur Toilette musste. Er wunderte sich, dass Lou nicht im Bett lag. Auch im Bad war sie nicht. Als er nach ihr rief – leise, um die Kinder nicht zu wecken –, bekam er keine Antwort. Auch nach all den Jahren beunruhigten ihn solche Dinge. Natürlich wusste er, dass Lou stabil war. Dass sich die Ereignisse, in deren Folge sie sich kennengelernt hatten, nicht wiederholten. Aber wieso lag um fünf Uhr morgens ihr Nachthemd auf der Treppe? Und schließlich entdeckte er sie: Sie saß warm angezogen auf den hölzernen Stufen der Terrasse, die zum Garten hinabführten. Sie umfasste mit ihren Händen eine Teetasse. Und gerade als er die Türklinke herunterdrücken und die Tür öffnen wollte, um sie anzusprechen, sah er die Rehe. Sechs Stück. Sie standen auf der Wiese (die er wieder einmal viel zu lange nicht gemäht hatte) und zupften Kräuter zwischen den langen Halmen. Manchmal gingen sie einen Schritt, und wenn eines der Rehe aufblickte, dann sah es einen Moment lang Lou an. Sie standen nah bei ihr. Mo hatte im Leben Rehe noch nicht so nah gesehen. Damals in der Jugendherberge sah er auch manchmal welche. Vor allem im Winter, wenn der Hunger sie aus dem Wald trieb. Aber sie waren scheu, hielten sich in gehörigem Abstand und schauten ständig nervös auf, um bei der kleinsten Irritation – und sei es auch nur ein Geräusch in der Ferne – davonzuspringen. Dies hier war anders. Das spürte Mo sofort. Auch diese Rehe hier waren Wildtiere. Sie würden sich niemals berühren lassen. Sie waren dünnhäutig und umsichtig. Der Radar ihrer Ohren richtete sich unablässig neu aus. Aber Lou schien sie in keiner Weise zu beunruhigen. Lou saß ihnen gegenüber, und die Tiere sahen ihr zu, wie sie gelegentlich an ihrem Tee nippte.

Mo stand reglos im Wohnzimmer und versuchte, nicht zu stören. Mehr konnte er zum Zauber dieses Moments nicht beitragen. Er fragte sich, wie oft Lou schon da draußen gesessen haben mochte, bis die Rehe sich an sie gewöhnt hatten.

Er hatte einmal gelesen, dass es in ländlichen Gegenden den Aberglauben gab, wenn Rehe zutraulich sind, ist das ein Zeichen für einen nahen Tod. Aber wahrscheinlich, dachte er damals, meint das den Tod der Rehe. Denn wenn Rehe zutraulich sind, dann nur, weil sie nahezu verhungert sind und keine Wahl haben. Diese hier wirkten gesund und gut genährt. Der Winter stand ja erst noch bevor. Eine Ricke stand Lou am nächsten. Sie schien die Gruppe anzuführen, und vielleicht war es ihr Vertrauen, das auch die übrigen Tiere beruhigte.

Mo zog sich Zentimeter für Zentimeter zurück, solange er noch in der Nähe der Fenster war. Dann lief er, zwei Stufen auf einmal nehmend, die Treppe hinauf und weckte die Kinder. Nano war sofort wach. Noch bevor Mo etwas erklärte, spürte er, dass es viel zu früh war, um aufzustehen. Dass also etwas Besonderes vorging. Auch Fritte war sofort da, als Mo flüsterte: »Kommt ans Fenster! Leise und langsam! Draußen sind Rehe!«

»Rehe? Na und?«, raunte Fabi.

»Komm und schau selbst«, antwortete Mo.

Auch Toni murmelte nur schlaftrunken, sie sei aus dem Alter heraus, in dem Rehe etwas Besonderes seien. Doch dann standen sie alle an Fabis Fenster, von dem aus man die Terrasse am besten sehen konnte, und staunten.

»Louma!«, flüsterte Nano erstaunt.

»Was macht sie da?«, fragte Fabi.

»Nichts«, antwortete Mo. »Absolut nichts.«

*

Mo und Nano saßen am Küchentisch einander gegenüber, hatten Papiere ausgebreitet, und Nano schnitt mit seiner Kinderschere konzentriert seine vorgezeichneten Formen aus bunten Blättern. Mo hielt die Tube mit dem Klebstoff fest, damit es so aussah, als ob er bei der Sache wäre. Er beobachtete Nano und war überglücklich, dass der Kleine sich langsam wieder konzentrieren konnte. Die Schere schnitt behutsam um den Tyrannosaurus, den Nano mit eckigen Wachsmalstrichen leuchtend blau gemalt hatte. Er schnitt den Saurier zu Ende aus und hielt ihn vor sich, um seine Arbeit zu prüfen.

»Na ja«, sagte er.

»Zeig mal. Sieht cool aus.«

»Da habe ich den Schwanz fast abgeschnitten.«

»Ja, aber nur fast. Wenn du es aufklebst, ist es egal.«

Nano legte den ausgeschnittenen T-Rex auf das Foto. Mo hatte auf einem DIN-A4-Papier ein Foto des Hauses ausgedruckt, das er mit seinem Handy vom Garten aus aufgenommen hatte: das Haus, die Terrasse, die Bäume am Bach. Auf der Terrasse stand schon ein Brontosaurus und fraß von dem Zitronenbäumchen in dem großen Blumentopf.

»Die sind gleich groß«, sagte Nano. »Das ist Blödsinn. Der T-Rex müsste viel kleiner sein als der Brontosaurus.«

»Stell ihn doch weiter nach vorne.« Mo schob den T-Rex auf der Wiese weiter nach unten.

Nano sah ihn erstaunt an. »Jetzt sieht er viel kleiner aus! Warum?«

Mo zuckte mit den Schultern. »Was denkst du?«

Nano legte den Kopf schief. »Weil er näher an uns dran ist.« Er schob den T-Rex auf dem Blatt herum und beobachtete die jeweilige Wirkung. »Cool«, sagte er. Dann wandte er sich seinem Blatt zu, auf dem noch drei andere Saurier vorgemalt waren. »Den hier setze ich aufs Dach«, verkündete er und tippte mit der abgerundeten Spitze der kleinen Schere auf den grünen Flugsaurier.

»Gut«, antwortete Mo.

»Du kannst den Kleber ruhig hinlegen. Den brauchen wir erst später.«

Mo legte die Tube hin. »Das wird ein ziemlich cooles Bild«, sagte er. »Wenn du mit den Sauriern fertig bist, schreibst du mit Wachsmalstift oben in den Himmel *Einladung*.«

Nano zählte in Gedanken seine Gäste ab. »Und dann kopieren wir es sechs Mal.«

»Vergiss Fritte, Fabi und Toni nicht.«

»Und Louma«, sagte Nano.

»Und Louma, natürlich.«

»Das ist mein erster Geburtstag ohne Louma.«

Mo erstarrte. »Wir haben doch darüber gesprochen, dass sie immer dabei ist. In unseren Herzen.«

»Ja, aber nicht richtig. Nicht mit ihrem Körper.«

»Nein, nicht mit ihrem Körper. Es ist wie mit deinen Sauriern. Wenn du sie selbst malst und aufklebst, sind sie da.«

Nano hielt inne und dachte nach. »Ich kann besser Saurier malen als Menschen.« Dann schnitt er weiter aus und sagte: »Louma wird auch nicht dabei sein, wenn Toni ihr Abitur macht.«

Die kleine Schere schnitt in aller Ruhe weiter.

»Bis dahin ist noch viel Zeit«, sagte Mo ausweichend.

»Noch zwei Jahre. Bei mir sind es noch neun Jahre. Wenn ich bis dahin noch lebe.«

»Natürlich lebst du dann noch!«

»Das haben wir bei Louma auch gedacht.«

Mo wusste nicht, was er darauf sagen sollte. Natürlich, dachte er. Warum nicht. Jederzeit kann alles passieren.

Vor allem Schlimmes. Das war genau das Gefühl, das tief in seinem Inneren lauerte, seit er seine Mutter im Park der Jugendherberge gefunden hatte. Mit Raureif auf der Stirn. Er war damals ins Bodenlose gestürzt, und sein Vater hatte nichts getan, um seinen Sturz aufzuhalten. Er war immer noch der alkoholisierte Zombie gewesen, der er vorher schon gewesen war, und sobald das Geld der Versicherung kam, war er weg. Erst Lou hatte Mo festgehalten und seinen Fall gebremst. Aber seit ihrem Tod regte sich das alte Gefühl in seinem Inneren wieder.

»Wir könnten sie Louma mit einer Reißzwecke an den Baum hängen.«

»Was?«

»Die Einladung.«

»Das ist eine gute Idee.«

»Meinst du, sie findet die Idee mit den Sauriern gut?«

»Sie wird's toll finden.«

»Toni findet Saurier langweilig. Und Fritte auch.«

»Na ja, vielleicht sind Saurier ein Männerding. Aber trotzdem wird sie die Idee gut finden.«

»Können wir meinen Geburtstag bei Louma feiern?«

»Auf dem Friedhof?«

»Dann passt nur die Einladung nicht mehr.« Nano sah auf das Foto des Hauses, auf dem die ausgeschnittenen Saurier lagen. »Hast du ein Foto vom Trauerwald?«

Mo hatte Angst vor diesem Geburtstag gehabt. Was würde passieren, wenn Nano die Kerzen ausblies und sich etwas wünschen durfte? Würde er zusammenbrechen? Wäre nicht der gesamte Geburtstag – der Geburtstagskuchen, der Gabentisch, die Luftballons, die Spiele, der geschmückte Tisch für die Gäste, die Muffins – vollgesogen mit Erinnerungen an Louma? Aber ein Kindergeburtstag auf dem Friedhof – das war eine Liga für sich. Das hatte es noch nicht gegeben. Mo hatte ein bisschen Furcht vor den Gesichtern der Mütter, wenn er ihnen erklären müsste, dass sich die Kinder um vierzehn Uhr vor dem Friedhof träfen und sie sie gegen achtzehn Uhr auf der großen Wiese hinter dem mittleren Gräberfeld abholen könnten. Doch er war überrascht, wie gut sie die Idee mittrugen. Und die Kinder waren ohnehin begeistert: Auf einem Friedhof hatten sie noch nie gefeiert. Andere Kinder feierten ihre Geburtstage in Klettergärten, Schwimmbädern oder Indoor-Spielplätzen. Warum also nicht auf einem Friedhof?

Mo war nicht sicher, ob ein Kindergeburtstag mit der Friedhofsordnung vereinbar war, und überlegte, ob man vorher um Erlaubnis bitten sollte.

»Bist du irre?«, fragte Tristan, als er es mit ihm besprach. »Wenn dieser Kerl mit dem Schlüsselbund Nein sagt, können wir es vergessen. Wir machen das einfach. Im schlimmsten Fall ziehen wir um nach Hause.«

Am Morgen standen Mo, Tristan, Toni, Fabi und Fritte an Nanos Bett und weckten ihn mit einem Lied. Sie zündeten am Frühstückstisch die Kerzen auf dem Geburtstagskuchen an, den Mo gebacken hatte, Nano pustete sie aus und brach nicht zusammen. Was er sich wünschte, verriet er nicht. Er durfte am Gabentisch ein Geschenk aufmachen, bevor er in die Schule musste. Den Rest packte er aus, als er wieder nach Hause kam. Dann fuhren sie alle zum Friedhof. Am Rand der Wiese, auf der Fritte mit den Kaninchen gesessen hatte, hängten sie im Schatten der Bäume Luftballons und Girlanden an Zweige und an die Flügel eines steinernen Engels, breiteten zwei Picknickdecken aus und verteilten Pappteller und Becher. Als die Kinder kamen, spielten sie Spiele und aßen Muffins und Chips und deckten ihre Limonaden mit Bierdeckeln ab, um nicht allzu viele Wespen anzulocken.

Toni und Fabi halfen mit beim Schokoladenessen und bei der Schatzsuche. (Den Geburtstagsschatz hatte Fabi hinter einem alten Familiengrab mit Marmorsäulen versteckt.) Es war ein voller Erfolg. Mehrmals wurden alte Damen auf die kleine Gesellschaft aufmerksam, doch wenn Tristan zu ihnen ging und ihnen erklärte, dass die Mutter des Geburtstagskindes gestorben war und der Kleine sich gewünscht hatte, bei seiner Mutter zu feiern, waren sie gerührt. Zwei alte Damen setzten sich auf eine Bank und schauten den Kindern eine Weile zu, eine andere winkte Nano heran, gratulierte ihm und schenkte ihm zehn Euro.

Und dann rief Kitty an. »Wo steckt ihr? Ich stehe vor dem Haus, und keiner ist da!«

Mo hatte sie vollkommen vergessen. Kitty kam an jedem Geburtstag, um ein Geschenk vorbeizubringen. Sie vergaß nie einen Geburtstag. Sie wurde nie eingeladen, und sie meldete sich nie an, bevor sie kam. Doch sie kam mit unheimlicher Verlässlichkeit. Lou und Mo hatten ihrem Erscheinen immer mit gemischten Gefühlen entgegengesehen, aber da man sie kaum bitten konnte, das Geschenk mit der Post zu schicken, und da sie verlässlich nach einer Tasse Kaffee wieder ging, war es kaum möglich zu protestieren. Kitty kam, wenn Toni Geburtstag hatte, wenn Fabi Geburtstag hatte, wenn Fritte Geburtstag hatte, wenn Nano Geburtstag hatte und wenn Lou Geburtstag hatte. Sie kam nicht an Mos Geburtstag. Dann rief sie an, gratulierte und erklärte, sie habe überlegt vorbeizukommen, aber sie wolle nicht stören.

»Wie bitte?«, fragte sie. »Ihr feiert einen Kindergeburtstag auf dem *Friedhof*?«

»Wenn du möchtest, komm her«, sagte Mo. Und aufgrund ihres bissigen Untertons fügte er hinzu: »Lou ist auch da.«

»Mo, du bist geschmacklos.«

Mo ging davon aus, dass sie nicht kommen würde, aber sie kam. Sie brachte Nano ein großes Lego-Set mit. Einen Starfighter. Deutlich größer und teurer als die Geschenke, die sie sonst machte. Nachdem Nano sich bedankt hatte und zu den anderen Kindern zurückgelaufen war, erklärte sie Tristan, der ihr aus der mitgebrachten Thermoskanne einen Kaffee eingoss: »Das Geschenk ist größer als sonst. Es ist ja der erste Geburtstag, den der Kleine ohne seine Mutter feiern muss.«

Mos Hand verkrampfte sich um das Messer, mit dem er ihr ein Stück Kuchen abschnitt. Tristan warf ihm einen Blick zu und schüttelte beschwörend den Kopf. Mo steckte das Messer in den Kuchen. Beide waren froh, dass Kitty zumindest so viel Feingefühl besaß, ihre einfühlsamen Gedanken nicht Nano gegenüber auszusprechen.

»Das ist lieb von dir«, sagte Tristan.

Mo gab seiner Schwägerin den Teller mit dem Kuchen und sagte: »Ich gehe zu den Kindern.«

Tristan gab Kitty ihren Kaffee und setzte sich mit ihr auf die Picknickdecke.

»Wie geht es den Kindern?«, fragte sie.

Tristan zuckte mit den Schultern. »Du siehst ja …«

Sie aß ein Stück Kuchen. »Hast du den gebacken?«

»Mo.«

»Eine Backmischung?«

»Nein.«

Sie trank einen Schluck Kaffee. »Den hast bestimmt du gemacht.«

»Ja.«

»Der ist gut. Man merkt doch gleich den Profi …«

»Danke.«

»Als Louise gestorben ist, hatte ich solche Angst um die Kinder …« Sie trank noch einen Schluck Kaffee. »Aber zum Glück bist du ja jetzt wieder da.«

»Wieso werde ich das Gefühl nicht los, dass du Mo nicht leiden kannst?«

»Aber das habe ich gar nicht gesagt! Ich habe nichts gegen ihn. Aber …«

»Was, aber?«

»Es ist schrecklich, sich vorzustellen, dass Louise noch leben könnte …«

»Was hat das mit Mo zu tun?«

»Nichts. Aber warum musste sie denn immer alles machen? Warum musste sie an diesem Morgen zur Bäckerei fahren? Hätte *er* nicht auch einmal etwas tun können?«

Tristan stand auf. »Es ist wohl besser, du gehst jetzt, Kitty.«

Kitty fühlte sich unverstanden. Warum wandte sich Tristan gegen sie, wo sie doch immer schon auf seiner Seite gestanden hatte? Und deshalb fügte sie hinzu, als sie ebenfalls aufstand: »Ist doch wahr! Hätte *er* nicht in diesem Auto sitzen können?«

Und erst als sie sich umdrehte, sah sie, dass Mo mit leeren Limonadenflaschen hinter ihr stand.

※

Als Mo am Abend die Treppe herunterkam, saß Tristan vor dem Sofa auf dem Wohnzimmerteppich. Inmitten von Legosteinen. Nano hatte am Abend noch eine halbe Stunde lang den Starfighter zu bauen begonnen, bevor er ins Bett gegangen war. Tristan hatte ihm die Teile, die die Bauanleitung verlangte, heraussuchen dürfen. Nun hielt Tristan das begonnene Legomodell in der Hand.

»Das lief doch hervorragend«, sagte er zu Mo. »Schläft er?« Und als Mo nicht antwortete: »Das war ein erstklassiger Kindergeburtstag. Gratuliere!«

Mo antwortete immer noch nicht. Er nahm zwei Teller, die auf dem Tisch standen, brachte sie zur Spülmaschine und räumte sie ein.

Tristan sah ihm besorgt zu. »Willst du drüber reden?«

Keine Antwort.

»Ich habe uns zwei Flaschen Bier aufgemacht.«

»Danke. Ich will kein Bier.«

»Ich mach dir einen Tee.«

»Ich brauche kein Mitleid.«

»Dann hilf mir. Ich suche dieses Teil hier. Mit zwei Noppen. Ich kann's nicht finden.«

Es war still im Haus. Das einzige Geräusch war das Klappern des Geschirrs, während Mo weiter die Spülmaschine einräumte.

»Ich hoffe«, sagte Tristan, »du gibst nichts auf ihr Geschwätz.«

»Ob ich nicht in diesem Auto hätte sitzen können?«

»Mo, es ist Kitty. Nimm das bitte nicht ernst.«

»Würde ich auch nicht.« Mo sah Tristan zum ersten Mal an. »Wenn ich nicht selbst schon oft darüber nachgedacht hätte.«

»Mo, das bringt doch nichts ...«

»Wäre für alle besser. Die Kinder hätten ihre Mutter, du könntest wieder mit ihr zusammen sein ...«

»Mo!«

»Sie hätten *zwei* funktionierende Eltern.«

»Lass das jetzt.«

Also schwieg Mo. Er begann, die Gläser einzuräumen.

»Jetzt lass doch mal die Spülmaschine. Komm schon. Wir bauen ein bisschen Lego. Nano hatte einen großartigen Geburtstag. Ohne Krise. Das ist dein Verdienst! Das hast du hingekriegt! Sei stolz darauf! Komm, lass uns das feiern.«

Mo knallte die Spülmaschine mit einem lauten Klirren zu. Er wandte sich Tristan zu: »Warum hast du dich mit Lou getroffen? Drei Mal? Was war zwischen euch?«

27

Und dann vergiftete Mo die Kinder. Seit Nanos Geburtstag hatte er sich immer öfter in die Garage zurückgezogen. Er hatte die Arbeit an seinem Bulli wieder aufgenommen. Im Internet hatte er mehrere Teile bestellt, die nach und nach geliefert wurden. Ob er vorankam, behielt er für sich. Die Fragen der Kinder beantwortete er ausweichend. Fritte und Nano waren der Überzeugung, dass er es schaffen würde, den Bulli zu reparieren, Toni und Fabi sagten nichts dazu. Sie konnten sich beim besten Willen nicht vorstellen, dass das Durcheinander aus öligen oder rostigen Einzelteilen jemals ein funktionierendes Ganzes ergeben könnten.

Am Abendessentisch saß Mo mit ölverschmierten Fingern, und wenn er nicht in der Garage war, dann blätterte er in alten Handbüchern oder sah auf YouTube Videos mit Erklärungen und Praxistipps an. Ein paarmal setzte sich Nano zu ihm und schaute mit, aber es war ihm dann doch zu langweilig. Im Haus erledigte Mo seine Pflichten, aber er tat es unsichtbar. Es war, als ob er gar nicht anwesend wäre und die Dinge sich von selbst erledigten. Eines Nachmittags dann, als sie alle von der Schule zurück waren, kam er aus der Garage herein, wischte sich die schwarzen Finger an einem zerrissenen T-Shirt ab und verkündete: »Heute gibt es etwas Besonderes zu essen!«

Alle sahen ihn gespannt an. »Warum?«, wollte Nano wissen.

Doch Mo verriet nichts. »Heute Abend. Jetzt muss ich einkaufen fahren.«

Er fuhr mit dem Fahrrad zum Markt und kaufte Fisch. Frische Möhren am Gemüsestand, Käse am Käsewagen und noch etwas Biowurst. Er kam sich vor wie ein Bilderbuchvater. Alles frisch, alles bio, alles mit dem Fahrrad geholt. Er kochte und deckte den Tisch. Als alles fertig war, schickte zwar Tristan eine WhatsApp, dass es später würde und er nicht zum Essen käme, aber gut. Umso besser eigentlich. Das Essen war entspannt und harmonisch. Vielleicht gerade weil Tristan nicht dabei war. Nach den letzten Wochen, in denen Mo immer mutloser und frustrierter geworden war, konnte er endlich einmal durchatmen. Nano erzählte von der Schule, Fritte zeigte ein Bild, das sie im Kunstunterricht gemalt hatte, und sogar Fabi war entspannt und machte Scherze. Als Nano über Bauchschmerzen klagte, dachten sie noch nichts Böses.

»Was gibt es denn jetzt zu feiern?«, fragte Toni.

Doch Mo kam nicht mehr dazu, ihr zu antworten. Denn nun ging alles ganz schnell. Nano rief: »Ich muss kotzen!« Und noch bevor er die Toilette erreichte, erbrach er sich auf den Fußboden. Kaum hatte Nano sich übergeben, klagten alle über Magenkrämpfe. Sie übergaben sich, sie bekamen Durchfall, und wer gerade nicht auf Toilette war, half einem anderen, dem es besonders schlecht ging. Ihre Gesichter waren so bleich wie der Fisch, den Mo auf dem Markt gekauft hatte. Als Tristan nach Hause kam, herrschte heilloses Chaos. Keiner stand auf den Beinen, Mo wischte kniend Erbrochenes vom Toilettenrand, während Toni Nanos Bett frisch bezog.

Tristan rief den Notarzt, und es kamen zwei Sanitäter. Sie gaben den Kindern Elektrolytlösung, die sie allerdings gleich wieder erbrachen. Die Sanitäter erklärten Tristan, auf was er zu achten habe, und wenn es schlimmer würde, dann würden sie alle abholen. So weit kam es dann nicht. Es wurde eine grauenhafte Nacht, doch am nächsten Vormittag war das Schlimmste überstanden, und alle schliefen.

Mo wachte als Erster wieder auf und ging zu Tristan, der in der Küche saß und las.

»Guten Morgen, Mo, geht es dir besser?«

»Was ist mit den Kindern?«

»Alles gut. Ich habe Brühe verteilt, und sie schlafen.«

»Scheiß Fisch.«

»Scheiß Fisch ...« Weiter sagte Tristan nichts. Nur: »Scheiß Fisch ...« Er machte Mo keine Vorwürfe.

*

Wann hatte er seine letzte Zigarette geraucht? Vor fünfzehn Jahren? Nein, es war am letzten Abend seines alten Lebens gewesen. Bevor er das Taxi gerufen hatte, mit dem er in die Klinik gefahren war.

Jetzt also das dringende Bedürfnis zu rauchen. Mo durchsuchte ein paar staubige Schachteln mit altem Krempel und fand tatsächlich eine vergessene halb volle Packung vertrockneter Camel. Als er sich eine davon auf der Terrasse anzündete, drang der Qualm scharf und kratzig in seinen Hals ein und verbreitete sich aggressiv in seiner Lunge. Es fühlte sich furchtbar an. Doch das Beängstigendste war, dass er sie trotzdem zu Ende rauchte. Es tat gut. Er fühlte sich ruhiger. Den ausgedrückten Stummel mit dem gelb gerauchten Filter warf er in den Grill. Er drückte ihn in die kalte Asche, bis er nicht mehr zu sehen war.

*

Seit sie damals in der Klinik gewesen war, hatte Lou Yoga gemacht. Im Winter drinnen, vom Frühling bis in den späten Herbst ging sie hinaus auf die Obstwiese und absolvierte ihre Übungen zwischen den Bäumen. Inmitten der knospenden Blätter, inmitten der Blüten, zwischen den jungen Früchten, die über den Sommer reiften, bis sie geerntet wurden, und schließlich im Wirbel der fallenden Blätter. Mo hatte sie durchs Fenster in ihren konzentrierten Haltungen reglos im Gras stehen sehen, als ob sie selbst Früchte trüge und abwartete, bis sie reif wurden. Im Herbst ging sie, nachdem sie ihre Übungen beendet hatte, zu einem der Bäume, pflückte einen Apfel oder eine Pflaume und aß sie auf. Jedes Jahr trieb sie an einem schönen Tag die ganze Familie mit Eimern und Wannen hinaus auf die Wiese zur Ernte. Zusammen mit den Früchten, die Fabi auf seiner Streuobstwiese gepflückt hatte, kochten sie Marmelade und Kompott, und was sie nicht verarbeiten konnten, verschenkten sie.

In diesem Jahr beachtete niemand die Äpfel. Überreif fielen sie ab und faulten im hohen Gras unter den Bäumen.

*

Endlich hatte Tristan die Kinder so weit: ein Ausflug! Er hatte sie überzeugt, dass es eine gute Idee war, und hatte für einen Samstag eine Familienkarte fürs Phantasialand gekauft. Der Plan: Mit den beiden Kleinen Karussell fahren, mit den Großen Achterbahn, mit allen zusammen Wildwasserbahn, Shows anschauen, Fast Food und Eis essen bis zum Umfallen. Es war ein herrlicher Tag, und alle freuten sich darauf. Und Mo hatte den Eindruck, am meisten freute sich Tristan. Schon am Vorabend schien er förmlich zu leuchten, als er gemeinsam mit Nano die Route googelte, die sie nehmen wollten, als er überlegte, was sie in den Rucksack packen müssten, den sie mitnehmen wollten, und als er Trinkflaschen heraussuchte, um nicht gleich Getränke kaufen zu müssen. Es war offensichtlich, dass Tristan von Woche zu Woche mehr in seiner neu gefundenen Rolle als Vater aufging.

Doch Mo ging es am Morgen nicht gut. Er hatte Kopfschmerzen und sagte, ihm sei übel. Er könne nicht fahren.

»Wie schade«, sagte Nano. »Dann fahren wir nächste Woche.«

»Nächste Woche kann ich nicht«, wandte Tristan ein. »Ich bin übers Wochenende nicht da.«

»Fahrt einfach ohne mich«, sagte Mo. »Kein Problem. Macht euch einen schönen Tag, und heute Abend geht es mir schon besser.« Toni sah ihn nachdenklich an, als glaube sie ihm nicht recht, aber sie sagte nichts. Die Kinder wollten nicht ohne ihn fahren, aber er drängte sie, und schließlich stimmten sie zu.

Er stand in der Haustür und winkte ihnen, als sie davonfuhren.

Er hatte natürlich keine Kopfschmerzen. Er wollte allein sein. Er wollte sich einen Tag freinehmen. Frei von Tristan, frei von den Kindern. Er brauchte ein wenig Abstand. Zeit für sich. Durchatmen. Er wollte sich etwas zu rauchen kaufen. Zum ersten Mal wieder seit zehn Jahren. Mo dachte, es sei ja keine große Sache. Er hatte es sich verdient. Deshalb fuhr er zu einem alten Bekannten und kaufte ein wenig Gras. Auf dem Rückweg hielt er an einem Kiosk und holte Tabak und Zigarettenpapierchen. Bei der Gelegenheit schenkte er seine Coffee Queen-Familienkarte einer obdachlosen Frau, die überglücklich darüber war.

*

Tristan hatte Simone zum Essen einladen wollen, aber das hatte sie abgelehnt. Es war ihm ganz recht, denn was er ihr zu sagen hatte, passte nicht zu Kalbsfilet mit Rosmarinkartoffeln oder Wolfsbarsch auf getrüffeltem Spinat-Risotto. Und wahrscheinlich hätte er am Ende allein vor zwei Desserts gesessen. Stattdessen verabredeten sie sich im Coffee Queen am Stadtgarten, wo Simone an dem Abend an der monatlichen Besprechung des Filialteams teilnahm.

Tristan wartete draußen, bis die Besprechung beendet war und alle Mitarbeiter gegangen waren. Er sah durch die großen Fenster, wie Simone noch ein paar Worte mit dem Storemanager Ralf wechselte, während sie zwei Sandwiches aus der Kühltheke in ihre Handtasche packte. Tristan musste lächeln, denn das tat sie immer schon: Sie nahm Sandwiches oder Joghurts mit, die nicht mehr frisch genug waren, um sie am folgenden Tag noch verkaufen zu können. Ralf verabschiedete sich von ihr und kam heraus. Erst als er außer Sichtweite war, ging Tristan zum Café. Inzwischen begann es dunkel zu werden, und die gemütliche Beleuchtung des Coffee Queen kam effektvoll zur Geltung. Tristan blieb einen Moment draußen stehen und ließ den Anblick auf sich wirken. Simone stand am Tresen und sortierte Papiere, die sie für die Besprechung genutzt hatte. Durch das große Logo von Coffee Queen auf der Scheibe hindurch sah Tristan ihr schmales Gesicht, das immer ein wenig streng wirkte. In diesem Moment aber sah es eigentlich gar nicht streng aus. Und auch nicht schmal. Genau genommen wirkte Simone gesund. Als täte ihr der Abstand von ihm gut. Es fiel ihm schwer, zu ihr zu gehen und ihr zu sagen, was er zu sagen hatte. Zugleich tat es ihm leid, dass er nicht früher gekommen war. Es wäre nur fair gewesen. Aber wie noch nie zuvor in seinem Leben war es ihm schwergefallen, ehrlich zu sein. Vor allem zu sich selbst. Das war das Schwerste: sich selbst gegenüber ehrlich zu sein. Sich selbst einzugestehen, was richtig und wichtig war.

Als er an die Scheibe klopfte, schaute Simone auf und schloss die Tür auf.

»Hallo, Tristan.«

»Hallo, Simone.« Er küsste sie, aber beide merkten, dass es ein distanzierter Kuss war. Sie nahmen aus der Kühltheke zwei Flaschen Wasser und setzten sich an einen der Tische.

»Sind die drei Monate also um …«, sagte Simone in ihrer üblichen zielstrebigen Art.

Tristan besah sich das leere Café. »Wusstest du«, sagte er, »dass ich in letzter Zeit gelegentlich nachts in einem unserer Cafés gewesen bin? Ich habe mich hingesetzt, eine Stunde oder länger, und einfach nur die Stimmung aufgenommen. Die Ruhe auf mich wirken lassen.«

»Ich hätte nicht gedacht, dass du nach einem anstrengenden Tag als Hausmann noch frisch genug bist für solche Dinge. Ich dachte immer, Eltern fallen abends erschöpft ins Bett.«

»Ich meinte, bevor ich bei den Kindern eingezogen bin.«

»Lass uns zur Sache kommen, Tristan.«

»Ich bin bei der Sache. Es ging mir vorher nicht gut.«

Simone war nicht überrascht. Sie hatten ja wiederholt darüber gesprochen. Und längst war ihr klar geworden, dass es weder ein Burn-out noch eine Midlife-Crisis gewesen war. »Und jetzt geht es dir besser?«

»Weißt du noch, als du gesagt hast, drei Monate sind eine lange Zeit?«

»Natürlich. Das sind sie auch.«

»Nicht, wenn man sie mit vier Kindern verbringt.«

»Womit wir zum Thema kommen. Ich habe dir etwas mitzuteilen, Tristan.«

Er sah sie überrascht an. »Du, mir?«

»Tristan, ich bin schwanger.«

Jetzt erst war es im Café so richtig still. Nichts war zu hören. Sogar das leise Surren der Kühltheke hatte sich ausgeschaltet.

In Tristans Kopf herrschte umso mehr Chaos. Tausend

Dinge schossen gleichzeitig durcheinander. »Schwanger ...«

»Nicht von dir, Dummkopf! Wir hatten seit vier Monaten keinen Sex mehr, du erinnerst dich.«

Tristan begriff. Und er begriff nicht. »Aber von wem?«

»Borgsmüller.«

»Borgsmüller?! Borgsmüller hat schon vier Kinder!«

Simone streckte ihren Arm über den Tisch und präsentierte ihm einen Ring mit einem Brillanten. »Er hat um meine Hand angehalten. – Und was wolltest du mir mitteilen?«

*

Die Kinder waren im Bett, und Tristan hatte gesagt, dass es spät werden würde, weil er mit Simone einiges zu besprechen hätte. Es war Freitag. Ein guter Abend, um sich endlich den ersten Joint zu genehmigen. An dem Tag, als Tristan mit den Kindern auf den Ausflug gefahren war, hatte Mo nichts geraucht. Er hatte dann doch gezögert. Seither hatte er das Tütchen mit dem Gras mehrmals herausgeholt und betrachtet. Es sind nur ein paar getrocknete Blätter, dachte er. Im Grunde nicht viel anders als Tabak. Keine große Sache.

Als die Kinder schliefen, setzte sich Mo in aller Ruhe hin und drehte einen Joint. Einfach mal die Spannung rausnehmen.

Und es war Entspannung. Er saß auf der Terrasse, zog den Joint durch, der wohltuende Qualm umarmte sein Gehirn, brachte Ruhe und Frieden und sagte freundlich: Guten Tag, Mo, willkommen zu Hause, wie schön, dass du wieder da bist. Er saß bis vier Uhr früh dort draußen und genoss die Nacht. Am nächsten Morgen verschlief er, aber das machte nichts, denn es war Samstag, niemand hatte Schule, und Fritte hatte alles im Griff. Sie sorgte dafür, dass Nano Frühstück bekam. Als Mo aufstand, war er höchst befriedigt darüber, dass alles so prächtig lief. Er nahm sich vor, irgendwann in den nächsten Tagen noch einmal zu rauchen, und am selben Abend schon saß er wieder auf der Terrasse.

Diesmal rauchte er etwas mehr. Es war so angenehm gewesen, dass es gern noch angenehmer sein sollte. Und es war noch besser. Die Welt war reich und wunderschön, *nothing to do, nowhere to go*. Mo kam auf die Idee, Lous Zeichnungen anzusehen. Die Bruchbilder. Nachdem er aufgeraucht hatte, ging er in ihr altes Zimmer und nahm die Zeichnungen aus dem Schubladenschrank.

Er stellte sie aufrecht um sich herum auf. Zwei stellte er auf kleine Staffeleien, die Lou für alles Mögliche benutzt hatte, zwei weitere lehnte er halb überdeckend davor, mehrere lehnte er an Bücher, die er auf dem Boden stapelte, und eines, das zu groß war, um von allein zu stehen, lehnte er an die Mappe mit den anderen Zeichnungen. Aus dem Wohnzimmer holte er mehrere Kerzen, die er innerhalb des Kreises um sich herum aufstellte. So umgab er sich mit Lous Zeichnungen. Ein Lou-Panorama. Es tat ihm gut, mit Lou allein zu sein. Die Blätter strömten Lous Nähe aus. Über jedem einzelnen hatte sie Stunden gesessen, jeder einzelne Strich war von ihrer Hand aufs Papier gebracht worden, jeder einzelne war aus ihr herausgeflossen, jeder einzelne war für einen kurzen Moment der Mittelpunkt ihres Universums gewesen.

Abgesehen natürlich von den Kindern gab es nichts, in dem mehr von Lou steckte als in diesen Zeichnungen. Während Mo in ihrer Mitte saß, fühlte er sich geborgen. Schließlich hatte er das Bedürfnis, noch einen zu rauchen, um sich noch wohler zu fühlen und die Geborgenheit noch mehr zu genießen. Er ging nach unten auf die Terrasse, drehte einen Joint, zündete ihn an und inhalierte den Rauch.

Und dann hörte er die Schreie.

Toni schrie: »*Feuer! Mo! Fabi! Fritte! Nano! Aufwachen! Alle raus! Mo! Wo bist du? Wo ist Mo? Feuerlöscher! Schnell!*«

Mo warf den Joint auf den Boden und rannte ins Haus. Es stank furchtbar nach Qualm. Fabi rannte gerade, zwei Stufen auf einmal nehmend, die Treppe hoch, in der Hand den Feuerlöscher. Toni lief mit Fritte und Nano an den Händen die Treppe herunter. »Wo hast du gesteckt, Mo?«

Mo rannte nach oben und sah zu, wie Fabi mit dem Feuerlöscher in Lous Zimmer hineinsprühte. Lous Zeichnungen standen lichterloh in Flammen. Beißender Rauch stand in der Luft. Ein Feuermelder piepte in ohrenbetäubender Lautstärke.

*

Mo saß Tristan gegenüber.

Die *Kiffer-Lusche*.

»Wie kannst du dermaßen verantwortungslos sein? Wie lange geht das schon mit der Kifferei? Nicht nur, dass du kiffst, wenn vier Kinder im Haus sind. Das wäre schlimm genug. Das wäre Grund genug, dich rauszuwerfen. Aber mit bekifftem Kopf das Haus anzuzünden! Sie hätten sterben können! Du bist gemeingefährlich! Erst vergiftest du sie, und dann setzt du das Haus in Brand! Was kommt als Nächstes, Mo? Was kommt als Nächstes? Wenn Toni nicht aufgewacht wäre, dann wären sie in ihren Betten erstickt! Verbrannt! Alle vier! Du hättest vier Kinder auf dem Gewissen.«

Mo hörte sich all das an.

Verantwortungslos.

Gemeingefährlich.

Was kommt als Nächstes?

Mo hörte sich alles an und sagte nichts dazu. Was gab es dazu zu sagen? Tristan hatte recht.

»Diese Kinder kämpfen darum, mit der Krise ihres Lebens zurechtzukommen. Irgendwie wieder ins Leben zu finden. Du bist ihnen ein großartiges Vorbild. Danke dafür. Das Letzte, was sie brauchen, ist jemand, der ihnen zeigt: Löst eure Probleme, indem ihr Drogen nehmt!«

Mo ließ auch das über sich ergehen, denn es stimmte.

»Willst du nicht etwas dazu sagen?«

Nein, er wollte nichts sagen. »Mir ist schlecht ...«

Tristan stand auf und schaute verächtlich auf Mo hinab.

»Du bist so erbärmlich. Vielleicht wäre es wirklich besser gewesen, du hättest in diesem Auto gesessen.«

Er ging ins Badezimmer, und Mo blieb mit hängendem Kopf sitzen. Als Tristan eine Weile später in sein Schlafzimmer ging, saß Mo immer noch da.

Sehr viel später ging Mo hinauf und schaute in Lous Zimmer. Das Feuer hatte noch nicht auf die Wände oder das Bücherregal übergegriffen. Aber der Teppich und die Vorhänge waren verbrannt. Ebenso die Bücherstapel, an die er die Zeichnungen gelehnt hatte. Der bittere Gestank war widerwärtig. Im weißen Pulverstaub, mit dem alles bedeckt war, hinterließ Mo Fußspuren.

Lous Zeichnungen hatten sich in einen Kreis aus Asche und versengten Fetzen verwandelt. Die beiden kleinen Staffeleien ragten als angekohlte Reste daraus hervor wie Gerippe. Nichts mehr zu retten. Mo stiegen die Tränen in die Augen. Als er ein größeres verkohltes Stück Papier, auf dem die Zeichnung eines Baumstammes zu erahnen war, berührte, zerfiel es zu Staub.

Die Kinder schliefen nach der Aufregung tief und fest. Mo ging zu jedem einzelnen ans Bett. Zu Toni, Fabi, Fritte und zuletzt Nano, der quer im Bett lag, Arme und Beine von sich gestreckt, und ruhig schlief. *Sie hätten sterben können. Du bist gemeingefährlich!* Er schaute jedes der Kinder lange an. Er küsste jedes auf die Stirn zum Abschied.

Was kommt als Nächstes, Mo?

Nichts kommt als Nächstes.

Nichts.

28

Fritte wachte von einem Knarren auf. War Mo bei ihr gewesen und hatte ihr einen Gutenachtkuss gegeben, oder hatte sie das geträumt? Was war das für ein Geräusch? Da war es noch einmal. Waren das die Garagentore? Sie sagte sich, es werde schon nichts von Bedeutung gewesen sein, aber es gelang ihr nicht. Das Knarren beunruhigte sie. Schließlich schlüpfte sie aus dem Bett und lief zum Fenster. Als sie sich herausbeugte, sah sie die offen stehenden Tore, doch von ihrem Fenster aus konnte sie nicht in die Garage hineinsehen. Plötzlich schob sich etwas Großes heraus wie ein auftauchender Wal: Es war Mos vw-Bus, der lautlos aus der Garage rollte. Fritte sah, wie Mo in die offene Fahrertür des rollenden Bullis sprang und die Tür zuzog.

»Mo!«, rief Fritte, doch er hörte sie nicht. In einem weiten Bogen rollte der Bus gespenstisch still den abschüssigen Hof hinunter und aus dem Tor hinaus. Fritte konnte ihn schon nicht mehr sehen, als sie von der Straße her das klirrende Stottern des Motors hörte, der im Rollen angeworfen wurde, aufheulte und dann in der Ferne verschwand. Fritte lauschte in die stille Nacht. Ohne Licht anzuschalten, lief sie hinunter, ging hinaus auf den Hof und sah in die Garage. Sie wusste nicht, was sie zu sehen gehofft hatte, aber was sie sah, war ein großes schwarzes Loch.

Zurück in ihrem Zimmer, nahm sie ihr Handy und rief Mo an. *Ihr gewünschter Gesprächspartner ist zurzeit nicht erreichbar.* Sie probierte es noch einmal. *Ihr gewünschter Gesprächspartner ist zurzeit nicht erreichbar.* Frittes Herz schlug nervös. Sie hatte Angst.

*

Mo fuhr die nächtliche Landstraße entlang. Die Welt um ihn herum war schwarz, nur die weißen Streifen in der Mitte der Straße zogen gleichmütig unter ihm hindurch. Er hatte geglaubt, dass er es hinkriegen könnte. Aber er hatte es nicht hingekriegt. Den Bus hatte er hingekriegt. Auch wenn die Innenverkleidung fehlte, die Rücksitze noch nicht wieder eingebaut waren und der Innenraum nach Öl roch. Wenn er sich umdrehte, sah er den leeren Rückraum, Rost, Schweißstellen, lose Kabel, hohle Türen. Der Anblick der verrotteten Technik und der Geruch brachten ein Gefühl herauf. Das Gefühl, das er als Jugendlicher gehabt hatte, wenn er im Schuppen der Jugendherberge sein Mofa reparierte. Einsamkeit. Allein in langen, frustrierenden Stunden ein Fahrzeug zu reparieren, mit dem er anschließend allein fuhr. Zu niemandem. Seit damals hatte sich nichts geändert. Jahrelang hatte er davon geträumt, eines Tages in dem stilvoll restaurierten Bus, mit neuen Polstern und geblümten Vorhängen, Lou und die Kinder in die Welt hinauszufahren. Glücklich und alle gemeinsam. Und jetzt fuhr er in dem rohen Gefährt – allein.

Wozu brauchte er jetzt noch geblümte Vorhänge? Wozu brauchte er jetzt noch Rücksitze?

Als er wenig später von der Friedhofsmauer sprang, war es stockdunkel. Beim Aufkommen knickte er um und stürzte. Das Einzige, was er sehen konnte, während er über den Friedhof humpelte, waren der mondlose Sternenhimmel und rote Grableuchten. Er kannte den Weg gut genug, um ihn auch im Dunkeln zu finden. Nur einmal trampelte er durch die Blumen eines Grabes.

Die Kerze in dem Glas unter Lous Baum war ausgebrannt. Hinter dem Baum lag noch eine Ersatzkerze, und Mo wollte sie schon anzünden, aber er ließ es lieber. Nicht auch noch den Trauerwald in Brand setzen. Für heute reichte es. Und für das, was er Lou zu sagen hatte, war die Dunkelheit gerade richtig.

»Hallo, Lou«, sagte Mo. »Ich will mich verabschieden...«

Wie still der Friedhof war.

»Ich muss dir etwas gestehen ... Ich habe deine Zeichnungen verbrannt. Es tut mir so leid. Beinahe hätte ich die Kinder verbrannt. Was ist los mit mir, Lou? Ich verstehe das nicht. Wie hat es so weit kommen können?«

Es blieb still.

»Ich kann nicht mehr. Ich habe es noch nie gekonnt, aber mit dir zusammen ging es irgendwie. Jetzt kann ich nicht länger so tun, als ob. Es ist aus. Ich bin unfähig. Ich habe Frittes Kontrolltermin vergessen. Ich komme nicht mehr an Fabi heran. Ich verschlafe morgens, ich kriege mittags den Hintern nicht hoch, und abends bekomme ich nichts auf die Reihe. Jetzt habe ich wieder gekifft. Und deine Zeichnungen verbrannt. Deine Zeichnungen! Es tut mir so leid ... Die Kinder sind ohne mich besser dran, Lou ...«

Mo legte sich auf den Boden und breitete die Arme aus. Er spürte die Kiefernnadeln unter seiner Schläfe, er spürte den festen Boden unter seinem Bauch, unter der Brust, unter den Händen – und in der Tiefe spürte er Lou.

*

Fritte hatte sich wieder ins Bett gelegt, aber sie hatte nicht schlafen können. Wo war Mo hingefahren? Wann würde er wiederkommen? Wenn sie im Bett lag, bekam sie Angst. Sie spürte ihr Herz schlagen. Aber sie wollte keine Angst haben, und sie wollte ihr Herz nicht schlagen spüren. Also stand sie auf, als es langsam hell wurde, und zog sich eines ihrer schwarzen Kleider an. Wo war Mo hingefahren? Weg? Einfach weg? Das konnte nicht sein. Er hatte versprochen, dass er niemals weggehen würde.

Sie ging nach unten und begann Dinge zu tun, die sie beruhigten. Als Erstes deckte sie den Frühstückstisch. Teller, Tassen, Besteck, Marmeladengläser und Honig. Sie beschloss, ein besonders schönes Frühstück zu machen. Ein schönes Sonntagsfrühstück. Also stellte sie noch Eierbecher und den Salzstreuer auf den Tisch und holte Servietten aus dem Schrank. Danach fing sie an aufzuräumen. Herumliegende Schuhe, leere Gläser auf dem Sofatisch, Spielsachen von Nano. Was macht man mit einem leeren Feuerlöscher? In den Verpackungsmüll? Wird er wieder aufgefüllt? Ihr fiel auf, dass seit Tagen niemand die Post hereingeholt hatte. Als sie den Briefkastenschlüssel aus der Schale nahm, sah sie, dass Mo seinen Hausschlüssel dagelassen hatte. Das war seltsam. Warum nahm er den nicht mit? Hatte er ihn vergessen, wie so oft? Oder sollte sie doch lieber Toni wecken und ihr erzählen, dass Mo sich mitten in der Nacht davongestohlen hatte?

Im Briefkasten war außer der üblichen Werbung eine Postkarte von Opa Karim mit einem Vogelfoto, das er selbst fotografiert hatte. Er schrieb, es sei ein Brachpieper, den man fast nie beobachten könne, weil er bei uns fast ausgestorben sei. Außerdem maschinengeschriebene Briefe mit Sichtfenster. Zwei kleine und ein großer. Fritte legte sie erst beiseite, weil Mo ihr ja gesagt hatte, sie solle keine Briefe von Banken oder Ämtern öffnen. Dann setzte sie sich aber doch an den Tisch, nahm die Briefe und öffnete sie. Ein Kontoauszug, den würde sie in die Schublade für Kontoauszüge legen. Eine Information der Bank über Mos Rentenvorsorge. Es waren lachende Leute darauf, wahrscheinlich also Werbung. Fritte las den Absender des großen Briefes, der an Tristan adressiert war: *Birkenhof – Privates Internat & Gymnasium*. Frittes Herz setzte einen Schlag lang aus. Dann begann es zu rasen. Schwer atmend riss sie den Brief auf. Ein Heft mit dem Titel *Birkenhofnotizen*. Auf schön fotografierten Bildern hübsche Schindelhäuser im Grünen, musizierende Kinder, ein Gruppenfoto von Abiturienten in Anzügen und langen Kleidern.

Dazu ein Anschreiben: *Sehr geehrter Herr Albarella ... danken Ihnen für Ihr Interesse an unserer Internatsschule ... gestatten wir uns, Ihnen die aktuelle Ausgabe unserer* Birkenhofnotizen *... Wenn Sie Fragen haben ... Termin vereinbaren ... gern jederzeit vertrauensvoll ... würden uns freuen, Ihre Kinder ...*

Toni und Fabi starrten den Brief an. Sie saßen auf Fabis Bett. Fritte hatte Toni den Brief gezeigt, und als sie damit zu Fabi gegangen waren, war auch er sofort wach gewesen. »Der ist für Tristan«, sagte Fabi. Er nahm das Heft und blätterte darin.

»Was ist ein Internat?«, fragte Nano. Fritte hatte ihn nicht wecken wollen, aber er war von allein aufgewacht und aus seinem Zimmer gekommen. Fritte stand mit Tränen in den Augen vor Toni und Fabi. »Warum weint Fritte?«

»Hast du den Mo schon gezeigt?«, fragte Toni.

»Er ist nicht da.«

»Wo ist er?«

»Ich weiß nicht. Er ist weg. Mit seinem Bulli weggefahren. Heute Nacht.«

»Mit dem Bulli? Der Bulli *fährt*?« fragte Fabi.

Und Toni sagte nur: »Oh Gott ...« Durch die offene Zimmertür sah sie auf der anderen Seite des Flurs in Loumas Zimmer den verbrannten Teppich und die verkohlten Staffeleien. Sie dachte an das Häuflein Elend, das Mo gewesen war, als Tristan mit ihm geredet hatte. Sie hatte die beiden von der Treppe aus beobachtet und war dann in ihr Zimmer gegangen, weil sie Mos Anblick nicht länger ertragen hatte. Sie hatte überlegt, ob sie zu den beiden hingehen sollte, aber das hatte sie Mo ersparen wollen. Er hatte sich so sehr geschämt ...

Von unten hörten sie die Tür zum Kräutergarten, und als Fabi aus dem Fenster sah, lief Tristan gerade in Joggingkleidung über die Brücke davon. Er stellte irgendetwas an seiner Apple Watch ein.

»Soll ich ihn rufen?«, fragte Fabi. Doch als keiner antwortete, ließ er es.

»Erklärt ihr mir endlich, was los ist?«, fragte Nano.

»Tristan will Toni und mich ins Internat schicken. Wir sollen weg von hier!«, platzte es aus Fabi heraus.

»Fabi!«, fuhr ihn Toni vorwurfsvoll an.

»Was denn? Warum darf er das nicht wissen?«

Nano rief: »Ihr dürft nicht weggehen!«, und fing an zu weinen. »Ich will mit ins Internat!«

»Deshalb«, sagte Toni. »Gut gemacht, Fabi.«

Sie nahm Nano auf den Arm. »Wir gehen nicht weg. Keine Angst.«

»Was kann ich denn dafür?«, protestierte Fabi. »Sollen wir uns etwa auch noch gegenseitig anlügen?«

»Wo ist mein Totoro?«, schluchzte Nano.

»Ich weiß nicht«, antwortete Toni. »Auf dem Küchentisch?« Doch da war er nicht. Sie suchten überall, im ganzen Haus, aber sie fanden ihn nirgendwo. Er war verschwunden.

Als Tristan vom Laufen zurückkam, kontrollierte er an seiner Apple Watch seine Herzfrequenz und den Sauerstoffgehalt seines Blutes. Während er ein paar Dehnübungen machte, fiel sein Blick auf das offene Garagentor. Er ging hinüber und sah, dass der Bulli verschwunden war. »Du Mistkerl bist doch wohl nicht um die Zeit schon aufgestanden!«, sagte er und ging zur Kräutergartentür. Als er die Klinke herunterdrückte, ging die Tür nicht auf. Er rüttelte mehrmals daran, doch die Tür war abgeschlossen. Da er sie ganz sicher nicht abgeschlossen hatte, war sein erster Gedanke, dass Mo sie beim Weggehen abgeschlossen und ihn damit ausgesperrt hatte. Tristan schüttelte unwillig den Kopf. Warum blieb dieser Irre nicht einfach im Bett, wo er keinen Schaden anrichtete? Doch dann sah er durch die Scheiben die Kinder. Sie saßen am Frühstückstisch, aber sie frühstückten nicht. Ihre Teller waren leer. Nano saß auf Tonis Schoß. Sie schauten alle zu ihm herüber. Hatte Nano geweint? Warum schauten sie so feindselig?

Tristan rief: »Die Tür ist abgeschlossen! Macht bitte auf!«

Doch keiner rührte sich. Hörten sie ihn nicht? Er rief noch einmal lauter, gestikulierte zum Türschloss und drehte in der Luft einen imaginären Schlüssel herum.

Keines der Kinder rührte sich. Sie sahen ihn nur weiter unversöhnlich an. Er formte seine Hände zu einem Trichter und legte sie an die Scheibe. »DIE – TÜR – IST – ZU!«

Endlich stand Toni auf. Sie setzte Nano ab, nahm ein Heft vom Tisch und kam zur Tür herüber. Mit der flachen Hand drückte sie das Heft ans Glas.

Tristan erstarrte: *Birkenhof – Internat & Gymnasium.* Musizierende Kinder, Schindelhäuser im Grünen.

Mit der anderen Hand zeigte Toni ihm einen Brief: *Sehr geehrter Herr Albarella ... danken Ihnen für Ihr Interesse an unserer Internatsschule ... gestatten wir uns, Ihnen die aktuelle Ausgabe unserer Birkenhofnotizen ... gern jederzeit vertrauensvoll ... würden uns freuen, Ihre Kinder ...*

Sie hatten sich auf einen Nachsendeantrag geeinigt, nachdem Simone wochenlang seine Post mit ins Office gebracht hatte. Warum nicht. Es gab keinen Grund, dass seine Post nicht in die Villa Albarella geschickt wurde. Jedenfalls keinen, den er sich hätte ausmalen können. Wie hätte er ahnen sollen, dass sie ihr aktuelles Schulmagazin schicken würden – dass sie überhaupt eines herausgaben?

Toni war nicht nur wütend, sie hatte Tränen in den Augen.

»Toni!«, rief Tristan. »Das hat nichts zu bedeuten! Das war ganz am Anfang! Ich will das schon lange nicht mehr!«

Toni glaubte ihm offensichtlich nicht.

»Es tut mir leid! Glaub mir bitte! Mach die Tür auf, ich kann euch das erklären!«

Fabi sagte vom Tisch aus: »Mach nicht auf.« Das Glas dämpfte seine Worte, aber Tristan konnte genau erkennen, was er sagte.

Toni faltete den Zettel sorgfältig wieder zusammen, als sei er ein Beweismittel, das später noch benötigt werden würde, und sah Tristan wieder an. »Du bist ein mieser Lügner«, klang es dumpf durch das Glas.

»Toni, das ist schon so lange her! Ich habe überhaupt nicht mehr daran gedacht! Jetzt mach bitte die Tür auf, damit wir reden können.«

Toni drehte den Schlüssel um, der von innen steckte, und öffnete die Tür. Tristan wollte hineingehen, doch sie sagte: »Wage es nicht, über diese Schwelle zu kommen!« Nano kam herübergelaufen und drängte sich an Toni. Sie legte schützend ihre Hand um seine Schulter. Auch die anderen standen auf und kamen näher. Alle vier standen vor ihm und sahen ihn verächtlich an.

»Kinder …« Einen Moment lang überlegte Tristan, ob er einfach hineingehen sollte, aber dafür hätte er die Kinder beiseiteschieben müssen. Und das war ganz sicher das Falscheste, was er in diesem Moment tun konnte. »Seither hat sich alles geändert! Es tut mir leid! Lasst mich rein. Lasst uns darüber reden.«

»Wir dachten, du meinst es ernst«, sagte Toni voller Enttäuschung.

Fabi fügte hinzu: »Du willst doch sowieso nur das, was für dich am besten ist.«

Und Nano stieß verächtlich hervor: »Du Coffee-Bitch!«

Damit schloss Toni die Tür wieder und drehte den Schlüssel um. Und dann fuhren die elektrischen Rollläden herunter.

Tristan war eine Weile rastlos im Hof auf und ab getigert, bis ihm die Sonne zu heiß wurde und er zur Brücke gegangen war. Als er dort stand, bemerkte er plötzlich, dass Fabi oben am Fenster seines Zimmers erschien.

»Fabi«, rief Tristan und freute sich schon.

Doch Fabi rief nur: »Dein Autoschlüssel! Damit du wegfahren kannst.«

»Ich fahre nicht weg!«

Fabi holte aus und warf den Schlüssel in hohem Bogen zur Brücke herüber. Er landete mit einem leisen *Plitsch* im Bach. »Fabi! Verflucht, das ist ein Elektronikschlüssel!« Doch Fabi war schon nicht mehr zu sehen.

Tristan zog seine Joggingschuhe aus und watete im Bach herum, bis er das schwarze ovale Kästchen endlich fand. Es war von der sanften Strömung abgetrieben worden, bevor es bis zum Grund gesunken war. Tristan probierte den Schlüssel aus, aber natürlich funktionierte er nicht mehr. Mehrmals versuchte er, Mo anzurufen. *Ihr gewünschter Gesprächspartner ist zurzeit nicht erreichbar.* Tristan wusste nicht, wen er sonst anrufen und um Rat fragen könnte. Simone? Borgsmüller? Alex und Tita? – Vor allem auf keinen Fall Marianne!

Schließlich legte Tristan den Autoschlüssel zum Trocknen in die Sonne, obwohl er sehr wohl wusste, dass er nie wieder funktionieren würde, und setzte sich in seiner Joggingkleidung auf die Brücke. Er lehnte den Rücken gegen das Eisengeländer, was bald schmerzte, und schaute zu den Blättern auf. Wie winzig man sich vorkommt unter diesen hohen Bäumen, dachte er.

Tristan war zum ersten Mal in seinem Leben vollkommen ratlos.

*

»Hallo, Mo. Wie schön, dich zu sehen.«

Mo wachte von einer sanften Stimme auf. Als er die Augen öffnete, sah er ein Kaninchen. Ein braunes Wildkaninchen. Es saß nicht weit von seinem Gesicht entfernt und sah ihn aus glänzenden schwarzen Augen an.

Kein Geräusch war zu hören. Es war beinahe unwirklich still auf dem Friedhof. Keine Vögel, kein Rauschen der Blätter, nichts. Nur die Stimme. Vorsichtig, um das Kaninchen nicht zu verscheuchen, setzte Mo sich auf und kniete sich hin. Er blickte sich um: Im Trauerwäldchen war außer ihm und dem Kaninchen niemand. Drüben auf der Wiese hoppelten Dutzende seiner Verwandten ruhig und friedlich umher, stellten die Ohren auf, sahen sich aufmerksam um und zupften Grashalme. Sonst nur Bäume und Grabsteine. Am ausgestreckten Arm eines steinernen Engels sah er noch eine bunte Girlande hängen, die sie vergessen hatten.

Mo schaute das Kaninchen an.

Das Kaninchen schaute ihn an.

Es mümmelte nicht, es lauschte nicht, und es schaute sich nicht nervös um. Es hockte einfach nur da und sah zu ihm auf.

Nein, dachte Mo. Ich bin nicht verrückt. Ich verliere jetzt nicht vollkommen den Verstand.

»Da kleben Kiefernnadeln an deiner Schläfe.«

Die Stimme war leise, aber klar und deutlich. Er kannte sie so gut. Er hatte sie so oft gehört. Sie fand ganz natürlich den Weg von seinen Ohren bis in sein Herz. Es war Lous Stimme.

Verwirrt wischte sich Mo mit der Hand übers Gesicht.

»Lou?«

»Du bist allein gekommen …«

»Ja … Es tut mir so leid, Lou. Ich habe alles richtig machen wollen. Ich habe mir solche Mühe gegeben.«

»Ich weiß.«

»Aber es wird immer schlimmer.«

»Lass die Kinder nicht auch noch ihren Vater verlieren.«

»Vater? Was bin ich denn für ein Vater!«

»Du bist für sie da.«

Mo sah, dass sich eine Ameise durch die Kiefernnadeln auf dem Boden kämpfte. Es ging auf und ab, und ständig musste sie die Richtung wechseln, weil das Durcheinander der riesigen Nadeln ihr den Weg versperrte.

»Sie wenden sich immer mehr Tristan zu. Er macht alles besser. Er kann alles. Jahrelang hat er sich nicht um die Kinder gekümmert. Nur um seine Cafés. Ich dachte immer, es gibt zumindest eine Sache, die ich besser kann: Vater sein. Aber sogar das macht er besser. Er regelt alles, er denkt an alles, er motiviert sie. Er hat Fabi aus seinem

Loch geholt, er war für Fritte da, er ermutigt Toni, er hat einen Ausflug mit ihnen gemacht, und wenn er nichts tut, dann geht er joggen, und ...«

»Du musst das nicht alles tun, Mo. Sei einfach nur da. Sei für sie da.«

»Vielleicht ist es besser, ich bin nicht da ...«

»Ich wollte dir noch danken, dass ihr hergekommen seid, um Nanos Geburtstag hier zu feiern. Das war sehr schön.«

Mo lächelte schmerzlich.

Und dann sagte das Kaninchen: »Ich bin so stolz auf dich.«

»Wie bitte?«

»Ich bin stolz auf dich. Auf euch alle. Ihr seid so tapfer. Ihr macht das so gut.«

Mos Augen füllten sich mit Tränen.

»Und jetzt fahr nach Hause.«

»Ich vermisse dich, Lou.«

»Ich vermisse dich auch, Mo.«

*

Edith fuhr langsam die Straße entlang. Was für eine schöne Wohngegend, dachte sie. Fast nur alte Häuser. Manche liebevoll renoviert, andere etwas heruntergekommen und vernachlässigt. Sie war gespannt, wie Noras aussehen würde. Es war nett von ihr, dass sie ihr angeboten hatte, die Schalen, die sie zu Hause gefertigt hatte, bei ihr zu brennen. Edith besaß zwar inzwischen eine eigene Töpferscheibe, aber ein eigener Brennofen war doch noch eine andere Sache. Vielleicht würde sie sich im nächsten Jahr einen leisten. Bis dahin würde sie den Ofen an der Volkshochschule nutzen – oder eben den von Nora. Für eine Kursleiterin war es sicher nicht selbstverständlich, dass sie einer Teilnehmerin anbot, bei ihr zu Hause zu brennen. Das war eine Auszeichnung. Und es machte Edith sehr stolz.

Während sie nach den Hausnummern sah, wandte sie sich kurz zu Bärchen um. Der kleine weiße Hund lag friedlich auf dem Rücksitz und hob aufmerksam den Kopf, als er sah, dass sie sich ihm zuwandte.

»Wie *brav* du wieder bist!«, sagte Edith. Bärchen wedelte freudig mit dem Schwanz.

»Du bist ja immer so *brav*, wenn wir Auto fahren!« Sie war tatsächlich sehr froh darüber, denn anfangs hatte er immer gejault, wenn sie mit ihm ins Auto steigen wollte.

»Da ist es ja! Schau nur, was für ein schönes Haus!« Und das war es wirklich. Noch schöner, als sie es sich vorgestellt hatte. Ein kleines weißes Häuschen mit grün lackierten Schlagläden, einem hübschen Zaun und einem wundervollen Garten, der zugleich reich bewachsen und sorgsam gepflegt war. Überall in den Beeten lagen und standen Tonplastiken, die in den schönsten Glasurfarben glänzten.

Als Edith auf der Bürgersteigseite die hintere Tür öffnete, sprang Bärchen gleich heraus, lief schnüffelnd am Zaun entlang und hob kurz ein Bein.

»Nicht weglaufen, Bärchen«, sagte Edith, während sie den flachen Karton mit ihren Tonarbeiten aus dem Kofferraum nahm. Sie überlegte, ob sie den Karton auf den Bürgersteig stellen sollte, um den Kofferraum zu schließen, oder ob sie ihn einfach offen stehen lassen sollte. Auf keinen Fall wollte sie den Karton nur mit einer Hand halten! Schließlich beschloss sie, die Kofferraumklappe offen stehen zu lassen. Was sollte in so einer Gegend schon passieren!

»Komm, Bärchen!«, rief sie und schob das Gartentor mit dem Fuß auf. Als sie auf das Haus zuging, sah sie Noras graue Locken durch eines der Kassettenfenster. Sie winkte ihr zu und öffnete kurz darauf die Haustür.

»Guten Morgen, Nora«, sagte Edith. »Ich bin Ihnen so dankbar, dass ich meine Arbeiten bei Ihnen brennen darf!«

»Aber gern«, entgegnete Nora.

Sie stutzte, als der kleine weiße Hund die drei Stufen zur Haustür hinauflief und an ihren Crocs schnüffelte, die voller getrockneter Tonspritzer waren.

»Nora, entschuldigen Sie bitte«, sagte Edith. »Ich musste Bärchen mitbringen. Er jault die ganze Zeit, wenn er allein ist. Er hat sich noch nicht an sein neues Zuhause gewöhnt.«

»Sein neues Zuhause?«

»Ja, er ist mir doch zugelaufen.«

Nora sah den Hund an und erstarrte. Es gab viele kleine weiße Hunde mit zotteligem Fell, aber sie erkannte ihn sofort. Sie hatte Lou so oft auf ihren Spaziergängen mit dem Hund begleitet.

»Hummel …«, sagte Nora.

Der kleine Hund verharrte, legte den Kopf schief und sah erstaunt zu ihr auf.

»Hummel!«

Er begann aufgeregt im Kreis zu springen und bellte Nora freudig an.

»Hummel?«, fragte Edith.
Und Nora erwiderte: »Ich muss Mo anrufen.«

*

Tristan war eingenickt. Das Glitzern des Wassers von unten und das blitzende Sonnenlicht durch die Blätter von oben waren zu einschläfernd. Es war kein Geräusch, das ihn auffahren ließ, es war ein Gefühl. Er spürte, dass etwas vorging. Und als er die Augen öffnete und sich dem Haus zuwandte, sah er die Kinder herauskommen. Sie trugen Rucksäcke und hatten Fahrradhelme auf. Sie kamen zusammen aus der Haustür und schlichen an der Hauswand entlang eilig zur Garage, als ob das Haus von Zombies umlagert wäre, die sie nicht bemerken durften. Doch der Zombie hatte sie bemerkt. Tristan stand auf und lief ebenfalls zur Garage. Als er an den offenen Toren ankam, schoben sie gerade ihre Fahrräder heraus. Toni ihr Hollandrad, Fabi sein Bike, Fritte ihr leuchtend rotes Rad mit dem geflochtenen Korb und den pinkfarbenen Blumen am Lenker und Nano sein Kinderfahrrad.

»Wo wollt ihr hin?«

»Das geht dich nichts an.«

»Natürlich geht es mich etwas an! Ich bin euer Vater!«

Keiner der vier erwiderte darauf irgendetwas. Und das war das Schlimmste.

»Fahrt nicht weg!«

»Wag es nicht, uns daran zu hindern.«

»Ich will euch nicht daran hindern. Aber wo wollt ihr überhaupt hin?«

»Wir suchen Mo.«

»Mit dem Kleinen? Mit einem Kinderfahrrad?« Tristan wies auf Nanos Rad.

»Ja. Na und? Wir passen schon auf ihn auf. Dann fahren wir eben langsam. Es geht eben nicht immer so, wie man will ...«

»Danke, Toni, Botschaft angekommen.«

»Kommt«, sagte Toni und schob ihr Fahrrad an Tristan vorbei. Einer nach dem anderen folgte ihr aus der Garage. Draußen stiegen sie auf und rollten den abschüssigen Hof hinunter.

Tristan sah ihnen nach. Er begriff nicht, wie das so schiefgelaufen war. Er hatte doch alles für sie getan. Er hatte sich eingebracht wie noch nie in seinem Leben. Er hatte alles richtig machen wollen!

Fabi fuhr voraus, hinter ihm Fritte, dann Nano und zuletzt Toni, um Nano im Auge zu behalten.

»Fabi, warte!«, rief Toni, als Fabi wieder einmal viel zu weit vorausfuhr.

»Ihr seid so lahm, könnt ihr nicht schneller?«, rief Fabi zurück.

»Wenn wir alle so coole Bikes hätten wie du!«, antwortete Fritte.

»Hättest du ja haben können.«

»Fabi!«, mahnte Toni.

»Schon gut, ich warte ja. Aber so dauert das Ewigkeiten. Und wer sagt uns, dass er überhaupt auf dem Friedhof ist?«

»Wo soll er sonst sein?«

»Wir müssen zurück!« Nano bremste und stellte einen Fuß auf den Boden.

»Sag nicht, du musst auf Toilette.« Fabi seufzte demonstrativ. »Mach einfach hier irgendwo am Straßenrand!«

»Ich habe vergessen, Hummel Futter hinzustellen«, erklärte Nano.

»Wie bitte?«

»Ich habe vergessen, Hummel Futter hinzustellen.«

»Ich habe schon verstanden, was du gesagt hast. Ich kann nur nicht glauben, dass du deswegen zurückwillst!«

»Und wenn Hummel jetzt kommt? Dann sind wir nicht da, und es ist kein Futter da, und er denkt, wir haben ihn vergessen.«

»Ich glaube das nicht … Wir können doch nicht wieder zurückfahren!« Fabi schaute die anderen an, damit sie ihn unterstützten.

Doch Toni sagte: »Wenn Nano Futter hinstellen will, dann ist das in Ordnung. Wir fahren zurück.«

Also fuhren sie zurück. In umgekehrter Folge: Jetzt fuhr Toni voraus, gefolgt von Nano, dann Fritte und zum Schluss Fabi. Als die vier auf den Hof kamen, stand Tristan gerade an der Espressomaschine. Er hatte geduscht und frische Kleider angezogen. Überglücklich kam er herausgelaufen.

»Ihr seid zurückgekommen! Das ist gut. Das ist sehr gut! Ich mache uns Frühstück. Wir fahren mit dem Auto zum Friedhof. Wir finden Mo. Alle zusammen! Gut, dass ihr zurückgekommen seid. Alles wird gut.«

Toni sagte: »Nano will nur Hummel füttern.«

»Wie bitte?«

»Er hat vergessen, Hummel Futter hinzustellen.«

»Ach so?«

Während Nano mit Fritte in die Küche lief, um eine

Dose Hundefutter aufzumachen und in Hummels Fressnapf zu füllen, blieben Toni und Fabi bei den Fahrrädern. Tristan stand ihnen verlegen gegenüber.

»Tja«, sagte er. »Ich hätte das Futter hinstellen können. Ihr hättet nur anzurufen brauchen …«

Nano und Fritte kamen aus der Kräutergartentür und stellten den Napf neben die Stufen. Dann kamen sie zu Toni und Fabi zurück, nahmen ihre Fahrradlenker in die Hand und klappten die Ständer ein.

»Also …«, sagte Tristan. »Ich warte hier. Ich bin hier …«

In diesem Moment ertönte aus der Ferne ein klirrendes Motorgeräusch, das langsam lauter wurde. Und dann fuhr der Bulli auf den Hof, bergan in elegantem Schwung, und bremste vor der Garage.

Alle sahen hinüber. Die Sonne spiegelte sich in den Scheiben. Schließlich öffnete sich die Tür. Heraus sprang Hummel und raste laut bellend als weißer Wisch auf die Kinder zu.

»HUMMEL!«, schrie Nano. Hummel schnüffelte an allen und warf sich auf den Boden und ließ sich streicheln und wand sich unter Nanos Händen hervor und sprang im Kreis und an jedem Einzelnen hoch. Und dann lief er zur Kräutergartentür, schnüffelte an seinem Futter und fraß. Er fraß, als ob er seit Monaten nichts mehr gefressen hätte, und alle sahen ihm zu. Plötzlich ließ er den Rest stehen, kam zurück und rannte zum Bus, wo unbemerkt Mo ausgestiegen war.

»Papa!«, rief Fritte. Sie und Nano rannten zu ihm und warfen sich an ihn. »Du bist wieder da!«

»Ja, ich bin wieder da.«

»Wo warst du?«

»Ich war bei Louma. Ich habe mit ihr gesprochen.«

»Du hast mir ihr gesprochen?«, fragte Nano.

»Ich habe mich bei ihr entschuldigt. Weil ich ihre Zeichnungen verbrannt habe. Und beinahe auch euch.«

»Hat Louma auch mit dir gesprochen?«

»Ja«, antwortete Mo. »Das hat sie.«

»Was hat sie gesagt?«

»Dass sie stolz auf uns ist.« Er sah Tristan an. »Auf uns alle.«

Tristan fragte: »Auf uns alle?«

»Ja. Sie ist stolz auf uns alle.«

»Tja«, sagte Tristan. »Wenn sie das sagt …« Und um seine Verlegenheit zu überspielen, fügte er hinzu: »Du hast den Bus repariert …«

»Ja.« Mo nickte. »Ja, ich kann Dinge reparieren. Ich kann das.«

29

Nano und Hummel wichen sich den ganzen Tag nicht von der Seite. Außer wenn Hummel sich versteckte und nur sein Hinterteil zu sehen war, bis er Sekunden später zu Nano zurücksprang. Als Nano ins Bett ging, rollte sich Hummel auf dem Fußende seiner Decke ein. Bevor er das Licht löschte, setzte sich Mo zu ihm.

»Siehst du«, sagte Nano, »ich habe es gewusst. Wenn ich nicht aufhöre, ihm sein Fressen hinzustellen, dann kommt er wieder.«

»Ja, Nano. Das hast du gut gemacht.«

»Jetzt hat aber Edith niemanden mehr.«

»Ich habe ihr gesagt, dass sie Hummel jederzeit besuchen darf. Gleich morgen kommt sie zum Kaffee und erzählt uns, wie es Hummel bei ihr ergangen ist.«

Nano nickte befriedigt. Doch Mo sah ihm an, dass er noch etwas auf dem Herzen hatte.

»Papa ...«, sagte er zögerlich.

»Ja?«

»Als Hummel plötzlich wieder da war ... Einen Moment lang dachte ich, Louma würde auch wieder zurückkommen. Ich weiß, es ist dumm ...«

»Nein, Nano, es ist nicht dumm.« Er nahm Nano in den Arm und drückte ihn an sich. »Mir geht es auch so. Jeden Tag gibt es einen Moment, in dem ich denke: Gleich ist sie wieder da.«

Nachdem Nano eingeschlafen war, ging Mo zu Fritte und setzte sich zu ihr. Sie legte das rot eingeschlagene Buch, in dem sie gelesen hatte, beiseite.

»Ihr wollt wirklich zum Friedhof radeln und mich suchen?«

»Natürlich.«

»Woher wusstet ihr, dass ich bei Louma bin?«

»Wo solltest du sonst sein? Die Großen hatten Angst, dass du weggegangen bist.«

»Aber du nicht?«

»Nein. Du hast doch versprochen, dass du immer da sein wirst.«

»Und du hast mir geglaubt?«

»Natürlich!«

Mo lächelte dankbar. »Natürlich ...«

»Papa?«

»Ja?«

»Es war das Kaninchen, nicht wahr?«

Mo nickte. »Es war das Kaninchen. Hast du auch mit ihm gesprochen?«

»Ja.«

»Was hat es gesagt?«

»Dass wir Geduld haben müssen mit euch.«

Sie lächelten sich einvernehmlich an.

»Und du wolltest es nicht erzählen?«

»Ich dachte, ihr würdet sagen, ich spinne.«

»Das würde ich nicht sagen.«

»Nein?«

»Nein. Wir spinnen doch alle.«

»Ja«, bestätigte Fritte. »Wir spinnen alle.«

»Gute Nacht.«

»Gute Nacht.«
»Hab dich lieb.«
»Hab dich auch lieb.«

*

Obwohl alle Fenster offen standen, hing der Brandgeruch immer noch im Haus. Mo blieb an der Tür zu Lous verbranntem Zimmer stehen und schaute sich in Ruhe an, was er angerichtet hatte. Als er so dastand, kamen Toni und Fabi gerade die Treppe herauf. Mo sagte zu Fabi: »Das hast du gut gemacht. Das war ziemlich geistesgegenwärtig von dir.«

Fabi zuckte verlegen mit den Schultern.

»Wir werden einen großen Staubsauger brauchen«, sagte Toni.

»Das krieg ich schon hin«, erwiderte Mo.

»Ich finde, wir lassen es so«, meinte Fabi. »Wir befestigen hier am Türrahmen eine goldene Kordel und nennen es das Kiffer-Luschen-Museum.«

»Nein, Fabi, das werden wir ganz sicher nicht tun.«

»Ich finde, das ist eine gute Idee.«

»Ach ja? Und ich finde die Idee eigentlich ganz gut, euch ins Internat zu schicken.«

Frittes Stimme erklang durch ihre offene Zimmertür: »Nein, Papa, die Idee ist nicht gut!«

»Was machen wir jetzt mit Tristan?«, fragte Toni. »Ich meine, immerhin hat er uns wochenlang etwas vorgespielt.«

»Ja«, erwiderte Mo. »Aber sich selbst auch.« Er blickte auf die Asche und das Löschpulver. »Er ist ein guter Vater. Wir müssen eben ein wenig Geduld mit ihm haben.«

Doch Fabi schien nicht wirklich überzeugt. »Das ist ja alles ganz schön«, sagte er. »Aber warum sollte es jetzt besser gehen? Weil ihr euch plötzlich liebt?«

»Nein, Fabi. Weil wir uns bemühen. Weil wir uns nicht aufgeben. Weil Louma stolz auf uns ist.«

»Na gut ...« Fabi nickte. »Ich geh dann mal an meinen Computer.«

Als Mo ins Wohnzimmer herunterkam, saß Tristan auf dem Teppich vor dem Sofa, und um ihn herum lagen alle Legoteile von Nanos großem Starfighter verteilt. Mitten darin die aufgeschlagene Bauanleitung. Tristan hatte schon mehrere Seiten geschafft. Mo setzte sich neben ihn.

»Ich finde dieses Teil hier nicht«, sagte Tristan. »Dieses lange. Davon brauchen wir noch eins.«

»Acht Noppen?«

Tristan sah den Legostein genau an. »Nein, zehn.«

Mo wühlte in den Steinen.

»Hier«, sagte er und reichte Tristan den richtigen.

»Danke. Ich glaube, ich habe hier was falsch gemacht, das passt nicht.«

»Zeig mal her.«

Tristan gab ihm den begonnenen Starfighter.

»Du hast zu weit drüben angefangen. Hier, siehst du? Die Lücke muss vier Noppen sein. Nicht fünf.«

»Oh.«

Tristan sah Mo an, während er den Starfighter vorsichtig auseinandernahm und wieder richtig zusammensetzte.

»Was ich zu dir gesagt habe, Mo ...«

»Ist schon gut.« Mo winkte ab. »Du brauchst dich nicht zu entschuldigen.«

»Entschuldigen?«

»Na, für das, was du gesagt hast. Dass es vielleicht doch besser gewesen wäre, wenn ich in diesem Auto gesessen hätte ... Schwamm drüber.«

»Ich wollte mich nicht entschuldigen. Ich wollte mich bei dir bedanken.«

Mo sah ihn überrascht an. »Bedanken? Wofür?«

»Du hast mich gefragt, warum ich mich mit Lou getroffen habe. Ostern. Du hattest recht. Es ging nicht um die Kinder. Es ging um mich. Und Lou. Mir ist klar geworden, dass ich sie nie hätte verlassen dürfen. Dass es der Fehler meines Lebens war. Ich hatte die Hoffnung, wieder mit ihr zusammenzukommen.«

»Oh.«

»Mir ging es in letzter Zeit nicht gut. Eigentlich lief alles perfekt. Coffee Queen, Simone ... Am Wochenende kamen Toni und Fabi, wir haben Dinge unternommen, geredet, gekocht, alles ganz entspannt. Alles lief rund. Ich hatte mir mein Leben perfekt eingerichtet. Alle Möglichkeiten, alle Freiheiten. Aber es war falsch. Ich hatte jeden Tag das Gefühl, dass ich über ganz dünnes Eis laufe. Ich war nervös. Ich hatte Angst. Weißt du, warum ich wieder mit Simone zusammengekommen bin? Weil ich etwas zurückhaben wollte, von dem ich spürte, dass ich es verloren hatte. Diese Angst, diese Nervosität. Das war Sehnsucht. Aber es war ein Irrtum. Ich wollte gar nicht Simone. Ich wollte noch weiter zurück. Ich wollte Lou. Das habe ich aber zu spät begriffen. Ich wollte etwas wiedergutmachen. Ich wollte das Leben leben, das ich verpasst hatte. Du hattest natürlich recht: Ich hätte sie nie gehen lassen dürfen. Ich hätte um sie kämpfen müssen. Das alles habe ich ihr gesagt, als wir uns getroffen haben. Aber sie hat mir klargemacht, dass es nicht geht. Dass sie dich liebt. Es gab für mich kein Zurück.« Eine Weile herrschte Stille. Er sah Mo an. »Und dann kamst du. Mit deiner wahnsinnigen Idee. Du hast uns zusammengebracht! Du hast die Kinder gerettet, und du hast mich gerettet. Ohne dich gäbe es diese Familie nicht. Mit all ihrem Wahnsinn. Und dafür will ich dir danken.«

»Oh ...«

»Wir kriegen das hin, alter Mann. Wir beide kriegen das hin. Okay?«

»Okay.« Sie schwiegen eine Weile. So wie Männer eben schweigen, wenn es etwas gemeinsam zu beschweigen gibt. Dann sagte Mo: »Wir kriegen das hin? – Ich nehme an, du meinst den Starfighter?«

»Ja, Mann, natürlich den Starfighter. Was sonst?«

*

Als Nano am nächsten Morgen mit Hummel aus seinem Zimmer kam, fand er wieder keinen seiner Väter im Bett. Beide Betten waren unberührt. Also ging er ins Wohnzimmer, und da waren sie: Sie lagen auf den Sofas und schliefen. Tristan auf dem längeren, auf dem kürzeren Mo. Und auf dem Boden stand der fertig gebaute Starfighter.

Nachdem Nano schon eine Weile mit dem Raumschiff

und den Figuren gespielt hatte, wachten Tristan und Mo auf.

»He, Nano«, sagte Mo. »Tut uns leid, du wolltest das sicher lieber selbst zusammenbauen …«

»Nein, ist okay. Das habt ihr gut gemacht.«

*

Als Liam mit dem Fahrrad zum Haus kam, saß Nano auf den Stufen und streichelte Hummel. Er hielt eine seiner Pfoten in der Hand. Der kleine Hund saß geduldig da und sah Liam entgegen.

»Hallo, Nano«, sagte Liam.

»Hallo, Liam. Fabi ist am Bach.«

Als Liam hinüberging, sah er, dass Fabi unten am Wasser auf der Plattform saß. Jemand war bei ihm. Ein Mädchen. Schwarzes Shirt, gebleichte lila und rot gefärbte Haare. Liam zögerte, ob er zu ihnen hinuntergehen sollte, und wollte sich schon zurückziehen, aber Fabi hatte ihn bemerkt.

»Hallo, Liam.«

»Hallo, Fabi.«

»Erinnerst du dich an Michi?«

»Klar. MagicMichi17.«

»Sie hat neulich ihren Schlafsack hier vergessen.«

»Und deswegen bist du extra hergekommen?«, fragte Liam. »Den hätten wir doch schicken können.«

Die beiden sahen ihn an und sagten nichts dazu. Liam merkte selbst, dass sie auch ohne ihn auf diese Lösung gekommen wären.

»Komm, setz dich zu uns«, sagte Fabi.

»Ich will nicht stören …«

»Setz dich einfach.«

»Du bist ein cooler Spieler«, sagte Michi zu ihm. »*Nice mechanics.*«

»Danke«, sagte Liam und setzte sich.

Und so saßen sie zu dritt, und Michi erzählte von ihrem Vater, der ausgezogen war und eine neue Familie hatte, und dass es nicht einfach war, und Liam wusste, wovon sie sprach. Fabi erzählte, dass seine Väter ihn nervten, weil er wieder mit Judo beginnen sollte. Und Michi sagte, das sei doch eigentlich eine gute Idee, wenn er es früher so gern gemacht hätte, und Fabi sagte, er werde wohl tatsächlich bald wieder anfangen.

*

Die Rehe kamen nicht mehr. Aber wenn Mo auf der Terrasse saß, die Sonnenbrille auf, eine Tasse Tee in der Hand, ein Buch auf dem Bauch, und die warme Herbstsonne genoss, dann kamen Ninja und Iron Man. Mit sanftem Gepolter sprangen sie auf den Holzboden und jagten sich einmal rund um die Terrasse. Mitten in ihrer irrsinnigen Jagd verharrten sie und starrten Mo an, den sie in diesem Moment erst bemerkt hatten.

»Ja«, sagte er, »ich bin hier.«

Als ob sie das nur hatten hören wollen, wandten sie sich wieder ab und begannen geschäftig hin und her zu laufen, durchwühlten das Herbstlaub, das Mo längst hätte wegfegen sollen, und suchten Vorräte für den Winter.

Mo sah ihnen zu. Also schön, dachte er, ich habe keine

majestätischen Rehe, ich habe zwei irrsinnige Eichhörnchen.

Warum nicht.

Während er dort saß, hörte er, wie jemand ums Haus kam.

Es war Elsa. Sie trug Rennradkleidung und hielt einen Helm unterm Arm. »Hallo, Mo.«

»Hallo, Elsa«, sagte Mo und stand auf.

Elsa hielt Nanos kleinen Totoro in der Hand. »Den habe ich im Office auf der Dachterrasse zwischen den Pflanzen gefunden. Nano hat ihn wohl neulich da vergessen.«

»Und deswegen bist du extra hergekommen? Den hättest du doch Tristan mitgeben können.«

»Ja. Ich bin ohnehin hier vorbeigekommen. Ich muss noch ein paar Kilometer schaffen, und da dachte ich ...« Sie wies auf ihren Helm und zuckte mit den Schultern.

»Ach so ...«, sagte Mo.

»Ja, also, ich fahre dann mal weiter ...«

»Okay ...« Mo wackelte Totoro hin und her, als ob er sprechen würde. »Danke, dass du mich hergebracht hast!«

»Gern geschehen. Wir sehen uns.«

»Wir sehen uns ...«

*

»Und du hast sie einfach so wieder gehen lassen?«, fragte Tristan fassungslos.

Sie saßen alle um den großen Tisch und aßen zu

Abend. Tristan und Mo, Toni, Fabi, Fritte und Nano, und Nick war auch dabei. Mo hatte eingekauft, und Toni und Nick hatten eine große Schüssel Spaghetti gekocht. Mit mehreren verschiedenen Soßen für Vegetarier, Nichtvegetarier und Nichtgemüsemöger. Als er merkte, dass ihn niemand beachtete, reichte Nano Hummel ein paar Nudeln unter den Tisch. Totoro stand an seinem Platz und hielt wie immer sein kleines grünes Blatt wie einen Schirm über sich.

»Sie hat gesagt, sie will noch ein paar Kilometer schaffen.«

»Aber das hat sie doch nicht *gemeint*!«

»Nein?«, fragte Mo.

»Oh, Papa!«, sagte Fritte mit einem hoffnungslosen Kopfschütteln. »Du hast aber auch gar keine Ahnung von Frauen.«

»Ich war eben in Gedanken. Ich habe da so eine Idee.«

»Was für eine Idee?«, fragte Tristan.

»Damit so was wie in der Kardiologiepraxis nicht mehr passiert. Dass du dich als Frittes Vater ausgeben musst.«

»Das wird nie wieder passieren, weil du in Zukunft an deine Termine denken wirst!«

»Ist ja auch nur ein Beispiel.«

»Also schön«, sagte Tristan und fragte noch einmal nach: »Was für eine Idee?«

»Wir könnten die Kinder adoptieren. Wechselseitig. Ich adoptiere ganz offiziell die beiden Großen, und du adoptierst Fritte und Nano. Ich habe mich erkundigt. Es wäre möglich. Aber es geht nur unter einer Bedingung ...«

»Was für eine Bedingung?«

»Wir beide müssten heiraten. Eine standesamtlich eingetragene Lebensgemeinschaft.«

Tristan starrte ihn fassungslos an. Er antwortete etwas, aber was er sagte, ging im Tumult der Kinder unter.

Also noch lange nicht das

ENDE

Christian Schnalke

Christian Schnalke, geboren 1965, Internatskind, Literaturstudent, erfolgreicher Autor für Broadway-Theater und Stand-up-Comedy. Schnalke lebte mit seiner Frau mehrere Jahre in Tokio, wo er sich angewöhnt hat, unterwegs zu schreiben: im Wald, in Cafés oder auch in der U-Bahn. Nach seiner Rückkehr entstanden preisgekrönte TV-Events, wie *Die Patriarchin*, *Krupp. Eine deutsche Familie*, *Afrika, mon Amour*, *Duell der Brüder. Die Geschichte von Adidas und Puma* und *Katharina Luther*. Zuletzt erschienen im Piper Verlag seine historischen Romane *Römisches Fieber* und *Die Fälscherin von Venedig*. Um sich auf *Louma* vorzubereiten, hat sich der Autor einem jahrelangen Selbstversuch unterzogen, indem er drei Söhne großgezogen hat.